本书系国家社科基金青年项目『中国作家与爱荷华「国际写作计划」交往史料整理与研究（项目批准号：23CZW050）』阶段性成果

聂华苓文学创作与文学活动研究

汪亚琴　著

武汉大学出版社

WUHAN UNIVERSITY PRESS

图书在版编目(CIP)数据

聂华苓文学创作与文学活动研究 / 汪亚琴著. -- 武汉:武汉
大学出版社, 2024. 11. -- ISBN 978-7-307-24615-7

Ⅰ. I712.065

中国国家版本馆 CIP 数据核字第 2024A09M50 号

责任编辑:白绍华   责任校对:鄢春梅   版式设计:韩闻锦

出版发行:**武汉大学出版社**　(430072　武昌　珞珈山)

（电子邮箱:cbs22@ whu.edu.cn　网址:www.wdp.com.cn）

印刷:武汉邮科印务有限公司

开本:720×1000　1/16　印张:22.75　字数:314 千字　插页:1

版次:2024 年 11 月第 1 版　　2024 年 11 月第 1 次印刷

ISBN 978-7-307-24615-7　　定价:99. 00 元

序言：聂华苓的今生今世

汪亚琴

聂华苓在《三生影像》里写道："爱荷华的好，你得在这黑土地上生活，才能领会到。爱荷华的人，和这黑土地一样，扎扎实实。在一个不可靠的世界中，叫人感到安稳可靠。"①2019 年盛夏，我还在湖北大学文学院读博，在母校和导师刘川鄂教授的资助与帮助下，前往爱荷华大学参与"国际写作计划"（下文简称 IWP）交流访学，有幸体会这片黑土地的好。爱荷华最美的风景在秋季和冬季，我自然是错过霜叶遍布雪漫双膝，但也见识了爱荷华人如何珍惜短暂的夏天：开着敞篷车在暴雨里漫游，夏日午后在自家后院支起吊床沉在日光里，抢在日落前牵着狗儿推着婴儿车在公园漫步。此时的中国人，为避免强紫外线的照射从头裹到脚，美国人惊奇于中国人的耐热力。夏天的爱荷华热得并不决绝彻底，实在是中国人的避暑胜地。因为爱荷华夏天的短暂和热得不彻底，美国人和中国人终于达成一致：日子慢点过，慢点过⋯⋯

美国人每天都在道歉、道谢、问候、祝福，公共场合打个喷嚏即使没人在意也要说一句"Excuse me"，公交司机对每个上车刷卡的人说谢谢，超市收银员和顾客会互相祝福"Have a nice day!"美国人对亲属关系相对冷漠，但素来对陌生人不设防，迎面而来的陌生人，不微笑说一句"嗨"，就让人尴尬到无地自容，美国人的迎面问候太让人招架不住。

---

① 聂华苓：《三生影像》，三联书店 2008 年版，第 282 页。

纽约、洛杉矶、旧金山这样的城市在中国太普遍，去小城市才能体验到真正的美国生活，地处中部的小州爱荷华就符合这个标准。"Iowa"得名"爱荷华"之前，曾被译为艾奥瓦、衣阿华等名，聂华苓觉得这些名字不太雅致美观，就在自己作品里译为"爱荷华"，可以说"爱荷华"之名是通过文学圈传至大洋彼岸。爱荷华是鹰眼之州（Hawkeye），鹰的凶悍敏捷似乎与别致温润的爱荷华州、和善好客的爱荷华人不相符。

从一个小小的爱荷华就能抓住美国地广人稀的精髓。车子飞驰在高速公路上，两边铺满绵延不断的绿意，偶然有一座白房子在凸起的绿坡顶上，像恬静的油画赏心悦目，让人止不住地嘟囔一句：真羡慕住在这里的人！然后又是无边际的田野。美国人可以没有房，不能没有车，没车像失了腿会自卑，不仅限制了脚，也限制了眼睛，步行远远没有坐在车里有安全感。爱荷华的城乡界限并不分明，有人住在乡下前后带花园的两层小楼，有人挤在城中心的公寓靠敞开的阳台寻一点乐趣。九点日落后原本宁静的小城变得更沉寂，喧闹躲进了酒吧咖啡馆。谁能想到一个满是玉米地的地方竟能孕育一座文学之城，爱荷华太适合潜心创作。

初见聂华苓

2018 年在美国北部明尼苏达大学游学一个月，2019 年又宿命般地空降紧挨明尼苏达的爱荷华，我注定要逃离大城市的喧嚣，独享三个月的宁静。有了前次访美的经验，这次来美国适应得格外快，前面几天办妥手续，熟悉了生活环境，只差这次美国之行最大的愿望——见聂华苓没有完成。几天后，王晓蓝女士抵达爱荷华，她邀我去家里与华苓老师见面。

爱荷华州的城乡界限不分明，城与城的界限同样模糊。我租住在与爱荷华城相邻的科尔维尔（Coralville），乘坐一辆天蓝色公交二十分钟到爱荷华城中心，再坐五分钟校车就能到五月花公寓，也就是聂华苓家山脚下。第一次去，从城中心下车后，我没有坐校车，想循着作家们的足迹走到华苓老师家。从爱荷华城地标建筑金顶出发，沿爱荷华河步行十五分钟到五月花，中途会经过"作家工作坊""国际写作计划"的办公楼"Dey House"和"Shambaugh House"。土色与枣红相间的五月花现在已是学生公寓，面朝爱荷华河，背靠一片小山，聂华苓的红楼鹿园就藏在山林里。到了五月花，王晓蓝老师开车来接我。见她开车来，想是还有一段路程。但从五月花旁的一条小路向上，不到两分钟，转过一个弯，红色木制两层小楼就在林中显出斑驳倩影。路虽不远，坡度却大，若是步行上去，需要费上一番力气，红楼门口的坡度就接近60度。房子因年代久远，已褪去不少鲜亮，如今的那份显眼是林中盛夏衬出来的。

红色木质门上挂了一个长方形铜牌，上面刻了ENGLE和安寓，取自聂华苓丈夫的姓氏安格尔。晓蓝老师带我参观了一楼后才上二楼，华苓老师听见声响，快步从房间走出来。她身着碎花黑底丝绒连衣裙，戴着金边眼镜，欠着身子带着打量的目光迎上来与我握手，我把鲜花送给她，她高兴地说："我除了喜欢可爱的人，还喜欢可爱的花。"已94岁的聂华苓声音十分洪亮，精神也很好。王晓蓝介绍我是从武汉过来的，华苓老师马上用一口地道的武汉话问我："那你听得懂武汉话？"我说我不是武汉人，但在湖北快十年了，听得懂武汉话，她的乡音拉近了我们的距离。离开武汉整整七十年了，她和妹妹聂华蓉（我随王晓蓝老师叫七姨）对话时还保留着地道乡音。后来，华苓老师不止一次询问我武汉的情况，江汉关还在吗？轮渡还能坐吗？那是渴望牵挂的语气，仿佛探寻我身上残存的武汉气息。来美前，我特意拍了一些武汉照片存在手机，她认真地翻看着那些照片，叹息道："可惜我年纪大了，不能再回武汉看看了"，此时的聂华苓，满眼都是怅惘。

王晓蓝做饭，我与华苓老师坐在餐桌上聊天。紫檀色长方形的餐桌，曾招待过世界各地的作家，如今坐着武汉的今人与故人。之后，我每次去，华苓老师都会端上一杯酒，或一杯咖啡，或一杯橙汁与我在这里聊天，聊她与Paul的爱情，她的创作，她在大陆、在台湾经历的风风雨雨。

聂华苓的书房

红楼有两层，一楼是客房、洗衣间、杂物间和一个开放式书房，二楼是聂华苓和安格尔的书房、卧室，还有餐厅、客厅、木栈阳台。

一楼杂物间有很多纸箱，里面放着聂华苓和安格尔出版的作品，开放式书房正中间是聂华苓的办公桌，桌子上放着台式电脑，聂华苓平时就在这台电脑上查看邮件。书房三面墙上都有书架，上面摆放着中外文学作品。盒子里，桌子上，散放着各类报纸、文件、书信，有聂华苓夫妇在"国际写作计划"的工作资料，於梨华、陈若曦、李欧梵、白先勇、余光中等作家的书信，聂华苓夫妇提名诺贝尔和平奖的来往信函等珍贵史料。

一楼书房墙上挂着名家赠送的字画。书桌上方两米多的莲花水墨画，是黄永玉 1999 年赠给聂华苓的，上面写着："莲花说/我在水上飘荡/这是安格尔给我的诗/他不在了/而如今我仍然在水上飘荡/看起来我将按照他诗中说的活下去了/我给他的诗写过/要再为安格尔画一幅画/像古人挂剑在朋友的坟前树上。"另有一幅黄永玉 1980 年赠的水墨花鸟画，写有"有美人兮在水之湄"字样，挂在聂华苓家二楼酒柜上；书桌对面墙上斜靠着 1979 年茅盾赠的书法，上面写着他 1973 年所作的诗《读〈稼轩集〉》："浮沉胡海词千首，老去牢骚岂偶然。漫忆纵横穿敌垒，剧怜容与过江船。美芹荩谋空传世，京口壮猷仅匝年。扰扰鱼虾豪杰尽，放翁同甫共婵娟"；茅盾字左边挂着一幅水墨画，画上是两片芭蕉叶和一丛盛放的红花；靠门边的墙上挂着著名画家杨之光为聂华苓夫妇画的人物肖像，画中的聂华苓笑容舒爽灿烂，安格尔温柔安详，神韵勾勒点染到位，水墨下笔又为人物添了一丝沧桑。

聂华苓十分喜爱的吴祖光的字画，挂在落地窗边，赠于 1983 年。左为字右为画，右边的水墨画名为"金秋"，金色菊花在一楼幽暗的书房盛开了三十多年，左边的字是行书所写"倏忽枝头露，飘然岭上云，易销仇者怨，难招美人恩"。行云流水的书法配上金色水墨菊花，古朴雅致又得见作者潇洒不羁的个性。这首诗吴祖光也曾赠给潘耀明。1983年吴祖光与潘耀明同为"国际写作计划"邀请作家，两人是邻居，合用一个厨房，潘耀明回忆说：大抵他给新凤霞大姐宠惯了，除了插电饭煲，其他烹饪知识一无所知。相处一段时间下来，我们自然分工，他买菜，我下厨，配合得天衣无缝。那一段日子是令人怀念的。"爱荷华国际写作计划"活动结束，临别时吴老赠我一首诗，诗曰："倏忽枝头露，飘然岭上云；易销仇者怨，难招美人恩。不屈为至贵，最富是清贫；此意凭谁会，悠悠天地心。"另有附注："1983年秋与彦火兄有同居寄食之雅，相逢异国诚三生之幸，因以报恩之诗报之。"[1]想来，吴祖光用一首诗同时感谢了彦火的搭伙之谊和聂华苓安格尔的盛邀款待。

从一楼至二楼的楼梯间，是红楼著名的面具墙，由四十多张面具组成，另有一部分面具挂在客厅木梁上。这些面具有些是作家送的，有些是聂华苓夫妇买的。上二楼左转第一间是聂华苓的书房。这个书房里的东西，聂华苓格外当宝贝，所有资料分类放好，访客只准看不准拿出书房，动过的东西她再三嘱咐要放回原位。靠窗的桌边放着一摞相册，里面记录着聂华苓的一生：有大陆时期亲友的黑白照片，台湾《自由中国》时期的珍贵影集，聂华苓夫妇旅行随拍，以及历年参加"国际写作计划"作家们的合影等。相册旁放着几个纸箱，我曾在里面看见过茅盾、卞之琳的来信，张贤亮、徐迟的手稿。桌上放着一些旧报纸和书，有一个角落放着聂华苓1980年回国的珍贵资料，连当时的行程单、看过的楚剧节目单，她都珍藏得完好无缺。书柜上收藏的是"国际写作计划"中国作家的作品集，各个角落都散放着书信、报纸、杂志以及文学作品。

聂华苓有一个习惯，她喜欢把家里墙边、书架上都放满照片，以便随时可以见到想见的人。没有相框的照片只是随手靠着，橱柜上的是家人照片，餐厅的酒柜上是与朋友的合照，书房里也放着家人和作家们的

---

① 潘耀明：《吴祖光的快意恩仇》，《文学自由谈》2003年第4期。

照片，卧室床头柜上是她和安格尔的合照。一不小心照片就像多米诺骨牌一样一排排倒下，她会耐心地一张张再靠回原位。一排排摆放着的老照片，像电影放映机一样闪现着红楼曾经的热闹，承载着 94 岁老人的回忆，她要在每天看书时、吃饭时、睡觉时、醒来时随时感知记忆的温度。

如果聂华苓的家是联合国，她的书房就是联合国的博物馆。藏书量自不必说，还有珍贵的字画、书信、手稿、照片、DVD。这都得益于聂华苓夫妇随手记录、小心珍藏的习惯。如在报纸杂志上发表的作品、相关的新闻报道、评论，聂华苓和安格尔都会剪贴在笔记本上；一楼客房衣柜里的五袋明信片，封存着聂华苓和安格尔的旅行记忆。不知从何时起，聂华苓已整理好那些记忆，分类、打包、标记，显然，她已为红楼最后一位主人的离开做好了准备。

写作之外的聂华苓

我与聂老师相识时，她已 94 岁，我见到的不仅仅是一个名作家，还是蜕去作家外衣后可爱、倔强的老人。她有自带的光环，像天空耀眼的星，不自觉就吸引所有目光。谈创作和 IWP 时严肃庄重，难掩知识分子特有的傲气，作家特有的感知力和观察力依然不减，有时又像稚气未脱的孩子，一副已经拿定主意的样子让人拿她没办法。

近年她的记忆力已大不如前，厨房座机旁，饭桌上，楼下书房都放着日历，这是她的备忘录，以便随时提醒重要的事和来访的人。她常常深夜一两点入睡，若无人叫醒，会睡到第二天中午。午饭煮一碗加蛋清和菠菜的麦片粥，一片全麦面包涂上花生酱加一杯鲜牛奶就是简易晚餐，每天下午喝点白兰地或咖啡，吃点水果，这是她的调味料。上午起床，煮上麦片她就下楼查看邮件，有时邮件看久了就忘记灶上煮的东西，下午我来时烧焦的锅放在水槽里。

美国的老人除了在外观上能与年轻人区别开来，心态与年轻人无异。常能看见七八十岁的老夫妻自驾游，车后拖着自行车、摩托车、船、房车，华苓老师亦然，她 88 岁还在开车，总是闲不下来，停不下脚步。她 88 岁那年，两个女儿担心的事情还是发生了，从家门口那段陡坡冲了出去，好在车子因为树的阻力挂在了坡上，逃过一劫，但也终止了她的开车生涯。无奈，"命比车重要"（聂华苓语）。车卖了，她也不大出门了。没有车，就像没有脚，限制了自由，她就有了另一个爱好：看新闻，她要足不出户就知天下事。华苓老师总对我说："我要去看新闻了，我是一个作家，必须知道每天发生了什么事，不能成为一个瞎子、聋子、瘸子。如果你乐意，欢迎你来房间和我一起看。"不一会儿，房间响起英语播报的新闻。

华苓老师每隔一段时间，都要去楼下书房的电脑里查看邮件。只是，她因年事已高，停下写作的笔。每周一至周五，若无人拜访，朋友Sue 会开车带她出门逛两个小时，有时回家前会去杂货店添置牛奶、面包等食物和生活用品，她们常去一家冰淇淋站吃一份杯装巧克力冰淇淋。Sue 说，华苓有一颗童心，所以才会长寿。周六下午七妹聂华蓉来住一晚，开车带她去离家不远的大坝兜一圈，那是 Paul 在世时，他们常去散步和划船的地方，也是聂华苓向安格尔提出"国际写作计划"设想的地方。看新闻，查邮件，兜风两小时，偶尔接待来访客人，就是94 岁聂华苓的一天。

近来华苓老师又患脚疾，出门兜风她不会下车散步，只坐在车上看风景。常常不自觉地赞叹："啊，那个花开得真可爱!""你看，多美的绿色啊!"她常说："可惜我现在不能开车了，我有过两辆银色的车，都开了二十多年，我想我的银色车就像想我的旧情人。"随口脱出的一句话，提醒我们坐在车上头发花白的老人是享誉世界的作家，她对生活充满热情。

华苓老师喜欢叫我豆豆，王晓蓝老师笑着说："你以后可以很自豪地说：我的小名是聂华苓取的。"七姨纠正好多次，她依然叫我豆豆，甚至不记得豆豆是她给我取的小名。七姨无奈地说："痖弦的女儿，小名好像叫豆豆，她可能弄混了。"她其实没有弄混，有一次 Sue 开车带我们逛郊野，她用英文介绍说："她叫豆豆，是从我的家乡武汉来的，豆就是一种圆圆的豆子，重复'豆'这个字，听起来有节奏很可爱的名字，和她的长相相符。"我坐在后座补充"这个有节奏很可爱的名字是你取的，可惜你已经忘记了"。她笑着拍了一下脑门："嗨，看我现在的脑筋已经不行了。"逗我们笑起来，她的笑声格外爽朗，回荡在整个车里，现在仿佛还在我的耳边回响，她还是郑愁予口中"风华绝代"的聂华苓。

若没有别的客人，我几乎每天下午都会去华苓老师家，每次她从二楼下来给我开门，在楼梯转弯处一看见我就开心地挥挥手，进门后华苓老师就对我说："想吃什么自己做，想喝什么就去冰箱拿，想看什么书自己找，把这里当作自己家。"7月初，华苓老师的二弟聂华桐先生来爱荷华看望她。一周后，我去华苓老师家，一见面我说："聂老师，好久不见，想您了"，她打趣道："想我就对了，就是要你想我。"她的幽默来得猝不及防。有时我在楼下客房看书，她在书房看邮件，就这样安静相处一下午。有时我来了直接钻进客房看书，她接着去楼上看新闻，离开时我跟她打招呼，她说："我都不记得你还在这。"每次我在楼下客房整理资料，就听见她在二楼叫"豆豆，豆豆"，我在楼下回应她"聂老师，我在下面！"然后赶紧跑到楼梯口，她听不见我的回应，已经从二楼下来，我们在楼梯口撞个满怀。我想，或许很多时候，她不记得我已离开，常到客房来寻我，看见的只是空荡荡的房间。

聂华苓常常得意地说："你看，我来爱荷华都已经大半个世纪了！"安格尔过世后，她也在红楼独自生活了近三十年。偌大的房子，四周被幽深的树林包围，房子里装满了书与回忆，但我能感到她的寂寞，这与作家需要的孤独感是不同的。每次客人离开，她都会目送很久，有时站在门口，有时站在窗边，时不时挥挥手告别，直到看不见离人身影，她才上楼。她这样目送过我很多次，有时回头看见落地窗边那个孤独的身影，站在那里送走了全世界各地的作家，如今她目送着我离开，一个从故乡来的陌生女孩，她同样无条件地给予信任、帮助。

对一个还未踏上社会的"90后"学生来说，聂华苓经历的风风雨雨，我无法想象，只是静静听她说那些遥远的故事。听到最多的自然是她与安格尔在台北相遇的那一天，她记得安格尔说过的每句话，那份思念已积淀近三十年。安格尔在世时，每天都在后院放鹿食，鹿群每天都会造访红楼，于是红楼别称鹿园。安格尔去世后，物是人非，泳池落满树叶，前后院荒草丛生，也很少看见鹿了，但安格尔的书房还保持原样。

三个月里我见过两次鹿，第一次见到鹿已是我来爱荷华一个月以后。母鹿带着两只小鹿在屋旁散步，两只小鹿看见我显得有些慌张，母鹿并不害怕，与我对视好久，才悠闲地离开。那一瞬间我想，或许这双眼睛曾见过许多作家，或许它们是被安格尔悉心喂养的鹿群后代。可惜我只能在照片上看见华苓老师口中幽默风趣的保罗·安格尔，王晓蓝心里崇敬的"老爹"。

华苓老师虽然生活习惯已经美国化，但骨子里还是个地道的中国人。她有中国式母亲的控制欲，不喜欢女儿们干涉她的生活为她做决定；她有中国式长姐的担当，所以妹妹聂华蓉说"母亲去世后，姐姐就是我精神上的母亲"；她有中国女人的外柔内刚，果敢坚毅。

华苓老师几乎不穿裤装，平时爱穿红色紫色颜色鲜艳款式雅致庄重的连衣裙。她最爱的是兰花，二楼客厅落地窗前养着十几盆蝴蝶兰，即使行动不便也不怠慢那些兰花，总能在花盆里看见未融尽的冰块。我回国的前一天，客厅桌上那盆淡黄色兰花正开得明丽。

告别爱荷华

每年9月到12月，"国际写作计划"都会邀请世界各地的作家来爱荷华。今年有30位来自26个国家和地区的作家到访，其中有四位中国作家：上海剧作家喻荣军，香港剧作家陈炳钊、诗人陈丽娟，台湾诗人瓦历斯·诺干(Walis Nokan)。聂华苓虽早已荣休，但"国际写作计划"每年邀请大陆作家还是会征询她的意见。曾有人匿名捐了25万美金给爱荷华大学，指明由聂华苓支配。她用这笔钱的利息，每年资助一位大陆作家和外国作家来IWP，今年受资助者是喻荣军。

9 月 4 日是"国际写作计划"2019 年的开幕式和作家欢迎会时间，聂华苓像往年一样受邀出席。会议开始，IWP 现任主持人克瑞斯托福·莫瑞尔致辞介绍来宾，接着 30 位不同肤色不同装扮的作家站成一排，依次用不同的英语口音自我介绍。可惜，开幕式上喻荣军因为签证问题还未抵达，瓦历斯·诺干也未现身。王晓蓝每次回爱荷华探望妈妈，都会邀请朋友来家里聚一聚，以前这个活动的召集者是聂华苓。这一年也一样，开幕式后，王晓蓝委托七姨邀请两位香港作家中秋节来红楼共度佳节，可惜那时我已回武汉。

回国的前一天，原本打算下午三点去华苓老师家道别，因有事耽搁，五点半到山脚下，晴朗一天的爱荷华突然飘雨，手机响起，是华苓老师家的号码，说话的是七姨，问我是否到了，我说已在山脚下。挂了电话，小跑上去，我知道聂老师肯定等在门口给我开门。果不其然，她已经打开门迎接我，"哎呀，豆豆，你明天就要走了，我请你出去吃顿饭吧。"我看天快要黑了，又在下雨，就希望在家里随便吃一点大家一起聊聊天，但她一脸坚定。我知道她做决定的事，别人向来拗不过。华苓老师打电话预订了吃饭的地方，收拾出门，86 岁的七姨开车带我们到餐厅。

餐厅 Iowa River Power Restaurant 坐落在爱荷华河边，我每天坐公交到五月花都会经过这里。华苓老师说，从这家店开业开始，以前作家们来，她都在这请客。在陈安琪的纪录片《三生三世聂华苓》里，毕飞宇说华苓老师旧电脑坏了舍不得换，但请作家们吃饭随便一顿几百块却给得十分爽快。餐厅特意给华苓老师留了靠窗看得见爱荷华河的位子，刚落座，一位相熟的服务员过来与华苓老师打招呼，她们寒暄了几句，我们点了菜，聂老师没吃几口，她看着我们说："你们吃得香，我这个请客的人心里就痛快！"吃完饭，老板娘得莉丝端来了泡芙，"姐姐每次来，得莉丝都会送这个。"七姨感动地说。如今记忆力不好的华苓老师，记得这个餐厅的拿手菜，老服务员和老板娘的名字，就像她熟悉爱荷华的每条路，路边的每棵树，她对爱荷华的一切如数家珍。

　　吃完饭，天已经黑了，七姨因为眼疾不能开夜车，没有美国驾照只办了驾照翻译件的我只好临时上阵。我说："七姨，离开前，我终于在美国过了开车瘾。"外面还在飘雨，漆黑一片，万一被不承认驾照翻译件的交警抓住，我就是无证驾驶，心里忐忑不安。华苓老师坐在副驾驶给我指路：走左转道，直走……她叹息："哎！可惜我不能开车了，不然就不用你冒险。"三个月来，我在这条路上往返数回，自然知道去聂老师家的路，但我没有说话，想让她感到指路的乐趣。她称赞着："你的车开得很好呀！"我笑说："在中国开过车的人，到美国来都是马路高手。"

　　总算安全到家，也到了分别的时候。我们三个拥抱再拥抱，两位老人眼里泛着泪花，"回国后记得给我发邮件，以后来美国一定要来看我，哎，不知道你下次来，我还在不在了！"华苓老师伤感地说道。我憋了一天的眼泪终于掉下来，她不止一次这么说。外面下雨，天气转凉了。我让她们快进去，华苓老师说："我到窗边看着你走。"最后一次，天黑了，夜深了，雨淅淅沥沥往下落，我回头，怎么也看不清窗边站着的身影，好在她已深深印在我的心里。

目　　录

绪　论

　　聂华苓(Hualing Nieh Engle)是"从武汉走向世界"的著名美籍华裔女作家,1976年"诺贝尔和平奖"候选人,被誉为"世界文学组织之母"。1967年聂华苓与保罗·安格尔(Paul Engle)在美国爱荷华创办"国际写作计划"(International Writing Program,IWP),1979年开创"Chinese Weekend"文会,之后连续数年往返中美之间,架起了改革开放初期中美文化交流的重要桥梁。

　　现年快100岁高龄的聂华苓,在海外华文文学界,不算多产的作家,聂华苓的创作之所以能在海外华文作家群中产生一定影响,主要在于她能"立足于具体的现实,放笔于广阔的时空,而能将相当漫长的历史,遥隔的地域,众多人物有机地联系,着落于主要人物性格的现实发展之中,显示了驾驭庞大生活素材的艺术功力"。① 她早期较有影响的一部分作品,都是着力于对一群"漂泊者"的速写。围绕着这一类人,加上个人经历和情感的润色,小说文体创新和叙事特色的助推,聂华苓小说做到了有中心稳定大局,又四面开花。如她关注到老年群体的孤独与寂寞,为此她写了《高老太太的周末》《寂寞》《祖母与孙子》等小说,向那些青年为子女奉献青春,中年与子女产生隔阂,晚年生活孤寂的父母们表达了同情与敬意;那些为生活奔波,失去青春活力的中年群体,更触动聂华苓的心,于是《李环的皮包》《一朵小白花》《君子好逑》等小

---

　　① 李恺玲:《"帝女雀"的歌——评聂华苓新作〈千山外,水长流〉》,《啄木鸟》1985年第2期,第187页。

说问世，着力祭奠回不去的青春时光，唤醒丧失的初心，注入继续探索生活的动力。当然这些人物都打上了漂泊的底色，那些在历史洪流中被冲散的人，都有一个共同的名字——"漂泊者"。

聂华苓也是个十分有文体意识的作家，她的小说叙事特色鲜明，在《千山外，水长流》《永不闭幕的舞台》《死亡的幽会》等小说里，都尝试融入书信体、日记体，并不执着于单一的小说样式。所以读她的小说，特别是长篇小说不会有单调乏味之感，像装满惊喜的盒子，打开就是新天地。文体上的探索精神，为她的小说增分添色。

聂华苓自传《三生影像》的序言有四句话"我是一棵树/根在大陆/干在台湾/枝叶在爱荷华"。大陆、台湾、爱荷华三个坐标组成的人生，已初见聂华苓流转漂泊的一生。在大陆战乱中度过童年与青少年时期，在台湾的白色恐怖中度过了而立之年，去美前的聂华苓，在战乱纷扰、外患内忧、政治激荡的历史中漂泊了四十年。正因为漂泊的前半生，聂华苓才将这些经历自觉或不自觉地代入创作。空间词汇和时间坐标，是聂华苓人生记忆中带有创伤的记忆，也是她人生中不可磨灭的重要时空节点。她没有成为一位永远沉迷于过去回忆的创伤性精神病患者，而是成为永远书写过去的成熟作家。

对聂华苓的研究，可大致分为三个时期。首先是蛰伏期即1949年至1978年，研究主要集中在港台。虽然聂华苓在南京中央大学时期就已经发表处女作《"变形虫"的世界》，但1949年她从大陆离开，直到1978年才重返大陆，此前，大陆的聂华苓研究是长达30年的空白。研究最早始于台湾，1949年去台后，聂华苓开始在《自由中国》担任编辑，并发表短篇小说与翻译。除《千山外，水长流》外，聂华苓大多重要的作品于1978年以前发表，但相关研究并没有跟上聂华苓创作的步伐。1978年是聂华苓1949年以来第一次回到大陆，随着她先后多次的回归，也推动大陆的聂华苓研究。但是聂华苓在20世纪70年代翻译《毛泽东诗词》，1974年回台之后，就上了"警总"黑名单，被禁止进入台湾。

从 1949 年到 1978 年，近 30 年时间，关于聂华苓的研究只做到了起步。大陆几乎是空白，兴起于台湾的聂华苓研究也在 70 年代中断。这 30 年的研究大多从单部作品或单部小说集入手，综合性的论述较少；研究群体较单一，以聂华苓的文友为主，评论大多感性随性，没有限定的主题，亦不依靠理论支撑，更不限于条分缕析的束缚，逻辑性不强，但褒贬兼有，显示了早期聂华苓研究的某种活力与客观性；研究方向上，有注意到聂华苓对人性深广度揭示的彭歌，有将《桑青与桃红》定义为"放逐"主题的白先勇，还有关于聂华苓借鉴西方小说技巧的研究薪火开始在叶维廉、白先勇等人的评论文章中点燃。

1978 年后，大陆的聂华苓研究兴起，政治上的对立却导致台湾的聂华苓研究陷入低迷。好在经过"国际写作计划"香港作家的努力，港台研究阵地转移至香港。直到 1988 年，经过余纪忠等朋友的游说，她才被允许进入台湾。至此，聂华苓研究在海峡两岸暨香港全面解禁。所以，1978 年至 1988 年可看作聂华苓研究的第二个时期。这十年虽短，却是聂华苓研究相当重要的十年。聂华苓 1949 年离开大陆，三十年后第一次踏上大陆国土，并在此后数次回归。聂华苓与大陆的频繁互动，掀起了聂华苓研究的第一个高潮。大陆的研究主要集中在聂华苓的三部长篇小说上，研究内容涉及主题、创作思想、创作手法、创作道路等多个方面。这一时期大陆有几位聂华苓研究者值得关注，如受聂华苓邀请参加"国际写作计划"的作家萧乾，还有聂华苓中央大学时期同窗好友专事现代文学研究的李恺玲，以及一些专业评论队伍的评论家。无论是研究队伍还是研究深广度，都比第一时期扩大了。

1978 年聂华苓回大陆后，她的作品才与大陆读者见面。这一时期，对她作品的解读很多都相当表面化，类似于作品简介、作者简介，并没有更深层次的探讨。这一时期，聂华苓通过努力，成功邀请大陆作家走出国门，走向文学圣地爱荷华，推动了大陆文学与港澳台以及其他国家的文学互动交流。并于 1979 年和 1980 年以"中国文学的前途""海峡两岸的文学"为题，在爱荷华大学成功组织召开了"中国周末"文会。这些令人瞩目的成果并未引起研究者的关注，这一时期"国际写作计划"的研究者更像"推广者"，都是以访谈的方式推广介绍"国际写作计划"，并没有从研究的角度深入分析这一推动世界文学发展尤其是中国文学与世界文学交流的平台，是令人惋惜的一点。

香港这十年的聂华苓研究，涉及面比较广，有作家作品论，有访谈，有对聂华苓文学活动和经历的分析，对聂华苓其人其作的传播推广有积极意义，尤其是对聂华苓的创作历程、生活经历、国际写作计划等的介绍比较详细，为当下的聂华苓研究提供了很多参考史料。但这些文章很多是新闻性质的，对作品的解读较浅，蜻蜓点水一笔带过，未作深入系统分析，史料价值大于学术价值。

1988 年是聂华苓自 1974 年后，首次重返台湾，标志着聂华苓和她的作品在港澳台和大陆全面解禁，所以，1988 年至今可视为聂华苓研究的第三个时期。这一时期的研究呈现多样化的特质：研究区域海峡两岸同步推进，研究视角不断拓展出新，研究群体从作家扩展至专业评论家，研究成果从评论文章延伸到硕博论文。尤其是近年来海外华文文学逐渐成为学界研究的热点，聂华苓作为其中的代表作家，不断被提起。值得一提的是中国台湾省的聂华苓研究：1988 年以后，聂华苓作品在海峡两岸暨香港全面解禁，就如绷紧的弹簧一样，蓄满爆发力的台湾研究者，成为聂华苓研究的主力军。80 年代末余纪忠主编的《中国时报》与应凤凰主编的《中国时报·人间副刊》、李怡主编的《九十年代》，90 年代潘耀明接手后的《明报》，21 世纪封德屏主编的《文讯》成为聂华苓研究文章发表的主要阵地。

综上，三个研究时段的聂华苓研究主要存在以下几个问题：其一，研究视角较单一，大多集中于离散、流亡、跨域等方面；其二，研究的深度不够，对于聂华苓的人物访谈、对谈、简介等新闻性质的报道较多，但对聂华苓作品综合的、审美的研究较少；其三，有影响力的研究较少，与聂华苓所取得的世界声誉极不相称。海外华文文学是当下的研究热点，但是专注作家论的学者并不多。目前受到较多研究的海外华文作家比如白先勇，袁良骏、刘俊等学者都写过"白先勇论"。但是关于聂华苓的相关研究则略显不足，尤其是在聂华苓的作品综合论述、文学成就的整体概述、文学史料的整合上，还有很多研究空间待拓展。聂华苓文学创作的代表性、组织文学活动产生的影响力，决定了推进聂华苓研究的必要性。

其一，整合聂华苓各个时期创作，尤其是对其早期在台湾发表作品的整理十分必要。因为大陆与台湾的政治因素，导致两岸的史料共享一直不畅通。聂华苓在台湾时期发表的大部分短篇小说，目前在大陆只集结为《台湾轶事》出版，《一朵小白花》《翡翠猫》等集子，还有聂华苓早期在《自由中国》上发表的小说，在大陆都无法获取，造成大陆的聂华苓研究困难重重。对聂华苓及其作品的研究成果虽多，但大多是新闻报道、访谈等知识性或史料性的资料。如介绍聂华苓的生平、创作、小说内容以及"国际写作计划"，大多内容重复、零散，缺少综合性的史料专著。尤其缺少聂华苓小说专论、传记、年谱等资料，目前海峡两岸甚至还没有出版聂华苓的作品集。小说集《翡翠猫》《一朵小白花》在大陆也没有再版，早期在《自由中国》发表的《葛藤》等小说、散文和翻译作品在大陆也无法获取，为聂华苓综合研究带来极大困难。

目前可见的史料合集只有1990年大陆版李恺玲编的《聂华苓研究专集》和台湾版应凤凰编的《台湾现当代作家研究资料汇编23 聂华苓》。虽然后者收录了几篇台湾研究论文，列出了聂华苓创作年谱、研究资料索引，可是因海峡两岸互相封闭、文献库不共享的缘故，即使有索引，也很难找到原文阅读。间接暴露出聂华苓研究迟滞的根本原因：即政治对立直接连累了聂华苓研究的推进。特别是1988年之前，海峡两岸的聂华苓研究，基本不在同一步调，一直处于你进我退的失调状态。因为政治原因造成的资料短缺而导致的研究迟滞，不能不说是聂华苓研究的一大遗憾。

其二，对聂华苓作品的全面梳理解读十分必要。基于上述史料发掘上的政治因素障碍，导致目前的聂华苓研究，在综合研究上存在很多问题。所以，结合聂华苓早期在《自由中国》等台湾期刊发表的短篇小说，还有后期创作的长篇小说，对聂华苓的整个创作历程做一个完整论述，在目前看来虽然是一个中规中矩的研究方式但对聂华苓研究来说亦不失为一个紧迫的工作。其实，聂华苓从台湾时期开始，就以中短篇小说创作起家。但是，关于目前的研究大多集中在长篇小说上，中短篇以及散文研究备受冷落。1956年在《自由中国》发表的中篇小说《葛藤》，1988年在《中国时报·人间副刊》连载的短篇小说《死亡的幽会》，甚至已处于被研究者遗忘的尴尬境地。

1970年《桑青与桃红》在台湾《联合报》连载时被腰斩，1980年《桑青与桃红》在大陆删减第四部出版，1988年8月，《桑青与桃红》在被禁十余年后，才由台北汉艺色研文化公司首度在台湾出版。此前，整个中国境内，完整版的《桑青与桃红》只有1976年香港友联出版社版本，大陆的完整版直到1990年才由春风文艺出版社出版。至此，《桑青与桃红》才在海峡两岸暨香港完整亮相。全面解禁与完整出版，也掀起了《桑青与桃红》在海峡两岸暨香港的研究高潮。据笔者统计，在知网以"聂华苓"为关键词搜索出的159篇研究文章中，有38篇为《桑青与桃红》的专论，应凤凰整理的研究资料索引，关于小说的274篇研究文章中，有67篇《桑青与桃红》的专论，都占近1/4的研究比例。

《桑青与桃红》成为聂华苓研究的中心与焦点，是大陆和港台聂华苓研究的共同点。借鉴李欧梵在《重划〈桑青与桃红〉的地图》一文中对这篇小说的研究史所做的划分，他认为70年代初出版的时候，它的意义是政治性的，如上文对人的精神分裂象征国家政治分离的解读即例证；80年代，女权和女性主义抬头，这本小说又被视作探讨女性心理的开山之作；到了90年代，《桑青与桃红》又从"女性主义"走入所谓"Diaspora"研究的领域，即离散主题研究。李欧梵认为《桑青与桃红》在不同时代的不同解读，证明它是经得起时代考验的经典之作。

《桑青与桃红》成为研究者的宠儿，一方面虽然折射出这部小说的经典性，另一方面也说明研究视角还没有得到充分扩展，聂华苓创作的全貌也没有引起研究者足够的关注。这就间接导致聂华苓研究中单篇论述与综合论述的失衡现象。纵观聂华苓研究，关于聂华苓作品的单篇论述较多，综合论述不充分。即使是综论文章，也多是分开论述。

其三，挖掘、借鉴聂华苓组织文学活动的成功经验十分必要。随着目前研究界的"史料热"，已经有邓如冰等学者开始重视聂华苓文学活动的价值。聂华苓是从武汉走向世界的作家，是在文学文化界都有极高声望的文学活动家，为中国乃至国际的文学文化交流与发展都做出了极大贡献，但是聂华苓的文学成就及其组织文学活动的诸多成功经验，都没有引起足够重视，还有进一步研究借鉴的必要。

1988 年之前，聂华苓研究者多是参加"国际写作计划"的作家和聂华苓的文友、学友，研究群体未走向普通批评家群体。这就造成聂华苓研究文章存在很多同一性，如研究文章的感性大于理性，多停留于作品细读层面，缺少理论支撑；研究视角也很难向深广处开拓；文章大多随性，缺乏逻辑性和专业性；回忆性的文章较多，新闻价值和史料价值大于学术价值。研究视角在 1988 年以后得到拓展，但依然不够充分。如对聂华苓散文和文学观念、文学思想的研究，尤其是文学活动包括《自由中国》文艺栏、"国际写作计划""中国周末"的研究还有很多空白等待填补。

聂华苓文学活动的研究价值在于：其一，聂华苓夫妇创办、主持、经营国际性文学组织的成功经验及其价值，对强调命运共同体的时代，在呼吁"中国文学走出去""中国声音"传播、讲好"中国故事"的今天，有一定的推广借鉴价值；其二，聂华苓从原本个人化的创作到因为国际化的文学组织引起全世界关注，再推动她的创作走向世界，"国际写作计划"带来的声誉，也相应地推动了聂华苓研究的进行，这一文学创作与文学活动互动推进的过程是非常有借鉴和参考意义的样本；其三，50年代在台湾时期，聂华苓曾是《自由中国》的编辑委员之一，也是该刊文艺栏主编。聂华苓与 50 年代台湾文学的发展也是有价值的议题。

其四，发掘中国作家与聂华苓主持的"国际写作计划"交往史料十分必要。聂华苓是一个身份复杂的杰出作家与文学活动家。中国大陆、港台目前进入文学史的大部分现代尤其是当代作家都与聂华苓有密切往来，尤其是 80 年代大陆作家出访爱荷华期间留下了非常多珍贵的史料，包括与聂华苓往来的书信，在美国的创作成果和讲稿，等等。海外文献资料之于中国现当代文学研究的意义相当重要，它不仅是中国现当代文学文献的重要组成部分，也是探索以文学为媒介讲好中国故事、传播中国声音、向世界传播中国价值理念的重要途径。通过搜集、整理与研究 IWP 中国作家资料，对后续的相关研究和丰富中国现当代文学史料文库有重要的学术研究价值。可突出中华人民共和国成立后，在中国文化海外传播过程中，中国作家所做的积极努力。尤其可以突出改革开放后，中国作家是较早有意识与世界文学融合，积极融入世界文化建设的先进群体。这些史料的发掘对丰富中国现当代文学研究和推进聂华苓研究，都意义非凡。

提到聂华苓，会联系到很多重要的文学词汇，与创作相关的如海外华文文学、《桑青与桃红》的作者；与地域名词相关的如湖北、大陆、台湾、爱荷华；与文学组织相关的如《自由中国》和"国际写作计划"；与身份相关的如作家、编辑、"国际写作计划"主持人，等等。从聂华苓身上可以延伸出诸多文学词汇，这与她的多重身份，以及丰富的文学活动相关。所以，研究聂华苓仅仅关注她的创作是不够的，文学活动也是聂华苓文学生涯的重要组成部分。甚至我们可以提出一个大胆的疑问：聂华苓是因为创作闻名于世，还是因为文学活动走向世界随后推动她的创作走向世界？这些都是值得探讨的问题。

聂华苓是从乱世走出来的作家，她曾感慨道："我年轻的日子，几乎全是在江上度过的。武汉、宜昌、万县、长寿、重庆、南京。不同的江水，不同的生活，不同的哀乐。一个个地方，逆江而上；一个个地方，顺江而下——我在江上经历了四分之一世纪的战乱。"①战乱纷扰中

---

① 聂华苓：《最美丽的颜色：聂华苓自传》，江苏文艺出版社 2000 年版，第 50 页。

从一个个家中逃离，从武汉到台湾到爱荷华，父亲胞弟母亲的相继离世，与丈夫王正路从校园恋爱到分道扬镳，再与保罗·安格尔相遇相知相爱到结合并共同成就文学事业实现文学理想，从《自由中国》编辑到"国际写作计划"开创者与主持人，这一切种种，皆发生在一个弱女子身上，多么坎坷又充实的人生，这才是一个完整又真实的聂华苓。有意味的是，这种种经历，都是自称有"政治冷感症"的聂华苓的人生关键词。命运将聂华苓一次次拉入历史的年轮，她不得不一次次陷入时代与个人之间的纠缠。战争、逃亡、白色恐怖、监禁这些沉重的词语，成为聂华苓生命中不可承受又必须坚强面对的沉重负担。

　　所以，谈及研究聂华苓，作家是她最重要的身份，但上述种种，也是研究者走近聂华苓必须掌握的关键词。聂华苓在 60 年代提出"国际写作计划"设想，并将之付诸实践，因此赢得世界范围的广泛关注与国际影响力；70 年代发表在海外华文文学圈产生重要影响并成为离散文学代表性作品的《桑青与桃红》，该书发表与出版的命运也和小说女主角桑青的命运一样充满波折，几次三番遭查禁或"修剪"的命运，整个流程充满了象征意味；80 年代前后在海外举办"中国周末"文会，推动中国作家走出国门传播中国文学与文化的声音。聂华苓的创作之于文学史的意义，她的文学活动之于中国文学传播的意义，都是十分重大的，甚至这个意义放置于世界范围内去考察也并不为过。聂华苓研究的推进，无论对海外华文文学研究，还是对今后中国文学"走出去"，都有重要的意义。

第一章　诉说眷恋：聂华苓的文学旅程

　　"根"是一个非常具有文学意味的字眼，80 年代文学史上兴起的"寻根热"，海外华文文学中谈及的"无根的一代"，新世纪底层文学中出现的"草根文学"，等等，都与"根"这个日常生活中看起来普通世俗的词语息息相关。中国是一个对"根"格外注重的国家，"落叶归根"的说法更是由来已久。当在文学上谈到"根"，都会与"传统""回望""历史"等词语产生联系。聂华苓作为早期海外华文文学的代表作家，也是於梨华所说的"无根的一代"的代表作家。聂华苓包括白先勇、於梨华、张系国等作家在内的早期移民作家或台湾旅外作家，都在创作中，自觉或不自觉地陷入对祖国抹不去的关于"家"、关于"回归"、关于"思乡"的想象，传达出他们在大时代潮流影响下，离开故乡之根，导致精神与肉体漂泊无依的焦虑与苦闷。他们在经历精神与肉体的无限流亡与漂泊后，都表达过对家与传统的回归热望，"根"是聂华苓这一代作家心底永远充满迷惘又充满魅力的词语。这批作家，无论是在精神上还是行动上，都实践了精神还乡的寻根之旅，这与大陆 20 世纪 80 年代兴起的"寻根热"中的"根"的内涵不同。80 年代的寻根文学强调的是对传统文化之根的回归，而"无根的一代"的创作，强调的是对精神母体的回归，是一种乡愁情绪下渴望的精神与肉体的皈依，所对应的创作包括离散文学、原乡叙事。

　　1949 年聂华苓因为政治的缘故由大陆赴台，离开故乡，这是她在"根"上第一重的失去；1964 年，聂华苓在经历白色恐怖后由台赴美，彻底失去与祖国最后一丝牵连，她背负着两个大陆的记忆，永远定居在爱荷华的柔情蜜意里。中美建交后，聂华苓迫不及待地开始了寻根之旅，她多次重返祖国大陆，寻找那一个个曾经失落的"家"。"这些与大陆母体隔离的人们，这些失去的安全感，到海外寻找归宿的人们，全都是失了根的人们，是被历史、被时代或者自我放逐的人们，他们都在'回家'的路上挣扎。"①聂华苓如白先勇笔下的离散群体一样，经历从失根的"台北人"到无根的"纽约客"的空间流转。

从"失根"到"无根"的转变，不是聂华苓的一种自我放逐，而是历史与政治的异变推动着她离开一个又一个"家"。聂华苓创作心态的形成，有特定的时代背景和深层的历史因素。

两岸的分离，进而导致了"家"的分离，甚至导致《桑青与桃红》中所描写的人的分离。正如聂华苓所说，战乱与纷扰才造就了今天的聂华苓，所以历史在聂华苓的文学成长之路上有举足轻重的作用。聂华苓在多少次短暂而永恒的经验里，历经多少次的死亡，多少次的重生。

第一节　"失去的金铃子"：流亡中的日子

"失根"一词流行于海外华文文学，自於梨华的《又见棕榈，又见棕榈》中牟天磊说："Gertrude Stein 对海明威说你们是失落的一代，我们呢？我们这一代呢，应该是没有根的一代了吧！"②聂华苓、於梨华那一代作家的作品中，都有一个回不去的故乡。这个故乡，是於梨华《梦回清河》里的青河乡，是聂华苓《失去的金铃子》里的三星寨。那里藏着一个女孩天真又邪恶的秘密，记录着一个女性躁动不安的成长岁月，也是战乱中静谧的一隅。这一切的一切，作家们只能在作品里回忆、回味。聂华苓像许多华裔女作家一样，在文学创作的道路上，有类似的"剪不断，理还乱，是离愁，别有一番滋味在心头"的，背着乡愁的感情"十

---

① 方忠主编：《多元文化与台湾当代文学》，文化艺术出版社 2011 年版，第19页。

② 於梨华：《又见棕榈，又见棕榈》，福建师范大学出版社 1980 年版，第99页。

字架"的心路历程。① 凭借这段历史记忆，聂华苓走上文坛伊始就迈出踏实有力的一步。

1923年聂华苓母亲孙国瑛嫁到聂家，此前父亲聂洸隐瞒了已有原配张氏的事实是这个家庭不和谐的开始。1925年，聂华苓在湖北宜昌出生，小名宜生②，出生后不久，举家迁往武汉。聂家是一个新旧混杂的大家庭，武汉的家坐落在汉口两仪街，那是俄租界的一座俄罗斯洋房。聂华苓的记忆里，这个家永远被冷冰冰的大铁门锁着，不见天日。聂华苓不喜欢这样的家，她宁愿住在文华里、辅义里那样热闹人多的弄堂里。1929年，聂家又从两仪街搬到大和街，这是日租界，家里阳台外就是一片热闹广阔的天地。能看到花花绿绿的舞厅，妓院门口倚着的花枝招展的妓女和喝得醉醺醺的日本水兵，阳台是一个热闹的戏园子，爱热闹的小华苓每天都有看不完的故事。

但家里却闷得人喘不过气来，"爷爷、奶奶、父亲和他的两个妻子、两群儿女，三代两室同堂。房子虽大，也挤得人不自在，牵牵绊绊，你躲我，我躲你。不躲的时候，暴风雨就要来了。西式洋房，镂花铁门。就是在夏天，也是冷清清的。灰色围墙堵得人要跑出去，跑到哪儿去呢？不知道，无论哪个地方都比我的家好。"③爷爷是爱吟诗抽鸦片烟的晚清秀才，民国初年在北京教书，写了一篇批判袁世凯复辟的文章，被下令通缉；父亲忙碌而繁杂的短暂一生，早就在幼年聂华苓心中种下一个"逃"的形象。"父亲常常是沉默的。在我的记忆里，没有父亲的笑容，也没有他说过的话。他只是一个严肃的逃避的影像——逃避政治的

---

① 黄文湘：《聂华苓的创作心路历程》，《文汇报》1987年12月13日。

② 笔者注：根据《三生影像》中《母亲的自白》一文"你一岁多时，我们从宜昌回到汉口"，可判断聂华苓应该在宜昌出生，而不是大多数文献显示的在武汉。为了验证此想法，2019年笔者赴爱荷华大学做访问学者期间，曾就此求证聂华苓女士，聂老证明自己确实出生于宜昌，所以小名叫宜生，弟弟在武汉出生，所以小名叫汉仲。

③ 聂华苓：《三生影像》，三联书店2008年版，第56页。

迫害，逃避家庭的压力，逃避爷爷的唠叨，逃避两个妻子的倾轧。"①对父亲"逃"的记忆，投射在《桑青与桃红》中，《桑青与桃红》是聂华苓对父辈和自己两代人因政治变动流亡一生的记忆整合。父亲大房妻子是个裹小脚的旧式女人，慢腾腾地走在聂华苓的童年里，要倒下去的样子，也是媒妁之言的可怜的牺牲者；对聂华苓影响最大的要数母亲，母亲是她一生最大的依靠，母亲在哪儿，家就在哪儿。

小时候的聂华苓总爱缠着大人，听各种各样的故事。困得眼睛睁不开了，她也要听父亲说外面的花花世界。她爱在家里门房看马弁听差喝酒、抽烟、讲笑话，在那群人吵吵闹闹赌博、聊瞎话中听姘居、打仗这一类的故事；她爱挤在母亲的牌桌上，听那些家长里短总也说不完的故事。更爱追着母亲串门子，听他们说谁家生了私生子，谁家老头子讨了姨太太。幼时的聂华苓，已经显现出对人生对人与人之间关系的极大兴趣，并锻炼出敏锐的观察力。

原生家庭影响了聂华苓的性格养成，新旧混杂的家庭氛围，复杂沉闷的人际关系，培养了她自小就敏锐的观察能力，为她日后的文学创作注入关键的关于"人与人"关系的审视。小说里很多人物原型就是从母亲口里听来的，这种习惯一直延续到她的创作上，无论到哪儿，她都不忘记对"人"的审视和对"生活"的观察。《失去的金铃子》中的巧姨是三斗坪时期同住的方家三嫂的化身；《千山外，水长流》的故事灵感来源于在《华侨日报》上看到的大陆女孩寻找美国父亲的信；就连全家人等待殷海光鉴宝消息的心情也都注入了《爱国奖券》里；少时父亲逃避特务追捕躲在阁楼上的素材被她用在《桑青与桃红》里"台北一阁楼"那段情节里；桑青在瞿塘峡漂流的那段关于三峡的描写，与她们一家从武汉逃往三斗坪的经历类似。小说里的故事是虚构的，也是真实的。

聂华苓很小就已经目睹了父亲两房妻子的明争暗斗，十岁那年的正

---

① 聂华苓：《最美丽的颜色：聂华苓自传》，江苏文艺出版社 2000 年版，第39-40 页。

月，全家人没有等来父亲回家团聚而是等来异乡殒命的消息。一大家子老的老小的小，她失去了父亲，母亲没了丈夫，祖父失去儿子，僵持多年的两房关系一瞬间坍塌了：

　　母亲房里咚的一声捶桌子响。

　　大哥在母亲房里大叫：把所有的账目和房地产契约全交出来！两边平分！

　　我站在门外，不敢进去。

　　爷爷交给我的，所有契约，我交给爷爷。母亲说。

　　我是长子！现在是我做主了！

　　长子也要服家法！爷爷是家长！

　　你算老几？又是咚的一声捶桌子响。你还谈家法？你是什么东西？聂家没有你说话的份！名正言顺，不是你！是我妈！

　　滚出去！从今以后，不准进我的房！

　　要滚，是你滚！你滚！你滚！我开门！滚呀！

　　混账！放开你的手！

　　轰通一下，桌子倒了，稀里哗啦，杯子茶壶摔在地上。

　　我冲进母亲的房。

　　死丫头！大哥横了我一眼，走了出去。

　　黑夜。小雨。薄雾。稀落的街灯。母亲带着我坐在人力车里。披着蓑衣的车夫拖着破旧的车子。打补丁的帆布车篷和车帘，湿漉漉的一股霉气。车旁一盏小油灯，闪呀闪，随时要熄灭的样子。在那个潮湿幽暗的车篷里，母亲搂着我，没有威胁，没有咒骂，她的呼吸撩在我脸上，她的心贴着我跳动。我们没有说话。

　　哎！母亲突然叹息了一声。华苓呀，快点长大吧。

　　我一定要长大。我一定要长大。那一刻我就下了决心要长大。

　　（《三生影像》，第70-71页）

那个凄风苦雨的晚上，聂家那天不怕地不怕的小姑娘，再也不能无忧无虑了。从这样的撕裂开始，不断的灾难与苦楚随之而来，没有了家，失去了生活依靠，随之而来的是将近四十年的动荡。让母亲头疼的冤孽，一夜懂事。十岁的聂华苓自那天起，就挣扎着往大里长，母亲什么事都会征询她的意见。

自父亲去世后，聂家两房分道扬镳，随着战争局势的吃紧，聂华苓随母亲和弟妹从一个家搬往另一个家，开始了漂泊的生活。离开武汉时的聂华苓是没有留恋的："清晨离开武汉，江汉关在晨光中逐渐远去，我一点儿也不留恋。母亲不再含冤负屈过日子了。苦也好，乐也好，独立了，自由了。江水带我们去一个新天地。从此我就在江水、海水、溪水上漂流下去了，再也回不了头了。"（《三生影像》，第 74 页）离开武汉，她流亡在大陆的多个角落，相比于日后去往孤岛，她还是扎实地踩在祖国大陆的土地上。所以，日后回过头来看故乡，每一帧都是可爱的亲切的。

离开武汉后，聂华苓一家去了恩施三斗坪躲避战乱。不久，14 岁的聂华苓在战乱中只身去恩施读书，以优异成绩考上西南联大，聂华苓为了省路费学费离母亲弟妹近一点，转而投入战时迁校重庆的中央大学（后分出南京大学、东南大学等多所高等院校）。她一心一意想读经济系，毕业后可以进银行工作，因为进银行信托局能赚钱养活母亲。可最终她没能违背兴趣的支使，还是选择了外文系。毕业后，她承担起养家的重担，母亲去世后，她成为弟妹们精神上的母亲。聂华苓少时在母亲身上学到的韧性果敢，坚强乐观，支撑她度过了风风雨雨，也养成好她日后组织安排文学活动时的决断与风度。

自 1938 年聂华苓从武汉离开后，先后流落宜昌、三斗坪、恩施、长寿、重庆、南京、北平、武汉、广州、台湾。她在这十年的流亡中，完成了学业，虽然还没有正式走上创作道路，但已显露创作的兴趣。聂华苓曾回忆说："我在中央大学就喜欢写文章，在南京时还用笔名'远思'发表过几篇短文，有一篇叫《变形虫》所写的也就是目前的'风派'那

一类的人物吧，其他的文章就不记得了。"①聂华苓所说的这篇文章原名
为《"变形虫"的世界》，是目前所见最早以"远思"为笔名的文章，可视
为聂华苓的处女作，是一篇针对战争时期囤积居奇、投机钻营者所写的
讽刺散文。

聂华苓自称是抗战时的"流亡学生"，她在重庆一带辗转求学，三
四十年代的川渝是戏剧的天堂。学生时代的聂华苓经常从沙坪坝去重庆
看戏，那时"五四"后的很多进步戏剧都在重庆上演，为这群流亡学生
的艰苦生活带去了一丝光明。聂华苓曾多次表达对"戏"的热衷：

> 我是抗战时代的"流亡学生"，那是中国话剧最蓬勃的时候，
> 我正好赶上了。我在中央大学，从沙坪坝到重庆，有车坐车，没车
> 步行，决不错过重庆上演的话剧：《雷雨》《日出》《原野》《北京人》
> 《屈原》《天国春秋》《家》《蜕变》……②

大学毕业后聂华苓就做了深宅大院里的妻子，不久又成了两个女儿
的母亲。自由无拘束的她做不来婆婆的孝贤媳妇，北平数月的深宅生活
给她的婚姻蒙上了长久的阴影，所以桑青说："北平对于我就是天安门
上的灰鹤，就是重门深院的逊清王府和有狐仙的凶宅。"③她与丈夫性格
不合，王正路要一个贤妻良母三从四德的妻子，聂华苓想做一个独立女
人。他们在性格和价值观上的差异，为这段婚姻埋下了注定分离的伏
笔。1957 年，王正路赴美，聂华苓为了女儿，依然没有下定要和王正
路离婚的决心，他们开始长久的分居生活。直到思想保守的母亲临终说
的一番话才点醒了她："华苓，你的心情，你以为我不晓得？你们结婚

---

① 聂华苓：《忆雷震》，李恺玲、谌宗恕编：《聂华苓研究专集》，湖北教育
出版社 1990 年版，第 47 页。

② 聂华苓：《三十年后——归人札记》，湖北人民出版社 1980 年版，第 89
页。

③ 聂华苓：《桑青与桃红》，春风文艺出版社 1990 年版，第 97 页。

十三年，只有五年在一起，在一起就天天怄气，如今正路去了美国，也有五年了，你还快活一些。"（《三生影像》，第 200 页）看了太多母亲一类的在婚姻里忍天忍地的女性，聂华苓说："她们穿的是缎袄、缎袍，心却是由韧性的纤薄钢条编成的。中国女性美就在此，是西方女性所没有的。中国历史上有名英雄多为男性，中国却有无数的无名女性'英雄'，在黑暗的角落里受苦受难，而不失其美丽的精神面貌。"① 聂华苓笔下这些最狠心的妻子，也做不了最狠心的母亲，正如苏青所说的一个女人可以不惜放弃十个丈夫，也不能放弃半个孩子，这是聂华苓从母亲与做了母亲的自己身上体会到的。

第二节 "台湾轶事"：以写作疏离愁苦

我到台湾最初几年很不快活。我开始写作，身兼两份工作，也做点翻译赚稿费养家。我家庭负担很重。我的大弟、母亲年轻守寡望他成龙的那个弟弟汉仲，1951 年 3 月空军例行飞行失事，年仅二十五岁。我和正路水火不容的性格在现实中凸显出来了，不和，也不能分，只能那么拖下去了。（《三生影像》，第 162 页）

这段平静的叙述背后，历经了多少绝望的悲伤。1949 年赴台后，聂华苓就进入《自由中国》从事编辑工作，她是《自由中国》编辑委员会唯一的女性，与雷震、殷海光、傅正等人共事 11 年，她的个性得到充分尊重，也从这群自由派知识分子身上学到做人的风骨。主管《自由中国》文艺栏的同时，聂华苓也开始翻译或者写一些散文短篇小说发表在《自由中国》上，她就是在这样的文艺氛围中，激发了创作的欲望，正

---

① 聂华苓：《最美丽的颜色：聂华苓自传》，江苏文艺出版社 2000 年版，第 11 页。

式走上创作道路。

《自由中国》于 1949 年 11 月 20 日创刊，是半月刊，每月 1 号、16
号出刊，是一份涵盖政治、经济、历史、文学等方面的综合性杂志，以
政论文等意识形态和思想性的文章为主。《自由中国》是由台湾教育部
门出资，挂名的发行人是胡适，实际由雷震主持操办，聂华苓 1953 年
开始主持《自由中国》文艺栏。在五六十年代的中国台湾，运营一个纯
文艺期刊，相当不容易。1949 年国民党退守台湾省后，开始严格掌控
文艺发声渠道，整个台湾省文坛都被反共作家掌控，他们与大陆断绝民
间往来的同时，也切断了"五四"之后的文学创作传统。《自由中国》创
办后不久就显示出与国民党政府的诸多不和谐，随即成为中国台湾最早
厌弃反共八股并公开批判政府黑暗行径的杂志之一。一群提倡民主自由
的知识分子，对 1953 年聂华苓接手文艺栏后的征稿理念自然产生影响。

1953 年 3 月 16 日，聂华苓在《自由中国》上发布征稿启事，并标明
征稿标准：情意须隽永，文字须轻松，故事须生动。八股、口号恕不欢
迎。① 聂华苓在政治氛围如此浓厚的工作环境，和政治环境如此紧张的
社会环境，坚持走"为艺术"的道路，是一个不小的挑战，也是一个可
贵的决定。她后来回忆说：

> 那时台湾文坛几乎是清一色的反共八股，很难读到反共框框以
> 外的纯文学作品。有些以反共作品出名的人把持台湾文坛。《自由
> 中国》绝不要反共八股……有心人评 50 年代的台湾为文化沙漠，写
> 作的人一下子和三四十年代的中国文学传统切断了，新的一代还在
> 摸索。有时很难收到清新可喜的作品，我和作者一再通信讨论，一
> 同将稿子修改润饰登出。后来几位台湾出名的作家就是那样子当初
> 在《自由中国》发表作品……《自由中国》文艺版自成一格。我在台
> 湾文坛上是很孤立的。（《三生影像》，第 161 页）

---

① 《本刊征求中篇文艺小说》，《自由中国》1953 年第 6 期。

聂华苓在这样的工作氛围里，彻底扬弃了与她格格不入的创作取向，转向婚恋和小人物题材的创作。并且在文艺栏以纯文学理念指导编辑工作，使很多有文艺价值的作品，和后来在文坛产生过很大影响的作家被发掘，作品如梁实秋的《雅舍小品》、林海音的《城南旧事》、陈之藩的《旅美小简》、朱西宁的《铁浆》；作家如后来以《丑陋的中国人》出名的柏杨。使得一批女作家在以男性知识分子为中心的《自由中国》纷纷登台，如林海音、於梨华、琦君、张秀雅、孟瑶、钟梅音。聂华苓以个人的理性判断，洞悉那些扭曲人性的政策与文学的悖理之处，重拾偏离的《自由中国》创立之初秉持的"自由民主"精神，在《自由中国》杂志社和中国台湾沙漠化的文艺氛围里，率先举起"为文学"的大旗，以"反共八股全不要"的决然态度，与政府当局的文艺政策抗衡，为当时的文坛尤其是与她志同道合的作家开辟了一处纯净的发表园地。

可是，在中国台湾"白色恐怖"的氛围笼罩下，这样的办刊宗旨必然给刊物同人带来灾难，《自由中国》也不例外。1960 年，《自由中国》被查封，曾经聂华苓视为人生导师的同事们被捕，聂华苓也失业并遭到监视，陷入人生最低谷。沉重的家累、失败的婚姻、失业被监视，她快要喘不过气来了。直到 1962 年台静农先生登门邀请聂华苓去台大教授小说创作课，才为她打破这个困局。之后又受邀去东海大学教"现代小说"，当时余光中正好也在该校教授"现代诗"课程。每周五晚上，他们常一起结伴从台北搭火车去台中，再坐车到大度山。东海大学外文系毕业的作家陈少聪回忆中的聂华苓"总是穿一身旗袍，看起来很传统，很中国味道，气质举止优雅。看到她踏着细碎的步子走进教室，开始讲解那奥秘又辽阔的西方文学，我总感到惊奇又有趣"。[1] 聂华苓不仅在创作中十分看重意象的经营，在文学教学工作中，也注重教授学生用具体意象隐喻抽象事物的叙事技巧。陈少聪回忆说：

---

① 姚嘉为：《放眼世界文学心——专访聂华苓》，《文讯》2009 年第 283 期。转引自应凤凰编选《台湾现当代作家研究资料汇编 23 聂华苓》，台南市台湾文学馆 2012 年版，第 157 页。

　　和当时其他的洋老师比起来，她的教学方法很新颖。她用 20
世纪的西洋名家作品为教材，介绍叙述者的人称，作者如何使用意
象来描述内在的心理真相。当时这些对我都是新观念，我从聂老师
那里学到很多。她曾经要我们交一篇短篇小说，她给我的评语是，
叙述人称好像"出了轨"，给我很深的印象。此后，我写短篇小说
一定先仔细思考所要使用的叙述人称。①

　　好景不长，1962 年 11 月 15 日，聂华苓的精神支柱——只有 60 岁
的母亲孙国瑛因肺癌去世，再次击垮了她。白色恐怖、母亲亡故、婚姻
无救，聂华苓再次陷入情绪的低谷。

　　聂华苓这一类的作家，在台湾不仅失去了大陆之根，也失去了文学
之根。所以，聂华苓对台湾有一种复杂的情绪，她说："我在那儿生活
了 15 年，在那儿成家立业，我一生中最宝贵最重要的年代是在台湾度
过，我 24 岁到那儿去，39 岁离开，是不是一个人最重要的一段生
活？"②聂华苓在现实中回味着珍藏着台湾的 15 年，却在作品里表现出
对台湾孤岛沉闷氛围的排斥情绪，不断诉说着对大陆之根的眷恋。

　　去美前的聂华苓，除了在《自由中国》《文学杂志》等期刊发表散作
外，还结集出版一些作品，如：中篇小说《葛藤》(1953)，短篇小说集
《翡翠猫》(1959)，短篇小说集《李环的皮包》(1959)，译著《美国短篇
小说选》(1960)；长篇小说《失去的金铃子》(1960)，译著《中国女作家
小说选》(1962)，短篇小说集《一朵小白花》(1963)。聂华苓在台湾时期

---

　　①　姚嘉为：《放眼世界文学心——专访聂华苓》，《文讯》2009 年第 283 期。
转引自应凤凰编选《台湾现当代作家研究资料汇编 23 聂华苓》，台南市台湾文学馆
2012 年版，第 157 页。
　　②　杨青矗：《不是故乡的故乡——访保罗·安格尔和聂华苓》，《自立晚报》
1986 年 6 月 7 日，10 版。转引自应凤凰编选《台湾现当代作家研究资料汇编 23 聂
华苓》，台南市台湾文学馆 2012 年版，第 144 页。

的小说创作主要分为四类，第一类是原乡书写，如《失去的金铃子》，立足于聂华苓大陆时期三斗坪的那段生活经历，聂华苓展示了一个天真的女孩苓子的成长历程；第二类是怀乡书写，《珊珊，你在哪儿?》《一朵小白花》《爱国奖券》等在台湾中期写得比较成熟的短篇小说，就属于此类，主要表现的都是因政治异动由大陆去台的一群"失根人"的生活；第三类可称为"婚恋"书写，如《葛藤》《翡翠猫》，大多围绕婚姻、痴恋等展开，这是聂华苓在台湾初期的实验之作，人物刻画与情节描写都还不算成熟，小说中充满了淡淡的哀伤，有感伤浪漫主义的气息；第四类是"小人物"书写，如《卑微的人》，这一类书写，与前面几类有重合，如《爱国奖券》等就是写去台小人物的生活，这类创作贯穿于聂华苓的整个台湾时期。这几类创作，有交叉重合，除了上面几类细致的书写外，聂华苓对女性的生存困境也很关注，如《一捻红》《李环的皮包》等就反映了大陆去台后的女性生存问题。她笔下的几类人物，大部分都有一个大陆背景，这类创作也是她短篇小说中比较成熟的。

24 岁到 39 岁，是一个人一生中谋事业的关键期，这十五年，聂华苓在台湾度过。她找到了心之所向——创作，经历了第一份工作的辉煌与衰落，也经历了婚姻的疲惫与破裂，失去了大弟与母亲。从大陆的流亡学生，到台湾知名杂志社的文艺栏主编。这十五年，聂华苓像坐过山车一般，经历了跌宕起伏的人生。她需要归于平静，归于安稳，归于真正地从肉体到心灵的自由，这一切，从小城爱荷华开始。

第三节 "千山外，水长流"：爱荷华和 "国际写作计划"

1963 年，美国爱荷华大学"作家工作坊"的负责人保罗·安格尔（Paul Engle）拿到一笔访问亚洲的旅费，在台湾的欢迎酒会上，与聂华苓相遇。安格尔对聂华苓可谓一见钟情，分别时，他对聂华苓说"我愿再见你，再见你，再见你"。①浪漫的安格尔在心灰意冷的聂华苓心中播下了温暖的种子，想要再见聂华苓的愿望也实现了。这一次相遇，彻底改变了聂华苓的一生。1964年，聂华苓在安格尔的帮助下拿到美国签证，即使要与两个女儿短暂分别，她也要义无反顾地离开了。就像一个人被捆绑了多年，突然松绑了，她要离开，她要呼吸。这一次，她彻底地离开了那个叫"中国"的地方，成为於梨华笔下"无根的一代"，永远地流浪下去。

聂华苓曾对安格尔说："我们的婚姻是我这辈子见过的最美满的婚姻。"②但是两个组成最美满婚姻的主人翁，在相遇之前，都处在人生的谷底。聂华苓处在一生最黯淡的时期，婚姻一团糟，母亲刚去世，《自由中国》被查封，同事被捕，自己失业，日夜生活在恐惧中。保罗·安格尔与妻子玛丽结婚后才发现她因遗传的精神病患上严重的忧郁症，曾经那么有风度和品位的妻子变成了邋遢、神情恍惚、醉醺醺、到处诋毁安格尔的可怖女人。安格尔对聂华苓说："我想过自杀，你来爱荷华的时候，我给毁得差不多了。我困在笼里，出不来。"聂华苓回应道："我遇到你的时候，也是困在笼里。"③两个绝望寂寞的灵魂相遇了，他们互相安慰，终于组成一个安稳的"家"：

一九六四年，我由台北到爱荷华。在我们相处的二十七年中，他使我觉得我就是"我"——我是一个被爱的女人，一个不断求新的作家，一个形影不离的伴侣，一个志同道合的朋友。无论是哪一个"我"，都叫他心喜心感。我们在一天二十四小时中，从来没有一刻是沉闷的。我们有谈不完的话，有共同做不完的事——有"大"事，也有"小"事。"大"事如"国际写作计划"，写作，许多国家作家的"问题"。"小"事如买菜，去邮局寄信，去时装店买衣服

① 聂华苓：《三生影像》，三联书店2008年版，第261页。
② 聂华苓：《鹿园情事》，上海文艺出版社1997年版，第1页。
③ 聂华苓：《鹿园情事》，上海文艺出版社1997年版，第27页。

（他喜欢好看的女装，知道所有世界名牌），去五金店买钉子锤子，去花房买花，去捷克兄弟开的小店，取浣熊吃的过期面包和当天的《纽约时报》。他不肯订邮寄到家的《纽约时报》，只为要去小店和他最喜欢的那种扎扎实实生活的人聊几句天。每当我们开车转上绿幽幽的山坡小路，他就会说："我多喜欢回到我们的家。"①

从这段描述中，就能理解聂华苓所说的"美满的婚姻"模样。与安格尔结合后，聂华苓从悲观的婚恋观中解脱出来，对爱情产生新的认知，她借《千山外，水长流》莲儿的口说：爱情包含手足之"情"、朋友之"情"、情欲之"情"——那样的情欲是美丽的。② 安格尔夫妇的浓情蜜意与这段感情完满契合，在《三生影像》《鹿园情事》《枫落小楼冷》等回忆录和散文集里随处可见。遗憾的是，1991年3月22日，这个点亮聂华苓生命之光的伟大男性毫无预兆地永远倒在芝加哥机场，给了聂华苓致命一击。

安格尔给了漂泊半生的聂华苓一个安稳的家，他们在爱荷华的红楼里，一个写诗一个创作，共同宴请来自世界各地加入"国际写作计划"的作家，他们都庆幸彼此生命里遇到这样的伴侣，这对他们彼此的影响也显而易见。安格尔曾随聂华苓数次来华，为中国写了一本专门的诗集，名为《中国印象》。安格尔的中国印象始于在聂华苓身上看到的中国印象，安格尔对中国的爱始于对聂华苓的爱，所以诗集第一首诗就是《献给聂华苓》，并深情地向聂华苓告白："你把中国的心指给了我。因为你，就是中国。"③在《中国印象》里，安格尔对中国人、中国民俗文化、中国风景、中国人情世故的理解都十分精准，对中国人民苦难的同情、对中国文化的热爱、在中国所受的感动，都通通表现在这本诗集

---

① 聂华苓：《鹿园情事》，上海文艺出版社1997年版，第2页。

② 聂华苓：《千山外，水长流》，四川人民出版社1984年版，第301页。

③ 保罗·安格尔：《中国印象》，荒芜译，台湾林白出版社有限公司1986年版，第19页。

里。聂华苓说《中国印象》是一本关于姻缘的书：

> 保罗·安格尔非写这些诗不可，正如人们为了生存，非吃饭不可。中国的经验太强烈了，单是记住还不行，还得把它表现出来。在极度繁忙的一天之后，他不写就睡不着觉。
>
> ……当他无法说话的时候，诗就成了他跟中国人说话的一种方式。
>
> ……他写出这些诗首先因为他热爱中国人民和中国土地。
>
> ……如果不是因为一个具有强烈美国性格的男人和一个具有强烈中国性格的女人结了婚，我们就不会一同到中国来，也就不会有这本书。
>
> ……因为关于中国人民的许多知识，保罗是通过一个小说作者的眼睛，通过我对他们的观察得到的。[1]

安格尔因为聂华苓的中国身份，从此深深陷入浓重的中国经验里，热爱中国的一切，也被"中国"包围了。安格尔爱聂华苓，进而对中国的一切都感兴趣、关心、钻研。安格尔眼里的中国人"什么都打不垮他们/他们消灭毁灭/幸存这个字就意味着，中国人！"[2]聂华苓说，安格尔有时比她还中国，他对中国、中国人都了解得如此透彻。他谈中国人对美食和烹饪的兴趣，谈他被中国包围的生活状态，都显得十分幽默又风趣：

> 我不仅娶了个妻子，还有她的家人、她的朋友、她的故土。
>
> 我常说："被中国人占领了。"那就像一个国家一样被占领了。

---

① 保罗·安格尔：《中国印象》，荒芜译，台湾林白出版社有限公司1986年版，第12-15页。

② 保罗·安格尔：《中国印象》，荒芜译，台湾林白出版社有限公司1986年版，第25页。

我是个囚徒。我完全被囚在中国人的影响中，那股力量非常微妙，你察觉不到，却沁透了你的生活……①

安格尔眼中的中国具有浓厚的历史积淀，中国人的生存哲学是在巨大的苦难中得来的，他们在战争与死亡中一次次重生，"恐怖、欢乐、破坏和复兴"②，显示了中国人强大的生命力，这是一种让安格尔如痴如醉沉湎的"细致而又强韧的文化"③，也是《千山外，水长流》中彼尔所佩服的"中国人求生存的毅力和韧力"。中国人的生命就像雨水洒落，就像麦穗疯狂生长，生命就是中国。

安格尔是一个在妻子朋友眼中都十分有担当、重感情、热心助人的人。他与妻子四处奔波，为中国作家筹集来"国际写作计划"的资金，几次解救遭遇牢狱之灾的陈映真。"国际写作计划"的诞生就足以显出安格尔跨越国族、民族、种族的大爱。诗人管管说道：

> 我觉得安格尔先生老爹，他是我见过世界上最最有"赤子之心"的人！……他把世界上文学家做一个拉链就拉起来，让世界上很多有才的有良心不怕权威的作家手拉手地在地球围起一个美丽的圆，让他们在一块游戏，一块喝酒，一块胡闹顽皮，这个老人家，我经常想若是有人要杀他一刀，他也会先劝劝你说这样不好，不过你要是不杀我一刀不高兴，也只好让你杀了，我去住院你去坐牢吧，不过我会去保你出来。这样的赤子，世间少有，这种"安格尔精神"应该扩大到世界去才对。④

---

① 聂华苓：《鹿园情事》，上海文艺出版社1997年版，第46-49页。

② 保罗·安格尔：《中国印象·中国》，荒芜译，台湾林白出版社有限公司1986年版，第130页

③ 聂华苓：《鹿园情事》，上海文艺出版社1997年版，第49页。

④ 管管：《怀念——在永恒的时光中》，爱荷华"国际写作计划"台湾联谊会编：《现在，他是一颗星——怀念诗人保罗·安格尔》，台北时报文化1992年版，第306页。

安格尔救聂华苓于绝望的人生谷底，终于在中年结束精神与肉体的双重漂泊，寻得了情感与家的安稳所在，使她无所顾忌地创作，无条件地支持她的工作。安格尔的存在，可以说治愈了、成就了聂华苓。只有真正了解安格尔之于聂华苓的意义，才可以理解聂华苓创作《千山外，水长流》这部作品的深层原因。

虽然聂华苓与安格尔感情深厚，但是 1964 年初到美国，聂华苓没有安于安格尔的庇护，坚持靠自己的努力抚养两个女儿。刚开始她不是爱荷华大学的正式工作人员，那时"作家工作室"每个月 250 美元的津贴，其中有 90 美元用来支付房租。1965 年两个女儿来美国的 1200 美元路费通过在银行贷款所得，曾经因为"中国人"的身份，她和女儿们被白人房东歧视租不到房子。直到 1966 年，她在爱荷华大学得到两份半天的工作，才可以勉强维持三口之家和换个安静的住处：一份是教中文，另一份是帮助"翻译工作室"教中译英的学生。在美国之初，聂华苓虽然摆脱了对政治的恐惧，却饱尝生活的艰辛与身处异国他乡的飘零之感。一个女人带着两个孩子，在异国他乡扎根，是何等不容易。她历经与女儿们的短暂分离、想方设法接来女儿、寻安稳住处、艰难谋生等酸甜苦辣后，开始初尝飘落异国之苦与扎根别国之艰。

1964 年，来到美国爱荷华后，聂华苓开启了一段新的人生旅程，她继续爆发创作热情：出版了她创作生涯最具影响力的小说《桑青与桃红》，兼具历史厚重感与离散文学特色的《千山外，水长流》，极具史料价值的影像回忆录《三生影像》。此外还有多部散文集出版，以及各类回忆文章、访谈、散文、小说散见于港台与大陆的期刊上。她还积极组织参与各类文学活动：与安格尔共同创办并主持"国际写作计划"，将世界各地区的作家齐聚爱荷华；首创"中国周末"文会，这是海峡两岸暨香港及海外的华文作家 1949 年后首次齐聚一堂，共同探讨中国文学创作的前途。因为这两次创举，中国文学、世界文学实现了新的对话与交流，台港澳与大陆作家在疏离三十年后首次实现对话，爱荷华成为闻名于世的"文学之城"。

聂华苓实现了一个华裔女人在美国辉煌的文学创作成就和文学事业，但刚一开始，他感觉自己像个孤儿。她说："我始终不感到美国是我的家，我不知道哪里是我的家，我的根。我能抓住的根是我的语言，我的中文。因此，我不会放弃用中文写作。"①她坚持中文创作，与弟妹之间的交谈保持着地道的武汉话。但这并没有缓解她经年累月积累的"乡愁"。

去美国后，聂华苓接触了各种人——各处来的中国人和书刊，各种不同立场的人和书，使她的视野扩大了，对中国的看法也更客观了，她放下了离开大陆时的偏见，以一个"中国人"的眼光来看中国。虽然祖国的一切都已经远去，祖国的记忆却始终萦绕着她，即使聂华苓在中国留下了那么多沉重的历史记忆，一点也不妨碍她对祖国之根的向往。"鹿园一棵百年橡树，发狂地呼啸，爱荷华河水兴奋地波动。红楼也震动了。那正是我离乡三十年后，次晨就要回乡的心情。"（《三生影像》，第368页）在心里震动了多年的呼号终于发出来了，她要回家看看，她终于可以回到日思夜想的祖国了。自中美建交后，聂华苓曾先后数次往返中美两国之间，具体可参见聂华苓的回国记录：

1978年，5月13日—6月19日，与安格尔、王晓蓝、王晓薇回祖国大陆。拜访夏衍、曹禺、冰心等作家，并于武汉、北京等地进行专题演讲；1980年，去了大陆16个城市，见了一百多位亲友，并受到邓颖超接见，以及巴金等人接待；1984年，5月，聂华苓应中国作家协会的邀请，访问大陆。期间，中国文联主席周扬、对外友协副会长夏衍、中国作家协会主席巴金，先后会见了她。访问期间，时任全国人大常委会副委员长黄华与聂华苓进行了亲切交谈，赞扬她和她的丈夫保罗·安格尔所主持的"国际写作计划"，为中国作家和海外作家的交往和文学交流所做的贡献。同年6月，受邀在北京外国语学院作演讲，并用中文和

---

① 李怡：《访退休前的聂华苓》，《九十年代月刊》1988年5月刊，第101页。

英文为学生留言"Being Chinese is Great（做中国人值得自豪）"①；1986年夏，与弟弟聂华桐展开返乡之旅，自重庆乘船而下，寻找抗战期间流离各地的记忆，并在二江泄洪闸前合影，为报社题字"故乡的水是甜的，故乡的人是暖的"。②

"1970年，她为自己的书《桑青与桃红》写了一个'跋'，用了中国传统故事'帝女雀填海'。故事说古时炎帝的女儿叫女娃的，被恶浪打沉在海底。她不甘心去死，誓要把大海填平，每日从发鸠山啣一粒小石扔进大海，直到今天，她还在来回飞着。……我们不能不为这些伤心的故事和执着的诉求与永怀祖国的拳拳眷顾之心而动容。"③聂华苓、於梨华等这一代移民作家，都曾先后回国开展"寻根之旅"。於梨华说：别问我为什么回去。为什么回去与为什么出来，是我们这个时代的迷惑。④

心理学家荣格说：二十世纪是一个让人在心灵上感到"无家可归"的时代。经历过这段历史的人都知道，二十世纪是怎样一个叫人受尽煎熬的时代。"人是从过去活过来的。过去造成现在的她，不仅仅是她自己个人的过去，还有她祖国的过去，中国人的过去，造成她现在这个人。"⑤个人的历史记忆、国家民族的历史记忆，共同塑造了聂华苓。几十年来，她用一支笔塑造着众生相，历史和生活则把一个憨气可掬的"流亡学生"塑成了"一个最接近世界的中国灵魂"。⑥

---

① 丁往道：《"我的根在中国"——记聂华苓访问北外》，《外国文学》，1984年第8期。

② 本报记者曹轩宁、肖高沛：《宜昌报》1986年6月7日。

③ 李恺玲：《与聂华苓一起逃亡》，良友书坊主编：《青春洒向何方》，文汇出版社2009年版，第166页。

④ 於梨华：《人在旅途：於梨华自传》，江苏文艺出版社2000年版，第107页。

⑤ 聂华苓：《聂华苓和非洲作家的对话（二）——谈〈桑青与桃红〉》，转引自李恺玲、谌宗恕编：《聂华苓研究专集》，湖北教育出版社1990年版，第125页。

⑥ 李恺玲：《聂华苓其人其作》，转引自李恺玲、谌宗恕编：《聂华苓研究专集》，湖北教育出版社1990年版，第13页。

　　"家"对于聂华苓他们来说，并非一个具体的地方，而是一个符号，一个象征。爱荷华是聂华苓今天的家，却不是一个具有文化根性的家之所在。在林怀民的访问记《白先勇回家》中，白先勇说："台北是我最熟悉的——真正熟悉的，你知道，我在这里上学长大的——可是，我不认为台北是我的家，桂林也不是——都不是。也许你不明白，在美国我想家想得厉害。那不是一个具体的'家'，一个房子，一个地方，或任何地方——而是这些地方，所有关于中国记忆的总和，很难解释的，可是我真的想得厉害。"①这么多年过去了，回过头来看，政治的恩怨、家族的恩怨，相比于离家去国的酸甜苦辣似乎都算不了什么。回家或许对他们来说已经不是一个十分确切的词语，"寻根"一说更能体现他们拥抱过去拥抱记忆的一段别样重逢。

　　从 1925 年至今，聂华苓经历了半个多世纪的漂泊无依，也产生失根到无根到寻根的心态转变，还创造了一个华人女性在美国辉煌的文学事业。在聂华苓的小说与散文中，不仅表现了一个作家对一个时代的深刻感触，更是一位创伤自愈者痛定思痛后再对过去作出的锥心反刍。读着这些作品，会让人非常明显地感受到她对过去对历史的沉思与回想。

　　在聂华苓那样的时代，在 20 世纪分离的中国，无论时间还是空间，都不再是传统意义上的认知。时间不仅仅是从过去到现在和向前不断推移的线性历程，空间也不仅仅是从一个地方移动到另一个地方的平行位移。还包括夹杂在其中的一次又一次的流浪，一次又一次的无处依归，多少次肉体与心灵的煎熬与折磨，多少次肉体与心灵的死亡与重生。除了这些以外，对于聂华苓来说，她还要承受这样的时代所加给一个女性的摧残，不管是家庭的还是社会的，历史的还是个人的，她都必须坚强地一一面对和解决。痛苦的空虚，绝望的寂寞，清醒的挣扎，艰难的隐忍，这些无奈且沉重的词语一次次地在她的生命中纠缠。特别矛盾的还

---

　　①　王玲玲、徐浮明：《最后的贵族——白先勇传》，团结出版社 2001 年版，第 298 页。

有她是一位追求浪漫与自由的知识女性，但同时还是一位无法自私寻乐的母亲，理想与现实的冲突，"正是在新旧交替和重叠中，这一代女性难以逃避的命运"。"过去的时代仍在眼前闪光，对于它，我们只能献上带泪的悼念！"①在混杂和惘然的历史记忆中，混杂着各种难以言说的辛酸，聂华苓在历史现实中，一路走来，有多少无奈，多少彷徨，多少感喟！这一切的困境便是组成聂华苓创作个性的基底，成就聂华苓这类敢于冲出枷锁的作家最浓墨重彩的一笔。

---

① 尉天聪：《回首我们的时代》，中国文史出版社 2016 年版，第 274-275 页。

第二章　主题意蕴：历史感的多元书写

聂华苓的第一本短篇小说集《翡翠猫》，和后来陆续出版的几个集子，《一朵小白花》《台湾轶事》《王大年的几件喜事》等，都是在台湾时期创作的。几个集子没有於梨华小说那种学院气息，也没有白先勇的那种贵族派头，虽然不停更换集子的名字，但主题大致都是在台小人物的婚恋、家庭。这里面的小说都有以下几个特征：小说氛围上，有着浓浓的丧失感，如家园、青春、婚姻、恋人的失去；人物从身体到精神上的颓废和无力感；平静哀伤仿佛是拖着病态的美的抒情格调和隽永宁静语调修饰的语言，也是聂华苓较有代表性的风格特色。

聂华苓以自叙传的寓言，冲出乌托邦的家园叙事，以她客观小说家的身份审视回望她走的每一段路程，以自己的历史经验重塑了与她本人面目迥异的人物，以冷静客观的笔调记载了她在台湾和去美后的一些生活片段，同时加上文体与技巧的创新，企望在创作上走出新的路数来，至少是在文体上。

无论是早期写婚恋、写底层小人物，还是中后期以时间和空间呈现的宏大轮廓，聂华苓都陷入自己的经验无法自拔，就算后期创作的《死亡的幽会》也是绝望的中国女性在异国失败的婚姻故事，无论她试图在主题上走多远，都被漂泊的线牢牢束缚着，漂泊构成了她创作生涯总的主题基调，"中国人"是她书写最多也是唯一的群体。她说："有美国学者批评我对于中国人的处境着了魔，那是批评我的话，可是我认为是恭维我的话，因为任何一个作家一定要有一个主题是他着魔的……到现在我写的还是中国人。"①聂华苓围绕着漂泊主题，力图注入尽量多的元素，让广大读者看到在台湾和海外的"中国人"的整体精神面貌。聂华苓一再自称安分的小说家，叶维廉等批评家也十分欣赏她这种安分却不安于旧作不断创新的精神。她的安分体现在风格的统一上，创新则体现在小说技巧的探索上。在漂泊总主题下所思考的人生诸问题，早期专注实践后期又拾起的那种安稳冲淡的抒情格调，直白不加辞藻的渊深流静的语言显示的张力，贴切生动的意象选择，都为她的作品注入一种十分统一的风格。

在台湾十一年，通过翻译、创作、编辑，聂华苓接触了西方和台湾文坛很多现代派的作家，她在文体的试验上显得十分耐得住，一直处于蓄势待发的状态，直到去美国后，全身心地放松和大把时间的琢磨探索，为她的创作打开新的视野。特别是一改早期人物身上散发的从身体到精神的感伤，开始加上一种破坏的力量。在艺术技巧探索上，也一鼓作气地把在台湾时期的影响表现出来了。就像她自己总结的，一股脑流泻的创作欲望使作品里想要表达的东西太多了，有着芜杂的感觉，《桑青与桃红》就是例子。但她不安分地尝试，毕竟是成功了。

第一节　婚恋书写：个人经验的深度透视

聂华苓早期稀见小说主要指聂华苓五十年代在台湾发表且未收入小说集的小说，也包括目前未在大陆出版且在台湾也难找到的小说。聂华苓早期在台湾的创作实践，是从婚恋书写开始的。受成长环境和婚姻的影响，感伤的婚恋书写是聂华苓早期小说的整体精神面貌。书写女性在婚恋中遭遇的伦理困境和对男性形象的病态、弱化甚至缺位处理，是对女性悲剧命运的透视，显示了聂华苓对男权的挑战姿态，也同时暴露了

---

① 王庆麟：《聂华苓访问记——介绍"国际写作计划"》，《幼狮文艺》1968 年第 169 期，第 145 页。

她处理男性形象的吃力。

一、早期婚恋题材小说的感伤基调

本书提出的"聂华苓早期稀见短篇小说"，一方面是指聂华苓五十年代在台湾发表的未收入小说集出版的短篇小说，另一方面指目前未在大陆出版且在台湾也难找到的短篇小说集《翡翠猫》与《一朵小白花》的部分小说。聂华苓在出版《王大年的几件喜事》与《台湾轶事》时，剔除了《翡翠猫》与《一朵小白花》两本小说集中不太满意的，特别是婚恋题材和讨巧又满足大众趣味的"感伤"作品。在《台湾轶事》里，作者对前期作品的总体面貌做了总结，集结了书写"从大陆流落到台湾的小市民"的小说，名为"台湾轶事"出版，这也是作者几部小说集里艺术成就最高、创作特色最突出、主题最集中的一部。但被剔除以及未入集的小说是她创作初期的试作，虽然小说技法略显稚嫩，但都是聂华苓创作的一部分。对早期稀见小说的研究，不仅是对聂华苓创作成果的补充，还可从早期稚嫩的创作试验中探索她创作的转变。目前发现的聂华苓早期稀见小说见下表：

聂华苓早期稀见小说一览表

作　品	原发刊物	发表时间
《忆》	《自由中国》第 4 卷第 12 期	1951 年 6 月 16 日
《觉醒》	《自由中国》第 5 卷第 3 期	1951 年 8 月 1 日
《黄昏的故事》	《自由中国》第 6 卷第 2 期	1952 年 4 月 1 日
《灰衣人》	《自由中国》第 11 卷第 6 期	1954 年 9 月 16 日
《母与女》	《自由中国》第 12 卷第 1 期	1955 年 1 月 1 日
《葛藤》	《自由中国》第 14 卷第 11 期—第 15 卷第 5 期连载	1956 年 6 月 1 日—9 月 1 日
《卑微的人》	《自由中国》第 17 卷第 2 期	1957 年 7 月 16 日
《乐园之音》	《联合报》第 7 版	1958 年 10 月 16 日

续表

作　品	原发刊物	发表时间
《卖麦茶的哨子》	《自由中国》第19卷第8期	1958年10月16日
《窗》	《自由中国》第20卷第10期	1959年5月16日
《翡翠猫》(短篇小说集)	台北明华书局	1959年7月
《中根舅妈》	《文星》	1959年
《爷爷的宝贝》	《自由中国》第23卷第4期	1960年8月16日
《绣花拖鞋》	《今日世界周刊》第二一六期	1961年3月1日
《月光·枯井·三脚猫》	《联合报》第8版	1963年6月6日
《一朵小白花》(短篇小说集)	台北文星书店	1963年9月25日

除了上述表格的作品，还有部分小说收入《翡翠猫》和《一朵小白花》，因这两本小说集未在大陆再版，因此也难读到，如：《翡翠猫》《再叫我一声》《蜜月》。

去台后的聂华苓进入《自由中国》工作，为了谋生、养家糊口，她在做编辑工作的同时也开始进行翻译和文学创作。历经数年流亡生活，文学创作于聂华苓而言还十分生疏，她最熟悉的是爱情、婚姻与家庭的经验。于是婚恋题材成为聂华苓创作之初自然而然的选择，并相继发表《忆》《觉醒》这些套着意识形态外衣的婚恋题材作品。从1949年进入《自由中国》到1953年接管文艺栏，聂华苓除了发表译作外，只创作了《忆》《觉醒》《黄昏的故事》几篇艺术水准极低的小说。这表明背离个人价值理念的创作，很难走得长久，聂华苓也无法与这样的创作理念和解。最突出的表现就是，她很快剔除婚恋题材小说中的意识形态色彩，作品呈现出感伤浪漫主义的风格。

《灰衣人》《母与女》以及之后出版的第一本短篇小说集《翡翠猫》，大多将视野集中在婚恋书写上，尤其是女性面对爱情、婚姻、家庭的态度，包括婚姻的背叛、情欲的渴求、社会对女性的压抑。《葛藤》与之前的小说不仅题材狭隘，技巧也较为幼稚，题旨并不深刻，各种想要表达的思想作者都让它浮于表面，很难使读者浸润到作者费力营造的氛围里，无法引起读者思考。《灰衣人》《觉醒》《忆》等都存在这个问题，创作求"变"的聂华苓在前期的创作实验中开始探索，试图走向更开阔的创作路径。

《失去的金铃子》保留原有创作的传统叙述特色，在题材和小说氛围上做了较大突破。聂华苓一反前期专注的台湾小人物的小场面书写，以那些去台小人物心心念念的大陆原乡为故事依托展开。在主题上出现的转变，并非无迹可寻，小说的创作背景是《自由中国》被查封聂华苓被特务监视时期：

> 《失去的金铃子》是一九六〇年在台北写出，并在《联合报》连载。这篇小说并不重要，但在那一刻写出并且登出，对于那时的我却是非常重要的。
>
> 一九六〇年，我工作了十一年的杂志停刊了；主持人雷震和其他三位同事以"涉嫌叛乱罪"关进牢里。我成了一个小孤岛，和外界完全隔离了。那是我一生中最暗淡的时期；恐惧，寂寞，穷困。我埋头写作。《失去的金铃子》就是在那个时期写出的。它使我重新生活下去；它成了我和外界默默沟通的工具……（《失去的金铃子》之《写在前面》）

聂华苓处在人生和事业的低谷，她把对台湾的疏离情绪和对大陆原乡的思念，全都通过这部小说发泄出来，以对过去一段值得留恋和珍惜的三斗坪记忆，消解了白色恐怖的压抑。无论是后来创作的《桑青与桃红》还是《千山外，水长流》，故事的主人公桑青与莲儿，一个从三峡走出，流落美国，一个从祖国大陆去美国寻亲，她们都被"乡情"的线牢牢牵着。

聂华苓是一位创作求"变"、敢于突破又十分耐得住性子的作家，虽然在同一时期的海外华文代表作家里，她的创作数量并不算多，但是每个时期创作积累的成果都显而易见。在台湾十五年,从倾心于婚恋题材的书写(早期稀见短篇小说),到对流落孤岛的"异乡人"的描摹(《台湾轶事》),再到原乡叙事(《失去的金铃子》),都显示了聂华苓在小说语言、题材选择、叙事方式等技巧上的成长。在十多年的创作积淀下,聂华苓于1960年发表第一部长篇小说《失去的金铃子》。《失去的金铃子》展露出的风格,一扫前期婚恋题材小说的感伤基调,通过自然风物、人物形象的塑造、意象的经营,使小说呈现一种清新自然的气质。

《失去的金铃子》保留原有创作的传统叙述特色,在题材和小说氛围上做了较大突破。但聂华苓在小说特别是长篇小说创作上显得十分谨慎,如她在台湾时期所受的西方现代派技巧的影响,并未在台湾时期得到较明显的发挥,直到七十年代在美国创作《桑青与桃红》,才集中爆发她的"现代派"理论积淀。在美国生活近二十年,才在《千山外,水长流》里第一次正式连接起中美两个国族、种族,第一次正式写美国人。但无论是围绕台湾小人物的短篇小说创作,还是写原乡的怀旧之作,抑或写人的流浪、分裂与寻根,聂华苓都将这些故事置于特定的时代背景下,她的作品是对抗战、解放战争、台湾戒严、两岸对峙、大陆"文革"、漂泊美国等诸多历史背景的记录,也是对历史和政治的一种深切领悟。这些创作积累、转变的基础,便是聂华苓早期在台湾创作实践的最终成果,但这部分小说如今却鲜为人知。

从1951年在台湾发表《忆》,到1984年发表《千山外,水长流》,聂华苓的小说格局在题材、语言风格、思想内涵、审美意蕴等各个方面发生了天翻地覆的变化:经历了从婚恋、小人物到原乡、离散的主题变化,语言也大致经历了感伤抒情、简练讽刺、清新明快、混乱分裂、平实舒缓等变化;从勾勒情爱男女的感伤生活到描摹大陆去台小人物的"思乡病",从清新明快的原乡叙事到家国分裂视域下人的颠覆分裂与跨种族跨国别的离散放逐;从单一的线性叙事到以中断或跳跃的时间来变换小说的叙事节奏。无论是聂华苓小说对在台小人物书写的代表性,还是原乡叙事、离散书写的成功,都是我们现在回过头去研究聂华苓早期小说的缘由。

二、精神缠足：新女性的婚恋困境

从早期的《葛藤》《乐园之音》《窗》等小说，到中期的《失去的金铃子》和后期的《桑青与桃红》，聂华苓很喜欢将女性置于婚恋困境里，让他们接受来自亲情、爱情、肉体与精神的折磨，从而放大女性的悲剧，反思女性悲剧命运的根源。"五四"以前的女性处在"无职业、无知识、无意志、无人格"①的境遇，虽然"五四"以后的女性在家庭、恋爱、婚姻等诸多方面实现了社会层面的解放，但诚如肉体缠足的消失与精神缠足的实存，限制女性的陈规旧俗还依然在中国人的心中作祟。聂华苓在早期小说中试图探索的便是女性在婚恋中的诸多传统束缚，包括性压抑、婚姻伦理束缚、家务缠绕、主妇责任拘束等。

《月光·枯井·三脚猫》通篇都在描写一个女性灵与肉分裂的痛苦。爱着性无能丈夫的妻子汀樱，也渴望男性的跋扈，渴望有个人贪婪地支配她。可笑的是，丈夫丹一因满足不了汀樱对性的欲望，充满愧疚，只能放下汀樱期望的男人尊严，在照顾孩子与养猫的乏味生活里枯萎。于是汀樱试图在另一个男人身上追寻她向往的男性魅力，可惜乐兆青只是个想寻求性刺激的追求者。汀樱在深爱却性无能的丈夫身上得不到肉体的满足，在狡诈圆滑却散发男性荷尔蒙的乐兆青身上得不到灵魂的皈依，灵与肉的分裂造成了汀樱在原始本能上的深深的无奈。

除了描写婚姻与爱情的冲突，聂华苓还在这类小说里探讨女性与母性的冲突，最残酷的莫过于从母爱缺失角度谴责女性对婚姻的背叛。《乐园之音》里治愈了孤独青年丁榕的叶冷秋，实际曾抛夫弃子。《窗》里的母亲怡心，背叛婚姻失去孩子，与情人感情破裂，即使浪子回头也无法挽回母亲的身份，她只能在窗里远远看着自己的孩子叫着别人妈妈。上述几个故事中的女性都属于婚姻的"不忠者"，但他们的实质婚

---

① 陈东原：《中国妇女生活史》，北京：商务印书馆，2021年版，第17页。

姻在"无爱"的基础上缔结，甚至是不平等的。

生逢乱世的女性在历史的滚滚洪流中毕竟太渺小了，很难有多余的选择。女性如果很难求得物质与精神的双重满足，要么就像《一捻红》里的婵媛放弃灵魂的感受，委身求得物质的满足；要么就像静婉走向死的绝路。聂华苓塑造的这类女性，似乎都有着特别珍贵的爱的欲望，也有特别沉痛的爱的罪孽。他们要爱，却要付出爱的代价，于是他们陷入类似于两重人格的斗争，一重人格要她们不顾一切地爱，另一重人格则千方百计地谴责这种爱。人格的撕裂与伦理的谴责，无论走向哪一边，都是不小的牺牲。

这与於梨华的《考验》、陈若曦的《远见》里提出的问题，有相似性。《远见》里的廖淑贞、林美智、储安妮，都是被家庭牢牢困住的女性，丈夫可以拼事业，暗地里养情人生孩子，她们却守着一个无处可奔的家：生孩子、养孩子。廖淑贞的教训最深刻，她为了拿绿卡远赴美国，忍受李大伟三番四次的骚扰，最终拿到绿卡回到台湾却发现丈夫吴道远已经与情人生了一个孩子。林美智还算是打了个漂亮的翻身仗，为了丈夫孩子牺牲学业回归家庭，丈夫陈忠雄却为了情人抛弃家庭，林美智选择离婚重拾学业教职，成为独立的女人。储安妮的牺牲最大，她是彻头彻尾的家庭主妇，在金屋里生了一个又一个孩子，她的全部砝码都压在丈夫李大伟身上。她知道这种生活的不牢靠，所以她有严重的疑心病，最后因生孩子血栓致死。陈若曦在小说里展示了几种女性在家庭困境中的结局，《考验》里的思羽，她有自己的梦与追求，婚姻与家庭生活单调乏味，仿佛除了生孩子她没有别的事可做，钟乐平正是抓住女性的天性——无条件地爱孩子——给思羽连哄带骗地套上了婚姻枷锁。

聂华苓、陈若曦、於梨华的小说都涉及在封建统治退出历史舞台后，封建传统思想依然禁锢国人思想的问题，特别是传统思想对女性在婚姻、家庭责任上的束缚。深受旧思想浸染的男女，无论身处中国本土还是海外，都无法坦然直面婚姻的背叛，无法摆脱婚姻的束缚，更无法直面家庭责任与梦想的冲突。

　　很少见到像聂华苓这样勇敢的女作家，女作家大多乐意按照自己的样子去打扮笔下的人物，或是同情怜悯笔下的人物。了解聂华苓的人都知道，她是一位追求独立自由的现代女性，但她所塑造的众多女性形象，大多是政治、制度、婚姻的牺牲者，也是男性的附庸，她们软弱到几乎找不到出路，或是恋爱、婚姻的失败者，或抛夫弃子，或被生活磨得俗不可耐，一旦学会反抗性别歧视、礼教倾轧、婚姻束缚，等待她们的将会是更大牺牲。

　　但正如罗素所下的定论：越有文化的人，就越不能与他们的伴侣共享白头偕老的幸福，反而"婚姻在那些没有多少差别的人们中，是极容易的"。① 所以聂华苓那一代的女性比母亲那一代更痛苦，她骨子里是个追求浪漫自由的女性，她受过大学的新式教育，但她生活的时代依然没有实现男女在家庭事业上的平等。聂华苓像困兽想要摆脱这束缚，她这一代的女性，生命里往往充满了许多的梦，许多的向往，许多的对生命的虔诚的追求，却在社会旧习俗所造成的种种偏见和枷锁里冲出不来，在这些枷锁里，最让人筋疲力尽的就是婚姻。对一个女人来说，婚姻太重要也太致命了，不幸的婚姻会把一个女人的所有摧毁，弄得人潦倒、疲惫，聂华苓终究是冲出这个绝望的困境了，却也是连皮带肉都被剥掉一层出来的。为此，身为女性、受过伤的女性，并且看过很多伤痕累累女性的聂华苓，对婚恋的态度是悲观哀伤的，她不自觉地把对女性命运和男性形象的理解融进作品里。聂华苓对婚恋主题的关注，是不容置辩的事实。

三、病态、弱化与缺位：剥夺男性话语权上

　　聂华苓早期稀见小说中感伤浪漫主义的格调，还源于以病态、弱化、缺位的方式抽离了男性形象，放大婚姻与爱情中的女性困境与悲

---

　　① 伯特兰·罗素：《婚姻革命》，靳建国译，东方出版社1988年版，第91页。

剧，颠覆牢不可破的男权社会。她像一个画家，提取少女时代的梦碎和绝望生活间的巨大的疼痛经验，把压抑到面目全非的女性对于艰难粗粝生活的回忆，同青年时代颠沛流离的痛苦的煎熬，在创作的调色板中专注地调弄，在画布上挥动寂寞的画笔。她写女性的困境，敲碎了男性神话在画布上任笔墨侵蚀。她要写出一个绝望时代的女性，也不要放过那些藏在历史画布下枯萎的男性。

研究女作家的婚恋书写，琢磨女性角色是最直接的途径，但女作家如何写男性，也是不可忽视甚至十分有趣的角度。聂华苓成长生涯中父亲角色的缺失，与婚后丈夫角色的缺位，两代人的婚姻不仅影响了聂华苓对女性的看法，也影响了她对男性形象的定位。在她的作品里很难看到一个完整慈爱的父亲形象，甚至连阳刚有担当的男性形象也很少。她要打破父权社会的众多男性话语权，首先就要在作品里为女性注入更多的活力和发言权，相应地，她就不可避免地忽略男性形象的塑造。或者说她成功的女性书写，一方面来自她对女性的在场书写，另一方面是通过弱化男性形象衬托的。男性形象在聂华苓的作品里始终十分虚弱，她有意识地弱化了男性在女性困境中的作用，他们大多以病态、懦弱无能甚至缺位的方式存在。

《月光·枯井·三脚猫》就是聂华苓写男性性无能的一篇佳作。小说用"吊在半空""虚飘飘""没有任何感觉""永远是老样子""阴沉""木讷讷""日子好长""皱纹""变老""变丑""枯萎"等一系列颓废词语与意象，从正面书写了一个绝望的妻子，从侧面衬出了一个枯萎的丈夫。但是却用了"丰盈焕发的快乐""被占有的满足""完完整整""温暖""烟味""体气""汗气""太阳气""日光浴""肌肉强劲""猛地""深""粗""乱"等一系列代表生命力与力量的词语，描写短暂的畸恋带给她的快感，那是性无能的丹一身上没有的。小说对丈夫丹一性无能的描写不是直接的，而是通过妻子汀樱对性欲望的压抑和释放渲染的。在汀樱眼里，得了睾丸炎后失去性功能的丹一，变得娘娘腔、隐忍，似乎丹一要通过"忍"来弥补亏欠妻子的无法满足的性欲。丧失性功能后，丹一连男性的尊严也不要了，领养孩子、照顾孩子、养猫成了生活的全部。可是汀樱就看重那么点充满男性荷尔蒙的支配力，所以玩弄感情却充满力量的乐兆青轻易就让汀樱沦陷。

《永不闭幕的舞台》写的是病态男性产生控制妻子执念的故事。侯先生在大陆时是富贵家庭的老爷，娶了位年轻貌美的太太。到台湾后久病不愈，疾病使他什么也抓不住，尤其是他的妻子。小说里有一段对他病态的描写：

> 我发现门口站着的，是一个弯腰驼背、瘦骨嶙峋的老头儿！他穿着一件黑绸子对襟褂子，白绸子裤子，拖着一双木屐，铁青的脸色，深陷的两颊，无神的眼睛，微微颤抖着的、枯枝般的双手，这一切，把我一下怔住了！假若在黑暗中，迎面晃来了这样一个人，你会以为是碰着了聊斋上的僵尸鬼。[1]

侯先生不仅有身体的疾病，长久的疾病还导致了他的恐慌、病态心理，逢人就问"你看见我太太没有"，却造成妻子疏远逃避他，儿子鄙视嘲笑他。侯先生的悲哀在于，他活在过去的伟大里。聂华苓用一种黑色幽默的笔调，嘲讽了父权、夫权的摇摇欲坠，显出了男权文化的脆弱和不堪一击。

此外聂华苓小说里也有很多畏首畏尾，在爱情爱人面前不敢迈出一步的虚弱的男性形象。这部分男性的书写，一方面显示聂华苓对男性形象的故意弱化，另一方面也暴露出聂华苓处理男性形象的吃力。如《绣花拖鞋》里的尹曦十分窝囊，即使爱妻子，也要维护那不值一文的男性尊严，离婚后又见不得妻子与别的男人约会，只能躲在角落偷窥妻子与别的男人暧昧，不敢站在阳光下与追求者来个正面角逐。《黄昏的故事》里孟白媚和张俊清互相倾心，但是在礼教的桎梏里孟白媚不敢向前

---

[1]　聂华苓：《王大年的几件喜事》，海洋文艺出版社 1980 年版，第 143 页。

迈一步，张俊清的无动于衷，使作者在女性身上所下的功夫几乎功亏一篑，因为他们如何相爱如何倾心，是读者在小说里难以见到的；《忆》里那个被高官强占的静婉，最后自杀了，那么愤世嫉俗的丈夫赵鑫如却没有做任何解救妻子，或反抗上级的努力，似乎作者只想要一个妻子被霸占丈夫被倾轧的结局以达到控诉的目的，以致在男性形象的衬托上做得不够。

《葛藤》是聂华苓创作生涯第一部中篇实验之作，1956 年在《自由中国》连载，这个时间节点对她来说非常有象征意义。此时她与王正路的婚姻亦是覆水难收，行至末路，一年后王正路赴美，她把将此前积蓄的对婚姻的悲观态度全部发泄在这部小说里，这也是聂华苓首次以一个男性的视角讲故事。《葛藤》里，一个不记得妻子是否有线盒的男人，却甘心为另一个女人整理一下午的毛线球；一个从未在妻子的厨房逗留过的男人，却情愿为另一个女人在充满油烟味的厨房守一辈子；没有时间陪伴自己孩子，却把宝贵的时间拿来讨另一个女人的孩子的欢心。他甚至“觉得以往的岁月都是虚度的，只有搬进这个小屋后，我的生命才是真实的”，他决绝地认为与妻子在一起的日子都是虚度的，而与白绫的那个小屋都是圣地。与白绫在一起后，他连妻子的信也不愿回了，与白绫无关的思虑他都抛弃了，与妻子共同生活的日子被完全否定了。一个在异地日夜盼着丈夫来信的妻子，全然不知丈夫全部时间全副身心早已被另一个女人占据。妻子素芳还没有出场，素芳在丈夫心中的地位与悲剧形象，早已透过这个负心丈夫的负心话语、负心举动表现出来。孙焕之的失败不仅在于工作上是一个失败的小说家，还因为在情感上对妻子的背叛对情人的犹豫，同时将两个女人伤害了。

聂华苓对男性形象病态、弱化、缺位的处理方式，有得有失。其一，放大了女性悲剧命运。《葛藤》中的白绫，《觉醒》里的陶曼青等女性在婚恋中的悲剧结局，不仅有伦理束缚的因素，还因为他们所面对的男性既不够勇敢也经不起考验，聂华苓在这些小说中的思考，与鲁迅在《伤逝》里要表现的内涵有一致性。

其二，显示了作者试图打破父权社会的诸多秩序，颠覆与摧毁男权文化的野心。"她可能是早期女性作家中对性别议题最具敏感性的，她的小说，洞察了政治权力所挟带而来的男性至上、道德伦理与婚姻规范，毋宁是在束缚女性的身体与精神，她的早期小说如《黄昏的故事》《母与女》《窗》，都彰显了既有的价值观念与男性中心论具有紧密的关系。"①聂华苓早期在小说里对男性形象的病态、弱化、缺位处理，其初衷与后期几部长篇小说都有一致性。如《桑青与桃红》通过献出处女身、偷情、性无能的多种描写方式，表达了她对男权文化的颠覆与对男性的嘲讽。甚至在开篇，桑青就以女儿身份从最具男性特色的生殖器官上，对父权文化进行彻底地嘲弄。这是一个铺垫，暗示着桑青反叛个性与时代的不相容，为她最后走向分裂的末路埋下了一个伏笔。《桑青与桃红》是聂华苓颠覆男权文化最彻底的一部作品。在早期小说中，聂华苓就已经在小说中进行类似的试验，只是这种试验还停留在较浅层次，比较克制。

其三，暴露了聂华苓处理男性形象的乏力，也为随后的创作埋下隐患。在早期小说创作上，聂华苓在处理婚恋题材时对女性命运的透视、对男性角色的病态、弱化、缺位处理，一方面显示了她作为女作家处理女性形象的天然优势，另一方面她因前期对男性形象处理的偏颇，导致在随后的创作中暴露了男性形象描写的诸多不足。如过度丑化男性形象，草草处理男性结局，驾驭男性角色乏力，正面男性形象过于理想主义等问题。这些问题在《桑青与桃红》的沈家纲、《失去的金铃子》里的杨尹之、黎家姨爹，《千山外，水长流》里的彼尔金炎等人物身上都有所暴露。但是，在《千山外，水长流》中，能感受到聂华苓对男性形象书写的明显变化。

---

①　陈芳明：《横的移植与现代主义之滥觞——聂华苓与〈自由中国〉文艺栏》，《联合文学》，2001 年第 202 期，第 207 页。

四、与过去和解：保罗·安格尔的形象投射

《千山外，水长流》是她与安格尔生活二十多年后出版的一部具有全新面貌的作品，其中的男性一改往日作品负面居多的形象。聂华苓塑造了彼尔、比利、老布朗、林乃光等一批正面的男性角色，他们每个人身上都有安格尔幽默刚正的影子。特别是彼尔与柳风莲，彼利与莲儿，老布朗与老玛丽之间的感情，也有安格尔与聂华苓之间相处的影子。前两者的跨国相知与疗愈，与后一种感情之间的生死相伴，都有聂华苓从她与安格尔的感情中生发出的一种新的认知。聂华苓把安格尔的热心、热情、赤子之心，毫无保留地注入这部作品中的男性形象身上，基于安格尔身上散发的优秀男性品质，聂华苓开始用全新的眼光重塑笔下的男性形象。

彼尔和安格尔一样曾去过中国大陆，第一次是以美国军人的身份支援抗日战争，第二次是以美国记者的身份返回中国搜集学生运动的资料。他第一次在中国几次遇险时，都想家，想家乡的泥土。战争快结束时，柳风莲问比尔："你想不想走？"彼尔说："也想，也不想。我在中国的生活经验很强烈，很有意义，也许是我这一生的转折点。"（《千山外，水长流》，第 177 页）但是当他返回石头城，所有人都感到他的变化，彼尔说"在中国两年，好像是两世纪。"露西说："我那时候就有个预感：他还会回到中国去；他已经不属于石头城了。"（《千山外，水长流》，第 65 页）柳风莲认为他重回中国是因为"他爱中国人"（《千山外，水长流》，第 187 页），彼尔眼里的中国就如安格尔在《中国》一诗里写的中国：

> 从来没有那么多的人丧命，
> 为了皇帝、军阀、国内战争，
> 太平军，抗日和反对外国强权。
> 计算他们的死亡要论世纪，不论钟点。

现在生命飞过中国像一只鸟，

现在生命像雨水向中国洒落，

现在生命像金黄麦穗在中国生长，

现在生命洋溢在中国城市街道上。

现在生命向中国滔滔流去，又响又急，

现在生命就是中国，死亡都成为过去。

中国通过恐怖、欢乐、破坏和复兴，

及时活了下来，得到自己的生存。

——《中国》(《中国印象》，第 129-130 页)

彼尔也曾在给母亲的信中谈中国人的语言、中国女人、中国音乐，那副神情与语气，就像安格尔在《我的中国岛》谈中国人的烹饪术一样，是一个西方人独特而新奇的视角，也是一个深陷中国的美国人对中国文化的热爱。彼尔说：

在重庆的美国人(啊，我亲爱的同胞！在国外才知道你们对我多重要！)分两种：一种人失望，因为要找"古"中国；另一种人佩服中国人求生存的毅力和韧力。我属于第二种人。

中国人是不怕死亡的民族。他们庆祝"死亡"……(《千山外，水长流》，第 82 页)

彼尔口中寻找"古"中国的美国人，聂华苓夫妇也曾在回武汉时的江汉饭店遇到。两对中年美国夫妇，在武汉寻找中国古钱。他们与安格尔和彼尔一样，对中国的热情叫人感动，但与安格尔和彼尔不同的地方在于，他们对中国的很多认知是富于幻想的错误认知。就像聂华苓曾听到一个美国人说："小时候，我妈妈对我说，美国在地球的这一端；地球的那一端就是中国。中国的龙很好看。只要我在园子里用锄头不断向地下挖，挖，挖，挖到底，就可以看到中国的龙了！"（《三十年后——归人札记》，第56页）寻找古中国的美国人、找中国古钱的美国夫妇、挖中国龙的美国人，他们对中国热情而幼稚的认识，与安格尔和彼尔形成了强烈的对比。

彼尔对柳风莲说："我爱你的脑子，也爱你的身子——你的脑子非常聪明，你的身子非常性感。"（《千山外，水长流》，第305页）这是安格尔曾对聂华苓说过的一句话，彼尔身上不仅有安格尔的"中国情结"投射，也有安格尔的"人格精神"投射。安格尔是一个在妻子朋友眼中都十分有担当、重感情、热心助人的人，他与妻子四处奔波，为中国作家筹集来"国际写作计划"的资金，几次解救遭遇牢狱之灾的作家。其实，"国际写作计划"的诞生就足以显出安格尔跨越国族、民族、种族的大爱。

彼尔在他人眼里也是个"爱国，爱家，爱朋友"（《千山外，水长流》，第50页）的人，他在"沈崇事件"的风口浪尖上返回中国，采访中国的学生运动，那些参加"反内战""反饥饿""反对征兵征粮"示威游行的请愿学生，被宪兵打伤，彼尔不顾一切大喊"帮忙呀，抬受伤的人"，用自己的车把受伤学生送往鼓楼医院救治。因为彼尔对"献身、献心、献命的年轻人的同情"，他得到了学生们的信任和帮助，所以他是外国记者中报道最多、收获最多的一个。聂华苓把安格尔的热心、热情、赤子之心，毫无保留地注入彼尔的身上，这是她在安格尔身上看到的一个优秀男性最宝贵的品质。所以，她也要把这些品质赋予笔下的人物，用全新的眼光重塑笔下的男性形象。

彼尔的"中国情结"主要通过两次中国经验建构起，而小说中的彼利从来没有去过中国，他对中国的认识全部来自莲儿。如果说彼尔对柳风莲是手足、朋友、情欲之情，那么彼利和林乃光对于莲儿而言，是治愈。他们使莲儿敢于再次直面自己在"文革"中、在黑暗中的遭遇，当莲儿向他们诉说往事，代表历史创伤已经在她心里得到治愈。彼利与莲儿虽然是不同国籍的表亲，存在着不可跨越的因国别种族产生的鸿沟，但彼利热情且耐心，他们因幼年与母亲隔阂的共同遭遇产生共鸣。他从一开始在机场与莲儿的话不投机，把要命的"左右派"问题说成有趣，到后来和莲儿在一起"互相保护，互相了解，互相抚慰"，感到"满足，自信，安全"，产生了"到中国去"的念想。就像安格尔在和聂华苓相处过程中体味中国文化一样，聂华苓写出了一个前卫的美国青年真正了解、认识中国的过程。当他听莲儿谈到"文革"种种时说道：

> 中国的历史悠久而复杂。战乱，革命，杀戮，流血，斗争，死亡，伤残……但是，中国人活过来了，就有一股吸引人的精神力量！是我们安享太平的美国人所没有的。中国人那股精神魅力把人吸进他们的生活里、欢乐里、苦难里！我就不知不觉被你吸引进去了。我发现凡是在中国生活过的美国人，没有一个不怀念中国。
> （《千山外，水长流》，第 392 页）

彼利在莲儿的性格和述说中认识的中国，与安格尔、彼尔眼里的中国不谋而合，他们共同为中国的历史、中国人的韧性吸引了。林乃光对莲儿来说是"林大哥"，他是兄长，他们有共同的国籍，彼此在异国他乡自然有天然的吸引力，所以能建立更深的了解、信任与沟通。为此，莲儿第一次敞开心扉，向林大夫述说曾没有勇气回忆的黑暗经历。莲儿说"你就是我的林大夫"，他用一种类似兄长、医生的耐心诊断，治愈了莲儿，帮她克服了深藏在心里的痛楚。诚如安格尔之于聂华苓，在创作、事业上如兄长般的帮助与引导，在情感上的满足与依赖。

影响聂华苓一生的人有三个：母亲，《自由中国》的同事，保罗·安格尔。母亲带她洞察人生，让她在战乱流离里辗转的童年和少年生活中，始终有一个家的依归；《自由中国》的同事们使聂华苓在人生最重要的青年时期，创作个性得到尊重与张扬。但无论是母亲还是《自由中国》的梦都破碎了，消失了。安格尔救聂华苓于绝望的人生谷底，使她终于在中年结束精神与肉体的双重漂泊，寻得了情感与家的安稳所在，

使她无所顾忌地创作，无条件地支持她的工作。安格尔的存在，可以说
治愈了、成就了聂华苓。《千山外，水长流》的问世，就预示着，聂华
苓与过去的和解，预示着聂华苓在安格尔的悉心呵护下，治愈了漂泊多
年的无家的彷徨、恐惧与疲惫，因为安格尔，聂华苓在爱荷华找到了家
的归属感。老布朗与老玛丽这对耄耋夫妻之间的惺惺相惜，也算作聂华
苓对她与安格尔老年生活的一个美好的愿景。只有真正了解安格尔之于
聂华苓的意义，才可以理解聂华苓创作《千山外，水长流》这部作品的
深层原因。

第二节　漂泊者速写：历史激荡下的浪子悲歌

聂华苓自传《三生影像》的序言有四句话"我是一棵树/根在大陆/干
在台湾/枝叶在爱荷华"。大陆、台湾、爱荷华三个坐标组成的人生，已
初见聂华苓一生漂泊的端倪。王德威认为"去国与怀乡曾是现代中国小
说的重要主题之一，当代作家频繁的迁徙经验，势必要为这一主题平添
新的向度"。① "漂泊"本身就是一个矛盾的词语，有些人不安于现状，
立志以浪子的姿态将漂泊进行到底；有的人终其一生都想摆脱漂泊的命
运，寻找安身立命之所。漂泊是一个看似潇洒的动词，但当家与国都风
雨飘摇，漂泊就变得沉重且不安。在大陆战乱中度过童年与青少年时
期，在台湾的白色恐怖中度过了而立之年，去美前的聂华苓，在战乱纷
扰、外患内忧、政治激荡中漂泊了四十年。

1939—1949 年这十年中聂华苓经历了几件人生大事：完成学业，
成家，永久离开大陆之根，为她日后作品里的"怀乡"情结奠定基础；
1964 年聂华苓赴美国爱荷华，第三次迁移——"去国"后，才终于结束
漂泊的前半生。故乡到他乡，大陆到台湾，本国到他国，三次被动地

---

① 王德威：《想象中国的方法：历史·小说·叙事》，百花文艺出版社 2016
年版，第 368 页。

离乡去国经历，煎熬着一颗焦灼不安的漂泊之魂。漂泊经历为聂华苓的创作打上了浓重的底色，对一群漂泊者的速写甚至成为她作品的总基调。

一、在挣扎中迷失的漂泊者

聂华苓所走上的漂泊之路，不似鲁迅"走异路，逃异地，去寻求别样的人们"，亦不是沈从文为追寻读不尽的人生大书所踏上的异乡之旅，她的漂泊不具旅人气质。"漂泊"之于聂华苓，无奈大于无牵无挂的潇洒。她的漂泊既没有个人梦想的追索，亦没有拯救国家民族的宏大抱负，仅仅是在时代与政治影响下，个人的无奈之举。被动的漂泊为漂泊本身涂上一层厚厚的悲凉底色，也加深了聂华苓笔下漂泊者命运的无力感。因此，聂华苓小说中的漂泊者都患上"怀乡病"，在异国他乡陷入孤寂，走向沉沦，无时无刻不做着归国还乡、叶落归根的白日梦。

漂泊绝境给了人放纵自我的勇气与决心，绝境会释放出人的本能欲望，聂华苓笔下的漂泊者为寻求最后的狂欢，迷失在性的放纵中。《桑青与桃红》中的桑青是在矛盾挣扎中迷失的典型。第一次漂泊，在船舶搁浅瞿塘峡的绝境中，桑青将处女身献给了流亡学生；漂泊北平时，面对沈家纲的不忠，桑青还是选择与他在北平围城战乱中结了婚；漂泊台湾期间，因丈夫亏空公款，他们再次被追捕，走上逃亡漂泊之路，在蔡先生阁楼上避难时，献身蔡先生；漂泊美国时期，她在移民局的追踪下，于绝路中，选择通过与江一波、小邓的性关系逃避现实，最后彻底成为精神失常的桃红。桑青曾尝试着要做一个合格的妻子和母亲，但漂泊的命运决定她只能在矛盾挣扎中逐渐迷失自我，桑青到桃红的转变便是一个漂泊者迷失的结局。

聂华苓在短篇小说集《台湾轶事》序言里说："各色各样的人物都是从大陆流落到台湾的小市民。他们全是失掉根的人；他们全患思乡'病'；他们全渴望有一天回老家。我就生活在他们之中。我写那些小说的时候，和他们一样想家，一样空虚，一样绝望。"①流落、无根、思乡病、想家、空虚、绝望，这些无根的漂泊者，在聂华苓的小说里一次次地演绎着这些关键词。《一捻红》中的婵媛本在大陆有幸福的家庭，1949年她带着孩子与丈夫叶仲甫分离，孤儿寡母飘落台湾。为了生存，婵媛带着对丈夫的爱投入了赖国熹的怀抱，这是一个可以供养他们母子的人。对于这种矛盾心态小说中有一段描写：

> 他使她过着不虞匮乏的生活，甚至近乎奢侈的生活，她也知道。然而，她不肯完全委身于他，她还要保留一部分——怀着宗教的心情保留着，没有希望，不求报偿。她渴望仲甫，渴望昔日正常的婚姻关系，但她不愿再看到他了。每当有人从大陆出来，她就害怕他也会出来找她。害怕，是的，正是这种情绪。她已不是从前的婵媛了!②

时代与政治之痛，似乎全部附着在这个手无寸铁的女人身上。相爱的夫妻被海峡隔绝，为了生存，被浪潮卷入孤岛如浮萍般的婵媛，不得不经受痛苦与煎熬，因为她不仅是一个妻子，还是一个母亲。纵使她守着最后的底线：不嫁他，不改姓，但是她知道再也回不去。漂泊到台北的婵媛不仅失去了丈夫，家庭分离，也失去了自我。

《爱国奖券》里的每个人都是从大陆漂泊到台湾的异乡人，他们每个人都做着有朝一日重回大陆的美梦。乌效鹏、万守成、顾丹卿夫妇讽刺地将希望寄托在一张奖券上，怀着必中大奖的心情，每个人规划着得奖后的生活。这群流落台湾的小人物，就如小说里波斯国王所追寻的关于"人生究竟是怎么回事"的答案一样，"人生就是：活着、受苦、死去。"万千希望寄予一处，一旦希望化为泡沫，人生即走向幻灭。

---

① 聂华苓：《台湾轶事》，北京出版社1980年版，第1页。
② 聂华苓：《台湾轶事》，北京出版社1980年版，第63页。

同样的情况发生在了小说《珊珊，你在哪儿?》里。赖玉珊是李鑫生命中第一个女孩，他一直把珊珊供奉在心坛上最神秘、最神圣的一角，之后珊珊随家人来台湾。十几年过去，李鑫台北出差寻找珊珊，但没想到，在去珊珊家的公交车上遇到的唠叨不休、说话粗鲁、令人厌烦、语无伦次的话匣子就是珊珊。那个年少时灵巧、有着耀眼金辉的女孩硬生生在他眼前被埋葬了。珊珊只是众多失去"根"的一员，在无根的迷惘中，她褪去身上的光环与气质，只能在生孩子与调侃刻薄他人中惶惶度日。

《一朵小白花》里的谭心辉与丁一燕儿时是嘉陵江边的同窗，但"无论'飘'到多远的地方，十年后嘉陵江边再会"的约定，在各自漂泊的人生旅程中被搁浅淡忘。十六年后，相视而望，谭心辉不再是"名士"而是谭校长，丁一燕也不再是"小燕子"。曾经头戴象征少女虚荣、梦幻与青春的小白花的谭心辉，经过逃难、家庭的不幸和社会上碰到的失意挫折，昔日嘉陵江边青春焕发的少女，成了台北某小学的谭校长：官腔做派，高高在上，像没上润滑油的冰冷机器。

就如加缪所说的："一旦世界失去幻想与光明，人就会觉得自己是陌路人。他就成为无所依托的流放者，因为他被剥夺了对失去的家乡的记忆，而且丧失了对未来世界的希望。这种人与他的生活之间的分离，演员和舞台之间的分离，真正构成荒谬感。"[1]从《一捻红》中婵媛的清醒地沉沦，《珊珊，你在哪儿?》中赖玉珊的于生活中沦陷，再到《一朵小白花》里谭心辉的温暖品格的丢失，"台湾轶事"的上演，是一出小人物小生活中的悲喜剧，荒谬又沉痛，他们没有出路，只能在挣扎中迷失。

聂华苓写漂泊者的迷失，常常注重写人物形象转变的过程，不一味写迷失的现在，而勤于追究迷失的根由。也不是一劳永逸地直击人心，而是循序渐进，耐心积蓄情感，缓慢揭开人物走向迷失的结局。更不沉

---

① [法]加缪:《西西弗的神话》，杜小真译，三联书店1987年版，第6页。

迷表现漂泊者迷失的不堪，他们的迷失并非毫无缘由，作者在揭开迷失面纱的同时，读者选择理解原谅被命运追击的漂泊者。聂华苓善于使用电影式的回忆镜头，镜头下的漂泊者都有一个光明的过去和沉沦的现在，在过去与现在的鲜明对比中，漂泊者失掉自我的结局一览无余。

漂泊，意味着居无定所，无所归依。但在聂华苓笔下，她想要表现的不仅是一种生活状态，更是迷惘彷徨的心理状态。小说里的部分漂泊者们也有安定的住所，但因为"失根"的痛苦，他们的栖息地如悬在半空，无法着地。漂泊的心理状态煎熬着他们，为此他们失去向上的动力，妥协于现世的表面安稳，他们丢掉曾经的高傲自尊，低头于世俗的喧嚣，他们变得怯懦、脆弱，像失去母亲庇佑就原形毕露的孩子，失掉了对生活与生命的敬畏之心。无根的绝望感，充斥着生活，他们只能破罐子破摔，没有充实感踏实感的庇佑，他们成了空心人。

二、去国离乡的双重困扰

中国是家本位国家，黑格尔认为中国终古无变的精神是"家庭"精神，家庭基础形成了中国最早的宪法基础。① "世界上所有的民族，不论其文化是简单或是复杂，皆有家庭组织存在，也有一些'家文化'的规则。但只有在中国历史传统中，发展出了一套由'家文化'延伸而出的伦理规范与社会组织法则，从而基本上规定了中国人传统的日常生活、社会生活、政治活动的规则和思维习惯。"②对"家"的依赖延伸出"国"即是"家"的家国天下思维，"国"是"家"的同构与延伸，一个更宽泛意义上的"家"。

"家国"同构的思想，使得"家"在聂华苓小说中成为"寓言"式的存在。"家"对漂泊者而言可望而不可即，他们强烈渴望家和安身之处。

---

① 〔德〕黑格尔：《历史哲学》，王造时译，上海书店出版社1999年版，第126页。

② 储小平：《中国"家"文化泛化的机制与文化资本》，《学术研究》2003年第11期，第15页。

去美前的聂华苓还没有完全体味到"国"的失去，但她离开大陆后，"家"的失去对她的冲击完全反映在作品里。主要表现在小说中众多的漂泊者形象，造成她小说里巨大的"家"的扭曲甚至空白。

《失去的金铃子》开篇第一句是："妈妈在哪儿呢？"，在此处"母亲"如"家"的隐喻般，似又在追问"家在哪儿呢？"小说开篇就有寻找"家"的弥音，在外漂泊五年的女主人公苓子随即现身："敌机的轰炸，急流险滩，还有那些不怀好意的眼睛。那一切我全不怕。五年的流亡生活已锻炼出我的勇气。然而，当我站在那陌生的河坝上，四顾寻找妈妈的时候，那迷失、落寞的感觉，我却不能忍受了。"①回家的路纵有千难万险，不曾退却。妈妈逃亡到三星寨定居，现在这个落脚地不是根的所在，陌生感使前路漫漫，烟波茫茫，苓子沉默了，这是"家"吗？她不禁自问"谁都有个去处。至于我呢？"

《台湾轶事》是一本写流落台湾的大陆人的短篇小说集。其中《高老太太的周末》与《寂寞》两篇小说略有家的温度，但小说里的高老太太与袁老先生却是寂寞的。他们都是丧偶的孤独老人，一辈子致力于为儿女搭建"家"的港湾，却在晚年无人分享生活的喜乐，他们在耄耋之年永久地失去了儿女的陪伴，"家"沦为寂寞的坟墓。

《桑青与桃红》中有一处关于"家"的描写令人印象深刻，那就是桑青丈夫沈家纲的家。这个北平四合院成了逃难者的临时住处，没有一家人住上超过两个月。小说第二部结尾，桑青与沈家纲在被战火包围的四合院里匆忙办完婚礼，这是小说中唯一像样的家。小说第三部镜头转换至台北——桑青与家纲借住在蔡先生家的阁楼上，这是一处逃亡的避难所。阁楼上住着桑青夫妇和女儿桑娃，有父母有女儿，却没有家的温馨，"在阁楼里一切贪瞋渴爱都没有了"②，"家"在逃亡漂泊中覆灭。

离乡的漂泊者失去故乡，好在还有"国"的庇佑，暂得安宁。但去

---

① 聂华苓：《失去的金铃子》，人民文学出版社1980年版，第1页。（注：文中所引《失去的金铃子》原文，皆出自该版本，下文不再另做页下注。）

② 聂华苓：《千山外，水长流》，四川人民出版社1984年版，第172页。

国离乡的漂泊者，经历了双重的"家"的失去，陷入双重失去的困扰。"漂泊和生存在异域，不仅是时空的转换和迁移，还需要经历从精神、心理上对异质文化接受、适应，再到与之融合（或拒绝）这样一个漫长艰难的过程。作为被异域与故土文化双重边缘化的'漂泊者'，他们常常为'既不是……''也不是……'的'双重边缘'心态所困扰"。① 《千山外，水长流》里莲儿就是陷入"双重边缘"困扰的典型。她急切寻找家的所在，不停地追问自己的身份，因为她有一个中国母亲柳风莲和一个美国父亲彼尔。"文革"期间，莲儿因美国父亲被打为"美帝特务"的狗崽子，在中国她是"外国人"；父亲彼尔突然去世，莲儿身世成谜，不为美国奶奶老玛丽接受，在美国她也是"外国人"，莲儿同时失去家与国的归属。对于"家"，莲儿疑惑重重，她认为只有"知道了'家史'，我就是属于那个'家'的，知道了'国'史，我就是属于那个'国'的"。② 莲儿不止一次地追问家国何在，好在小说最后，莲儿可以大胆告诉别人："我是中国人，老布朗的孙女。"她最终被家与国接受。与莲儿有同感的还有移民美国的林大夫，他自称是没有"双重国家"的人，当他遇见同病相怜的莲儿，立即对她产生独特的感情。莲儿可以解除他的乡愁，他们可以谈中国事和中国人，"怀念故乡"是他们共同的表情。

聂华苓在书写"双重边缘"的绝望情绪时，这些人物在追忆中透露出哀怨无奈的情绪，对家国的眷恋痴想在作品里显示出的，往往带着一种低回凭吊的味道。查建英在《芝加哥重逢》中有这样一段叙述：

> 在异国生活了一段的人，性格和感情会逐渐发生一种分裂，内在的，潜移默化的。两种文化会同时对你产生吸引力和离心力，你会品尝前所未有的苦果，感受前所未有的压力和矛盾。你的民族性在减弱的同时，你的世界性在把你推上一片广阔的高原的同时，使

---

① 张云峰、胡玉伟：《对"漂泊者"文学书写的文化解读》，《文艺争鸣》2007年第 7 期，第 110 页。

② 聂华苓：《千山外，水长流》，四川人民出版社 1984 年版，第 311 页。

你面临孤独的深谷。

为了生存，为了获得和发展，你有意地，主动地和被动地变化，把你自己和这片土地的距离缩短，再缩短。然后终于有一天夜里，你醒过来，自己对这个变化也吃惊了，于是在月光里你会扪心自问："我还应该在这里待下去么？"①

思乡念国的情绪在离散写作中十分普遍，这类小说里的主人公，在异国他乡中大多表现得极度没有安全感归属感，对"家"的渴望尤其强烈。於梨华《又见棕榈，又见棕榈》里的牟天磊谈到他在美国的感受时说："我属于既没有失败也没有成功，既没有家，也没有一群人，也无法失掉我自己的那一种，我是一个岛，岛上都是沙，每颗沙都是寂寞。""在国外的寂寞，'无根'的寂寞中，祖国已不是一个整体的实质，而是一个抽象的、想起来的时候心里充满着哀伤又欢喜的乡思的一种凌空的梦境。"②当他十年归国回乡后，需要再次面对去国离乡的命运时，他的每根神经都充满焦虑与矛盾，最终选择拒绝。午夜梦回，那寂静的浩瀚无际的湖水，寄托着一个个巨大的问号，千百次关于"回家"的愿望萦回脑际，却在"回不去"的现实处境中碾落成泥。

三、记忆在时空流转中对话

当没有关于家的想象，当漂泊已成定局，无根无家的现实令人失去重心，时刻飘忽不定，只能靠回忆重温遥远的地方。记忆以近于勇士的姿态跃入生命，维持漂泊者残喘的生活。前四十年奔波的命运，使聂华苓的心始终在火热中跌宕，即使后半生生活在宁静的爱荷华，有安格尔相陪，有鹿园消遣，有小楼为伴，但去国离乡的忧愁，恍若三生三世的记忆，怎么也无法道尽说完。记忆如秋风掀落的枯叶，随款款小河，总

---

① 查建英：《到美国去，到美国去》，作家出版社 1991 年版，第 31 页。

② 於梨华：《又见棕榈，又见棕榈》，福建人民出版社 1980 年版，第 148 页。

也停不下，千山之外，水声潺潺，伴着漂泊的孤独，落尽人世的沧桑。那些离人孤心，在岁月的牵绊下，落入俗世的尘埃，在空间的隔阂里，潜入一捻回味的梦里。漂泊者只能在漂泊的族群里互相取暖，互相伤害，互相诋毁，因为在逝去的名单里，不仅有家有根，还有失落的青春与爱情，最美好的无法还原再重逢了，回忆的那一束信便永久定格在古老的旧中国。

人没有"家"的依靠时，只能靠回忆过活。於梨华所谓"无根的一代"没有排解乡愁的渠道，只能把怀念定格在记忆的窗口遥想过去的零碎。聂华苓以大陆到台湾的空间呼应，过去与现在的流转，青春与衰老的重逢，构成一组漂泊者记忆的对话。

《千山外，水长流》通过母亲的书信，实现 20 世纪 40 年代末与 80 年代初的对话。通过记忆，莲儿建立起对素未谋面的父亲和反目成仇的母亲的记忆，重温家国温度，结束漂泊的心灵煎熬。《李环的皮包》同样以回忆的方式进行，实际年龄 34 岁的李蓉，为了工作改名李环，年龄也随之陡长八岁。失去真实姓名与年龄的李环流落台湾，失去八年青春的她在法律年龄 42 岁的现在才明白，女人一过三十，别说八年就是八个月也要斤斤计较，她莫名成了老处女，开始无可奈何地渴望青春。她有过很多精致的皮包，但永远也忘不掉年轻时用过的那个最便宜、见证过她青春焕发的皮包。一个破旧的皮包牵扯出关于青春的记忆，在记忆闸门打开的瞬间实现过去与现在的对话。

《台湾轶事》整本小说都在诉说一种历史悲剧，小说深刻传达了祖国的不统一给个人和家庭带来的苦闷与人生悲剧。为此，聂华苓不得不在小说里通过"一显一隐"的手段构思。小说主场在台湾，显写台湾，但也将大陆的历史隐藏在其中，连接起台湾与大陆两段记忆构成的个人情感史与漂流史。还有一个重要的手段，就是现实与回忆的对话，通过记忆连接现在与过去，大陆与台湾。《一捻红》中的婵媛，一生有两个男人，身在大陆的丈夫叶仲甫，和在台湾的情人赖国熹。大陆承载着婵媛最温暖的家庭记忆，台湾只有漂泊者婵媛疲于奔命无奈卖身的疼痛记忆，在大陆她有实实在在的生活，在台湾她只是活着；《李环的皮包》中的李环，一生有两重身份，年轻的李蓉与没有青春的李环。她在大陆留下了一生珍贵的青春记忆，在台湾她从衰老开始，只能留下年老的影子；《君子好逑》中的董天恩一生有两个目标，三十岁以前以事业为主，不考虑婚姻，三十岁以后，要带一个"温柔美丽，精明能干，身体健康，意志坚强"的妻子回大陆。

这群流落台湾的漂泊者，他们饱尝无根的孤独、寂寞、冷漠。只有记忆才能连接他们人生的线性，组成完整的人生，他们因记忆摆脱无根的浮萍命运，寻找到一丝漂泊的希冀。为此，他们存有人生最后一点漂泊的尊严，他们彷徨、挣扎、不甘。

漂泊的情绪镌刻进聂华苓创作的每一个思绪中，以致她小说的自叙传色彩浓厚。可是她终究是太依赖自己的个人生活体验了，以至于一生的创作就似她的自叙传，小说里的每个人都有她与身边人的影子。因为书写自我的欲望太过旺盛，她在无限的感性抒发中失去了理性的掌控，以致她长篇小说里的人物塑造不够成熟。但不能因为些许瑕疵就抹杀聂华苓小说的思想深度与文体探索精神。

余光中在《蒲公英的岁月》中说到："他那一代的中国人，有许多回忆在太平洋的对岸，有更深长的回忆在海峡的那边，那重重叠叠的回忆成为他们思想的背景灵魂日渐加深的负荷，但是那重量不是这一代所能感觉。旧大陆。新大陆。旧大陆。他的生命是一个钟摆，在过去和未来之间飘摆。"①这句话用来总结聂华苓的漂泊经历再合适不过，她曾经在海峡的那边眺望过大陆。聂华苓在大陆也漂泊过几年，虽然为躲避战乱不停迁徙，依然存有脚踏祖国大地的踏实感，对她来说算不上真正意义上的漂泊。直至1949年赴台湾，她才意识到这才是真正的失去，她的漂泊才刚刚开始，文学创作之路也随之展开，怀乡成为她作品的关键词之一。1964年，她离开生活15年的台湾，失去与祖国的最后一丝牵

---

① 余光中：《焚鹤人》，台北纯文学出版社1972年版，第53页。

连，定居在太平洋对岸的美国。中年收获的一份挚爱，来自美国诗人保罗·安格尔，她终于结束身体的漂泊，安定地栖息于爱荷华的柔情蜜意中。身体漂泊的结束并不意味着心灵漂泊的终止，毕竟她永远失去故国的怀抱了，于是聂华苓开始在《桑青与桃红》《千山外，水长流》里注入去国离乡者的情绪。此后，她在幸福而稳定的生活里，经历心灵的无限放逐之旅。

第三节　女性命运书写：透视历史困境

聂华苓对女性命运的思考，是从母亲身上开始的，母亲常说："哎，想起来，做女人真没意思。""你爹一死，我就老了，只想活到六十岁。"那时候的女性为丈夫、孩子、家庭，一迈入婚姻就像葬送了青春、自由，一颗心扑在丈夫孩子身上，即使付出全身心的代价，却还在婚姻里饱受折磨，庆幸的是他们没有挣扎，只能以自我麻木和妥协换取平静的生活。冯至在十四行集里描写的具有代表性的悲剧女性形象，道出了女性生活的全部的沉痛：

> 我时常看见在原野里
> 一个村童，或一个农妇
> 向着无语的晴空啼哭。
> 是为了一个惩罚，还是
> 为了一个玩具的毁弃？
> 是为了丈夫的死亡，
> 还是为了儿子的病创？
> 啼哭得那样没有停息
> 像整个的生命都嵌在
> 一个框子里，在框子外
> 没有人生，也没有世界。

我觉得他们好像从古来

就一任眼泪不住地流

为了一个绝望的宇宙。

——冯至《原野的哭声》①

这就是诗歌版的《药》，又是一个多么现实地在坟上哭丧的母亲。聂华苓的作品充满抒情韵味，没有男作家那种坚厉的气质，虽然她表现历史，却不以历史的兴废为主要对象，她表现宏大时空中的人物命运，却不写苍茫的历史感触。埃莱娜·西苏认为："女性必须参加写作，必须写自己，必须写妇女。就如同被驱离她们自己的身体那样，妇女一直被暴虐地驱离出写作领域，这是由于同样的原因，依据同样的法律，出于同样致命的目的。妇女必须把自己写进文本——就像通过自己的奋斗嵌入世界和历史一样。"②同为女人的聂华苓，在女性身份上遭受如此多难以言喻的困境，她又怎么会对女性群体的命运视而不见。聂华苓同样以女性视角，书写了各色女性在生活中面临的困境，和面对这些困境时的选择。

一、在旧礼教的困境里甘于牺牲

《失去的金铃子》就是聂华苓试图表现女性困境的野心之作，里面诸多女性角色都值得玩味。丫丫为反抗父母之命的婚姻，寻找自由恋爱，但在战乱年代，她一个未见过世面的女孩子，终究碰得鼻青脸肿回到三星寨。以玉兰、巧姨为代表的守寡妇女，在封建制度下扭曲、隐忍，巧姨试图打破桎梏，却付出惨重代价，最后不得不退回到那个枷锁里。贞洁在旧礼教的规定下，对一个女人比命还重要。《黄昏的故事》

---

① 冯至：《冯至诗选》，四川人民出版社 1980 年版，第 106 页。

② 张京媛主编：《当代女性主义文学批评》，北京大学出版社 1992 年版，第
188 页。

里孟白媚一生的悲剧，都源于不停地在她眼前、心里闪动的字眼——礼教。

《桑青与桃红》里杏杏说"我和我妈全是旧社会的牺牲者"，爸爸带着姨太太和她的儿女在南方生活，她妈妈在北平伺候公婆，可是就算意识到这样的牺牲，他们还要再亲手制造另一个牺牲——要把傻丫头春喜嫁给死了老太太的爷爷做填房。桑青家的玉辟邪是传男不传女的，偷走玉辟邪以示反抗的桑青，最后还是落到北平的深宅大院，接受"金锁定情"父母之命的婚姻。那个阴气沉沉的婆婆沈家老太太，也是《失去的金铃子》里黎家姨妈式的人物。黎家姨妈没有儿子撑腰，只能默默承受丈夫迎娶二房进门，新姨不要命地想生儿子只为打压正房太太，女人与女人在封建的枷锁里，互相折磨。她们苦于礼教的束缚，却又以礼教的苦施于他人。生不了儿子的沈母借丫头春风的肚子生了儿子，谁知春风生了儿子就抖起来了，沈母费尽心思借胎得了儿子家纲，谁知春风又怀了孩子，害怕"谁生了儿子谁就得沈家的天下"，沈母把葛根粉掺在茶里，使春风小产而亡。她在旧礼教的规约下可谓战战兢兢一辈子，就为了传宗接代，害了另一个女人的性命。缠了小脚的血腥她受过，也要别人尝一尝。凭"金锁订亲"的儿媳妇桑青，她也不喜欢，因为她一辈子也没有为自己活过，便见不得为自己活的女人："你眼里水太多了。你是个妄想颠倒的姑娘。貌似贞洁，心如蛇蝎。你是个连老子也要意淫的姑娘。你是个大克星：克父、克母、克夫、克子！"（《桑青与桃红》，第111页）她甚至见不得儿子围着另一个女人团团转，嫉妒得恨不得在儿媳妇面前诋毁儿子，仿佛《金锁记》里的曹七巧，可是又怎么办呢？战争爆发了，顾不得那么多，她还要个儿媳妇继续传宗接代，抓着一个不如意的桑青也是好的。

聂华苓在《桑青与桃红》《失去的金铃子》里都通过写女性的生育，表现旧礼教的封建思想对女性生育权的掌控，不仅是思想上的掌控，还从内而外地使女性自己也甘愿放弃生育的自由。他们往往并不看重生育的过程，只看重生育的结果。《失去的金铃子》里对新姨生孩子场景的描写，和苓子对新姨生育前后态度的转变，显示了作者借人物表达对母性的尊重。之前苓子因为黎家姨妈的关系，对新姨的态度并不友善，当她目睹了新姨生育的过程，"一个生命挣扎着活下去，一个生命挣扎着要出来"的壮烈，让苓子生出对所有母亲的敬意：

> 新姨又叫起来了，由呻吟转成呜咽，又由呜咽转成嚎叫，淌着血，流着汗，死不了，只有反抗，狂乱地反抗，绝不退却。那时候，我只有一个感觉，在看到新姨的时候，我一定要好好待她。贵妇也好，娼妓也好，只要她生过孩子，她就应该和圣母一样受人供奉和赞美。(《失去的金铃子》，第 120 页)

这个惨烈的场面，男人显得如此无能，全部缩小成一个黎家姨爹不停叩拜的"多福多寿多字"的年画。老婆在黎家姨爹眼里只是个生育工具，他只求一个儿子。孩子生下来叫了"引弟"，也是一个传宗接代的工具。儿子在这些女人身上也只是向丈夫争宠的工具，黎家姨妈要把别人的儿子霸占来，当这个计划落空，黎家姨妈无处可诉的委屈全部借着剁砧板发泄出来了：

> 我就剁你！我恨！我真恨！儿子死了，丫头跑了，男人变了心，你这个婆娘还不称心？我要剁！剁！剁！狗婆娘！(第 158 页)
> 我要剁，我要剁自己的命！怎么我的命就这么不如人？剁，剁，剁得你粉碎！你敢欺辱我，你偏跟我作对！(第 159 页)

黎家姨妈把她的全部怒火撒到了另一个女人身上，可是她骂自己，骂新姨，却不骂自己的丈夫，丈夫是她的天是她的地，永远没有罪过。新姨拼命生下的孩子，却没有抚养孩子的自由，黎家姨妈在新姨怀第二个孩子时，终于成功地把引弟接过去抚养了。"将感情囤积在别人儿子身上是世界上最痴妄的囤积，注定是一场空。"无论是黎家姨妈、新姨、沈家老太太，他们终究还是比萧红笔下的小团圆媳妇、王大姐、金枝（《呼兰河传》《生死场》），琦君笔下的秀禾（《橘子红了》），杨绛笔下的"黄面丫头"（《鬼》），苏青笔下的苏怀青（《结婚十年》）等女性要幸运得多，他们毕竟是通过自己的手段守住了自己的地位。"节制生育是女子解放的基本条件；在万不得已时，科学的堕胎方法也是值得赞美的。一个女子若是不能控制自己的子宫，她还有什么办法控制男人的心吗?"①就算是苏怀青这样对生育认识得如此清醒的女性，也无可奈何地要追生一个儿子讨丈夫、公公婆婆的欢心，她还是做了最后的妥协。

《珊珊，你在哪儿?》里生了一胎又一胎的赖玉珊，《王大年的几件喜事》里的雯琴，他们被生孩子养孩子夺去了往日焕发的青春。可是珊珊是清醒的，她清醒地知道如果不生孩子，她也可以像那个被她骂老处女的女人一样花枝招展。聂华苓对女性生育的书写，并不是为了展示一种思想的解放，反而展示了一种清醒的甘愿的沉沦。她们在几千年延续的旧传统规约下，已经麻木，已经形成"女人就该这样"的根深蒂固的思想。她们没有意识到这是性别的差异性造成的，她们只在同性身上找碴子、找问题、找出路，以致永远也没有出路。

旧礼教对女性的破坏性在于：它约定俗成的性别规定性，如它规定女人就该生孩子养孩子，三从四德，守着丈夫孩子过一辈子，女人就是小鸟依人，不能太过强势。学者戴锦华曾经以自己"太高"的经历，谈到她对女性主义的思考。因为五年级个子就已经达到1.73米，戴锦华在小小年纪就遭受了性别的困境：一个女孩，个子这么高，可怎么办?随之而来的问题是，怎么找对象? 所以当她意识到自己"高"是个问题后，就故意含胸驼背，但就引发另一个问题"丑"。她尽力去战胜她作为女性的深刻的自卑，于是她努力在超性别的领域去补偿这些所谓的"不足"，她努力读书，当班干部，做社会工作。可是这一系列的社会性的成功，反而加剧了她的困境：一个"丑女人"还争强好胜。在旧礼

---

① 苏青：《结婚十年》，江苏文艺出版社2009年版，第316页。

教的规定下，对女人来说"学会做女人比做人更重要"。

聂华苓对女性深陷礼教的困境，直接灵感来源于她的母亲，母亲在丈夫去世后，守了一辈子寡，她没有要走出困境的欲望，因为她不仅是一个女人，还是一位母亲。这是那一代女性都甘于牺牲的主要原因，於梨华印象中也有一位这样的母亲：丈夫就是她的天，为了丈夫可以忍天忍地。她曾在自传中回忆说：

> 父亲事业上常有起落，但赌场上则是一直失意的。出征回来，总是垂头丧气。乡居一年坐吃山空，连赌本都凑不出，常迫母亲拿出私房钱来。但那早已进入父亲几个赌友的口袋，实在被他迫得无奈，母亲几次差十岁不到的哥哥，袋里放着她亲笔写的字条，徒步到两里外的舅父家里借钱。钱来了，父亲笑逐颜开，叫着母亲的昵名，拌着小花脸说："你这样的老婆哪里去找？"母亲不动声色，低头缝补，等到父亲出来了门，她憋了半天的眼泪，才断线般地滴至她手中的衣衫上。①

就像聂华苓、於梨华的母亲，在这样的规定下，大多数女人都很难主动去打破这种困境，但当她们成为旧礼教的牺牲者，没有人在乎甚至没有人认为这是一种牺牲，包括她们自己。所以《高老太太的周末》里，高老太太在丈夫去世后，一个人尽心抚养孩子上大学。当孩子们大了各自天涯，她在寂寞的周末从没有像那样子想念过她死去的丈夫。守了十五年的望门节，因为寂寞的现在，她感觉就像吊在万丈深渊。《失去的金铃子》里的黎家姨妈，在"无后为大"的阴影下，对丈夫娶二房续香火不敢有怨言。聂华苓对深陷礼教困境的女性描摹，和深陷这种困境中的女性心理的把握，是十分熟练有力的。

---

① 於梨华：《人在旅途：於梨华自传》，江苏文艺出版社 2000 年版，第 34 页。

聂华苓对女性这一重困境的书写，同样具有浓浓的历史韵味，就像带着血腥味的裹脚布。这是从对旧的批判得来的，聂华苓试图展现一种旧制度的破坏力，特别是对女性命运的破坏力。那从历史深处走来的，不仅仅是礼教的吃人本质，还有千百年来，无数甘愿被牺牲的然后也去牺牲别人的无限循环的女性困境。那些守着贞洁、家庭、婚姻、丈夫、孩子的女人要堕落似乎更加容易，就像做件违背道德的事对她们来说不像是违了道德，倒更像一个天大的保护她女人本性的诱惑。

聂华苓企图通过旧礼教困境中对性别的规定性，写出女性的甘于牺牲甘于堕落。但聂华苓所展现的这类女性，特别是旧礼教困境下的女性，已经不多了，旧礼教的影响固然还在，但似乎在她那一代还只剩个狼狈的尾巴，它早已经以另一种形态存在，继续着对女性的束缚，那就是所谓的家庭的束缚。聂华苓的书写方式终究带着些历史的意味，她要照出令人厌恶、反感的曾经伤害过她，也伤害过母亲那一代的过去。女性为家国抛弃爱情，在历史绝境中沉沦的形象出现在很多文本里，但这两种境遇都比不上千百年来累积下来的传统观念，在爱情与婚姻的自由选择方面给女人造成的樊笼与困境。这种困境不仅无法脱离历史，反而是千百年的历史隐疾堆积而成。

二、在政治战乱的困境里无力还击

如果说旧礼教所造成的性别困境是女性甘愿牺牲的困境，那么战乱与政治的纷争所造成的困境，对于那些"手无缚鸡之力"的女性来说，更是无力言说、挣脱的困局。桑青从流亡学生分裂成精神失常的桃红，她的痛苦来自对旧礼教失败的反抗，和被历史无情地推动向前。从表面看她悲剧的开始源于父权体制的压抑，可是被历史一次次地推动流亡，是小说的深层意旨。她搁浅瞿塘峡献身流亡学生，源于日军轰炸；陷入北平草草结婚，源于北平围城；台北阁楼数月动物般的生活，甚至委身蔡先生也是迫于政治追捕；最后逃往美国，在移民局的追查下，她再也无法自我消化一个个困境背负的精神压力，以致彻底分裂。

《失去的金铃子》里丫丫是反抗旧礼教出走而失败的例子，她的幻灭源于战乱。在一个兵荒马乱的年代，从来没有见过世面没有离开过三星寨的女孩，又如何能够生存下去，她随着郑连长的部队，躲躲藏藏风餐露宿，最终只能落荒而归。《千山外，水长流》里被轰轰烈烈的学生运动感染，参加各种革命活动的柳凤莲，因为"美军强奸沈崇案"失去彼尔，在"反右"斗争中失去丈夫，后被诬陷与美国特务通奸被女儿唾骂。她的一生都与历史紧紧捆绑在一起，在这些无法割裂的困境里，失去再失去。她的女儿莲儿也因为上一辈的历史遗留问题，被骂为"美帝狗崽子"，无法摆脱宿命的安排。

《忆》中被高官强占，无法自救也无法逃脱而自杀的静婉；《觉醒》里被政治热情冲昏头脑，爱情与理想同时幻灭的陶曼青；《一捻红》里随国民党撤退台湾，与丈夫咫尺天涯，迫于生计无奈献身他人的婵媛。《葛藤》里为摆脱父亲死后大家庭对母女的刁难，白绫以自己的婚姻为筹码，嫁给一个囤积居奇发了大财彼此间没有爱情做基础的男人。在艰难的时局里，女人若想要逃出困境最快的方式就是把自己商品化，成为男性的附庸品便可以尽快脱手。就像白绫的第一段婚姻："在我中学毕业那年，就选择了一个我完全不爱的人，不，根本就没有选择，一谈就谈成了，那倒是一笔很爽快的交易。"[1]似乎在这样的困境里，女性如果很难求得物质与精神的双重满足，要么就像婵媛放弃灵魂的感受，委身求得物质的满足；要么就像静婉、白绫走向死的绝路。女性在历史的滚滚洪流中毕竟太渺小了，她们很难有多余的选择。

在这些陷入历史困境的女性里，桑青的逃亡显示了她对战乱、政治等诸多困境的还击。但这场还击显然以失败告终，她一次次被逼入绝境，从困在瞿塘峡献出处女身，到被困北平匆忙结婚和被困台北阁楼沦为沈家纲的性欲发泄工具，最后在美国逃亡的性纵欲的过程，桑青分裂

---

① 聂华苓：《葛藤(三续)》，《自由中国·第十五卷》1956年第2期，第32页。

成桃红。她的双重心理体验与双重心理世界，显示的不是对政治战乱的遗忘，而是以身体叙事显示的对历史困境的反叛，这样壮烈的还击以牺牲自我为代价，所以终究是一种逃脱困境的失败方案。

相比于聂华苓在政治战乱等困境中的诸多历史经验，於梨华则特别善于书写漂流海外的女性，和这些女性面临的种族偏见造成的历史困境。《傅家的儿女们》中的傅如曼是一个具有代表性的女性，她爱上了美国男孩劳伦斯，虽然他们跌入爱情时，不会先想到他们是哪一国人，但一旦谈婚论嫁，问题就没有那么简单。劳伦斯的家庭是十分典型的西方家庭，劳伦斯的家庭认为儿子娶东方人做太太十分荒谬，会被亲戚朋友取笑。他们因为皮肤的颜色看不起她，最后如曼的跨国恋情因为种族偏见破灭。离开劳伦斯后，傅如曼的故事就是一页一页的"浪女之歌"，她靠做情妇最后得来一份体面的工作和不虞匮乏的生活。

就如伊格尔顿所说的："对性欲不屑一顾特别令人啼笑皆非，因为文化理论所取得的杰出成就就是性别和性欲不仅是个具有紧迫意义的话题，也是研究的合法对象。"[1]性似乎是很多女性对抗困境走投无路后的选择。身体即政治的身体政治诗学，再次得到了极大释放，桑青蜕变成桃红，是一种身体政治意识觉醒的过程，身体对桃红来说是对抗政治、追捕、战乱、流亡的有力武器。无论是政治斗争还是战争或是种族冲突，都是宏大的历史问题。对于历史困境的书写，有宏大的历史书写方法，也有聂华苓这样写历史困境中的"人"的困境，特别是女人困境的写法，这样似乎更能突出问题，激化矛盾。女作家的解构与解放，也势必要涉及性别、政治、种族的解构与解放。

三、在伦理困境里饱受折磨

礼教、制度、政治、战争等都是外力强加给那些女性的困境，聂华苓所写的伦理困境，在女性生存困境里，也是非常浓重的一笔。从

---

① ［英］特里·伊格尔顿：《理论之后》，商务印书馆2016年版，第5页。

早期的《葛藤》《乐园之音》《窗》等小说，到中期的《失去的金铃子》和后期的《桑青与桃红》，无论是精神还是肉体的背叛，聂华苓似乎很喜欢将女性置于伦理困境里，让他们接受来自亲情、爱情、肉体与精神的折磨。

《永不闭幕的舞台》里的侯太太在欲望、爱情、亲情的泥沼里，被困得死死地。丈夫侯先生是个无生气的病秧子，她对男性的力量充满欲望，不自觉爱上丈夫的侄子许乃琛，可是她知道许乃琛也是女儿琬琬的爱慕对象。她只能将一切欲望发泄在日记里，可是终究这个秘密也被窥探到了，她面临着亲情、爱情、欲望同时丧失的结局。

《月光·枯井·三脚猫》通篇都在描写一个女性灵与肉分裂的痛苦。汀樱是一个爱着性无能丈夫的妻子，却也期待另一种生活：渴望男性的跋扈，渴望有个人贪婪地支配她。可笑的是，丈夫丹一，因满足不了汀樱对性的欲望，充满愧疚，只能放下汀樱期望的那些充满力量的、雄性本能的男人尊严，隐忍着一切，在照顾孩子与养猫的乏味生活里枯萎。于是汀樱试图在另一个男人身上追寻她向往的男性魅力，可惜乐兆青只是一个想在汀樱身上寻求性刺激的追求者，而不是个满心满眼都爱汀樱的痴情男子。汀樱在性无能却深爱她的丈夫身上得不到肉的满足，在狡诈圆滑假情假意却散发着男性荷尔蒙的乐兆青身上得不到灵的皈依，灵与肉的分裂造成了汀樱在原始本能上的深深的无奈。

最残酷的一种，莫过于以母亲的身份谴责女性的背叛。《乐园之音》里那个治愈了孤独青年丁榕的叶冷秋，也是在抛夫弃子后失去孩子的母亲。《窗》里的母亲怡心，背叛婚姻失去孩子，与情人感情破裂回头后，再也无法持续母亲的身份，她只能在窗里远远看着自己的孩子叫着别人妈妈。《葛藤》里背叛丈夫最后投水的白绫，带着聂华苓童年的影子和相似的成长背景出现在小说里：

　　我也曾有过快乐的童年，但我的童年，好像也比别的孩子短。
　　父亲和母亲结婚时，他已经先有了一个太太了。后来母亲才知道，假若不是因为我的缘故，她也活不下去了。你可想象得到一个女子与另一个女子共一个丈夫的痛苦。①

在女儿溺亡后，白绫无法承受自己强加给自己的伦理谴责，选择跳水自杀。相比于在旧礼教困境里出不来和在历史困境里无法自救的女性，陷入伦理困境的女性角色，有着更深更透彻的醒悟，也有更清醒的痛苦。聂华苓塑造的这类女性，似乎都有着特别珍贵的爱的欲望，也有特别沉痛的爱的罪孽。他们要爱，却要付出爱的代价，于是他们陷入类似于两重人格的斗争，一重人格要她们不顾一切地爱，另一重人格则千方百计地要她们清楚这是备受谴责的爱。人格的撕裂与伦理的谴责，无论走向哪一边，都是不小的牺牲。

聂华苓对女性命运的体悟，显然是从她的个人经验中得来的，俨然要从最平凡的故事里思考她大半生的历练。她很少写白先勇等男性作家所展现的那些风风火火的爱情，与吵吵嚷嚷矛盾迭出的婚恋关系。《谪仙记》和《谪仙怨》中那种繁华热闹的场面，风尘女郎、官宦小姐在聂华苓小说里几乎没有。更找不到李彤那样辗转于一个又一个男人之间，黄凤仪那样成为外国男人性消费品式的女人。聂华苓书写的女性，或是恋爱、婚姻的失败者，或抛夫弃子，或是被生活磨得俗不可耐。她写过如苓子一般天真的女孩，也写过高老太太那样孤寡的老年女性，在婚姻里无奈地挣扎的绝望妻子侯太太，向往婚姻的老处女李环……无论是哪个时期，对女性困境的思考和书写困境中的女性，永远是聂华苓笔下重要的主题。

在聂华苓那里，可以见到新旧两代女性都被婚姻与爱情困扰，这些女性所折射的是一个混乱的时代，处处都是试探，处处都是绝望，处处都是无奈与彷徨。他们活在"男人买笑追欢，是天经地义的事"的时代，"男人没有负心的必要"的时代。那时的女性一迈入婚姻就葬送了青春、

①　聂华苓：《葛藤（三续）》，《自由中国·第十五卷》1956年第2期，第30-31页。

自由，即使付出全身心的代价，一颗心扑在丈夫孩子身上，却还在婚姻里饱受折磨，庆幸的是他们没有挣扎，只能以自我麻木和妥协换取平静的生活。丈夫、儿子组成一个女人的全部，他们只有婚姻，没有自己的人生也没有世界。她们仿佛就像中国多少年来，历朝历代的女性一样，一直无法摆脱婚姻家庭的重压，永远生活在那片古老的土地上，永远被关在狭小逼仄的天地。"困"也成了聂华苓笔下女性一个巨大的隐喻，无法用一个确切的词语形容那些在婚恋枷锁里的女性命运，只能说无奈。千百年来的中国女性，在层层重压下，已经探索出自己生存的哲学，就像聂华苓的母亲，就算被"困"，她还是挑起了生活的重担，在变动的时代穿过一个个关卡，走出自己的那条路来。

来自时代和人世变化的纷扰毕竟太沉重了，这种沉重是此后爱荷华的宁静与解脱，安格尔的呵护与疼爱都无法消化的困扰。作为女性，聂华苓尝遍了来自婚姻、家庭、政治、战争的各种苦楚，这段历史旅程实在是走得太累太苦了，它击碎了一个女孩无忧的童年，一个女人安稳的对家的想象。无论哪个时期的关于女性的书写，总能在聂华苓的笔下领略到一种淡淡的无法排遣的哀伤。她并不直接写时代对女性的摧残，她把女性放进那个时代，已经显示了女性最大的困境。

第四节　小人物刻画：历史洪流中的个体命运

从聂华苓童年时期优渥的物质生活条件来看，她的家庭至少是属于中产阶级，但是战乱击碎了家园，使他们失去家的庇护，陷入流离之苦。聂华苓随母亲和弟妹四处辗转，从老武汉的世家大族里一下子失落在战乱的泥沼里。她生活在那个时代，无论是有形或无形的安稳，都被腐蚀殆尽。时代更迭、历史激流，把无忧无虑的聂华苓一下子推往生活底层，容不得她有半分喘息时间。算是中产阶级的聂华苓从来没有中产阶级过，所以她才能在创作中，如此清醒地把握小生活、小场面、小人物的精髓。那群小人物在历史激流中，忽然间失去了隐蔽，他们再也找不到一个安身之所，徘徊歧路，更无路可退，只好任由生活这么无端地倦怠下去，不论愿也不愿，都被迫卷入时代的喧杂中。

从最早的短篇小说集《翡翠猫》(1959)，之后出版的《一朵小白花》(1963)，《王大年的几件喜事》(1980)《台湾轶事》(1980)，几部小说集里收录的，大多是1949年至1964年聂华苓在台湾发表的小说，也是她创作初期的试作。几个集子的小说都相互重合，收录的小说分列如下：

小说集《翡翠猫》收录有：《翡翠猫》《高老太太的周末》《乐园之音》《晚餐》《卑微的人》《中根舅妈》《爱国奖券》《再叫我一声》《永不闭幕的舞台》《窗》；

小说集《一朵小白花》收录有：《一捻红》《寂寞》《爷爷的宝贝》《珊珊，你在哪儿?》《绣花拖鞋》《君子好逑》《桥》《一朵小白花》《蜜月》《李环的皮包》《月光·枯井·三脚猫》；

小说集《王大年的几件喜事》收录有：《高老太太的周末》《爱国奖券》《珊珊，你在哪儿?》《袁老头》《一朵小白花》《李环的皮包》《君子好逑》《永不闭幕的舞台》《桥》《极短篇》《一捻红》《一则故事，两种写法：〈晚餐〉〈王大年的几件喜事〉》；

小说集《台湾轶事》收录有：《爱国奖券》《一朵小白花》《珊珊，你在哪儿?》《王大年的几件喜事》《一捻红》《君子好逑》《李环的皮包》《高老太太的周末》《寂寞》《绿窗漫笔》。

后两个集子是对前两个集子的再版，但作者似乎有意识地剔除了前期不太满意的，特别是婚恋题材的作品和讨巧又满足大众趣味的"廉价感伤"作品，试图在《王大年的几件喜事》《台湾轶事》中呈现尽量丰富的主题。在《台湾轶事》里，作者对前期作品的总体面貌做了总结，集结了书写"从大陆流落到台湾的小市民"的小说，名为"台湾轶事"出版，这也是作者几部小说集里艺术成就最高、创作特色最突出、主题最集中的一部。

聂华苓写小人物的方式十分讲究，她记录这些人的生活与矛盾冲突，以批判的方式展现，但在批判与嘲讽中，又侧面烘托小人物的悲哀，归根结底聂华苓对这些小人物持同情与怜悯态度。《王大年的几件喜事》和《爱国奖券》里的人物群像都有一个共同点，就如他们从大陆迁台后凌虚蹈空的状态一样，他们的精神也处于彷徨无依的状态。就像现实中的台湾外省军民，即使因为政治原因迁台而来，不代表他们在精神上对故乡毫无眷恋，他们幻想着有朝一日能回去，在无限的期待与等待中蹉跎岁月。小说里那群幻想着一夜暴富的小人物，抱着不切实际的幻想，幻想的根源在于他们对过去的留恋。为了消解故事背后的悲剧感，作者选择以嘲讽与批判的姿态行文。因此在《台湾轶事》整个集子里，主题是大陆流落台湾的"小市民"所患的"思乡病"，生活的氛围很浓厚，悲剧感很淡却不至于完全消失。

小人物书写，都集中在《翡翠猫》《一朵小白花》《台湾轶事》《王大年的几件喜事》几个短篇集子里。聂华苓着眼于台湾社会生活的"现实"面，书写了各色各样从大陆流落到台湾的小市民。他们的人生充满无奈与感伤，全都打上"失根"的烙印，他们的共同性在于，一下子与过去隔绝，失落在台湾这个孤岛上，他们承载着、回想着大陆这个共同的关于过去的空间载体和历史记忆。孤岛的生活与过去大陆的生活，在这群人物心里，形成较大落差。现在他们平庸困顿，对前途悲观、迷茫、绝望，那个曾经逃离的大陆，在记忆里一下子变得温暖可爱了。他们思念亲人、想念家乡，他们空虚、绝望、彷徨，可又无法跨越历史与政治的阻碍，无法消解当下生活的冷与寂寞。这群普通人困扰着，向往着，挣扎着……聂华苓用十分考究的短篇的结构，切取生活的一个小的横断面，交叉着泪与笑、苦与乐、宁静与痛苦，冷峻地解剖着人与生活的本质。这些小人物，往细处分析，似乎在历史造成的困境里，并没有扭曲得那么厉害，只是抱着一丝幻想，清醒地挣扎、沉沦。

一、小人物的幻灭感

《卑微的人》《中根舅妈》都是关于过去的故事，一个卑微的男性和一个卑微的母亲，他们都在历史的年轮下孤独守望，共同幻灭。中根舅妈的一生都围绕着"儿子"，在抗日战争期间，尽管隔着国仇，但中根舅妈还是为了儿子来到中国、留在中国、守在中国。她的付出得不到儿子的谅解，在历史面前，她只是一个母亲，可是在儿子面前，她是日本人。从抗战到日本投降，中根舅妈的梦终究还是碎了，她没有等来儿子；"金钱和范家少爷"是张德三全部的生活中心，是他生命中两个美丽的幻梦。但是张德三比中根舅妈幸运，他始终不知道那个"少爷梦"早就破碎了。

《珊珊，你在哪儿？》《君子好逑》《李环的皮包》写出了无论男人还是女人，在历史面前都是渺小的，他们都无法逃脱历史年轮滚过人生造成的巨大伤害。他们的"爱情梦"都如缥缈的泡沫球般破灭了。作者通过今昔对比的方式，以过去反复敲击不断膨胀的记忆回路，与现实不断碰撞，最后一击幻灭。《珊珊，你在哪儿？》中，李鑫理想中现在的珊珊应该是这样的：

> 她现在也许松松地挽了一个髻，用一根柔蓝的缎带绾在脑后，就和她第一次看到她时那衣服的颜色一样，那种柔和的颜色只有配在她身上才调和。她不像小时候那么爱笑了，静静地抱着孩子坐在角落里，眼睛里有一种少女时代所没有的东西，迷迷蒙蒙的，看起来叫人有点儿愁……她当然认得他的，因为妈妈常常向孩子们讲到他，用一种低沉的、柔美的声调讲到他。（《台湾轶事》，第 44 页）

过去、理想、现实在小说里交叉出现，生活碎片与历史场景任意切换。李鑫心中三个维度的珊珊都出现了，过去记忆和理想中的女孩，却与现实所见的粗鄙、世俗女性形成极大反差，李鑫的爱情理想幻灭了。

《君子好逑》中的董天恩，被十年前初恋女孩"我等你，我一定等你"的诺言麻痹，三十岁以前他在爱情面前自信、自负，认为"女孩子就是园子里的鲜花，兴之所至，信手拈来，插在他挺括的西装上"。可是他对自己过于自信了，原以为能以"等待"之约一举拿下婚姻，可是孙婉清一离开董天恩就投入另一个人的怀抱，抱着重温旧情的心闯进了初恋"十周年结婚纪念会"，董天恩被这巨大的一盆冷水泼醒了，梦想幻灭了。他还能如愿带一个"三从四德"的媳妇儿回大陆，为母亲尽孝吗？小说最后一句话写道：他走进药房买了一瓶生发药。

《李环的皮包》中，李环是这群这小人物里少有的活得极其清醒的一个。小说一开头就是幻灭结局，随后是一个女孩的青春如何在历史与时间里幻灭的故事。李环是个凄迷、暮气沉沉就像小说里窗外凤凰木的叶子飘呀飘没有着落的女人，甚至连名字也是伪造的。就为着这个伪造的名字，她暗自吞下一系列的恶果：寂寞、年老、青春的丧失，她本想在这些缥缈的东西面前寻一个现实的所在，求一丝安慰，可是她始终无法消化青春的力量迎面撞击的疼痛，于是就算要坐牢，她还是走进法院改掉身份证上的假名，换回她失去的八年。

无论是爱情还是亲情或是物质梦想的幻灭，作者并非想要表现小人物精神的单一面的崩塌，爱情与亲情的幻灭都是第一层面的，其中暗含的深层意指就是过去理想的幻灭。就如《爱国奖券》里几个小人物发财梦的幻灭，他们一心想要发财的原因，就是希望改善物质条件，有朝一日有足够的金钱能改善目前陷在台湾的生活，能接来陷在大陆的亲人，或者有回大陆的本钱。

这种幻灭显示出这群有着大陆背景的小人物的过去与现在之间的对比，他们在大陆有充裕的物质生活，和被爱情与亲情填满的精神生活。这一切都被"台湾"击碎了，空间的隔绝造成他们失去物质享受，但一时间又无法与台湾社会融合，以致无论在生活还是工作上都有着极大的丧失感，无法求得真正的满足。关于过去的富足、成就等美好回忆，时不时地都要在空虚的生活里冒出来，再对现实生活做一个绝望地嘲讽，嘲讽他们的无能。唯一消化这些照进现实的嘲讽的方式就是回味，回味过去，以"过去"撑起"现在"的尊严，以"过去"麻痹"现在"的精神世界。

《翡翠猫》《再叫我一声》《绣花拖鞋》《桥》《蜜月》是最常见的关于爱

情与婚姻的琐事，包括夫妻之间因小小的误会产生的不安与猜忌(《翡翠猫》)；因婚姻的琐碎，丧失爱情原初的美好产生的距离(《再叫我一声》)；生活上互不妥协的夫妻即使相爱也要任性分开(《绣花拖鞋》)；在情感的火苗诞生之初男女之间那浪漫的暧昧(《桥》)；刚刚踏入婚姻对未来生活充满未知的恐惧与彷徨(《蜜月》)。《永不闭幕的舞台》《月光·枯井·三脚猫》是描写女性在爱情与婚姻的问题上因欲望的压抑产生的灵与肉的分裂。《窗》《乐园之音》是女性在爱情与亲情之间做出艰难的取舍后，对她们舍弃的亲情发出的痛苦拷问。这些小说，统统都可归为已经论述过的"婚恋书写"，也可归入"小人物书写"。这些人物之所以为"小"，主要还是他们生活场面的"小"，大多是日常生活的小场面的展示。但作者却从婚姻、爱情、亲情的小波折，从各种情感的裂痕中，透出人对生活本质的追寻。

上述有些小说若不细读，很容易被归为简单的婚恋小说，很难发现作者在其间掩埋历史阴影的良苦用心。如《永不闭幕的舞台》里以侯太太在婚姻与爱情的灵肉分离为主要内容，但故事的时空背景被置于1949年后的台湾。侯先生在不堪的现实面前变得面目狰狞，以过去的尊严麻痹自己，他说："我还要回大陆，带着我太太回大陆，回到我们在西湖旁边的那幢房子里去。告诉你，我在大陆可是很伟大的。"(《王大年的几件喜事》，第145页)最后，侯先生还是自杀了，侯太太一家分崩离析。但类似的故事还在孤岛台湾悲情地上演，小说最后江大嫂说："你看，你看，那个女孩子，披头散发的，在裁缝铺门口，她爸爸在大陆没有出来，她妈和一个人同居了，她恨死了那个人，闷成了神经病，一天到晚在外面乱跑，逢人就骂'那个偷我妈妈的人'"(《王大年的几件喜事》，第161页)；《乐园之音》以一个久病不愈几近堕落的台湾青年的口吻，讲述他为一个具有动人声音、善良品质但却未曾谋面的女性治愈的故事。但这个治愈他人的灵魂，却陷入难以自愈的懊悔。历史无情地在这个曾不顾一切的女性身上留下无法挽回的后果，叶冷秋说："后来，战争发生了，大家都东逃西逃，那两个孩子跟着他们的爸爸也不知道逃到哪儿去了，那个妈妈最后也只剩下她一个人了，四处打听他们的消息，后来才听说，孩子们的爸爸已经死了，两个孩子无人照管，便由亲友送给别人了。他们的妈妈一个人走了好多地方，吃了好多苦头，寻找他们，也没有找到。"（《翡翠猫》，第44页）

聂华苓对小人物的书写，也显出了小人物在历史年轮下的生存法则和生活智慧，其中有历史困境中的原始人性表露，也有历史发展过程中人性的坚守与嬗变。《卑微的人》在聂华苓描写"小人物"的作品里最有代表性，是一个卑微的男性在历史的年轮下孤独守望的故事。张德三曾是北洋军队的伙夫，北洋军溃败后他入范家当了听差，洗地板、开饭、跑街、打些小杂、照顾范家少爷，是张德三的全部工作。他是个勤快、衷心、从不落一个小钱的好听差。他尽心照顾少爷，甚至把少爷当成自己的儿子。"金钱和范家少爷"是他全部的生活中心，是他生命中两个美丽的幻梦：

> 他赚的钱，一个子儿也不花，先是存的白花花的银大洋，放在箱子紧底。晚上，少爷睡着了，杨司务出去找女人去了，他便将银大洋摸出来数一数，一手掂一个，敲着当啷当啷地响。有一天，他突然想起，假若那些钱给人偷走了，假若失火烧了……于是他将银大洋换成了一枚枚黄澄澄的金戒指，偷偷藏在白布筒里，一年四季当裤腰带绑在身上。（《翡翠猫》，第68页）

虽然在大宅院生活这么多年，他依然有着底层人的勤俭节约，对金钱患得患失小心翼翼。他也有小人物的世俗和势利眼，他"对权势有着畜牲般的虔敬，而男性就是权势的表征"，所以，他知道在大宅院里要讨好少爷，不把小姐放眼里。从小地方出来过惯了大宅院的生活后，他就瞧不起小地方那些没见过世面的人了。但是，他也有人性最质朴、善良、重感情的一面。老爷去世，战争爆发，他随太太避难三斗坪，依然尽心帮扶太太。可是，瓜熟蒂落，孩子大了也要远行，寻求他更广的天地去了，这个忠心的老仆，一手照顾大的少爷也要离家求学了：

> 从家里到镇上要经过高高低低好几座山，沿途范太太哭着向儿子告诫一些为人处世的道理，张德三跟着背行李的力夫在后面走，偷偷用袖子擦眼泪。汽船停在江当中，他们坐小划子上了船，他为少爷将行李安顿好，频频告诉他棉袄在皮箱里，毛衣在手提包里。临走时，他从衣袋里掏出了一个四钱重的金戒指，"少爷，这是俺一点心！"他说完急忙转过身去，水和天溶成了迷濛濛的一片。（《翡翠猫》，第74页）

他把自己宝贵的金戒指毫不犹豫地给了最爱的少爷。故事的结局是：张德三每天等着少爷的信，虔诚地等着少爷做大官，回来给他盖大洋房子。直到范家再也无法照拂他，他才离开范家，去了黎老板的棉花行当听差。可他还是日夜等着战争结束，等着战后范家回汉口时顺路来接他回去。他把对范家的忠心全部转移给了黎家，把黎家的小少爷当成了自己的少爷尽心照顾。抗战胜利，张德三逢人就说"俺要回少爷那儿去了！"可他不知道，少爷已经在抗战胜利前一个月去世了。小说最后，张德三没有随接他的小姐回到范家，也不知道少爷已故，他要在黎家拿到自己借给黎老板的本钱：

> 船已经冉冉向江心开去。江上泛起了迷濛的雾霭，江水溶溶荡荡地流去，永不再回，在那一片灰茫茫的暮色中，一个头发斑白的老头儿，将他抱着的孩子的头按在自己的肩上，佝偻着背，轻轻拍着，他的眼凝视着那渐行渐远的船影，嘴里却不断地哦、哦地哄着手里的孩子，那苍凉的声调，和十几年前哄他少爷时一样。（《翡翠猫》，第82-83页）

这是一段告别的描写，时光和人一样在渐行渐远的江面一同老去，可是张德三的那颗忠心，却十几年如一日地闪闪发光。这是个真实的故事，故事里的张德三就是聂华苓家的听差张德三，曾在聂家当听差，照顾大弟聂汉仲，一样的卑微，一样的忠心。聂华苓关于小人物的全部印象，就是从家里张德三这类的听差身上开始的。如果说聂华苓是因战乱从世家大族失落，而体味到人在历史面前的渺小，那张德三们便是从生活卑微处立起，在历史的激荡下，靠着他们生活的智慧，在历史中辗转一个又一个主人，总能找到他们立足生活的能力。

《一朵小白花》《一捻红》可以归为同一类型，写的都是作为弱势群体的女性，在动荡年代的个人选择和求生法则。《一捻红》里，婵媛初到台湾带着孩子，丈夫陷在大陆，她花光了所有的积蓄，包括仆人李妈的钱。最后过不下去了，是一个仆人支撑她度过最艰难的那段岁月：

> 她束手无策，流泪的时候，李妈就拿起空菜篮向外走："哭？哭有什么用？想办法呀！"她回来的时候，就会提着一篮菜，甚至还有一小块肉。她把菜一样样放在厨房桌子上，一面唠叨："你瞧，这不就解决了吗？管他明天有没有米下锅，今天吃饱了肚子再说！我装着满不在乎地对卖菜的说：'喂我太太打了一夜牌，还没起床，没拿着钱。我今天在你这儿买的菜，明天给你送钱来，要不你就跟我回去拿钱，我可懒得再跑一趟。'他忙得团团转，连连说：'好，好，老主顾！'"李妈会拿起那一小块肉掂一掂："几个孩子好久不知肉味儿了，我又赊了几两肉。"那就是他们的生活。（《台湾轶事》，第63页）

婵媛在艰难的时刻唯一的依靠是这个既忠诚又狡诈的老仆，这一段描写所暗示的，不仅有小人物的生存智慧，也有他们乐观的生活态度，与不堪一击的小资产阶级形成对比。因为他们的起点低，所以在困境中反而能更好适应，并乐观积极地面对。衣食无忧的小资产阶级，一旦落入困境，他们毫无生存能力，更没有解决事情的能力与信心，很容易被生活击垮，小人物的韧性在这里得到很好的凸显。

聂华苓截取生活的一个横断面，通过小人物生活琐事的描写、较小生活场面的刻画，勾勒小人物生活群像，他们既有台湾"孤岛"背景下一批与故乡隔绝又无法融入异乡生活的群体，又有战时流落各地艰难求生的群体。既有对大陆迁台这个特殊群体"无法融入"幻灭感的深刻表现，也有对大时代背景下小人物渺小无依"浮萍式"生活的感怀。他们是一个"被隔绝"的群体，既被地域隔绝，也被时代隔绝。聂华苓没有将书写笔触放在精英、知识分子或贵族群体中，着力书写小人物在"隔绝"环境中的精神面貌，他们经历过无数次幻想与幻灭，却以独有的生活智慧与韧性得以生存。

二、碎片经验与历史想象的融合

在《翡翠猫》的序言里，彭歌认为："《翡翠猫》气氛之所以可喜，便因为其中虽然都是人生中的小场面上，在小人物之间所发生的小事情；可是却并没有被限于自我中心的桎梏之中。其所摄取的角度是多方面的，是涉及许多阶层的，譬如看山，纵然那是山，但每一座峰峦各有它不同的气势结构。而同时，作者更在这些小故事中深刻地表露了分析了人的心情，人的弱点，和人的尊严。"①正如彭歌所赞赏的，聂华苓没有限于她所熟悉的知识分子题材，或女性爱写的"身边琐事"，反而摄取社会生活的各阶层，有教员、小公务员、大宅院的听差、医院外籍护士、小店主、全职太太、退休老人等。以小生活的小场面为切入点，以小人物为主要书写对象，但却以小见大；并不止于表现小趣味、小教训、小烦恼，而是尽量发挥她在观察人和生活上的长处，把对普遍人性的理解注入这些小小的灵魂中。

用短篇小说构思小人物的生活，似乎并不难，但是写出优秀的短篇似乎比构思长篇的难度更大，在有限的篇幅里通过少数的几个人物，写

---

① 聂华苓：《翡翠猫》，台北明华书局1959年版，第444页。

出具有深度和广度的作品，需要作家极强的构思能力，做到每一处对话、描写、情节安排都弹无虚发。并不是要小说场面大、人物多、情节曲折、故事安排巧妙、意象纷呈才能写出有深广度的作品。聂华苓的短篇小说就做到了篇幅虽小，五脏俱全。她十分善于将碎片化的生活经验与历史想象结合，创造一种十分自然逼真却带着历史隐痛的生活场景。她的小说人物都很少，情节也都简单，表现的生活面不大，但都具有比较精致的内核，这个内核包括对特定时代背景中"人"的深入描写和对"人性"的独到展现。

聂华苓在生活经验与历史想象的结合上，有着她自己的处理方式。《台湾轶事》中的小说，都是碎片化的生活经验与历史想象融合得比较好的小说。作者切取生活中非常常见的场景，写的都是生活中的小事，这些人物的"小"，不仅仅在于无权无财无势，还在于他们完全沉于生活的世俗里，既无大志也无抱负，把生活的全部希望寄托在一个无法预期的事情上，更对未来的生活没有太多规划与期待。他们全活在过去的阴影里，"大陆"是他们不断提起的充满回忆、牵挂、疼痛的词语。如《爱国奖券》里，作者对一个台湾六口之家居住环境的描写：

> 顾丹卿一家六口，住在一间八个榻榻米大的屋子里，灯光亮得刺眼，顾太太自己说过："到台湾以后，实在憋够了，只有在公家电灯上出气。"两张大竹床占了大半间房；一张竹床上东倒西歪睡着四个孩子，顾太太叫他们"破庙的菩萨"。靠墙不方不长的桌子上乱七八糟堆着杂志、纸张。有本杂志封面是蒋介石阅兵的照片以及他文告的红色大标题：反攻必胜，建国必成。另一本杂志的封面是坐在浴缸里一头皂沫的裸体女人。屋角有只赭色旧皮箱，侧面签条上的字迹已经模糊，隐约可见"由上海至台湾：顾丹卿"。（《台湾轶事》，第2页）

这段描写基本能反映聂华苓在处理这类题材上的特色，短短两百多字的白描，充斥着灯光、竹床、孩子、杂志、旧皮箱等琐碎的生活意象，看起来十分碎片化的生活场景，但作者却在其中注入了非常丰富的信息。其中夹杂着生活、政治、性的微妙切换，既有生活的也有政治的，既有现在的也有过去的。一本极具政治煽动性的杂志，另一本杂志上一头皂沫的裸体女人就像对不切实际的政治运动的嘲讽，这段政治与性的呼应显示作者经营手段的高超。在一段不经意的生活场景切换中，交代了隐含的故事背景。住房拥挤、生活杂乱、孩子吵闹，这一切不如意都是"到台湾以后"造成的。作者在这段描写中将十分碎片化的生活经验与历史想象融合，达到了自然合乎情理又不失象征意味的境界。再看《珊珊，你在哪儿?》中的一段对话描写：

> 两个女人挤在一堆叽叽咕咕了一阵子，接着又是一阵笑声。酒槽鼻子突然不笑了，叫道："你看，那不是崔小姐! 哪，在那辆三轮车上!"
>
> "那个老处女! 五十岁了! 我看了就恶心! 要找男人也不趁早，到老了反而打扮得象个妖精。你看她那一副干柴像，谁要?"
>
> "你别说，她一个人，总得有点依靠，比不得在大陆。"
>
> "谁叫她年轻的时候田里选瓜，越选越差! 到老了就乱抓了。她那男人比她年轻二十岁，年轻二十岁呀! 她可以做他的老娘! 那个老处女，我们都叫她老处女。"(《台湾轶事》，第 37-38 页)

这段公交车上两个女人嚼别人舌根的对话，同样是生活里十分常见的场景，其中却隐含了丰富的信息：一个大陆迁台的独身女子，出卖女性仅有的肉体求得生活依靠；那个口口声声骂另一个苦命女人"老处女""恶心""找男人""妖精""干柴像"的女人，就是李鑫心心念念要找的曾经"像个小太阳一样，照得人的眼发亮，照得人的心暖暖的"的珊珊。这与李鑫理想的珊珊千差万别。

似乎很难把大历史和小人物结合起来，尤其是在小说里。好的作家应该对个人与外在世界的互动多作展示，特别是像聂华苓这样有复杂历史经历的作家，不应该过多沉于个人的内心世界感受，应该克服个人的孤立而照见外在社会的力量如何影响个人生命的表达。聂华苓把她对生活与历史的感悟相融合，通过十分精致的细节处理，轻轻带过，融历史感悟于生活的小场面中，用十分碎片化的生活场面的描写，消解人在历史困境中生存的酸涩感，既能见出生活的"琐碎"也能撑起历史的"深广度"。通过这样精巧的艺术处理，聂华苓的这类短篇小说都显得十分精致又不失历史内涵。

白先勇认为聂华苓的小说属于"放逐文学"，原因在于她的小说和大陆赴台作家反映流放生涯的文学作品一样，表现的内容大多是这群人"在台的依归终向问题，与传统文化隔绝的问题，精神上不安全的感受，在那小岛上紧闭所造成的恐怖感，身为上一代罪孽的人质所造成的迷惘等"。① 白先勇所总结的几个方面，在聂华苓的整个创作上都有体现。但她写"小人物"的部分，大多还是停留在"在台的依归终向问题"上，至于"与传统文化隔绝的问题"，"精神上不安全的感受"，"在那小岛上紧闭所造成的恐怖感"，"身为上一代罪孽的人质所造成的迷惘"这些方面，都在《桑青与桃红》中得到集中展现。她于1949—1964年期间创作的小说，里面的主人公大多是"从大陆流落到台湾的小市民"，他们都有着"逃难，家庭的不幸，在社会上碰到的失意和挫折"的相似背景，如今困在台湾，就像《爱国奖券》的结尾乌效鹏用走了腔调的京剧唱的："我好比，笼中鸟，有翅难展。我好比，虎离山，受尽了孤单。我好比，南来雁，失群飞散。我好比，浅水龙，被困在沙滩。"这群小人物，是笼中的鸟，离山的虎，南来的雁，失意、被困、孤单是无法摆脱的现实，他们无法填满生存与生活之间形成的裂缝，无法在一般人看来的日常生活中寻得内心的安稳。

---

① 白先勇：《流浪的中国人——台湾小说中的放逐主题》，《明报月刊》1967年第1期，第111页。

第三章　审美内涵：求新求变的艺术自觉

　　1956年发表完《葛藤》后，聂华苓便转向比较现实也更为开阔的题材创作，《高老太太的周末》就是转向后的第一部作品。此前发表的几篇小说《灰衣人》《母与女》以及之后出版的第一本短篇小说集《翡翠猫》，大多将视野集中在女性经验的审视上，尤其是女性面对爱情、婚姻、家庭的态度，包括婚姻的背叛、情欲的渴求、社会对女性的压抑。《葛藤》与之前的小说不仅题材狭隘，技巧也较为幼稚，题旨并不深刻，各种想要表达的思想作者都让它浮于表面，很难使读者浸润到作者费力营造的氛围里，无法引读者思考。

　　在台湾十五年，前十年聂华苓都倾心于短篇小说的写作，追寻一种十分统一的风格。这种统一体现在小说语言、题材选择、叙事方式等方方面面上，如带抒情格调的十分宁静款款的语言，去台小人物的婚恋题材创作，传统有序的叙述方式。在十多年的创作积淀下，直到1960年，才发表第一部长篇小说《失去的金铃子》。前期专注去台小人物等题材，忽而转为原乡题材创作，似乎令人难以捉摸。但《失去的金铃子》通篇展露出的与前期似像似不像的风格，可以见出聂华苓的某种野心。她有意识地剔除了前期小说在氛围上营造的淡淡的哀伤，通过自然风物、人物形象的塑造、意象的经营，使小说呈现一种清新自然的气质，同时在后期创作中也保留了从《台湾轶事》萌发地和《失去的金铃子》开始正面表达的对"根"与"原乡"的依恋。

　　但聂华苓在小说特别是长篇小说创作上显得十分谨慎，如她在台湾时期所受的西方现代派技巧的影响，并未在台湾时期得到较明显的发挥，直到七十年代在美国创作《桑青与桃红》，才集中爆发她的现代派积淀。在美国生活近二十年，才在《千山外，水长流》里第一次正式连接起中美两个国家、种族，第一次正式写美国人。但无论是围绕台湾小人物的短篇小说创作，还是写原乡的怀旧之作，抑或写人的流浪、分裂与寻根，聂华苓都将这些故事置于特定的时代背景下，她的作品是对抗战、解放战争、台湾戒严、两岸对峙、大陆"文革"、漂泊美国等诸多历史背景的深情记录，也是对历史和政治的一种深切领悟。

聂华苓虽然是个安分的作家，但也是个有艺术探索精神的作家。《桑青与桃红》《千山外，水长流》两部长篇综合运用的跳跃、中断等叙事技巧，进行书信、眉批、寓言、新闻报道等各种文体尝试，在她前期的创作上，也有所表现。此外，聂华苓还十分注重以合乎人物性格的语言建构起立体生动的人物形象，以生动贴切的意象拓宽小说的深度。聂华苓的创作大多立足个人经验，也被称为自叙传书写。但是聂华苓在艺术技巧的审美表达上，显示了一个作家的艺术自觉和不断求新的探索精神。她说："作为一个人，作为一个作家，我一直在改变。我永远不是老样子。我的小说也是这样。每一本书都和过去的不同，甚至于每一个短篇都和前面的一篇不同。"①就如华莱士·马丁所说"现实主义小说在处理大量人物和长时间跨度时象历史，在集中于一个主人公时接近传记和自传"。② 因为驾驭一部横跨宏大历史时空的长篇小说，除了要让故事、人物、情节清晰外，还不能让读者感到乏味烦闷，为此，聂华苓在叙事手法、叙事文体和叙事结构上下了很大的功夫。

关于意象与语言的重要性，诗人可能比小说家更注重这个问题，诗歌是重视语言与意象表现力的艺术门类，但对于被人物、情节等复杂因素充斥的小说来说，意象与语言往往显得不那么重要。小说家对意象的

---

① 聂华苓：《聂华苓和非洲作家的对话（一）——谈小说创作》，李恺玲，堪宗恕编：《聂华等研究专集》，湖北教育出版社1990年版，第99页。

② ［美］华莱士·马丁：《当代叙事学》，伍晓明译，北京大学出版社1990年版，第81页。

经营代表他对小说深层意旨的态度，语言的推敲代表着他对小说美感形式的态度。意象与语言在小说中所达到的艺术张力，在当下浅阅读盛行的时代，已经不是作家们普遍关注的焦点。作家们投入小说故事性的情感，投入文本可读性的情感，投入盛传已久的小说情节和人物的情感，钝化了作家乃至读者对小说意象与语言的感受力。无可辩驳的是，往往经典的作家，他对意象的经验对语言的推敲，都是他们艺术生命长存的主要原因之一。

作家对意象的认真经营和语言的反复推敲，显示了他作为作家最虔诚的态度：对读者成熟想象力的尊重和对文学审美的尊重。叶维廉曾在《〈失去的金铃子〉之讨论》一文中谈到聂华苓在小说的文字表现力上所下的功夫，他认为："她正能够活用中国文字去构成相当精彩、准确的意象、意念、情绪、事件……聂女士则是一个对于语言的活力极端重视的人。要获致语言的活力，一个作家必须通过其特具的选择性地感受力，对意象和意义之结合做经常的思索。"①叶维廉的总结无疑相当有说服力也具有代表性。聂华苓用精彩准确的意象点染主旨和隐喻深意，使意象与小说主旨的结合，这种语言感受力，也使她的语言颇具活力和表现力。意象和语言结合达到的艺术张力，是聂华苓作品中难得而可贵的创作灵魂。

第一节　生动贴切的意象选择

当作家用最贴切、最个性、最周到的语言，用最陌生或熟悉的意象，去理解和重演生活的繁复、琐碎、奇妙，只有在此时，作家的感受力才最自由也最有成就感。"意象被视为一种奢侈品、化妆品。它的功用是将行文装扮得更漂亮动人一些。"意象的功用是：使行文更生动、简

---

① 叶维廉：《〈失去的金铃子〉之讨论》，李恺玲、谌宗恕编：《聂华苓研究专集》，湖北教育出版社 1990 年版，第 476 页。

洁、免俗、渲染、浓缩、装饰。① 因此意象使用的欠缺意味着作家想象的贫瘠。相对于人物、情节，意象在小说创作中往往显得不那么重要，意象在小说中所达到的艺术张力，已经不是作家们普遍关注的焦点，反而诗人比小说家更注重意象的选择与运用。作家们对小说故事性、文本可读性、小说情节和人物的痴迷，钝化了作家乃至读者对小说意象的感受力。注重意象经营，意味着对读者成熟想象力的尊重，是读者与作家展开生动对话的一个有趣尝试。创作不是作家单方面的活动，它邀请读者共同参与阅读，共同参与想象作者没有和盘托出的隐喻义。

聂华苓非常重视意象特别是意象在短篇小说中的作用，如贴切的意象隐喻小说深意，用苦心经营的意象，使小说达到中国古典文学所提倡的"思与境偕"的意境，完成以核心意象点染主旨的目的。对空间意象的经营，也显示了离散经历对聂华苓创作的影响。通过意象的经营使小说从语言到意境都合乎主题，显示了聂华苓作为优秀小说家的艺术感受力。

一、贴切意象隐喻深意

关于意象的选择，关乎作家的艺术感受力和艺术品位。也侧面反映作家生活背景，如余秀华诗歌中经常出现的植物意象甚至可以细化为田园意象，如"稻子""稗子"等，都与诗人生活的农村环境有关。作家对意象的选择也可以侧面反映出其生活环境的变化，聂华苓从前期十分关注的生活意象，到生活环境的扩大以至影响到创作眼界的扩大，她在小说中的意象也渐渐变得丰富了，意象的选择也较前期的生活意象更加扩大。除了对"水"意象的热衷外，聂华苓在创作中很少重复使用一种意象。几乎每个时期的创作，都有新的意象开掘。

《寂寞》《高老太太的周末》《祖母与孙子》三部小说，都是表现老年群体寂寞心境，老年与青年群体隔膜的故事。三部小说的意象运用各不

---

① 王耀进:《意象批评》，四川文艺出版社1989年版，第26页。

相同，《高老太太的周末》用幽怨苍凉的胡琴拉的《昭君怨》凸显高老太太的寂寞，《祖母与孙子》用苍茫寂寞的流水象征祖母的寂寞心境，都是比较贴合小说意境的意象穿插，但这两部小说中的意象经营都太过单薄。《寂寞》的标题虽然因"太过显主旨"，而有损小说在意象上所下的功夫，可是《寂寞》因几种贴合意境的意象组合，是这三部小说里表现老年群体的"寂寞"最独到也最精细入微的。小说费尽笔墨写鳏夫袁老先生因儿子结婚的喜事，逢人便表达他的"快活"心情。他怎能不"快活"，一个老婆死了多年的鳏夫独自拉扯大儿子，如今家里进了新媳妇，总算有了女人，他们生活才算有着落有重心了。可惜这种心情没有老伴一起分享，袁老头必须寻得一个发泄的出口。

且看聂华苓如何表现袁老头诉说"快活"心情，但落得无人可诉无人分享的寂寞心境的。他对平时看不顺眼的朱太太说："改天叫新娘子做几样菜请你"；和言语不通从未交谈过的倒猪水女人说："我这一辈子的责任都了啦！就等着享儿子媳妇的福啦！"跟儿子好友万孝萱说"昨天我站在主婚人席上，看见那漂漂亮亮的一对新人站在面前，我可真过瘾"；对邻居朱先生说"多少年来，我就是等的这一天。不操心，不劳神，有个媳妇儿理家"；好不容易盼到儿子媳妇回来了，想搭搭话，儿子却以"累得很"回绝，转身回到房里就传出一阵笑声。生活太过繁琐，每个人都有各自的烦心事，无暇顾及甚至洞见另一个人的喜怒哀乐，袁老头四处诉说喜悦而不得的尴尬更放大了他的寂寞。其中他对着三岁小孩诉说喜悦的描写，就是聂华苓常用的经营意象的手法：

> 小琴倒不像她妈妈，挺乖巧的，吹了一个肥皂泡，大声叫道：
> "袁公公，你看，你看！"
> "嘿，真好看，象玻璃球！"袁老先生带着一脸笑。"来，小琴，袁公公喜欢你，今天上街给你买个兔子气球。"
> 小琴跑来了，嘴里衔着一个毛笔筒，手里拿着一个小玻璃瓶子。袁老先生扔了香烟，把她拉到面前。

"小琴真漂亮，尖尖的小脸蛋儿，大大的眼睛，白白嫩嫩的皮肤，小琴真漂亮，象袁叔叔的新娘子一样，你喜不喜欢新娘子？嗯？小琴。"

"袁公公，袁公公，大泡泡，飞天上去了。"

"小琴，你听袁公公讲。"袁老先生把她抱起放在膝上。"小琴顶喜欢袁叔叔；袁叔叔也顶喜欢小琴。袁叔叔小时候也爱吹泡泡，等会儿袁叔叔回来了，要他教小琴唱'吹泡泡'的歌，好不好？'吹泡泡，泡泡向天飞……'"

"不好听，不好听。"小琴摇晃着身子，手里玻璃瓶的肥皂水荡出来了，流在她手上。

"嗨，小淘气。"袁老先生用自己的背心把小琴的手擦干了。"好，不好听，就不唱。今天晚上，新娘子回来了，你喊她什么？喊袁妈妈，是不是？小琴有个袁妈妈了。"

"袁公公，那个大泡泡，抓住，抓住，袁公公！"小琴由他身上溜了下来。

"傻丫头，泡泡怎么抓得住呀？唉！"（《台湾轶事》，第115页）

袁老头向小琴诉说他的喜悦，但小琴完全沉浸在她吹泡泡的乐趣中，小琴和袁老先生的对话仿佛全然不在同一个水平线。同时，小孩子吹的肥皂泡意象穿插在其中，正如文中说的"袁老先生看着那五彩缤纷的肥皂泡，忽然觉得他的一生也就和小孩子吹的泡泡一样"抓也抓不住，肥皂泡短暂一捅就破的特质与文中想要营造的意境十分贴合，现在那份喜悦也那么虚幻，像肥皂泡一样一捅就破。文中母鸭和一群小鸭子的描写，远处细悠悠的火车汽笛声，篱笆外来回叫着"收旧衣服"的叫卖声，都与整个小说努力营造的"虚幻的快乐"意境呼应。这些看似漫不经心安排的意象非常自然地贴合小说情节，象征意味在寂寞心境凸显的那一刻也全部发挥作用。袁老先生那抽象的寂寞心境，也因这些意象变得具体可感。

　　《月光·枯井·三脚猫》是聂华苓早期小说实践，很有分量的一篇。虽然名字听起来像一篇散文是整个小说最大的败笔，但通篇意象营造的象征意味达到的放大女性欲望的效果，使这篇小说成为聂华苓早期值得被关注的一篇。汀樱在无性婚姻中的状态，就像她做的一个梦："她梦见三脚猫会跑了。她要把它追回来。她在猫后面忽而腾空，忽而落地跑着。前面有一口井，猫就向着那口井跑。她大叫：'你跑不了！跑不了！跑不了！'她扑到井边，猫跳下去了，她也跳下去了。是口枯井！她放心了。但是，井见不着底，长满了青苔，她要抓也抓不住，只有向那绿色的黑暗中沉，沉，沉……"（《一朵小白花》，第 177 页）"月光"意象，出现在汀樱与乐兆青互相挑逗的暧昧关系中，纯洁圆满的"月光"就像汀樱努力追寻抓住的"光之所在"，是她在婚姻中缺失的"完满"；阴森黑暗荒芜的"枯井"意象，象征着困住汀樱的无性婚姻；病态阴鸷残疾的"三脚猫"意象就代表着丧失性功能却时时以婚姻伦理折磨汀樱的丈夫丹一。

　　《桑青与桃红》的创作中，聂华苓再次延续用具体的意象命名小说的传统，标题上颇费心思。她用"桑青"与"桃红"两个犯冲的色彩意象为人物命名，隐喻桑青和后期分裂的桃红人格之间的精神冲突与性格反差；第一部中"玉辟邪"意象的残缺，和桑青对玉辟邪的戏谑，象征桑青对父权的挑战与颠覆。第二部中的"金锁"意象，象征桑青因北平围城不得不接受的婚姻枷锁。困在瞿塘峡的"船"和困在台北的"阁楼"意象，一方面象征着人的"困境"，另一方面也暗示着历史与国家的困境。

　　在十分生活化的婚恋题材作品《绣花拖鞋》中，作者就以十分生活化的"拖鞋"意象，穿插在小说中。绣花拖鞋是尹曦送给晨莲的生日礼物，也是引发他们离婚的导火索。尹曦躲在房间一角偷窥晨莲与追求者的举动，可是他看不见他们二人在客厅做了什么，仅仅只能看见晨莲穿着绣花拖鞋的那双脚的运动和他们的谈话来判断客厅发生了什么。它随着女主角晨莲的行动而行动，也牵动着尹曦的心理活动。通过一双鞋子的运动，使整个小说在狭窄的逼仄空间里，同时完成了晨莲与追求者之间的暧昧关系和尹曦的偷窥行为等十分戏剧化的场景。

贴切的意象选择在聂华苓小说中的作用主要有以下几点：其一，在小说内容层面上，通过符合小说主旨、情节、环境的意象运用，可以对小说的意境和作者想要表达的情感起到很好的渲染烘托作用，如《桑青与桃红》中的几个封闭意象"船""阁楼"的运用，使小说"困"的主旨和氛围被烘托出来；其二，在语言和审美层面上，作家对意象的选择直接体现其审美感受力，合适的意象不仅具有隐喻深意的作用，还可以弥补小说的语言直接描写的缺陷，达到语言描写无法完成的叙述与隐喻层面，丰富小说的诗性气质。如《月光·枯井·三脚猫》中，作者并不直接描写汀樱与乐兆青发生性关系的露骨场面，而是通过月亮与树枝距离变化，产生树枝把月亮戳破的视觉感受，描写他们从暧昧到发生肉体关系的变化，以月亮与树枝意象消解这种性场面的肉欲气息；其三，在接受层面上，贴切的意象运用可以为小说建立更加丰富立体的图景，丰富小说的审美空间延伸读者的想象力空间。如《窗》中的"窗"意象，成为故事展开的一个空间，也是隔绝故事中的母与子的空间，窗里与窗外的故事产生互动又相互隔绝。一个合适的意象选择，可以使小说在内容、形式和传播三个层面同时达到审美效果。

二、核心意象点染主旨

生活中十分常见的意象，常被聂华苓捡进小说，经过她的用心经营，一个普通的意象常常能发挥出意想不到的作用。生活意象、植物意象、动物意象、水意象，这几类意象群，在她的笔下出现最多。聂华苓用意象营造小说氛围，也有一个明显的"由显到隐"的转变过程，特别是在对核心意象与主旨联系的理解上。在前期短篇小说中，她常常将对意象的隐喻含义和盘托出，使读者想象力的发挥大打折扣，也对小说整个意境的营造产生较大损失。直到在《失去的金铃子》和《桑青与桃红》中，她才渐渐放弃原先那种作者情感对人物情感干预过多、发表过多评论的叙述手段。她对意象的活用，并不单纯地表现在意象的象征含义与多样性上，更多的是以意象配合情节流动，意象转变与人物情感和心理活动的变化同步进行，这点尝试在《失去的金铃子》里最成功，也最突出。

"金铃子"意象作为小说《失去的金铃子》的核心意象，与小说的成长主题相呼应，在文中出现过很多次，每次都与小说情境和人物的心境相照应。小说的情节在层层推进，金铃子的隐喻意也悄然发生转变。"金铃子"意象每次出现，都有不同的含义：

①（到三星寨见妈妈的路上）我正感到失望，忽然听见一个声音，若断若续，低微清越，不知从何处飘来，好像一根金丝，一匝匝的，在田野上绕，在树枝上绕，在我心上绕，愈绕愈长，也就愈明亮，我几乎可以看见一缕悠悠的金光。那声音透着点儿什么，也许是欢乐，但我却听出悲哀，不，也不是悲哀——不是一般生老病死的悲哀，而是点儿不同的东西。只要有生命，就有它存在，很深，很细，很飘忽，人感觉得到，甚至听得到，但却无从捉摸，令人绝望。我从没听到那样动人的声音。（《失去的金铃子》，第7页）

②（和丫丫在山里玩）我忽然听见一缕声音，非常低微，非常清越。啊，我又听见，不，又看见了那缕金丝，细长而明亮，在田野上绕，在树枝上绕，在我心上绕。

……

"到处都在叫，啊，金铃子，你到底在哪儿呀！"

那叫声好像一张金色的网，牵牵绊绊，丝丝缕缕，罩在我们四周。每片叶子，每根草，每朵花都在叫。我颓丧地坐在路边石头上。溪水在叶缝里闪烁，山路上洒着落叶。一只红色的鸟由身边的树上飞走了。又一群飞机飞过去了。死亡、血腥、呻吟。然而，金铃子仍然动人地叫着。啊，生命究竟是怎么回事呢？……（《失去的金铃子》，第29-30页）

③(尹之舅舅安慰考试落第的苓子后)我忽然听见一个声音，比那渐渐的雨还细，悠悠绕穿黑夜。又是金铃子在叫么？我感到一阵恐惧，不知真是什么虫儿在叫，还是我自己的脑子有毛病。不是么？那声音又停止了。(《失去的金铃子》，第61页)

④(尹之舅舅送给苓子金铃子)"我也是喜欢听金铃子的叫声。我回到山里来，第一次听到的时候，真是很感动，因为有一二十年没听到了。这些年在外面酸甜苦辣的滋味都尝够了。"

"我喜欢听金铃子，因为我在那声音里面好像听出点儿什么，是什么呢？我说不出来。"

"是悲哀"尹之舅舅又挑起一边嘴角笑。"女孩儿家的毛病又来了。"

"不，不是悲哀。是点儿很深很细的东西，你感觉得到，又捉摸不到，我就叫它'绝望的寂寞'。金铃子叫得那么美，那么快活，我偏偏听出这一点。真的，只要人活着，就会感到这一点，只是很多人不肯承认罢了。"(《失去的金铃子》，第89-92页)

⑤(尹之舅舅与巧姨的私情被发现)现在，我又将金铃子挂在窗外。那只是一个习惯动作，我已没有心情听金铃子叫了。我倒在床上，听见园子里有过路人在讲话。

……

金铃子不见了。我向窗外看，树下闪着一颗金光。一片枯黄中，只有那一颗金光。一眨眼，那颗金光也消失了。(《失去的金铃子》，第166-167页)

⑥(尹之舅舅与母亲打探巧姨的下落和出路)我突然又听见金铃子叫了，好象是。金铃子必定是在很远的地方叫，在山的那一边，在地平线的那一边，透着菲菲的雪花，模糊的好象是的年轻的日子。冬深天寒，虫子都不叫了，只有金铃子还在叫，也许就是我失去的金铃子，也许是另一个孩子刚找到的金铃子。(《失去的金铃子》，第171-172页)

第①处是苓子第一次听见金铃子的叫声，她感到新奇，充满兴趣，金铃子营造了一种"蝉噪林愈静，鸟鸣山更幽"的意境。在外漂泊与妈妈分别五年的苓子，忽然有种凄怆之感。她要在这里，暂时逃离世外之苦，探究生命的乐趣。

第②处，中金铃子悦动的声音，与隐含的战争背景中，生命流逝的悲哀形成对比。即使三星寨外，敌机轰炸、战乱不断，充满死亡、血腥、呻吟，金铃子还是动听地叫着，就像住在这山里的三星寨人，他们爱这片绝望的土地，能爱一天就爱一天，敌机轰不走他们，绝望轰不走他们，就是走了，他们还是要回来的，这里跳动着生命和希望。

第③处，金铃子出现，此时的苓子已经不是第一次听见金铃子叫声的无忧无虑的小女孩了，她有了成长的烦恼，已经不是不知世事、不懂人情的单纯姑娘了，她的心上已经理上了一些小心思。但是她依然不知道对尹之舅舅那复杂的感情究竟是怎么一回事，她内心烦乱以致不能辨别是金铃子在叫还是虫儿在叫。

第④处，苓子终于得到了心心念念的金铃子，可是她的心思完全被尹之舅舅桌上那个高高瘦瘦女人的照片占据了。即使得到了金铃子，也不那么开心了，此时她只听到金铃子声音里那"绝望的寂寞"。

第⑤处，此时的苓子，发现了尹之舅舅与巧姨之间的秘密，她突然明白尹之舅舅送她金铃子的目的。此时她没有心思也没有兴趣再去听那声音，就连金铃子从草篮子里飞走了，她也不觉。消失的不仅是那丝金光，还有巧姨口中"小太阳"似的苓子的单纯快乐。

第⑥处，金铃子再次出现时，苓子已经渐渐明白"生活不是诗，而是一块粗糙的顽石，磨得叫人痛，但也更有光彩，更为坚实"。

随着苓子对金铃子的态度的变化，会发现苓子对生活复杂性的认识也在成长。从小说开头，金铃子只有在一次次"绝望的寂寞"中，才会出现在苓子的面前。在树上绕在她心上绕，吸引苓子的不是金铃子本身，而是在金铃子的声音，能引发她无限的怅惘与遐想。苓子单纯地想要在寻找金铃子的过程中，寻求乐趣，到最后金铃子失去了，失去的不仅仅是金铃子，还有一个女孩子在成长过程中丢失的单纯快乐。复杂的痛苦与单纯的快乐，是苓子在三星寨的成长时光中体会的和失去的。苓子在产生那复杂的情感和小心思后，就一点点从一个单纯的女孩成长为会嫉妒有破坏力的女人了，她为了还不成熟的感情伤害了两个人，她悔恨，可是终究是长大了。

从小说的主旨来看，"金铃子"在小说中至少有三种含义。第一，作为小说标题，"金铃子"与小说主人公"苓子"谐音，失去的不仅是金铃子，还有刚来三星寨时单纯的苓子的失去；第二，作为小说核心意象，"金铃子"象征的是单纯、快乐和探寻生活的乐趣；第三，"金铃子"意象之所以引起苓子的关注，是因为它在寂静的山林中发出悦耳动听的声音，在头上敌机飞过时依然闪耀着生命的躁动，它的生命力与山里人的生命力一样充满韧性与活力，是旺盛的生命力的象征，也是苓子在这个流亡、漂离的乱世所认识到的格外珍贵的东西。所以，金铃子越是叫得欢快，苓子越感到生命的悲哀与绝望的寂寞。

聂华苓很喜欢用具体的意象命名小说，往往小说标题中的意象，就是小说的核心意象，小说主旨就是核心意象的象征含义。《李环的皮包》《一捻红》《一朵小白花》是三部写"女人"的小说。《一朵小白花》中那朵小白花，正如"小白花"意象所传达出来的纯洁与透亮感，也是小说主旨极力渲染的失去的纯洁友谊；《李环的皮包》中的皮包，象征着失去的青春，李环说："人生就是一个旧皮包，琐琐碎碎，珍贵的，低劣的，塞得满满的，沉甸甸地挽在手上。"[①]她虽然拥有过很多皮包，但最怀念的还是年轻时候的那个最便宜的皮包，那个最便宜的"皮包"是青春的微弱的点缀，却是年轻的有力的象征；《一捻红》中的"一捻红"是一种在春寒料峭时节绽放的红花，这种花的生命力在四季并不分明的台北完全体现不出，婵媛与丈夫仲甫新婚第一天，它在阳台上绽放着。

---

① 聂华苓：《台湾轶事》，北京出版社1980年版，第89页。

象征着婵媛生命中失去的复杂生活的意义，包括充斥烦恼与快乐的琐碎生活，幸福与温馨的家庭，正常完整的婚姻。三个小说标题中的"核心意象"，与小说主人公的性别都非常贴合，因为"皮包"与"花"，都是极具女性气质的意象。女人爱花甚于男性，这是女人爱美之心使然。女作家对"花"的意象的关注，也明显较男作家突出。方方在小说《软埋》中多次使用"花"意象隐喻过去的历史，如马教授夫人赠给丁子桃的鞋垫上绣的"海棠花"意象，和路边的"美人蕉"意象，分别代表着丁子桃遗忘的关于母亲和小茶的记忆。铁凝用《玫瑰门》命名，以"玫瑰"代表女人，从小说标题就可以洞见这将是作者立志表现女性关系的作品。

此外，聂华苓还有很多小说，都以"核心意象"象征小说主旨，并把核心意象直接在标题中亮出。小说《窗》中的意象"窗"，象征着隔绝母子的永远跨不过的时间鸿沟；《葛藤》中的意象"葛藤"，正如小说中说的我们的人生，就像那层层缠绕理也理不清的葛藤，是与生俱来的，摆也摆不脱的种种束缚；《爱国奖券》那张寄托厚望的奖券，是对那群身处台湾心想大陆的人们的嘲讽；《桥》中的意象"桥"，象征着小说两个主人公彼尔与艾丹这对跨越中美的青年男女间萌发的情感之桥。但正如叶维廉曾指出，聂华苓使"核心意象"的象征意义"过显"从而有损小说主旨，这是聂华苓处理这类小说存在的普遍问题。作家不应在文本里说尽一切，这剥夺了读者运用想象力二次创作的权利。深谙文学之道的作者会非常乐于让读者在其创作的版图里，凭借各自独特的生活、情感经验来对作品作出新的解读。

聂华苓小说语言的表现力与活力，很大一部分是通过意象的经营达到的。聂华苓通过恰当贴切的意象穿插隐喻小说深层意旨，使小说在内容、形式和传播三个层面同时达到审美效果。以核心意象命名小说，在小说中反复出现点染主旨，虽然导致主旨过显有损小说整体效果，但也折射了聂华苓在早期创作中对意象的重视。随着创作经验的丰富，生活环境与视野的扩大，聂华苓对意象的选择也更加成熟。特别是结合个人迁徙流转经验，在小说中使用成熟妥帖的空间意象，以封闭空间凸显人生"困"局的处理方式，都能较好地表现聂华苓作为海外华文作家在离散书写上的代表性。

第二节　融于情境的语言妙用

作为漂泊异地、流浪异乡、移居异国的作家，聂华苓在流亡的经历中汲取营养，不断激发母语的创作活力，以母语为根，不断探索汉语的内容与形式，使之与人物性格、小说意境相协调。聂华苓小说通过对合乎性格的人物语言、与意境协调的叙述语言、融入生活的审美化语言的综合运用，将常见的民间话语进行组合、打磨、加工，在形成统一的个人语言风格的同时，也使小说的语言既接近生活又美于生活。

聂华苓这一代迁台去美的小说家，虽然在情感上已经认同美国文化，在生活上也很好融入美国社会，但在创作上热衷于以自己的生活和历史经验为中心，坚持使用母语为话语媒介，以"中国人"为书写对象。他们的创作一方面打上了带有特殊时代印记的标签，开辟出属于他们的群体特色，另一方面也导致了这一代创作主题的狭隘。

语言生动直接，合乎人物性格与整个意境协调，甚至能通过语言明确感受到人物精神世界的变化，这对聂华苓的小说举足轻重。正如张爱玲在语言上追求的色彩感，聂华苓将语言的活力当成整个创作生命至关重要的一环，她属于十分重视协调语言与意境的作家。有美感的作品，很大一部分是通过有美感的语言完成的，这种美不一定是和谐、宁静、优美的语言，也可能是破碎、怪诞、陌生化的语言，这取决于作者根据作品主旨用合乎情境的语言，达到作品从内而外的统一。

一、个性化语言的情节推动力

在日常生活中，人的性格主要通过言和行表现，所以在小说中对人物语言的打磨是一个费心劳力的过程。聂华苓对语言活力的注重大体表现在两个方面，其一是注重以个性化人物对话刻画人物性格，其二是以语言内在风格变化表现人物性格的转变，以语言外在形式变化与情节发展保持高度的一致性。语言在聂华苓笔下并非刻板的叙述工具，而是充满内在灵动性与外在协调性的重要表现手段。

聂华苓对小说人物性格的描摹，有很大一部分是通过个性化语言完成的。《王大年的几件喜事》是一个带讽刺意味的小说，小说的场景十分生活化，但每个人的性格都鲜明突出。作者在对话中，把几个人的性格分明处完全表现出来了：

> "这一次我们非脚踏实地干不可。"大年宣布。
>
> "对，这次非脚踏实地干不可！"夫子连忙附和。其实，他对于在新计划里究竟要干什么，一点也不知道。"我可是为这个计划好好准备干一下了！"他向大年保证。
>
> "养鱼！"大年向一世界的听众宣布了他的计划。
>
> "养鱼？"夫子悠悠应了一声，仿佛他刚刚明白过来鱼还会生产。
>
> "鱼？"雯琴插了进来，"鱼全是一样的吗？究竟是什么鱼呀？鳝鱼呢？鲢鱼呢？鲭鱼呢？还是鲤鱼？究竟是什么鱼呀？"
>
> "哦——"大年怯怯笑着应了一声；他显然还没想到世界上的鱼不止一种——"哦，当然是鲤鱼。"他连忙加一句。
>
> "哼，鸭子会把鱼子吃掉。"雯琴下了结论，"鸭子不吃的，谁把鱼池一通电，也都完了。要不然，鱼池一块新鲜水，鱼也全完了。你的鱼全部都会饿死了！你一家大小也全都会饿死了。"
>
> "现在，第二步，"大年自顾自说下去，好象他太太根本没说过话。
>
> "请问，什么是第一步？"雯琴问。①

---

① 聂华苓：《台湾轶事》，北京出版社 1980 年版，第 49-50 页。

这三个人一张口，他们各自的神态、心理，都非常鲜明清晰地呈现出来，每个人的性格都具有分明的色调供读者判断。王大年是个好空想、不切实际的中年知识分子，这次又提出个根本一窍不通的养鱼计划。对于这点他的妻子非常清醒，从他们的闲聊中就可判断，这个一事无成的王大年已经让妻子失望过不止一次，所以现在的雯琴变得异常清醒，不再做梦了，无奈只能在生活的柴米油盐里打转，所以对丈夫的养鱼计划不停地拆台。另一个重要的人物"夫子"人如其名，通身有股书呆子气息，天真、无主见，王大年导演的类似历史无数次地在他身上重演，他依然十分天真地把这种空想当成一个伟大的计划，只有夫子如此认真地配合着王大年的幻想。晚饭过后，酒足饭饱，这些看起来如此认真的计划都像没有发生过一样，再次被遗忘。一场饭间闲谈，却十分有戏剧画面感，所谈的是两个知识分子空想的创业计划，可是里面却充满讽刺意味和不切实际的幻想，引人发笑又令人悲哀。这样短短的一个场面，诸如王大年的浮躁、夫子的懦弱、雯琴的清醒，个性化的人物性格无不跃然纸上。

与《王大年的几件喜事》这种写法类似的还有小说《爱国奖券》，小说主旨也十分雷同，都是通过讽刺的手法表现四九年前后大陆迁台的那一代知识分子的精神空虚和迷惘。故事发生地空间也十分有限，人物也固定。两部小说的语言尽管都十分生活化，却在滑稽中暗含讽刺，对话都十分自然没有作者斧凿的痕迹，同时将台湾外省人的彷徨焦虑、精神空虚十分有力地表现出来，作者的批判意图也得到很好的展示。通过对话展现人物性格，是《台湾轶事》这个集子的整体语言风格。

《失去的金铃子》中，三星寨就像一个现实版的中国社会，依然留有"重男轻女""传宗接代"的封建思想。黎家姨爹四十岁时独种儿子病死了，为防黎家绝后，黎家姨爹在巴东养了个女人，快生孩子黎家姨妈才知道。新姨大着肚子到黎家做陪房，生了儿子就硬气起来。黎家姨妈在"无后为大"的困境里不得不哑巴吃黄连，委屈、愤怒、嫉妒无处发泄，在下面这段对话中，可以想见黎家姨妈是如何被逼成一个粗野暴躁的女人：

> "嗨，新姨一来，就是一股子香气，花露水！"玉兰姐的鼻子又耸了一下。
>
> "这才怪呐！什么人擦了香水？"新姨推了黎家姨爹一下。"跟你讲嘛，奶胀死了！"
>
> "玉兰，我说呀，你的鼻子特别灵。"黎家姨妈在这边桌子上说话了。"男人气、女人气、狗气、猫气，你一下子就闻出来了。我怎么就闻不着。"
>
> ……
>
> "那才怪，她在我身上就闻错了，我从来没有擦过花露水，你问他，"新姨推着黎家姨爹。"他才不肯给我买什么花露水呐！他只认他儿子。喂，是不是？凭良心说，说呀！"
>
> "是，是，该好了吧！"
>
> "好，你儿子哭起来了，你抱着走走吧！让我来打。"
>
> 黎家姨爹起身接过孩子，在厅上踱来踱去。新姨将腋下的扣子扣上了，敞着领子，露出一小块胸脯。
>
> "喂，递根烟给我，我一打牌就想抽烟！哎呀呀，腻死人了，抱着儿子连连直亲，好象八辈子没有儿子一样！"
>
> "吵死了！"黎家姨妈眉心打了个结。"滚开，来富！"她踢着桌下的狗。"你这个狗杂种，养了你几天，就狗眼不认人了，就抖起来了，滚开呀！"
>
> "啊，啊，引弟乖，引弟好，一觉睡到大天光。"黎家姨爹念念有词，抱着儿子钻进新姨房里去了。①

这段故事发生在新姨儿子满月宴当天，作者把这个戏剧化的场景放

---

① 聂华苓：《失去的金铃子》，人民文学出版社1980年版，第138-139页。

在两桌牌局上。这是中国民间再普通不过的一个场景了，牌局上是最适合闲聊也最能展露很多人性小姿态的地方。这段对话的动作描写很少，但人物间的对话却充满动作性。新姨仗着生了儿子，指使黎家姨爹抱儿子、敞开喂奶的衣服领子、叼烟斗、打起牌，还时不时冷嘲热讽黎家姨妈，炫耀着生了儿子，一次次刺激着丧子的黎家姨妈，试探挑战着她的正房权威。无奈"母凭子贵"，黎家姨妈不好发作，只能拿狗出气。黎家姨爹夹在其中，充耳不闻两房间的明争暗斗，十分狡黠地把这个太极打过去了。两场互不干涉的牌局，却在一个空间里十分鲜活地表现出两个女人的明争暗斗。黎家姨妈的失意、新姨的得意，黎家姨妈忍无可忍的悲哀，新姨的娇嗔与仗势欺人都在这一连串对话中得到充分展现。

聂华苓的小说一方面通过个性化的语言展现人物性格，另一方面则通过语言内容与形式的变化配合情节的变化。这种语言的盛宴，或者是语言冲击，来自《桑青与桃红》。"小说是写一个经历了中国的动乱又遭流放的中国人精神分裂的悲剧。历史在演进，事件在进展，桑青那个人在变化，小说的语言也得变化——那变化不仅表示桑青由一个十六岁的小女孩逐渐变成一个中年妇人，也得表示桑青精神分裂的过程：不同的精神状态就需要不同的语言来烘托。"[1]《桑青与桃红》的语言风格无疑是现代主义的修辞手段，它的语句风格在小说的每一部都有新的尝试。

第一部语言惶惑不安带着明朗跳跃的少女稚气，表现了年轻女孩对未知的旅途的担忧；第二部无线电新闻语言穿插其中，表现了政治局势的紧张，也加剧了生活在围城中的人的不安情绪；从第三部阁楼生活开始，语言像起了癌变，疯狂繁殖，简短的对话大量输出，显示了空间逼仄不便交谈的现状，也交代出人的精神紧绷状态；第四部精神病式的混乱语言，不停地敲打着我们的感觉。在海外华文文学中，很少有小说像聂华苓的这部《桑青与桃红》直抵终极的语言颠覆。我们可以把《桑青与

---

① 聂华苓：《最美丽的颜色：聂华苓自传》，江苏文艺出版社2000年版，第258页。

桃红》当成异化的寓言，视作聂华苓在自己的生命中无处安放的寓言。特别是第三部和第四部疯癫的语言和混乱的语言符号，将小说整个情境淹没其中。

作家们要表现小说情节的发展和推进，大多是通过环境、空间、时间、人物心理活动的变化来变现的，往往容易忽视语言的同步变化，从而使小说缺乏一种形式上的统一感。聂华苓在她能够控制语言的地方，有一种强大的感觉推动力，将一切能用语言表现的包括人物性格、小说环境、心理活动等都推到语言面前。很多人不太能理解作者这种处理方式，认为丧失了语言的美感。但这种语言风格的变化是合乎人物性格发展的，也突出了每个阶段的人物个性。这种大胆地尝试，用语言的外在形式表现人物内在心理的混乱的艺术尝试，不应该默然放过。在这个风格独特的作品之后，聂华苓似乎耗尽了对语言的大部分兴趣，颠覆、荒诞、赤裸的语言冲击之后，她猛然进入有序甚至普通的语言创作，作为《桑青与桃红》之后的又一部长篇，《千山外，水长流》里的语言实在是太过平实也令人有些许失望。

人物的语言风格，透露出人物独特的生活经历，小说中成功的人物塑造，首先就体现在人物语言上。所以为每个人物找到适合他们说话的方式，包括语气、用词、节奏等，都需要用心推敲，才能展现每个人物独特的个性特征。聂华苓的小说，能用比较生动自然的对话鲜明地突出人物的性格，并且人物对话也能紧紧扣小说的情节和人物矛盾与冲突，对每个人物所处的情境和心理活动，都有比较精准真切的把握，这是聂华苓丰富的生活经历和善于推敲的创作功力决定的。她在人物语言上下的功夫，使人物形象立体真切贴近生活，也使小说具有艺术魅力。

二、与意境协调的叙述语言

作家的语言功底除了看人物语言对话，就是看叙述语言，这是小说审美可以大展手脚的地方。人物语言可以表现作家对人物拿捏得是否到位，叙述语言表现作家的审美趣味。叙述语言就是一面生动的镜子，作家既不能过多介入其中损害小说主旨，又必须在其中大下功夫，以几乎不显露雕琢痕迹的语言提升小说的语言美。它提供给小说的不是一种简单的形式显现，因为语言还蕴含内容，它是内容与形式的结合，直观有冲击力。正如一首诗，叙述语言是美的行为，如果不慎重、认识不清，小说的整个美感就会被破坏掉，成功的叙述语言就是美感本身。词语如此，句子、段落更是如此，即便是最简单的陈述语言，也不能不考虑小说上下文，随意地放在那个位置。不同的语言塑造完全不同的小说世界，小说的语言就是作家的风格。

读完聂华苓的小说，似乎很难用一个词语去概括她的语言风格，因为她每个时期都在变，这也是她写小说致力达到的效果，"变"就是她的风格。聂华苓早期在小说中沉浸于用类似"落花离人"的感伤语言营造寂寞哀伤的意境，诚如《黄昏的故事》所传达出的"秋风萧瑟、繁花飘零"之感，再美的人生也都有风流云散的时候。《台湾轶事》这个集子的集结，标志着聂华苓对早期感伤基调的扬弃，人物对话明显活泛起来，叙述语言也显得跳动。那些看起来十分朴素甚至生活中听惯了的语言，被放进看似"毫无趣味"的小人物生活中去，立马有了生机。

叶维廉认为小说《桥》是一个标题有损主旨，但描写十分见功力的小说。"桥"是小说故事发生的地点，从桥头走到桥尾这看似短短的一段路，两个主人公之间的关系却发生了微妙的变化。在发生质变的那一刻，桥的尽头到了，于是他们回到车中。不妨来看看，突然从开阔的"桥"转到封闭的"车子"中，作者是如何演绎这段已经发生变化的关系：

> 他们俩都沉默着，一直走到桥头，走到停车的地方。上了车，艾丹将彼尔的衣服递给他；他在衣服中掏出了烟斗，燃上了，才扳动油门。雨下得更大了，车在雨中奔驰，车轮下发出吱吱的声音。那是一条僻静的街道，只有两三个行人。雨打在玻璃窗上，一条条地流了下去；车外的街道，路灯，行人……都模模糊糊的，像印象派的画。唯一可以触摸到的，可以感觉到的，可以看得清清楚楚

的，是她身边这个人，叼着烟斗，两手扶着方向盘，严肃地望着前面，偶尔转过头向她笑一下，她可以闻到他嘴里喷出的烟草香。她扭开了车窗，雨一阵阵飘了进来，飘到她的脸上，她没有揩掉。……雨仍一阵阵飘进窗来。彼尔扶着方向盘的手上也洒了一颗颗的雨，他也没有揩掉，他似乎很专心地在开车。①

桥上寂静无声，一对情感未起微波的男女在雨中漫步，情感在诗意的意境中悄无声息地慢慢发酵，情感的发酵就像这雨越下越大。"雨"意象在这里除了渲染气氛，还是一个有力的象征。这段叙述语言同时表现两个方向的变化：雨的变化与情感的变化。作者并不直接写主角的心理活动，而是用外在的雨的律动来隐喻内心的律动。雨的狂洒与骚动其实是人心的炙热与躁动，雨拍打在脸上，又使艾丹清醒，清醒地认识到这段突然萌发的感情就像雨洒落在地上一样不牢靠。所以"她要使自己知道，除了那个人之外，至少还有雨是真实的；她立刻就会离开他，走进雨中，走进她自己的生活轨道；她会忘记他，忘记雨中的桥，就像忘记她曾经衷心欣赏过的一幅画，一首诗一样"。雨过天晴，雨水就会干，了无痕迹。分别之后，情感就会散，毫无波澜。这段描写，足见作者的语言功底和巧妙构思。

在《失去的金铃子》中，聂华苓用语言美营造意境美的功力得到完全释放，从小说呈现的统一协调意境来看，聂华苓的语言试验成功了。《失去的金铃子》中有一段写母女二人时隔五年再聚，灯下谈心的环境描写：

他们终于走了，只剩下妈妈和我。太阳早已沉下去了。那是黑夜之前一段柔美的时光，空气中泛着橙色的光，仿佛是由一块橙色的海绵中渗出来的。那段时间没有多久，黑暗一下子就罩满了山

---

① 聂华苓：《一朵小白花》，台北文星书店1963年版，第115-116页。

野。然而，我已回到家，回到妈妈身边。黑暗只是使人挨的更近。屋子里只有一张木床，两条板凳和一张木板床。桌上点着一盏桐油灯。邱妈在厨房里为我做晚饭。我向着妈妈讲着几年来的流浪生活，有夸耀，也有隐瞒。油灯吱吱叫着，妈妈走过去拨了一下。①

黑夜之前，空气中泛着橙色的光，短暂的落日晚霞光景之后是黑暗罩满山野，作者并没有直接去写晚霞，山中傍晚宁静悠远的环境一下子出来了，散发着柔美的气质。进入三星寨后，大家纷纷登门拜访，分离几年的母女还没来得及一一细说，众人散去，二人在温馨安静的氛围里，好像又什么也说不出来了，但苓子对妈妈的思念，回到妈妈身边的幸福感、安全感却在舒缓宁静的氛围中体现出来。之后她在三星寨的日子，有失去也有成长，作者自然流泻的语言，使苓子成长的青春都充满绿色的回响。整部小说的意境全然合乎三星寨的山中氛围，无论是四季交替还是周围环境的营造，都显得自然和谐，没有一丝令人烦躁的气质存在其中。语词完全在小说的意境中充当十分关键的一环，不断绵延流动。情节发展中的意象——金铃子每隔一段时间得到重复，每次出现都符合变化中的主人公情绪，加上抒情格调的语言，最后逝去的纯真时光、无可更改的现实遗憾和未来的一段新旅程，化成一曲和弦，语言郁积而成的渊深流静突然迸发。事实上，整部小说都在努力通过语言营造意境，寻找更准确地传达小说主旨的精致方式。

《桑青与桃红》的语言又是另一种风格了，可以用"怪诞的美"来做一个简单的总结，其中的冲击力打破了《失去的金铃子》中着力营造的恬静舒缓风格，寻求一种破坏的语言爆发力，甚至十分依赖语言来表现小说从内而外精心传达的分裂感。意象与修辞的使用，以及剖析世界的深邃复杂的想象，依然葆有聂华苓前期的语言活力。第四部，桑青逃到美国已经分裂成两个人格，其中一个人格桃红干预甚至支配着桑青的日

① 聂华苓：《失去的金铃子》，人民文学出版社1980年版，第11页。

常生活。桑青极力想打掉孩子，打不掉孩子就要把孩子送人，但是桃红
却要保住孩子，两种人格在桑青体内发生冲突。在纽约找丹红商量孩子
收养问题时，桑青的人格再次发生分裂，聂华苓在桑青日记部分，通篇
采用句号甚至不断句来表现人物内心的扭曲与分裂：

> 那个我是谁我不认识那个我。那必定是阴魂附体她叫我害怕叫
> 我脸红我如何向人解释呢如何叫人了解那不是我自己呢。我竟然撞
> 到江一波家里去了竟然和贝蒂批评他我再也没脸见一波了。……
> 　　纽约。福特大楼。我在四十三街上。
> 　　福特大楼是个巨大的玻璃缸，分成一个个小玻璃缸。每个缸里
> 有个人。每个人旁边有架电话。玻璃缸中间的天井里有四季的花。
> 　　玻璃缸外面有个瞎子走过，牵着一条很肥的大狗。
> 　　瞎子突然跑进来了，惊惶地大叫："福特大楼倒了！福特大楼
> 倒了！狗呢？我的狗呢？"
> 　　没有人理他。
> 　　只有我一个人看着瞎子笑。①

前面一段日记还在记录桑青与贝蒂、江一波、孩子的事，突然就跳
到了关于纽约、福特大楼、狗、瞎子这些全然不相干的事情上去了。桑
青在这里表现出的恐惧心理似乎与之前展露的奔放不相符，但一个分裂
的人突然回归本体人格，发现全然不记得自己做过什么事、见过什么
人，那是可怕的。聂华苓将这些满是"句点"的语言称为"恐惧的语言"，
用语言的形式表现人对未知事物的恐惧本能。聂华苓用怪诞的外在语言
形式和疯子的语言内容，将人的精神分裂与恐惧心理十分有力地表现出
来，这与小说着力营造的紧张、激烈、分裂的混乱和无序意境十分相
符。这完全符合福柯说的"语言是疯癫的最初的和最终的结构，是疯癫

---

① 聂华苓：《桑青与桃红》，春风文艺出版社 1990 年版，第 234-235 页。

的构成形式。疯癫借以明确表达自身性质的所有演变都基于语言"。①
在《桑青与桃红》中表现桑青人格分裂最直接也最有力度的就是语言的
变异，语言变异与桑青在情感、时间、地点与他者关系发生变化的情境
都十分吻合，语言的决裂意味着桑青与原始人格包括原始人性的决裂。

　　《千山外，水长流》为读者关注的主要原因，在于它诞生的特殊时
代背景，和用文体创新达到的成功。语言表现虽然较虚浮抽象，没有之
前小说语言用意象和修辞达到的具体可感的效果，语言与意境的协调感
在小说中没有得到比较充分的显现。但小说十分注重用细节性的叙述语
言渲染心理，这也是前期语言风格的延续。如作者用十分符合环境的语
言刻画莲儿到石头城第一晚的不安心境：

　　　　她突然听见噼噼剥剥的声音；屋顶上骨碌碌地响，有人从屋顶
　　上滚下钻进她的窗子么？她竖耳细听，那一阵一阵的骨碌声是从
　　"彼尔的房"里传来的。莲儿从澡盆里跨出来，来不及擦干身子，
　　披上一条大毛巾，站在门口，耳朵贴在门上听。"彼尔的房"里有
　　什么声响，是谁开衣橱的门吧？橱子里充满了逝去的时光——爸爸
　　一生中最可贵的时光，战争，爱情，欢乐……全贮藏在那儿。走道
　　里有脚步声了，但不像人的脚步声，轻微得象小兽尖尖细细的爪子
　　从"彼尔的房"慢慢蠕动过来，然后又回去，然后是衣橱的门叭哒
　　一下关上的声音。尖细的爪子在走道上向着"兰熙的房"蠕动了，
　　很慢很慢，仿佛在犹豫，在试探，也有些害怕吧！到她门口就停住
　　了。只要她一开门，就会看见——看见人呢？鬼呢？兽呢？她站在
　　门口，赤裸着身子，屏住气息。
　　　　门外是死一般的沉寂。②

　　① ［法］米歇尔·福柯：《疯癫与文明》，刘北成、杨远婴译，生活·读书·
新知三联书店2012年版，第97页。
　　② 聂华苓：《千山外，水长流》，四川人民出版社1984年版，第46页。

初到石头城，莲儿的身份没有得到奶奶玛丽的认可。陌生的环境里，石头城的第一晚，莲儿在异国的不安和恐惧，在深夜独处时一下全都涌出来了。她住的房间旁边是死去的彼尔的房间，里面有彼尔的遗物，对莲儿来说楼上是个有魅力、神秘的、阴森森的祭坛，楼下是老玛丽陌生的、隐含敌意和怀疑的异域。在万籁俱寂的深夜，每一个细小的声响，都有可能引起身处陌生异域的莲儿的不安，作者用一连串细节化的拟声词和动词，在莲儿的心上挠。这些未知的声响和发出声响的未知主体(可能是老玛丽去"彼尔的房"关衣橱门的声音和脚步声)，在莲儿的联想中变得阴森恐怖。莲儿的心境，还有老玛丽对一个异国女孩突然闯进他们生活的疑虑，都在这段文字中有所表现。

从早期的短篇小说创作，再到《失去的金铃子》与《桑青与桃红》，聂华苓的语言风格有内在的统一性，差异和变化也是显而易见的。在人物对白与环境白描中融入丰富的意象，使小说语言打开极开阔的审美空间，产生了极有深广度的审美张力。早期抒情格调的语言与"渊深流静"的氛围营造产生的忧郁美，到活泼意象和跳动的语言运用营造富有抒情诗意的意境，再用语词变异营造令人窒息紧张的意境。聂华苓尝试在不同方向上穷尽语言的潜力，用词语给人和事物着色，以致使人不禁想伸出手去抚摸所描写的人和物。但如高尔基说的："要找到确切的词句并把它们排列得能用很少的话表现出很多的意思，'言简意深'，使语言能表现出一幅生动的图画，简洁地描绘出人物的主要特点，让读者一下子就牢牢地记住被描写的人物的动作、步态和语气，这是极其困难的。"①在每个阶段都企图创造不同的语言风格，这也是一种痛苦的创作体验。

三、活用母语：生活化语言的审美加工

人类拥有语言，或者说语言在人类身上发挥无穷潜质，主要表现为

---

①　[苏]高尔基：《我怎样学习写作》，戈宝权译，生活·读书·新知三联书店1984年版，第43页。

语言在我们生活中发挥了无处不在的功能。乔治·斯塔纳所说的"我们生活在话语的行为中"①似乎也可以理解为语言存在于我们的生活中。文学语言美感的生成，在于它首先是从生活中抽象出来的经过选择和文学加工的语言，庞德所说的"文学是保持语词活力和精确的惟一方式"，归根结底就是人类创造语言又用语言进行创造的无限动力，语言与生活的联系源于人是语言的动物。作家语言与普通人语言的区别，在于作家语言是经过文学加工的审美化的语言，是作家独具的、带有他们自己精神烙印的创造性行为，这种美感产生的阅读体验又在读者身上无穷更新。

提炼生活语言，清除生活语言的散漫和平庸，努力使生活中的语言成为一种传达普遍危机与情感的脉动，又在具有抒情美感的语言中看见生活的普遍性，这是聂华苓小说语言的特性。聂华苓的小说生活中有诗，纯净又不失张力，在看似狭窄的生活场面中低调演绎的语言，在细节的丰富深化中发挥活力。阅读聂华苓的小说，就是接触一种无比生动而有张力的文字载体，接触一种看似是常人所用的那种局限普遍生活模式的语言表达方式，实则蕴含丰富抒情意味的美学音符。我们说话的时候，语言就是生活的工具，但是聂华苓笔下的生活语言却组成了具有潜力表现生命的美学形态。《王大年的几件喜事》开头就营造了十分生活化的场景：

> 棕榈树下的房子，窗子雾腾腾的。婴儿的尿臭和肥皂味，加上炸排骨的油味，泡茶的气味和大年的香烟。
> 这一股怪气味就在地板和天花板之间兜来兜去，千方百计地要钻出去。窗外的雨，猛一阵，急一阵，千方百计地要钻进来。②

---

① ［美］乔治·斯坦纳(Steiner, G.)：《语言与沉默——论语言、文学与非人道》，李小均译，上海人民出版社 2013 年版，第 19 页。

② 聂华苓：《台湾轶事》，北京出版社 1980 年版，第 47 页。

　　婴儿的尿臭、肥皂味、炸排骨的油味、泡茶的气味、烟味，几种普通嗅觉体验的排列组合，演绎出来的不是世俗生活图景，而是一幅色彩鲜明的油画。通过嗅觉描写达到了具有画面感的视觉体验，聂华苓用普通的生活意象，打开琐碎的生活场景，故事还未开始，与情节相称的氛围已经营造出来了。这是一种诗的写法，语言凝练而概括，紧凑又结实，在朴素的叙述中人物和故事都呼之欲出。

　　《珊珊，你在哪儿?》《一捻红》《君子好逑》《李环的皮包》《王大年的几件喜事》这几部小说，都采用类似的表现手法，语言风格也极其相似。在现实生活中展开故事，用意识流的方式将人物的过去与现在联系起来。公交车、麻将桌上、饭桌等生活化的琐碎空间；初恋对象的幻灭、男人打光棍、老处女找不到对象、发财梦的破灭，触痛普遍人性的人生丧失感；烦恼、琐碎的此在生活，与憧憬的梦想生活或者美好过去的破灭与丧失。李鑫吃力地说出"我——我不下车了!"；婵媛口是心非地说"我在想——我在想你"；董天恩走进药房买了一瓶生发药；李环径直走向法院；大年转身走进屋子，假装在这个漠漠多风的世界，他是什么也不怕的。简短、有节制地收梢，充满讽刺意味达到悲悯效果的语言，使聂华苓短篇小说的结尾都非常干练精彩。

　　从世家大族坠落民间，流亡经历使聂华苓能近距离接触民间生活。聂华苓在流亡经历中汲取营养，活用民间口语、谚语等，增加了小说的生活气息。《失去的金铃子》中的很多书面语都用口语化的词语代替，如"说话"用"讲话"代替，姑娘用"大姑"称呼，高兴用"快活"形容，咬文嚼字用更形象的"掉书袋子"表示，显得与整个小说营造的几个家庭之间往来的生活场景相协调。此外"尅星""倒插葱""蛮不错""格老子"等生活化的俗语的运用，非常符合三星寨的山乡土话语言设定。"天不怕，地不怕，就怕飞机屙巴巴"（《失去的金铃子》，第7页），"娘想儿，长江水；儿想娘，扁担长"（《失去的金铃子》，第13页），"山中无老虎，猴子称大王"（《失去的金铃子》，第15页）等谚语的使用，也体现了山里人善于总结生活的智慧。这些生活气息浓郁的口语、方言、俗语、谚语穿插在其中，不但没有损害小说语言美感的协调与统一，反而使得整个小说的乡土气息和地方色彩更加突出。三星寨独立于乱世的超脱之美，山里人接地气的世俗烟火气，都在生活化的语言中非常自然地流露出来。

如果当下创作，作家们都像乔治·斯坦纳一样意识到"完全外在于语言的东西，也是外在于生命的"①，或许就是文学重新得到重视的开始。大众文化时代文学的衰落，很大一部分责任要归于语言的衰落。语言的浅薄化已经使新近很多文学作品变得平庸，但读者却很买账，就像长期吃稀粥，反而无法接受浓稠的粥，读惯了语言浅薄的作品，要重新进入一部具有语言浓度的作品，不会马上带来美的享受，还会费大脑。狄德罗说："没有语言的帮助，你几乎什么都记不住，而要准确地表达出我们感觉到的东西，语言几乎永远不够使。"②正因为语言的强大功能，拥有语言创作天赋的作家同时想支配语言，却并不容易。掌握生活化的语言如此容易，创造具有美感的语言又是如此不易，所以刘禹锡说"常恨言语浅，不如人意深"。

母语是身份确认的重要工具，也是缅怀故乡与过去的乡音。所以，海外华文作家尤其是台湾旅外作家群非常重视语言的创造力，无论是聂华苓还是白先勇、於梨华都显示了较好的语言功底。但这种重视母语创造力的传统在新移民文学中似乎有被淡化的趋势，因为很多作家都过多注重小说的故事性和讲故事的技巧，在新奇故事和叙事技巧上用了很多五花八门的手法，但忽视了讲故事的语言，语言那种凝练浓缩有力的抒情速写渐渐退化。

《桑青与桃红》《千山外，水长流》足以证明聂华苓在小说技巧运用上的天赋和在艺术探索上的勤奋，只可惜这些天赋与勤奋没有帮她打破经验的"困局"，这是很多研究者将她的小说定义为"自叙传"书写的原

---

① ［美］乔治·斯坦纳(Steiner, G.)：《语言与沉默——论语言、文学与非人道》，李小均译，上海人民出版社2013年版，第142页。

② 狄德罗：《论画断想》，《光明日报》1962年8月4日。

因。但无论是漂泊异地、流浪异乡还是移居异国，聂华苓依然能活用母语的创造力，将非常常见的语言进行组合、打磨、加工，在作品形成统一的语言风格的同时，也使小说的语言既接近生活又美于生活，这样的坚守，足以使聂华苓在海外华文作家中占得一席之地。

第三节　时空叙事的历史维度

在小说叙事中，历史可以通过想象力的变形，被赋予各种各样的面貌，但变形之后的故事之所以还能达到一种历史的再现，就在于它可以对历史的连续性，以及这种连续性的消解和重构进行时间和空间的再现。再通过情节的统一性处理，使表面上看起来杂乱无章的故事素材，在时空叙事中充当了十分重要的规定作用，它将历史中不可变动的时空限定在想象力之上，从而实现了小说的"历史感"本身。小说历史感的建构，主要有两个方向，一种是利用历史事件的正面书写，表现时代精神面貌或社会经济结构，"十七年小说"大多采用这种建构方式。另一种方式，则试图从小说主题和技巧入手，建构理性和感性的日常生活内涵，侧面萃取社会与群体的精神面貌。第二种书写方式与历史感的接近难度显然更大，但它比第一类书写方式更具有审美内涵。聂华苓建构小说历史感的方式当属于第二种，她试图以敏锐的时间感受力展现历史中人的精神面貌。离散文学因为涉及迁徙经验，所以对于时间节点和空间转换的表现格外敏感，也格外突出。聂华苓在很多小说中都用时间和空间的标记，突出过去与现在、想象与现实之间的关系，通过时空叙事达到一种"历史的再现"，表现一个时代的历史浮沉和一个群体的精神变迁。

一、时间叙事："回望—解构—重构"的历史

海登·怀特认为历史的故事和虚构的故事彼此相似，因为无论二者的内容之间存在什么差别，它们的最终内容都是一样的：人类的时间结

构。"对人类来说，时间性的经验是最实在的——而且，对于个体或整个文明来说，也是最重大的。"①如果说文学是时间的艺术也不为过，因为小说是叙事艺术。叙事涉及"叙"与"事"，现代小说大多较注重"叙"的艺术，在"叙"上花很多功夫。"事"是由时间串联起来的，所以，时间叙事在小说中的地位无可厚非。像聂华苓这样注重"历史感"的作家，对时间的处理格外看重。具有重要历史意义的时间节点，是聂华苓小说中常见的时间标志；注重以中断或跳跃的时间变换小说的叙事节奏，这是在处理时间跨度长的小说时，聂华苓善用的叙事策略；通过现在与过去的时间对照或时间的线性推进，造成今昔对比，也是聂华苓在小说特别是前期小说中经常使用的叙事手法。

聂华苓是海外华文作家中并不多产的一位，但她创作生涯仅有的三部长篇小说都有非常高的艺术水准。三部小说主题、风格、艺术技巧各不相同，以不同的时间叙事策略，使小说都达到表现一代人精神面貌的历史感。《失去的金铃子》以回望历史的创作心态，通过时间的线性推进表现女性的成长历程；《桑青与桃红》以解构历史的创作心态，通过时间的解体表现人的精神分裂过程；《千山外，水长流》以重构历史的创作心态，通过重组时间还原历史真相，表现两个国家和种族从偏见到磨合再到认同的过程。

（一）回望历史：《失去的金铃子》的线性时间观

《失去的金铃子》与《梦回清河》《城南旧事》被称为"原乡书写三部曲"，王德威认为原乡主题不只是述说时间流逝的故事而已；由过去找寻现在，就回忆敷衍现实，时序错置（anachronism）成为照应今与昔、传统与现在冲突间的必要手段。相对于此，空间位移（displacement）不只指原乡作者的经验状况"故乡"意义的产生肇因于故乡的失落或改变，也尤其暗指原乡叙述行为的症结。叙述的本身是一连串"乡"之神话的

---

① ［美］海登·怀特著，董立河译：《形式的内容：叙事话语与历史再现》，文津出版社 2005 年版，第 242 页。

转移、置换及再生。① 之所以会有"原乡"，意味着存在着与原乡对应的新地，就如王德威所说，原乡印象是在今昔对比中形成的。存在着一个由此处向彼处回望的过程，意味着时间的流逝和空间的转移。

聂华苓在小说里通过传统的叙述方式，依次展开故事，表现了随着时间推移，人物心境的转变和成长过程。小说一共有二十一个小节组成，几乎每个小节开头都有时间交代或时间意象出现。如第一节"七七事变第二年我就离开了家，那时我才十三岁。五年的流亡生活已锻炼出我的勇气。"②刚到三星寨的苓子对山里的一切充满未知，从船刚到时的恐惧，到对一切新鲜的人和事的兴趣，展现了一个少女的天真与活力。第五节开头交代"我到三星寨有半个月了。"(《失去的金铃子》，第 39 页)，这时的苓子，经过半个月的生活，与这里的人和事产生了一定的联系，她的心境已经发生些微变化，苓子开始对尹之舅舅产生她自己也摸不清的情感，她开始有了成长的小烦恼。第六节和第七节，描写了苓子对考试落第的心态变化，第六节开头她就交代"一个令人难忘的日子"(《失去的金铃子》，第 51 页)。新姨进门的大喜日子，苓子收到了考试落第的信，令她哭泣的不是考试落第这件事，而是在尹之舅舅面前曾经卖弄文采如今却连考试也没过，她颜面尽失。经过尹之舅舅的耐心开导，第七节开头，苓子说"考试落第对我似乎是件有利的事，我不放在心上了"。(《失去的金铃子》，第 61 页)在这个过程中，她感觉因为考试落第这件事她与尹之舅舅更近了一步，似乎因祸得福。小说就这样随着时间的流动，人物依次登场，故事一个接一个按照情节先后展开。

苓子在三星寨感受到了夏夕柔软的风，初秋的一抹抹枣红，冬季大片的雪兜着风飘下。经历了与丫丫的被逼婚、离家出走终至回归；新姨从入门至生产，孩子满月，再次有孕；尹之与巧姨的情感由暗至明，尹之被抓巧姨被禁；庄家姨爷爷与大儿子断绝关系至和解，反对巧姨与尹

---

① 王德威：《如何现代，怎么文学?》，台北麦田出版社 1998 年版，第 168 页。

② 聂华苓：《失去的金铃子》，人民文学出版社 1980 年版，第 1 页。

之至谅解，最后离开人世；苓子的回归三星寨与离开三星寨……所有的故事和情节展开都随着时间的线性顺序发展，情感与人物关系的变化交织在其中。

聂华苓以"线性时间叙事"推进故事，使所有情节都在不可逆的时间中逐步推进。正是抓住了时间的不可逆性，才使小说具有由内而外从思想到意境的统一性。因为时间的不可逆和直线向前，发生过的一切事件，人物所采取的一切行动，生命成长的每个瞬间都是一次性的，只有一次机会。这与作者想传达的思想"人生很美丽但也有不合理处，成长有收获但也有遗憾"达到了内外的统一。

三星寨的日子是聂华苓实实在在经历过的，那段日子的好，只有隔一段距离经过时间的沉淀才能发觉。她说：

> 抗战期中我到过三斗坪，那时候才十三岁（小说中的苓子是十八岁），觉得那是个卑俗的地方，没想到多少年后的今天，那个地方与那儿的人物如此强烈的吸引我，使我渴望再到那儿去重新生活。也许就是由这份渴望，我才提起笔，写下三斗坪的故事吧。在回忆里，我又回到那儿……①

《失去的金铃子》创作于1960年《自由中国》被查封，创作背景是《自由中国》被查封聂华苓被特务监视时期。聂华苓经历了前期在《自由中国》文艺栏从事编辑和编辑委员的忙碌充实生活，一下子面临失业甚至连人身自由也无法保障的困境。受困在台湾孤岛中，在大陆的童年生活、记忆中的故友亲朋一一浮现。那段生活变得如此珍贵令人向往，即使她曾在大陆一度过着流亡不定的生活，但是那毕竟是一种有自由的流亡，不同于当时陷入停滞甚至瘫痪状态的台湾生活。所以在与当下状况的对比中，对原乡的思念之情日益浓厚。这是聂华苓自述的"一生中最

---

① 聂华苓：《失去的金铃子》，台北大林出版社1985年版，第291页。

暗淡的时期"(《失去的金铃子·写在前面》)，但也是聂华苓创作风格发生转变的黄金时期。

《失去的金铃子》叙写的是苓子失去的纯真生活，展现了一个女孩成长的过程，但于聂华苓来说，也是一种失去，是"根"与"乡"的失去，是精神失落的过程。所以在小说中，她曾多次借人物之口，表达对"归处""家""根"等的看法。如苓子说："谁都有个去处。至于我呢?"(《失去的金铃子》，第1页)郑连长说："只要一谈到家，格老子，我可就没话可说了。家? 家是怎么一回事? 我都记不清了。我十二岁就在外面混，混到今天这个连长，格老子，不容易呀! 我现在就只有一个心愿，快点把日本鬼子打垮，回老家去看看我父亲就好了，我妈早死了。"(《失去的金铃子》，第36-37页)杨尹之说："我根本就是个没有根的人，过惯了动荡的生活，到处都是我的家，又不是我的家。"(《失去的金铃子》，第45页)对于"家"的向往和"根"的迷恋，是小说中自始至终存在的一种深意，作者甚至借苓子之口表达了对扎根在那块土地的山里人的羡慕。苓子说：

> 时间与空间造成的人与人之间的变化太令人绝望了。三星寨不是我的地方，我还是要走。不过，我来过了，我生活过了，那也很好。这段生活教我开始认识人生，教我学习宽容。德性是一步步痛苦地爬上去的。以前我生活在外在的世界中，现在我生活在自己的内心了。而生活的法则只有自己内心才能找到。(《失去的金铃子》，第189页)

这段话好像不是苓子说的，而是聂华苓借苓子的口发出的对过去那段生活的悼言。她站在台湾回望大陆的一段生活，困在孤岛的处境里回望过去在战乱流亡的日子里一段难得的三斗坪时光，在一片绝望孤寂的心境里回味原乡自由的兴味。通过对小说整个的把握和对创作背景的回顾，就会发现小说十分有力地表现了暗藏在创作表面，作者无处也无力诉说的关于今与昔、现在与过去、新地与原乡、孤岛与大陆的差异和无奈与怀念、困顿与无忧的心境对比。这些效果的产生，都是通过线性时间达到的。以时间顺序依次登场的人物，发生的事件，产生的人物心境变化，都随着时间推移非常清晰地表现在文本中。

（二）解构历史：《桑青与桃红》的时间解体

聂华苓构思长篇小说，书写小说的宏大时空背景，不仅仅是通过正面书写、回望、建构、重组历史来完成的，还包括"解构"历史的过程。时间解体在《桑青与桃红》中表现突出。小说着力表现人对时间感受的逐步丧失和解体过程，同时表现人的精神世界由统一到分裂。此外，叙事的衰落和语言的混乱，都是聂华苓展现人物精神分裂的主要方式。《桑青与桃红》是由桃红给移民局的信和桑青日记两个部分组成。作者采用日记和书信体，这两种文体的选择就显示作者对时间的重视。

日记是依赖时间记述事件的文体，桑青日记分别写了三个时间段的故事。第一部分瞿塘峡日记，写的是1945年7月27—8月10日，这一部分记录了德国向盟国投降，日军在湘西鄂北发动大战，日本投降等历史事件的时间节点，还涉及卢沟桥事变、北平沦陷等历史事件。

第二部分北平日记，时间是1948年12月—1949年3月，日记一开始就写道："北平城已经被共产党包围了"，此后还在每个小节中穿插如下具有重要历史意义的时间节点：十二月二十四日解放军收复张家口，元月一日蒋介石发表求和声明，元月十四日毛泽东声明和平谈判的八个基础，元月二十二日傅作义发表和平声明，平津战役结束，解放军进驻北平。前两部分历史事件的出现是作为背景介绍，旨在交代人物流亡的历史原因与时间轨迹。它们潜移默化地影响人物的精神状态，随着时间的推进和历史事件的发生，人物心理也发生潜在变化。

第三部分台北日记，时间是1957年夏—1959年夏，虽然没有交代具体的历史事件，但是事件发生的潜在历史背景是台湾戒严时期。台湾社会戒严与桑青一家在台北阁楼的封闭生活状态呼应，以小人物的封闭生活隐喻社会和人的精神世界的封闭。这一部分作者从宏大的历史时间切入生活中的细小时间，通过展示琐碎生活时间的时间叙事策略，完成从大历史到个人化的小历史的转变，从对宏大的历史事件的关注到对琐碎生活事件的关注，以表现台湾戒严背景下，桑青一家长时间躲在封闭阁楼对人心理的压抑。特别值得关注的是，对时间意象"钟"和"十二点十三分"的描写。

> 阁楼的钟仍然是十二点十三分。午夜也好，日正当中也好，没有分别。同样
> 潮湿的热，湿到人骨子里，在骨子里发霉。
> 家纲不修钟了。我们有我们自己的时间了。
> 太阳在她身上舔过去，舔着，舔着。猛一抬头，太阳不见了。中午十二点。
> 远处的火车叫着过来了。下午三点半。
> 交通车在巷口停下了。仨仨俩俩的公务员在巷子里走过去了。下午五点半。
> 唱歌仔戏的女人不知在哪个街头突然为爱情哭起来了。傍晚七点了。
> 吁—吁—吁—盲目的按摩女郎在黑巷子里朝天吹起哨子。午夜时分了。①

人对时间的感受能给人很大的安全感，四季轮转，日月交替，分秒轮转，对每个人都至关重要。但在小说第三部分，桑青与沈家纲生活在封闭的阁楼。他们丧失了对外界的五官感受，唯一的安慰在于他们依然能通过仅存的钟知道时间的变化。因此，当时钟停转，沈家纲一定要修好，因为"钟停了世界就停了"，钟就是他们的世界。但令人绝望的是，钟没有修好，永远停在了"十二点十三分"。钟的停滞代表人心理时间

---

① 聂华苓：《桑青与桃红》，春风文艺出版社 1990 年版，第 156-157 页。

的停滞，暗示在阁楼的封闭生活和人的精神世界的停滞，钟表停滞的视觉感受结合老鼠啃食屋梁的听觉感受，显示了空间的狭小与封闭对人的精神刺激。时钟停止后，桑青夫妇只能靠太阳位置与阁楼外的人声判断时间。如此细微的描写并非累赘，它能生动地表现人在无所事事状态下处于封闭空间敏锐的五官感受，这一部分时间对情节发展与人物心态的描写充当十分关键的一环。

第四部分美国独树镇的日记，时间是 1969 年 7 月—1970 年元月。这一部分通过模糊时间、忘记时间的叙事策略，显示人的精神世界的彻底崩溃。时间混乱暗示人的精神错乱，人对时间感知的状态与人的精神状态达到了统一。如文中多次出现这类字眼：

那是很久很久以前的事了我已经忘记了。(《桑青与桃红》，第 212 页)

我怎么和小邓做出那样丢脸的事我大概是发疯了我都不认识我自己了。(《桑青与桃红》，第 220 页)

那个我是谁我不认识那个我。(《桑青与桃红》，第 234 页)

我不知道我又"失踪"了多久又发生了什么事呢我好害怕。(《桑青与桃红》，第 236 页)

我不知道那是怎么一回事我如何到澡盆里去了我必定是发疯了我宁可死掉。(《桑青与桃红》，第 237 页)

那以后的事我就不知道了。(《桑青与桃红》，第 251 页)

"忘记""怎么""我是谁""多久""发生什么事""怎么一回事"等不确定的语句，特别是对时间感知能力的丧失，在这部分反复出现，与第三部分对细小时间格外注重的人物状态全然不同。从对时间的精确感知，到对时间、过去、记忆的忘记，作者通过人对时间感知的变化就已经非常生动地表现了人的分裂。

从第一部到第四部，日记记录的时间从天到月再到年，随着记录时间段的逐步拉长和逐步模糊，表明了人物记录生活耐心的丧失；从对具体历史事件和精确到"分钟"的细小时间的关注，到最后对时间的全然不顾，暗示人物从生活处境到精神状态的变化。这是一个解构时间和历史的过程，"也是《桑青与桃红》中所呈现的在流亡当中的'去政治'现象，女性在不断逃亡颠沛流离过程里，似乎更无法感受到民族主义的热情，反倒是剥落了民族认同及加附于其上的道德、文化、礼教、传统、伦理……的约束。桑青的流亡旅途，几乎是一直在进行'扬弃'这个动作，不论是大至国家民族，小至家庭亲情，甚至到最后，桑青也扬弃了她自己。没有认同、没有归属、也没有主体，是以我们看到桑青在每一段'旅途'中，仿佛唯有'性'才能证明她的存在，到最后她变成一个性解放甚是性纵欲的女人"。① 当然，桑青也扬弃了"时间"和"历史"，时间的逐步模糊直至在桃红的日记里完全被解体消失不见，这也是作者对离散族群流浪历史的回溯，也是以解构历史回溯历史从而建构小说"历史感"的复杂过程。

白先勇也十分善于使用解构历史的叙事策略，以显示历史文化的失落。为此，白先勇把很多主角的身份定位为历史功勋的后代，如《梁父吟》中的王家骥对历史创造者的不屑与不尊，《思旧赋》里的李家少爷成了痴呆，《骨灰》里的鼎力表伯与大伯、《冬夜》里的余钦磊吴柱国对历史的畏缩与逃避，《上摩天大楼去》的玫伦，《谪仙怨》的黄凤仪对美国生活方式的接受与同化等。这些人不同于《千山外，水长流》里的那群中国人，他们无论在美国多久始终难以真正融入美国社会，也无法接受美国文化的侵袭。莲儿虽然和彼利一起感到轻松自在，但历史、生活经验、语言、文化之间的隔阂，成为他们无法再进一步的鸿沟；在美国成

① 郭淑雅：《"丧"青与"逃"红？——试论聂华苓〈桑青与桃红〉/国族认同》，转引自应凤凰编选：《台湾现当代作家研究资料汇编 23 聂华苓》，台湾文学馆 2012年版，第 312 页。

家立业，生活二十几年了，林大夫和妻子玖蒂之间的异国婚姻，因为对方无法尊重接受他的本国文化，成为二者分开的根本原因；在美国国旗下、美国国庆日谈论中国事的赵先生夫妇、孙先生、老李等人，显示了自我放逐的中国人的荒谬感。

《桑青与桃红》的时间解体过程，首先主要表现在从第一部到第四部，日记的时间从日到月到年，逐步扩大逐步模糊，表现人物对时间感知能力的下降直至丧失。再者，从对历史事件的高度关注、逐一记录，到对连自己在哪儿也不知道，更不知道发生什么事，说明对历史的态度也在悄然发生变化。记录时间由精确到模糊，对历史事件的态度由关注到无视，对时间的"扬弃"暗示了作者通过解构时间达到的解构历史的叙事策略。

（三）重构历史：《千山外，水长流》的时间重组策略

《千山外，水长流》是一个还原历史真相的故事，聂华苓通过双线并行的艺术结构，连接现在与过去，重构起一段跨越中美两国、历时四十年的历史往事。小说依然采取聂华苓十分擅长的时间叙事策略，以三个时间节点连接小说三个部分。第一条线是美国石头城目前正在发生的情节，其间插叙了历史回忆。第二条线是柳风莲的一封回忆往事的信，两条线索同时展开。彼尔在中国的故事，和莲儿在美国的故事，过去与现在两个故事都与莲儿的中美混血身份发生联系，旨在传达两个国族和种族之间，从偏见到磨合再到认同的过程。

聂华苓巧妙融合自己辗转中美两国生活的经验，凭着对两种文化的生活体验与深入了解，将众多重大的历史事件融合在其中，连接起广阔的时空，漫长的历史，复杂纠缠的人物关系，和书写人与人之间、两种文化之间关系的发展与变化。她通过双线并行和书信体的方式，机智且有选择性地处理宏大的时空历史，显示了驾驭宏大历史和广阔时空题材小说的艺术功底。

作者在重构历史还原真相的过程中，穿插了二十世纪中国和美国发生的许多重要历史事件，这也是《千山外，水长流》被视为有"历史感"

小说的重要原因。从小说的目次来看，第一部分是一九八二年五—六月发生在石头城的故事，小说所有关于代际的矛盾、种族国族的偏见隔阂，在第一部分全部呈现出来。包括石头城的城市历史，布朗家族的历史，和美国二十世纪的重要历史事件如参与二战、反越战、反核子战争，中国三四十年代的抗日战争、内战中的学生运动，50年代的反右运动，六七十年代的"文化大革命"，70年代初期的"批林批孔"运动，七六年恢复高考。这一部分围绕老布朗老玛丽夫妇和莲儿、彼利祖孙两辈展开，小说一开始就把读者代入万里之外的美国异域。一个在反右和"文化大革命"的政治氛围里长大的中美混血儿，在中国改革开放初期的八十年代，到从政治到经济文化全然陌生的美国寻亲。莲儿在这里首先遇到的困难就是文化冲突：对中国有丧子之仇情绪的美国老妇玛丽，在美国反越战文化氛围里成长起来的"垮掉的一代"彼利。两代无法互相理解的代际冲突在第一部分和盘托出，所有矛盾建立的基础就是时间，如时间掩埋的异域真相，两代之间无法被填满的时间鸿沟。

第二部分是柳风莲的一束信，名为"一九八二年的回想"，时间是一九四四年至一九四九年。回忆了抗战史，包括一九四四年中原会战，长衡会战，柳桂会战，一九四四年十二月日军占领贵州独山、国共和谈破裂，中国远征军，日本袭击珍珠港，一九四五年八月十日日本投降。还有以学生运动为切入点回忆的内战史，包括一九四六年的"沈崇事件"引发的学生运动，昆明的"一二·一反内战运动"，一九四七年的"抢救教育危机"大游行，"爱国护学"运动，"反内战、反饥饿"运动，武汉大学学生流血惨案等。通过柳风莲在信里的回忆，和莲儿读信的眉批，建立过去与现在的联系。其中还原了彼尔在中国的行动轨迹和遇害真相，彼尔柳风莲从相识到相爱最后结婚的过程，与柳风莲有情感纠葛的男性金炎、启亮、徐立志和他们各自的政治派系斗争，都穿插在其中。

第三部分与第一部分同处一个时空，是第一部分故事的延续，发生在一九八二年的七月至八月，讲述了在第一部分中暴露出的两个代际和两种文化之间的矛盾磨合与化解过程。除了矛盾的化解之外，其间还穿插了几段关于莲儿和林大夫的个人历史揭秘。如果说第二部是一段关于故人历史的回忆，那么第三部分则揭开了关于今人的历史隐痛。矛盾的化解过程是两个代际和两种文化发生碰撞、交流和融合的过程，而莲儿的"知青史"，林大夫的"异国史"，同处一个时间两个空间，他们需要各自面对不同困境与历史创伤。一个代表在国内遭遇"十年动乱"的种种遭遇，一个代表流寓异乡他国的漂泊者无法融入另一种文化的失根困境。两种境遇分别展现了二十世纪中后期，身处国内和与国外的两类中国人遭遇的不同困境。

莲儿的石头城生活柳风莲的信，作者通过这两条线并行，重构破碎的、掩埋的历史真相：即彼尔柳风莲的恋爱史和彼尔遇害的真相。这也是压在两代人两个民族之间的一个巨大疑问和心病，这个真相是所有矛盾的中心，也是所有矛盾化解的关键。聂华苓通过莲儿这条线的时间推移，表现矛盾从出现到化解的过程。通过柳风莲的信这条线，用历史的重组和时间的整合，还原了真相。

《千山外，水长流》中诸多历史事件的穿插，巨大的时间跨度，复杂的人物关系，使这部小说的深广度得到了延伸。而作者处理这个题材的叙事策略，也显得十分机智。因为双线并行的叙事结构，和重构历史重组时间的叙事方式，很容易使小说出现重复、混乱的阅读感受，也容易使读者感到乏味。但聂华苓在小说文体上下功夫，以书信体打乱小说的叙述时间顺序，又通过眉批法打破书信体在叙述上的人称限制，以掌控时间的深厚叙事功力，把这个时空跨度大，人物关系复杂，历史事件众多的故事讲得有条不紊，又新意迭出。

聂华苓是海外华文作家群中，十分注重作品统一性的作家，如《失去的金铃子》中展现的一种从人物到语言到环境营造的"素朴"气质，《桑青与桃红》从人物到情节到语言营造的"分裂"特质，《千山外，水长流》从情节展开到人物组成到文化氛围营造的"混杂"特质。对统一性的追求，显示了作家在创作上的艺术自觉。统一而不单一的艺术氛围营造，使聂华苓的小说创作具有统一却不重复的艺术创新性。所以聂华苓的这三部小说，分别成为她创作的三个关键节点，也是每个时期的代表性作品。这三部长篇小说有其内在统一性，而三部小说之间的相同点则是对于时间叙事策略的重视。

聂华苓曾说："在台湾时候我很受西方文学的影响，现在在海外反而逐渐脚踏实地了，简直像浪子回头一样，在台湾先是摸索流浪，到现在，我受西方文学的影响在那儿，很好，但我要有自己创作的道路。"① 她通过线性时间叙事、时间解体和时间重组，完成回望—解构—建构历史的创作转变过程。这一转变过程也是一个由主题的狭窄到主题裂变，由传统到现代的创作风格的转变，由人性的裂变到人性的回归、由逃离到回归、由隔膜到认同的创作心态的转变，其间聂华苓也经历了由《自由中国》文艺栏编辑和作者、到"国际写作计划"主持人的文化身份的转变。这是一个流寓三地，流浪了大半个二十世纪的中国女性，站在时间与历史的坐标轴上，援引个人的历史经历，反映整个二十世纪离散群体流浪史和精神史的探索之旅。

二、空间叙事：跨域经验与人生困局

聂华苓那一代的中国留学生和移民群体，特别是1949年前后大陆迁台的台湾作家群，他们都有一段个人与历史密不可分的人生经历，他们的人生不仅在关键的历史节点上留下过印记，还有跨越国家地域和文化界限的异乡经历。多次的空间流转经历注定使他们的文化心态处于多种分裂态势，文学创作也有跨域的特质。一方面他们在作品里留恋与自己有深刻历史联系的故土，另一方面他们又书写融入迁徙地的艰难，过去的历史与现实处境交替出现在作品里。如果要抓住这一作家群的创作精髓和美学特质，必须历史性地回溯他们过去复杂的生活境遇和历史经

---

① 王庆麟：《聂华苓访问记——介绍"国际写作计划"》，《幼狮文艺》1968年第169期，第145页。

历。无论是於梨华《又见棕榈，又见棕榈》里的"无根的一代"，白先勇所谓的"流浪的中国人"，聂华苓从《桑青与桃红》发出的"浪子的悲歌"，还是简政珍提出的"放逐诗学"，以及当下提出的"离散写作"，迁徙经验与跨域想象所展示出来的空间叙事，是这一类写作自命名之初，就展现出来的最突出的美学意蕴。

作为美华作家群中较早进行跨域书写的代表作家，聂华苓从早期的短篇创作开始，就对空间叙事表现出浓厚的兴趣，她从《台湾轶事》写台湾的大陆人对两岸空间的想象，到《失去的金铃子》对原乡空间的塑造，到《桑青与桃红》完整书写"大陆—台湾—美国"三地流转的空间转换模式，再到《千山外，水长流》中对横跨大陆美国两地的跨域经验书写，都显示了聂华苓对空间叙事的重视与依赖。

（一）封闭空间：聂华苓的"困"

《台湾轶事》整个集子中，每个小故事中的人物，都极力想要逃离台湾的心态，构成逃离大陆陷入孤岛这个封闭空间的一代人，他们人生最大的"困局"。直入这一代人的精神的核心，我们体验到一种难以消解的生命之愁，"困"如果确实存在，那就是此时此地。身处台湾，就成为《台湾轶事》中一个巨大的"困"的隐喻，这群人物不停地做着回大陆的"怀乡梦"。

小说《珊珊，你在哪儿?》展现了聂华苓在封闭空间展开叙事的艺术功底，小说以回忆的方式打开时间闸门，组成时空的线性对话，没有将主人翁的思绪牢固锁在一辆通往相遇的公车上。李鑫最美好的记忆停留在漂泊台湾前，带着少年时的美好记忆追寻初恋女孩。故事发生在一辆公车上，正如张爱玲《封锁》中演绎的电车小世界，公车上的每个人都可能是矛盾冲突的触发点，空间的隔绝增加人们探索彼此秘密的欲望。不同的是，这是一辆乘客不停上下车的公车，没有完全封闭，乘客的流动性与主人翁李鑫记忆的流动性形成呼应，当车上的人们彼此交谈互相窥视，李鑫的万千思绪飘往过去，车上的人们在世俗的世界闲谈，李鑫的思绪飞出车外追寻神圣的记忆。车上每个人粗俗的举动，都催促李鑫怀念过去那个放在神坛供奉的女孩，他期盼一场盛大的重逢。现在与过去在李鑫的记忆中形成了对话，将这场重逢的期望值不断提高。当珊珊过去与现在形象在对比间坍塌，重逢化为泡影，李鑫没有在目的地下车，小说在无限怅惘中结局。

《桑青与桃红》中多个封闭空间的书写，侧面展现了人在"困"的场域中原始人性的暴露，也是聂华苓几次人生困境的折射与隐喻。如桑青在三峡被困船上，困于围城中，困于阁楼里，困于美国异域，等等。在这种困境中，人变得无所事事，突然与社会的联系切断，转入内心内省，想象、贪婪、虚幻开始胡乱地冒尖，动物性、劣根性也开始无奈地作祟。就如作者对船上那段闲来无事只能赌博混日子，最后混乱到无法收场的场面书写，所有人都在狭小逼仄的船舱中，不断地打破底线。北平围城中一个倔强、叛逆、自我的女人被困住了，桑青别无选择，毫无退路，只能接受婚姻的安排。台北阁楼中的桑青一家，在小而没有光的斗室中，连伸直背都成为奢侈，他们似乎回到原始的类人猿时代，原始本性也开始暴露。特别是没有见过阳光、大地、人群的桑娃，成为这个困局中从未体味过自由的一个。在这里时间停滞了，空间的意义就显得格外重大，就如戴维·米切尔森在《叙述中的空间结构类型》一文中所说的，"当年代被取消或至少被严重淡化时，真正的空间形式终于出现了"。① 同样在美国中西部逃窜的桃红，演绎了一个无路可逃的女性走向疯狂、堕落、分裂的过程。聂华苓在《桑青与桃红》中书写"困"的逻辑与策略，最后都将它归于"性"。当人在外在的空间中无路可走，就会寻求内在的本身的原始的突破口——人的动物性，通过性欲的满足发泄困局对人性的压抑。

———————————

① 戴维·米切尔森：《叙述中的空间结构类型》，转引自［美］约瑟夫·弗兰克等：《现代小说中的空间形式》，秦林芳编译，北京大学出版社1991年版，第149页。

　　"我们无法选择非历史地生活：历史和死亡一样，都是我们的命运。"①伊格尔顿所揭示的历史宿命般存在于每个人的生命中，这注定人是复杂的。倘若只用活在当下，我们的存在无疑要少很多焦虑和不安。人与历史的联系，就注定了过去的经验必定会在人的所有当下行为中产生影响，至少对靠写作为生的作家如此。作家们"对自己自觉的创作经验感到荣幸，然而往往正是那些他们不愿谈论的部分反映或折射了他们的本质。""潜意识提供了排遣不去的谵妄、苦难和死亡的主题，而意识则将之发展成文学。"②聂华苓就是一个格外注重个人经验与创作之间联系的作家，这种经验是从一个个困境中突围的历史经验，也正因为这些经验夹杂着战争与政治的成分，曾为她带来不少麻烦，所以在创作中她一方面沉浸在这一经验中无法自拔，另一方面又不敢触及不敢踏入外部世界。于是对她来说最沉痛的那部分经验，悄然转化为数次流连于小说中的背景，她只能转入个人内心感受的表达，特别是对一个个"困"的意象、场域的书写，从侧面反映她始终无法摆脱过去的阴影。

　　聂华苓曾说：我想写人的困境，一个又一个不同的困境。③ 如果说上文提及的台湾孤岛、搁浅三峡的船、北平围城中的大宅院、台北阁楼，都是空间意义上的具体的现实的"困"，那么聂华苓在婚恋题材小说中写女性的困境，在漂泊主题中写离散群体的困境，在小人物题材中写底层群体的困境，都是一个又一个趋向生命内部建构的抽象的"困"的隐喻。人物的困境从外在的困居逐渐往内部延伸，达到展现人心灵层面的内在困境。

　　在对这种困境的书写中，聂华苓旨在将个人困境与历史困境交织在一起，这种处理方式，使得无论是情节发展还是人物性格变化，都有迹

---

　　① [英]特里·伊格尔顿：《理论之后》，商正译，商务印书馆2009年版，第201页。

　　② [美]雷·韦勒克、奥·沃伦：《文学理论》，刘象愚等译，生活·读书·新知三联书店1984年版，第83-84页。

　　③ 聂华苓：《小说家是个骗子》，《读书》2004年第11期，第35页。

可循。读者对这种变化的内在逻辑有历史的了解，使人物性格的社会根源得以凸显。人物的内心世界与社会环境内外交互作用，既丰富了对一个生命成长转变的描绘，又使构成作品的时代背景不那么过多地介入情节发展。"历史"的直接影响被稀释了，但它的存在，无时无刻不决定着人物的性格形成和人物的命运起伏。

"困"的经验对于聂华苓来说，就像风景中央的黑色污点，是聂华苓整个文学生命的光荣、笑语和谜语，也是造成她无法跳脱突破自己人生与创作的困境。人生经验上的"困顿"经历，成为她创作生涯的源点，创作的灵感、故事的来源、人物的原型、情感的抒发，一切有关创作的动力，都与她曾经的经历有关。一个又一个生命的困局，不但激发了她的创作欲望，也形塑了她的文学理念——对"人"的关注。这也是她主持《自由中国》文艺栏、提出"国际写作计划"设想、首创"中国周末"的初衷，她希望以己之力，为身在困境中的同行重新获得生机和走出狭小天地。希望通过她的文学宣传与实践，使文学所到之处，皆为净土。但是，也正是沉浸在这样的经验之"困"，造成了她的创作生命中无可挽回的文学之"困"。

聂华苓的经验之"困"导致的"文学之困"，主要表现在"自叙传"书写上。自叙传书写是聂华苓的显著特色，也是她的一个显著困境。早在她出版集子《一朵小白花》时，徐讦就非常明确地告诉过作者："一个作家一方面应该有统一的风格，另一方面则需要广博的趣味。"①鉴于前辈的直言批判，她有意识地规避了题材和主题的狭窄，在每一次积蓄力量的蛰伏后，就力图在题材和创作技巧上做出改变，这种努力的成果显而易见。在台湾时期的作品，都是写小人物的婚姻、家庭，夹杂着生活的琐碎与小烦恼，展现了台湾小市民尤其是大陆迁台的那一代人物的精神面貌，聂华苓正是这个群体中的一员。之后她在台湾戒严中写出《失去的金铃子》，写一个女孩成长的心路历程和展现原乡风物的故事，其中

---

① 聂华苓：《一朵小白花》，文星书店 1963 年版，第五页。

很多细节都有她在大陆时期很多人物和经历的影子，算是打破了之前那种题材和主题的单一创作。《桑青与桃红》是她所做的另一种创作的试验，也与她所说的"不安分"形成呼应。里面同时囊括了她在大陆、台湾、美国的生活经历，为此聂华苓用了多种艺术手段表现人物性格和空间的"转变"，这也造成了小说中想要表达的东西太多太挤。

　　聂华苓早期在台湾时期的短篇小说创作，之所以能达到十分纯熟的水准，就在于她写的人物的感受，就是她曾经历的感受。可以说聂华苓把她的创作天赋都集中在《桑青与桃红》中，但也把所有的问题都集中暴露到《千山外，水长流》中。如李恺玲所指出的小说中情节的重复和"忍辱负重"的民族性①，何慧指出的"情节是小说的，细节却是新闻的"，② 因偏重中美两国关系的介绍，忽视人物性格的刻画等问题，都是非常中肯的。《千山外，水长流》的创作，开始显示了聂华苓处理不熟悉经验的吃力处。她对第二手材料的处理，并不能说完全失败了，但至少显示出了她脱离经验创作的短板开始浮现了。小说中"文革"的故事素材，大都是她在书上看到的，或听别人转述的，尽管她搜集到了足够多的支撑材料，但在情感的体悟上，显得力不从心。所以《千山外，水长流》中的人物对话显得不够自然，性格的描写也不够符合人物的经历和年龄。《死亡的幽会》这个故事就更显得作者创作得仓促和草草收场，前半段故事似乎制造了足够多的悬念和神秘，但对悬念和神秘的揭晓，没有用与之相称的篇幅，整个故事的展现也没有达到理想的效果。她把这种挣扎一股脑全部放弃了，彻底全面地埋在经验的框框里，这导致了去美后如此长时间里，只写出了《桑青与桃红》《千山外，水长流》两部长篇小说，此后就彻底跳入散文与回忆录的写作。这两部作品充分说明，聂华苓在小说技巧运用上的天赋和在艺术探索上的勤奋，只可惜

①　李恺玲：《"帝女雀"的歌——评聂华苓新作〈千山外，水长流〉》，《啄木鸟》1985年第2期，第188页。

②　何慧：《被记忆缠绕的世界——聂华苓的中国情意结》，《广东社会科学》1986年第4期，第147页。

这些天赋没有帮她打破经验的"困局"，这是很多研究者将她的小说定义为"自叙传"书写的原因。

(二) 流转空间：迁徙经验与跨域想象

跨域书写是海外华文作家区别于中国本土作家的一个显著美学特质，"海外华文作家的书写，是一种跨域的书写。'跨域'在这里不仅是一种地理上的'跨域'，还是国家的'跨域'、族性的'跨域'和文化的'跨域'，因而也是一种心理上的'跨域'。'跨域'是一种飘离，从母体向外的离散。从根本上说，中国的海外移民，远离自己的母土，漂散在世界各地，本质上是一个离散的族群，或者说'跨域'的族群"。① 根据刘登翰对"跨域"一词的分析，海外华文作家的"跨域"书写，涉及的是一个从地理到国家、族性、文化、心理的转换过程，这是一个显著的动态过程，至少涉及两种人生经验的介入，空间流转是"跨域"书写的基础性标志。无论是"离散"还是"跨域"，都是从空间角度定义的，这是一个从中间向四周分离的过程，从母国到他国漂流的过程，是从一地向多地流转的过程。

海外华文作家的"离散写作"，至少容纳了两个空间的情节推进，至少展现了两种人生经验。他们都有一段在中国本土的空间生活经验，这段时期大多是童年、少年和青年时期，也是他们语言、生活习性、文化认同形成的关键期。本土是他们空间流转的起点，也是后期进入他国激发他们故国想象、母国记忆的重要创作资源和精神源点，也是他们在成长的过程中已经潜移默化熟悉、了解甚至充满"根性"认知的习惯空间。

同时"离散族群"还有一段融入他国的空间生活体验，他们中的很多人都是在性格、生活习性、文化感知定型后的成年流入异域，突然同时转入陌生的空间，异国他乡的文化隔膜、身份认同、种族冲突，是他

---

① 刘登翰主编：《双重经验的跨域书写：20 世纪美华文学史论》，上海三联书店 2007 年版，第 11 页。

们进入陌生异域后首先需要克服的问题。两个空间的流转经验构成"跨域"书写的基本经验，异国空间的遭遇与本国空间的历史记忆，共同在离散群体的心理上起着催化作用。

基于这样的双重人生经验，海外华文作家的创作中，空间名词常被拿来为他们作品命名，如白先勇的《台北人》《纽约客》，曹桂林的《北京人在纽约》，周励的《曼哈顿的中国女人》，从命名上就能感受到作品的跨域和离散美学特质。他们以人物的空间地理流动，传达出一种永远"在路上"的无根漂泊感，如於梨华《傅家的儿女们》的傅家儿女，白先勇小说里的"纽约客"，张系国笔下的"香蕉船"系列，丛甦《野宴》中的沈梦。其中聂华苓《桑青与桃红》里书写的"大陆—台湾—美国"空间流转模式，在空间上传达出他们那一代作家沉重曲折的历史记忆与漂泊无依的精神图景。基于自己亲身经历的从大陆到台湾再到美国的三地流转记忆，聂华苓的作品在"空间"叙事上，也显示出与"时间"叙事同样敏锐的感知力。

聂华苓作为"离散写作"中较有代表性又较受瞩目的一位，"离散写作"几个突出特质在她身上都有比较明显的展现。如写中国大陆原乡记忆的作品《失去的金铃子》，展现海外华人漂流史的代表作《桑青与桃红》，书写中国人漂流异域融入他国中时的文化冲突的长篇史诗《千山外，水长流》。从大陆本土空间到流落异国的空间流转过程，到异域空间的全面记录，聂华苓用为数不多的几部作品囊括了"离散写作"几乎全部的特质。其中，她不仅对从本国到他国的跨国空间经验有出色的诠释，还对从故乡（大陆原乡）到他乡（台湾孤岛）的背井离乡经验有非常现实的关怀。可以说后一种经验，即聂华苓那一代大陆迁台之后去美的流寓多地的经验，是对"离散写作"主题的补充与开拓，也是具有突出时代和历史印记的特殊空间流转记忆。

《失去的金铃子》表面上是以"三星寨"为空间依托展开的故事，但小说从开头到结尾，也隐含了一个"离去—归来—再离去"的空间流转模式，这与鲁迅在《祝福》里塑造的"归乡"模式类似，但和鲁迅想要诉说的与故乡鲁镇的不相容却不同。小说中通过苓子五年前离开妈妈，历经流浪后来到妈妈临时驻扎的三星寨。进入"三星寨"这个空间，是苓子成长的开始，这个与之前流亡空间全然不同的山里生活，使苓子有机会静下心来细细体味生活和人性的复杂性，也激发并丰富了她作为女性的人性复杂性。经历过这段生活后，她说："时间和空间造成的人与人之间的变化太令人绝望了。"（《失去的金铃子》，第189页）正如她对妈妈"到什么地方也没有自己的家"作出的回应："这样才好，妈妈，我们可以从头开始。"这是苓子要再次离开三星寨的原因。聂华苓旨在记录一段成长历程，但就像鲁迅的"决计要走"一样，聂华苓在小说尾声也以"三星寨不是我的地方，我还是要走"，与开头苓子在心中发出的感喟"谁都有个去处，至于我呢?"都有异曲同工之妙。苓子成长了，但终究还要漂泊下去的无力感，不是成长本身造成的，而是历史战乱背景下人从肉体到心灵漂泊无依的普遍状态。

如果说《失去的金铃子》是以"三星寨"这个中心空间为主的"归去循环"叙事模式，那么《桑青与桃红》就是以"大陆—台湾—美国"的空间远离过程，表现人从肉体到心灵的逐渐分裂状态。两个故事都是一个动态的过程，一个是人的成长一个是人的分裂，空间叙事在两个故事中的作用也各不相同。一个中心空间和隐含的空间流转过程，突出了《失去的金铃子》中，人物的主要成长环境——三星寨，同时也使力图表现的原乡历史记忆，和这段三星寨时光在聂华苓整个漂流三生的特殊意义得到凸显。

《桑青与桃红》中桑青逐渐远离本土的空间远离过程，一方面伴随着精神的逐渐崩塌终至分裂，另一方面也写出了从离乡到去国，从失根到无根的离散群体的整体精神面貌。《千山外，水长流》的空间叙事模式，是聂华苓惯用的，她以美国石头城这个异域空间为当下故事发生的主要表现空间，以此为故事原点，向遥远的过去所代表的空间——中国发散，两个空间通过回忆的方式达到一种呼应和对话。这种叙事手段聂华苓在《台湾轶事》这本集子里有较多试验，《珊珊，你在哪儿?》就是典型的以现在与过去对话的方式。可以说，《台湾轶事》中的大部分小说，都有以此在空间与过去空间交互流转的对话模式存在，它们推进小说叙事，达到揭开人物历史记忆的目的。

聂华苓立足漂流三生的迁徙经验，在小说中书写跨域想象的创作实践，使她小说中的空间叙事策略与其说是一种异域空间的展示，不如说是几个空间的对话与互动，其背后隐喻的是每个空间代表的文化间的互动与对话，也是一种空间对视下的文化反思。她通过空间的变化流转，徘徊在中国想象和美国想象、故乡想象与他乡想象之间，展示小说蕴含的宏大历史内涵和人的复杂生存境遇。这是作者基于个人历史经验的一种历史性回溯，证明离散写作也是一种"混杂写作"或者是一种"融合写作"，是混杂的文化之间的融合式写作，也是几个文化背景全然不同的空间杂糅在一起的文化展示。

第四章　创作旨归：历史困境中的文学坚守

聂华苓的一生是充满戏剧性的，自称有"政治冷感症"的她，一生都在逃离政治的阴影。她的现实宿命和创作取向，形成了一种对抗性的互动：她在创作上以对文学性的追求显示对政治的疏离，生活上却一次次陷入政治纠葛。因此这种文化选择的矛盾性也表现在创作上：一再强调纯文学的追求，小说却永远摆不脱历史与时代的枷锁。战争、白色恐怖、"文革"等宏观历史背景，是那些小人物、小市民、在婚姻中挣扎的男人女人们出场前的时代大幕布。

聂华苓对艺术性的重视不仅表现在创作上，她还在文学事业上执着践行对文学本身的关注，并取得了极大的成就。她在主持《自由中国》文艺栏时期，为台湾沙漠化的文学环境注入一丝活力；作为"国际写作计划"设想的提出者、开创者、主持人和如今的顾问，她以对文学的热衷，为中国、世界文学的发展与交流都作出了突出贡献。聂华苓在重重历史困境中，始终如一地从创作到组织文学活动都坚守文学的纯洁性，是困难重重的。但因对历史真实的再创造、对人的关注、对艺术性的强调所取得的成就，都显示了聂华苓作为一个作家和文学活动家的成功处。

第一节　混杂文化的巧妙融合

聂华苓是一位注重经验积累的作家，这类经验一方面来源于她在生活中积累的直接经验，这类经验无意识地储存在她的记忆深处。一方面是出于创作需要，主动搜集并查找的间接经验。她长期保持着剪报的习惯，从报纸上探寻关于人世苍凉的各种人生遭遇，她曾对潘耀明说：我有一个习惯，我到什么地方都想收集资料，可能有一天用得着呢，这就是生活经验。① 聂华苓出生于一个新旧混杂的家庭，也是"五四"思潮最如火如荼的时期，求学于战乱年代，创作于从大陆退守台湾迁居美国的背景下。复杂的家庭环境，使聂华苓从小就喜欢探听观察人与人之间微妙的关系；战乱、政治纷扰，成为聂华苓沉重无奈的人生底色，使她走出舒适的家庭往社会中体味酸甜苦辣；新旧、中西等多元文化碰撞，使聂华苓在传统与现代之间往复徘徊。

痖弦说：从未产生过一个没有脐带的作家。任何人都有着他的血系。② 每个作家所走的不同的道路，成就了不同的风格。关于聂华苓的创作资源，自80年代就有学者关注到这一点，1982年陆士清、王锦园在《试论聂华苓创作思想的发展》中谈到聂华苓受"五四"以来进步文学的影响，表现在她对抗战时期的话剧、"五四"反封建意识、现实主义特色的继承；另外，她还受西方现代派文学影响，表现在她对纪德、亨利·詹姆斯小说技巧的借鉴。

武汉学者胡德才总结出聂华苓创作个性形成的两个层面。在心理人格层面上看，一方面源于少年失怙、历经离乱、独自闯荡人生的经历所养成的特立独行、崇尚自由、爱憎分明的性格与精神；另一方面也有她初到台湾十年、任职《自由中国》杂志时期，雷震、殷海光等一批追求民主自由的知识分子对她的影响。从文化层面上来看，一方面，聂华苓受以鲁迅、曹禺等为代表的五四新文学的影响，创作能够直面现实，关注困境中的小人物的生活，具有鲜明的批判色彩。另一方面，毕业于中央大学外文系的聂华苓也有西方文学的底子，深受西方现代主义文学的影响。此外，她早年在巴山楚水之间求学与逃难的人生体验，特别是积

① 聂华苓：《最美丽的颜色：聂华苓自传》，梦花编，江苏文艺出版社2000年版，第275页。

② 痖弦：《诗人手札》，《创世纪》1960年第14期，第1页。

淀在人格心理气质中的楚文化基因则影响了她的创作思维方式、题材选择、人物创造。① 从 80 年代到当下的聂华苓研究，关于聂华苓创作的精神资源，有他们共同认同处，也有新的看法，这些说法都是成立的。

聂华苓的创作资源，主要来源于以下几方面：其一，家庭环境对聂华苓个性的养成，进而影响到创作个性上。在家庭这个小小的社会里，培养了聂华苓对人与人之间关系的洞察力，对婚恋的态度，对父亲形象的看法等，并积累了她此后诸多创作的素材，这点在第一章中已经涉及，此处不再赘述；其二，对"五四"新文学传统的继承，如反封建意识引发她对女性命运的思考，写实手法和对曹禺戏剧技巧的借鉴；其三，是对西方现代技巧的运用，表现在对纪德与亨利·詹姆斯等西方现代派作家小说技巧的汲取。

一、"五四"文学传统的继承

很多作家在创作中，总免不了显露一些模仿痕迹，或向一些喜欢的大家学习创作风格和手法，或在古典文化中寻一点精髓，或在平时的语言交流中抓取一些生活的气息。于作家而言，任何一个可能寻得创作灵感的泉源，都可以是学习的途径。很多学者认为聂华苓是台湾现代派作家的代表，这一论断决定于她在《桑青与桃红》中融入的现代派技巧，并取得创作上的成功突破。但是，聂华苓并非一个甘于单一面创作的作家，她对"五四"传统的继承，也是值得探讨的。

丁玲说："聂华苓虽然入了美国籍，是爱荷华大学的一个教授，但实际是一个非常中国式的中国人，一个讲究人情、殷勤能干、贤惠好客的中国妇女。"②聂华苓在性格上，始终是一个中国式女人，她一生都尽好引导弟妹的大姐职责，"长姐如母"的中国传统，在她身上有着榜样式的继承。在女儿们眼中聂华苓也是一个典型的任劳任怨的中国母亲。

---

① 胡德才：《楚文化与聂华苓的文学创作》，《江汉论坛》2020 年第 10 期，第 90-96 页。

② 丁玲：《我看到的美国》，《文汇月报》1982 年第 11 期，第 185 页。

创作上，她也积极吸取中国文学的传统，这一点也得到了聂华苓确认："从中国古典文学、现代文学里，我学习了许多东西。在写作上，我愈来愈中国化了。在台湾时，我的作品颇西化，现在，我想，在语言上，内容上，甚至于下一步书的形式上，都会比以往的作品更有中国味了。"①

聂华苓曾坦诚她是到台湾后才接触到鲁迅先生的作品，但并不代表此前没有接触过"五四"进步文学，她曾多次表示对"五四"后进步作家的喜爱。聂华苓自称是抗战时的"流亡学生"，她在重庆一带辗转求学，三四十年代的川渝是戏剧的天堂。抗日的战火使曹禺随国立剧专西迁，其间辗转天津、武昌、长沙、宜昌等地，于 1938 年 2 月抵达重庆。学生时代的聂华苓经常从沙坪坝去重庆看戏，那时"五四"后的很多进步戏剧都在重庆上演，为这群流亡学生的艰苦生活带去了一丝光明。聂华苓曾多次表达对"戏"的热衷：

> 我从小就是个"戏"迷。真实的"戏"，舞台上的"戏"，我全爱看。我没有生长在北京，是一大憾事。否则，我一定会迷上京剧。我是抗战时代的"流亡学生"，那是中国话剧最蓬勃的时候，我正好赶上了。我在中央大学，从沙坪坝到重庆，有车坐车，没车步行，绝不错过重庆上演的话剧：《雷雨》《日出》《原野》《北京人》《屈原》《天国春秋》《家》《蜕变》……（《三十年后——归人札记》，第 89 页）

她还曾当面对曹禺说："我们在学校也演戏，甚至在我读中学的时候，我们就演出大部头的戏，譬如曹禺先生的《原野》和《北京人》。那时候的戏剧对年轻人的影响很大。"（《三十年后——归人札记》，第 184

---

① 聂华苓：《聂华苓和非洲作家的对话（一）——谈小说创作》，李恺玲、谌宗恕编：《聂华苓研究专集》，湖北教育出版社 1990 年版，第 108-109 页。

页)还曾对夏衍说：夏先生，我小时候就看过您编写的电影，譬如《上海二十四小时》《自由神》《压岁钱》……我家住在汉口，有个光明大戏院，放映过那些片子。但那个时候不知道您写的剧本。后来在重庆也看过您的舞台剧：《法西斯细菌》《芳草天涯》。(《三十年后——归人札记》，第 129 页)她也多次声称她"受三十年代作品影响的"①事实。

《桑青与桃红》分为四部，每部之间的叙事中断和跳跃，就借鉴了戏剧以幕划分情节段落的艺术处理。每一部都借鉴戏剧的报幕，有清晰的时间地点交代，每一部中还有很多情节和时间跳跃的安排，也与戏剧中每幕中分场交代情节发展的处理类似。第三部中桑青与桑娃沈家纲从台北阁楼逃往原始森林的一段描写，如"最后我们逃进原始森林。红桧、铁杉、扁柏，全是千年大树。林子幽深黑暗，没有人的脚迹。我们爬上树顶掩藏在树叶里。他们不但看不见我们，就是枪弹也打不着我们"。(《桑青与桃红》，第 168 页)与《原野》第三幕中金子与仇虎逃往黑林子的情景类似。

沈从文也是聂华苓钟爱的作家，聂华苓所著 1972 年版《沈从文评传》是英语世界第一部研究沈从文的专著，聂华苓在该书中结合沈从文生平与创作，通过生平概述、引用原文、文本细读等方法，向英语读者介绍沈从文及其创作，并充分肯定沈从文对中国文学的独特贡献。在《沈从文评传》中译本出版之前，应该不会有太多人将聂华苓与沈从文联系在一起，毕竟一个海外华文作家研究大陆作家的先例并不多见。60 年代美国传文出版社(Twayne Publishers)计划出一套世界文学家评传的丛书，约聂华苓写沈从文评传。她跑遍美国几所大学图书馆和香港的旧书店，才收集了沈从文的部分作品。为写这部评传，聂华苓还曾求助文坛师友，这点可以聂华苓与梁实秋、周策纵等人通信佐证。

1970 年 6 月 9 日，梁实秋来信曾谈道："你的沈从文评传，已杀

---

①　高缨：《和聂华苓、安格尔相处的日子》，《新观察》1980 年第 2 期，第 167-168 页。

青，可贺可贺，出版后惠我一册。"1970 年 12 月 27 日。梁实秋在写给聂华苓的信中再次谈到"你的沈从文评传脱稿，可贺可贺。不知有无可能译为中文，在台湾印行？沈从文现在好像尚在人间。"1972 年 8 月 3 日，梁实秋在给聂华苓的信中再次写道："沈从文的短函复印奉上。"虽然"短函"内容已无从查据，但可充分证明聂华苓写《沈从文评传》过程中，曾求教过与沈从文有旧交的梁实秋先生，并且二人书信交流期间，聂华苓向梁先生汇报过写作进展，并在书稿出版后，寄给梁实秋过目。1973 年 3 月 6 日，梁实秋在写给聂华苓的信中说道：

> 收到大作"沈从文"，谢谢。文字写得太好了，除了欣赏之外，还有钦佩与羡慕。沈从文的作品是不是像你所说的那样有价值，我不敢说，因为有很大一部分我没有读过，我只看过他早年的写作。你在传记部分，忽略了抗战前三年中他和杨振声合编国文教科书那一段，那些教科书辗转发到了国立编译馆，我适主管此事，有机会看到书稿，编得很好，只可惜不合学校使用，尤其不合抗战间使用，所以弃置未用。①

梁实秋所指聂华苓在《沈从文评传》中忽略的这段时间，就是沈从文 1933 年 8 月辞去山东大学教职，应杨振声之邀到北平参加编辑中小学教科书的事。这段历史，聂华苓在书中只用一段简短的文字带过。梁实秋不仅提了这点建议，还在随后的 3 月 28 日回信中建议道："收到你的信。沈从文传最后一章，你的自由主义者的立场，在中共看来是反动的。你若是想到大陆去观光，恐怕要多考虑一下才好。"②梁实秋的这条建议，想必聂华苓不会不知，因为 1972 年聂华苓不仅出版了《沈从文评传》，还出版了与丈夫保罗·安格尔合译的《毛泽东诗词》。为了翻译毛

---

① 聂华苓：《人景与风景》，陕西人民出版社 1996 年版，第 146-153 页。
② 聂华苓：《人景与风景》，陕西人民出版社 1996 年版，第 153 页。

泽东诗词，聂华苓翻阅了大量中共党史相关资料，因此她对国内局势也有所了解。也正因为翻译毛泽东诗词的契机，聂华苓才能重新认识中国人与中国历史。

1972 年英译本《沈从文评传》在美国出版，这本书较金介甫的博士论文《沈从文笔下的中国社会与文化》早五年问世。但因为《沈从文评传》迟迟没有中文译本，导致这本书的推广与传播受到限制，也使聂华苓的"沈从文研究者"身份一直鲜为人知。虽然聂华苓曾在影像回忆录《三生影像》中收入《乡下人沈从文》一文，虞建华、邵华强也曾翻译过《沈从文评传》部分内容并收入影响力较大的《沈从文研究资料》(邵华强编)，但《沈从文评传》作为"英语世界第一部沈从文研究专著"的价值一直没有得到凸显。

《沈从文评传》全文采取生平概述、原文引用、文本细读的方式展开。结合沈从文生平加沈从文创作原文引证支撑和对小说的文本细读，聂华苓从一个"现代作家"的角度解读沈从文及其作品的"现代"价值。聂华苓对沈从文的审美价值判断是准确中肯的。在《沈从文评传》"前言"部分，将沈从文与鲁迅进行对比，一方面她认为"沈从文是一位跨越人类苦难、走向基本人性的作家。他以古典的单纯风格写作，努力为自己的高贵情怀找到最准确的词语"，但是"如果对他早期的小说进行重估，则沈从文在今日中国文学中所占的显赫地位，在一定程度上会减弱，因为他早期的创作常常是有瑕疵的"。虽然聂华苓指出沈从文早期作品的不足，依然认为沈从文的文学创作在中国文学史上有其独特的价值，"沈从文对中国人生活带有抒情性而又生动的描写，是他对中国文学的独特贡献，正是这些贡献将他推向了中国现代小说作家的前沿"。①

聂华苓首先关注到沈从文小说中那些生活被现代文明破坏的乡下

---

① 聂华苓：《沈从文评传》，刘玉杰译，北京联合出版公司 2022 年版，第 2-3页。

人，她不仅看到这些作品的自然生命力，"现代"一词也是聂华苓对沈从文作品内涵的一个重要定位。聂华苓欣赏"乡下人"沈从文贴地和水上的生活，也十分赞赏沈从文对"被现代文明践踏的乡下人及其原始性"的书写。比如聂华苓通过沈从文的小说《建设》，解读文中的象征意义，即："现代中国的存在是以乡下人的流血为代价的。"①这些评价是精准的，也显示了聂华苓作为一个作家敏锐的批评家眼光。

1984 年回大陆时，她去看望沈从文，后来在《三生影像》里回忆里与沈先生离别时的场景时写道："只是要沈先生知道，在天涯海角有那么一个人，在为人和写作上，沈从文是她仰望的天空。"（《三生影像》，第 430 页）聂华苓为沈从文写过一本英文版的《沈从文评传》，沈从文作品里流露的对原始生命力的赞美，对聂华苓产生过冲击。《失去的金铃子》中的三星寨就像沈从文笔下的湘西，如一个世外桃源，三星寨的自然风景与人物风情描写都显示了聂华苓对原始生命力的赞美，这在她与非洲作家比德的对话中也可找到佐证：

> 比德：……你说，沈从文注意自然的生命力。自然的生命力比意识形态更深沉；你认为中国人的灵魂中就有那一股自然生命力。自然的生命力也是你所关怀的吗？
>
> 华苓：我想是的。例如《桑青与桃红》是写二十世纪的中国人。在二十世纪里做中国人，经历战争、革命、家庭悲剧，可是中国人毕竟活下来了。活下来的理由当然有很多，不过，我想，最重要的是，中国人民原始的生命力。我相信原始的生命力……②

学生时期，冰心是她们一群女孩子最喜欢的作家。（《三十年

---

① 聂华苓：《沈从文评传》，刘玉杰译，北京联合出版公司 2022 年版，第110 页。

② 聂华苓：《聂华苓和非洲作家的对话（一）——谈小说创作》，李恺玲、谌宗恕编：《聂华苓研究专集》，湖北教育出版社 1990 年版，第 102-103 页。

后——归人札记》，第 107 页）聂华苓对笔下作品注入的明净清新意象，和渊静流深的语言风格，多多少少也受写"鱼儿""超人""繁星"的冰心的影响。如小说里多次出现"小白花"的意象，在《一朵小白花》里的"小白花"就象征着昔日清新明丽的友谊，诚如作者所说"一个人只是过日子是不够的呀，他必须有日光、自由和一朵小花。"①1963 年以《一朵小白花》为名结集出版的短篇小说集，扉页上写着"献给正路"。这种种安排，都充满了"五四"这一代作家的浪漫精神传统。

"五四"新文学对聂华苓的影响不仅表现在小说创作技巧和风格上，还表现在她的创作思想上，特别是作品中的批判精神。从她的处女作《"变形虫"的世界》开始，聂华苓就显示了她作为世界的清醒观察者所持的批判立场。这是聂华苓首次以"远思"为笔名发表的处女作，作者在这篇文章里以反讽的方式，批判了当时如"变形虫"般蛀蚀社会的囤积居奇者、投机钻营者。对生活的细致观察与思考，是聂华苓创作源泉之一。此佚作原文如下：

> 宇宙万物都是优胜劣汰，逆者淘汰，适者生存，必需随时感适外界的刺激而不断的改造环境，如是宇宙得以永生，人类的历史得以绵延，万物的生命得以延续。时代不同，因之人们所采取生活态度也不同，以前是"各人自扫门前雪，休管他人瓦上霜"，各人可躲在"独善其身"的小天地里，关门大吉的自享其乐。但如今却不然，人与人之间的关系已不如昔日那样单纯，社会环境一天天趋于复杂，因此我们必须生活在"大众"里，不能与"社会"脱节，随时要留心外界的变化，换句话说，就是要有变形虫般的敏感和善变的特性，今日之我可以一改昨日之形以适应这瞬息万变的社会，如此方解生财之道，官运亨通。

> 自从新经济方案宣布后，政府加强物价管制，却苦煞了一般老

---

① 聂华苓：《翡翠猫》，台北明华书局 1959 年版，第 38 页。

板们，减少他们从中渔利的机会，由于这不利的环境的刺激，马上会应运而生的是限价囤积，甚至于"关门大发财"。待良机，固然现在由于内战的关系，一般原料缺乏，但这种缺乏是渐渐形成的，会马上连一把牙刷一支牙膏的来源也突然断绝。这些老板们仿佛都是金属的感应圈，传导作用倒是非常迅速的。虽然未受过严格的军训，步伐倒是整齐划一。若进店购物，老板们迎接你的首先是一个皮笑肉不笑，接着来的是摇首叹息："对不起得很，这种货是缺货，我们也没有办法"！若问他什么时候有应市呢？他只是摇摇头说："我们不知道，谁知是什么时候呢"!? 当然啰！一切是万变的，谁又能预料呢!? 也许有一天政府痛下决心，彻底搜查，囤积者不论遮有何种奇妙的护身符，也得依法严办。等到"面子"问题行不通时，谁还会将货物堆着，招祸上身呢!? 或者是政府迫于一般人民的急需再议加价，最好是一口气就加上几倍，那么，老板先生们也就会慷慨地将所有的存货以最招揽诱人的艺术式样陈列在窗橱里了。这一切都需变形虫般的敏感善变，时而哭容，时而笑脸，时而凶狠，时而打拱，如此元宝才能源源滚进门。

要想升官也得会敏感善变，新上司上任时，你得大而圆的脑袋，必须变得又尖、又小、又滑。逢孔必入，无洞不钻，随时得探听有关这位长官的一切，不妨对她的周围的小鬼们常常孝敬一点"小意思"，还要多拉几封大人先生们的推荐信。后台有了，长官的心性摸顺了，小鬼们打发了，还怕不升官吗？但是谁又不想做官呢？也许有人比你的来头更大，而个人有的个人的心腹，谁愿外人渗透进来呢!? 于是困难重生，你得时时察颜观色，时机不对时，自己得尽速知趣引退。否则，真要你看家伙！前汉口一女中校长李英瑜先生，毕生默声教育，为人刚直不阿，胸怀磊落，素不善与达官要人们交往，谨守住自己的岗位，埋头苦干，极得学生们的爱戴，去年汉口竞选立委时，有人问汉市政府某长索市一女中校长职位为代价以转让立委额，于是市府无故公布辞退李校长，学生们大为不服，群情激昂，集体至市府请求收回成命，当时李先生若能敏锐的感觉到市府"用心之苦"，还能苟安保身，但是心境坦白的人往往是感觉最迟钝的，市府发觉此路不通，群众的力量难以抵御，于是乃以一种罪大莫及的帽子"贪污渎职"，加之于李先生头上，学生以及一般贤明之士都极力为李先生申辩，而李先生竟因愤慨过度而得脑充血，以致半身不遂。现仍奄奄一息于病榻上，因鄙于善变而致毁灭终生。

在宦海中须有敏感善变的能力，尤其是在一向为诗人所歌颂的淳朴乡镇中，更须要具有这种特能。县长或保甲长可大要其"变戏法"，以愚弄敲诈老百姓。在这战乱时期，一切是以战乱至上，有违战乱法令的各种罪名也就相应而生，因此也就给与某些县长和保甲长更多获利的机会。溧水县有一鲁氏家颇富饶，鲁某为一独子，年过四十，身染肺病，凡此种种都是以构成"免抽壮丁"的条件，但须缴"壮丁谷"，除缴足规定数目外，保甲家又勒索大量稻谷，鲁某如数照付，但这些先生们仍不甘休，即已抓住良机，不可轻易错过，又勒令缴谷二百石，屡次勒索并无公文，只是口称这是总统命令，"抗缴壮丁谷者送雨花台枪决"。鲁某不服，于是这批人聚集了五十余人，手持枪杆，包围了鲁家以及鲁家亲朋，大举搜查捣毁。鲁某已早闻声远逃，幸未伤及，而这些保甲家先生们未免不自叹行动太迟钝，若能撄住鲁某又是一笔好财源。

币制改革后，蒋经国坐镇上海大要其打虎的全武行，的确做了几件大快人心的事，多数的虎都因之匿迹。在沪曾搜查出了一大囤户孔令侃，人们都焦灼地翘首以待对于这批老虎的制裁，到处都弥漫着急切的呼声："我们要活命，国家要生存，这种人应该一刀铲尽"？而在这种急烈的呐喊声中，这位孔财神的儿子却被轻轻放过了。这无异于显示给这些痴呆的人民："知时务以一点，趁早闭上嘴巴！"于是敏感的人马上拂袖而退，何必和自己过不去呢？真所谓"变则通"了。只要因时因人而变，一切就好办了。

在这种敏感的世界里，有人由于感觉迟钝而被耻为傻瓜，有人因之家破人亡，有人死于非命。但是敏感善变的人永远是"天之骄子"，"高人一等"了。唯一的憾事是他们仍是赋有人类异于虫类的一切特性，他们毕竟还是个人，而不是完完全全的变形虫。①

聂华苓撰写此文的诱因是在长寿栀子湾读中学时期崇拜的女老师李英瑜被诬陷致死事件。1945 年 8 月，抗日战争取得胜利，屯堡的学校复原，屯堡女高迁回汉口，汉口市政府派朱文化为校长，并接收战时日伪创办的伪校，恢复汉口市立第一女子中学校名。1946 年 9 月，朱文化离职，汉口市政府派北师大出身的李英瑜继任校长。李英瑜为人非常耿直，刚正不阿，事业心很强，一心致力于推动战时教育的发展，为当时少有的掌管学校的人才。她于 1927 年自北师大毕业后，从事教育近20 年，为教育事业呕心沥血。但因世道混乱，处处受到牵制，当时国民党政府为了在学校插入高官的亲属，污蔑李校长贪污。1948 年元月，市政府下令撤销李校长职务。当时师生闻讯，集结往市政府请愿，要求撤销错误决定，但都无济于事。李英瑜蒙受不白冤屈，无处申诉，刺激过深，以致中风不起，最后含恨而终。②

在这篇佚作中。聂华苓首先指出世界发展之道在于人要有"变形虫"的敏锐，随时代变化而变。乍看开头，会以为作者是在赞赏"变形虫"，但直至全文阅完，才可理解作者真正用意：即批判战乱中像变形虫一样圆滑世故、投机钻营的商人与官员。聂华苓结合当时的经济、政治，以反讽的口吻批判商人囤积居奇、官员压榨普通百姓的现象，这些人像"变形虫"一样善变，而像李校长一样正直刚正的人，却因对世道之变迟钝、鄙于善变而致毁灭终生。

此后在《台湾轶事》等短篇小说集中，也多次以批判精神审视小人

---

① 远思：《"变形虫"的世界》，《天下一家》1948 年第 1 卷第 3 期。

② 中国人民政治协商会议武汉市委员会文史资料委员会：《武汉文史资料》1985 年第 2 辑，第 170-171 页。

物的生存之道。如《王大年的几件喜事》对小人物所做的不切实际的人生规划的讽刺；《爱国奖券》对抱着"发财梦"的几个小人物的批判等。《失去的金铃子》这篇小说表面上记录了一个女孩成长的心路历程，但内里却蕴含了对人性的丰富的审视。特别是其中对一大批女性命运的书写，反映出四十年代虽然整个社会在政权上夺取了反封建的胜利，但在偏远的三星寨，男人三妻四妾、重男轻女、寡妇守节等落后思想，依然深深地禁锢着中国人的思想。女人一旦死了丈夫，就是死了青春，夸赞她美丽都是种不敬，余生只需要完成一件事——守寡，永远永远；《失去的金铃子》里寡妇巧姨与尹之舅舅互生情愫，是不可饶恕的背叛，寡妇玉兰与男人眉来眼去是没脸没皮的风骚，庄家大表舅将寡妇绚霞娶进门是有辱门楣的。女人无子，就没有资格阻止丈夫娶妾，女人有儿子腰杆子才能挺得直，为此生了丫丫的黎家姨妈只能忍气吞声看着丈夫娶小老婆，小老婆生了儿子扬眉吐气，却也无法改变自己儿子要给大房抚养的命运。即使单纯、稚气、满肚子新思想的苓子，也是个行动起来依然受旧思想摆布的人，也摆不脱人性之恶，成了伤害寡妇巧姨最深的那一个。

这是聂华苓作品从间接上体现出的使命感与历史感，她认为，中国人强烈的历史感是救人、救国、救世的力量。（《三十年后——归人札记》，第101页）她希望通过作品，提醒读者，几千年的封建因子，不是一朝一夕就可以清除殆尽的。她批判的这些旧思想，最可怕的不是旧思想本身，而是持有旧思想的人们并不觉得这些思想的落后性，正如黎家姨妈和新姨两个女人之间麻木的较量，他们是旧思想的牺牲者，也是旧思想的帮凶。此外，《桑青与桃红》里对时代分裂导致的人的分裂的社会现象的关注，《爱国奖券》《王大年的几件喜事》等对大陆退守台湾的一批小人物心态的描绘，《高老太太的周末》《寂寞》等小说里对老年群体丧偶后孤寂生活的速写，都显示了聂华苓在"五四"进步文学影响下形成的对底层小人物、弱势群体的关注与悲悯情怀。

聂华苓对中国传统之根的眷恋，随着她离开大陆日久而愈浓。她不仅在创作上进行向传统靠拢的试炼，还在行动上积极与大陆作家接触。甚至通过翻译毛泽东诗词的方式，重新审视和了解中国历史。这是一个勇敢的决定，这表明，聂华苓再次揭开往日的疮疤，再次面对那曾让她痛苦绝望的历史。她对大陆"由怨而爱"的过程，也并非一朝一夕的，那是在经历一次次愈来愈远的漂离后，一颗漂泊之心的郑重回归和由衷热爱。为此，她在第一次重返大陆后，急不可耐地寻找那些因"文革"失落各地隐居的老作家：巴金、冰心、曹禺、艾青、夏衍……这是曾经影响过她那一代年轻人的现代文学之魂。

回归和拥抱"五四"文学传统的热望，不仅让她踏上寻找现代作家的路程，还让她产生将当代年轻作家推向国外的帮扶之心。从 1978 年开始，她每年花费巨大心力和财力，为中国大陆作家筹集出国的资金。在聂华苓夫妇的努力下，"国际写作计划"的名单上，集齐了北岛、莫言、阿城、余华、迟子建等一批活跃在当代文坛的知名作家，和张悦然、李笛安等一批年轻作家。

二、西方现代技巧的冲击

1949 年，国民党政权退守台湾，与大陆形成了政治上的对峙，在文学上也形成了与大陆完全不同的艺术氛围。一方面，文学成为抵制大陆文学的政治工具，被台湾政权把控，整个台湾省文学界充满了"反共八股"的战斗文学氛围，台湾文坛被"逃避文学"和"反共文学"垄断。另一方面，一批不甘心为政治左右的文人，开始尝试辟出一条新的路径。以《自由中国》文艺栏、《文学杂志》《现代文学》为代表的纯文学期刊，陆续问世。《文学杂志》创刊号的宣言可作为这一时期，这一类文学创作的宣言：

> ……我们虽然身处动乱时代，我们希望我们的文章并不"动乱"……我们不想逃避现实。我们的信念是：一个认真的作者，一定是反映他的时代，表达他的时代的精神的人……我们并非不讲求

文字的美丽，不过我们觉得更重要的是：让我们说老实话。①

正如聂华苓所说，那时的台湾，"说老实话"是一件十分危险的事，《自由中国》同仁们批判的现实问题，并不是人人都敢于去触碰的。但是当时的台湾，活跃文坛的作家大多是和聂华苓一样有类似背景的作家：都刚刚从羁旅漂泊的困境中走出，转而面临两岸的分裂对峙，随家国分裂而来的是对国民党政府的巨大失望。他们带着巨大的历史伤痕和政治期待，迎来的却是一场绝望的"白色恐怖"。这群有着丰富人生体验与历史感悟的作家，有着不吐不快的欲望。可是，《文学杂志》所宣言的宗旨显然没有那么容易付诸实践。所以，以《文学杂志》为代表的期刊，开始为作家们介绍可供学习的对象：欧美文学。"《文学杂志》做了不少欧美文学的介绍工作，而且为年轻作家开辟了一片干净的文学土壤，让他们去摸索、试验、成长。"而那些不敢"说老实话"又不能无视当下文坛现状的作家，"便转向个人的内心世界、感官经验的世界、潜意识的世界、梦的世界。那样的世界就需要不同的文学语言和艺术手法。因此，那时台湾的小说家和诗人在文学语言和艺术手法上做了各种不同的试验。"②就是在这样的背景下，现代主义进入台湾作家的视野，紧张的文艺环境成为激发现代主义在台湾萌芽的催化剂。刘登翰认为，现代主义在五六十年代的台湾风行，有其特殊的历史原因：

> 首先，五六十年代台湾文化和精神生活上的西方化，是这一时期台湾社会依附性畸形发展的反映。台湾对美国为首的西方政治、经济的仰赖，带来西方文化的长驱直入。也使台湾作家广泛接触到西方现代文学艺术的各种成果，为现代主义在台湾的发展提供了外

---

① 亨利·詹姆士：《德莫福夫人》，聂华苓译，上海译文出版社1980年版，第Ⅶ-Ⅷ页。

② 亨利·詹姆士：《德莫福夫人》，聂华苓译，上海译文出版社1980年版，第Ⅷ页。

部条件；其次，战争体验和与母体文化的断裂使文学青年逃入纯粹主观的内面世界，而已成八股的"战斗文学"也促使一部分作家因不满现实却无法直言而走向规避现实的隐喻世界，这成为现代主义在台湾发展的精神土壤；第三，台湾社会的现代转型为现代主义的后续发展提供了现实背景。这些因素使在中国新文学史上一直未能占据要津的现代主义文学，意外地获得一次充分发展的机会。①

刘登翰的某些观点，与当时身处台湾文学现场的聂华苓不谋而合。聂华苓形容五十年代初期的台湾，是一个"真空"。"五四"时期的文学作品和大陆作家的作品，一下子被清扫一空，他们可以接触到的，纵的只有中国古典文学，横的只有欧美文学。既然没有上一代的文学作品可看可学习，他们便转向欧美大师去找学习的对象，聂华苓列举的名单里有里尔克、艾略特、佛洛斯特、康明思、叶芝、乔艾斯、卡夫卡、海明威、詹姆士……现代主义，就是在这样的时代背景下，进入台湾作家的视野，对聂华苓的创作方向产生间接的影响。她对西方现代技巧的吸收和借鉴，集中展现于台湾时期创作的短篇小说和去美后出版的《桑青与桃红》中。《桑青与桃红》从内容到形式都表现出了现代主义的特征，这也是聂华苓被归为台湾"现代派"代表作家的决定性作品。她的作品有很多学习亨利·詹姆士、纪德的痕迹，特别是对多种西方现代技巧的灵活运用，主要表现在心理描写、象征手法、意识流、黑色幽默、结构探索等方面。

聂华苓曾在1958年，翻译过亨利·詹姆士的小说《德莫福夫人》，在《文学杂志》连载。聂华苓明确地表示过"我翻译亨利·詹姆士的作品。有一阵子，他对于心理现象的描写，曾经影响过我。我译过福克纳；我很喜欢费哲罗（F. Scott Fitzgerald）和海明威。当前的作家，我爱

---

① 刘登翰、刘小新：《论五六十年代的台湾文学及其对海外华文文学的影响》，《台湾研究集刊》2003年第3期，第46页。

读黑人作家莱福·艾利森（Ralph Ellison）的作品，我特别欣赏他的小说《隐形人》（*Invisible Man*）。①""《德莫福夫人》对于那个时期写小说的我是件很'新'的作品；我在小说人物的刻划、小说结构和观点上学到了一些心得。"②

亨利·詹姆士就曾说过："写出一连串精彩小故事就够人写一辈子。"③聂华苓将詹姆士的这句话视为座右铭。聂华苓的长篇小说不多，只有《失去的金铃子》《桑青与桃红》《千山外，水长流》，其余都是中短篇小说，尤以短篇小说为多。她一生的创作都以小人物的小故事为主，特别是在台湾的早期和中期创作，都是大陆失落在台湾的小市民，和困顿在婚姻与畸恋中的男女。其中，短篇小说大多是通过心理描写展现人物性格和推动故事情节发展。

如《翡翠猫》是一个"丈夫的秘密"被误解的故事。缨子与清淼是一对恩爱的夫妻，缨子无意中看到媛媛从香港写给蔡厚生并要清淼转交蔡的情信，误会清淼出轨。她伤心欲绝，联想到清淼最近两个月忙碌、晚归的举动，她更坚信了。她去清淼的公司打探消息，不料清淼不在公司，同事透露清淼最近中午都不在公司令缨子相信，另一个女人已经来到台湾投入清淼的怀抱。她去电影院排遣郁闷，漫无目的游荡回家。正好丈夫与朋友蔡厚生在家，丈夫见缨子回来，拿出了翡翠猫戒指送给缨子，缨子本是高兴的，但又高兴不起来。这时清淼将信递给蔡厚生，她才恍然大悟是自己误会了清淼，失声痛哭。她才知道清淼为给她买翡翠猫戒指打了另一份工，所以才格外忙碌。一切真相大白，她后悔不已。一对平凡小夫妻的误会，故事在误会中开始，误会带动着情节的发展，所有问题随着误会的解除迎刃而解。聂华苓并没有安排过多的人物在小

---

① 李恺玲、谌宗恕编：《聂华苓研究专集》，湖北教育出版社1990年版，第108页。

② 亨利·詹姆士：《德莫福夫人》，聂华苓译，上海译文出版社1980年版，第 VI-VIII 页。

③ 聂华苓：《黑色，黑色，最美丽的颜色》，花城出版社1986年版，第254页。

说中，关键的几个人物就是缨子、清淼、蔡厚生，小说的对话也并不多，大多是缨子的心理活动组成。通过心理活动的描写，表现缨子内心的烦乱不安，扩大夫妻二人的误会，制造故事悬念，引人入胜。

《珊珊，你在哪儿?》中，主人公李鑫的心理活动——对往事的追忆和在现实中对车上各色人物的评头论足，就是故事发展的主要推动力。故事在一辆公交车上展开，随着车上人物的上下车，李鑫的心理活动也随之展开。李鑫在层层的回忆中，随着对车上几位女性的感受，追忆初恋珊珊的种种美好。心理活动与现实的对比，拉大了车上女人与珊珊的距离。心理活动是一个建造李鑫心中神坛的过程，心理活动越丰富，现实对他的冲击越大。

聂华苓在小说中借鉴西方现代派的心理描写技巧，主要运用在短篇小说中。人物不多，但人物的心理活动十分丰富。一方面，心理活动描写表现出人物性格，另一方面制造小说悬念。这两个方面是相辅相成的，心理活动越丰富，呈现的故事悬念就越引人入胜。但是现代主义的心理展示往往是病态的，聂华苓小说中的人物形象并没有展现一个病态的幻想，但通过人物的心理描写，小说常常是恹恹的感伤基调。人物心理活动建设的世界往往与现实相反，这种手法也造成了聂华苓小说的类似于"黑色幽默"的效果。

聂华苓早期在台湾创作的短篇小说，故事构成大多比较简单，出场人物少，题材也比较集中，诚如她自己所说，写的都是从大陆到台湾的"小市民"，甚至连小说的基调也都是类似的。人物以中老年群体居多，这群人或颓废，或落魄或失意，对什么都提不起兴趣，很少有人物以饱满的精神状态在小说里闪光。"台湾的许多现代派作家是典型的学院作家，创作始于对西方现代派的模仿，早期的作品都是非常欧化和不成熟的。聂华苓使我们惊异的是西方现代派的手法与她要表现的思想内容常常糅合得非常好，真可谓天衣无缝，仿佛她不是在借鉴，而是在由衷地创造。这并不奇怪，现代派产生的精神因素与聂华苓的精神状态有许多相似的地方，同是精神受到一定创伤，心理都有不同程度的变态，同是被社会压垮了的弱者，不能掌握自己的命运，同是对社会前途感到失望和怀疑。表现手法有赖于思想内容，聂华苓现代派手法的自如运用，无疑得益于她和现代派思想的接近。"①聂华苓采用了类似于黑色幽默的笔调，书写这群小人物的潦倒失意，他们仿佛永远错过，永远抓不住美好的事物。

美国作家奥尔德曼认为"黑色幽默"这一艺术手法："它笑，但笑声并不欢乐，不是那种不知人间无比悲愁地欢笑"，它也"没有伴随着讽刺而产生的轻蔑、忍受和改革的愿望"。②《爱国奖券》开篇便是以一群人的一个巨大的幻想开始的：

> 立约人顾丹卿等四人经万发杂货店老板李金发先生作证，合资购买第一八六期爱国奖券一张，奖券号码，七六一四九六，净得奖金，四人同意平均分配，并各抽二十分之一酬谢证人，空口无凭，特立字据为证，各执乙纸。
>
> 立约人：顾丹卿　顾曹文娣
>
> 　　　　乌效鹏　万守成
>
> 证　人：李金发（万发杂货店印）③

他们郑重地立了字据，仿佛二十万注定逃不出手心。一群人盘算着二十万到手后"共襄盛举"，幻想着得了二十万奖金后的打算。顾太太说"年年等二十万"，一副要醒悟的样子。万守成说财神爷昨晚腾云驾雾托了梦，买奖券时也应了他的期望是个双号，为着种种虚幻的迹象，他坚信梦想要成真了。可是结局，他们每个人都重重地摔进了现实：连十块钱也没中。每个人回到自己的房间，通亮的走道上，每扇门都是关着的。

---

①　何慧：《被记忆缠绕的世界——聂华苓的中国情意结》，《广东社会科学》1986年第4期，第144页。

②　陈慧：《西方现代派文学简论》，花山文艺出版社1985年版，第213页。

③　聂华苓：《台湾轶事》，北京出版社1980年版，第1页。

过程荒诞，引人不禁发笑，结局却在每扇关着的门上，亮出一个深深的失望与空虚。他们是历史的受难者，每个人都想回到大陆，只是认真地做了个不切实际的梦，却被现实开了个大大的玩笑，梦碎了，他们可能还会再买一次爱国奖券，谁让他们总在等、等、等！

《王大年的几件喜事》的王大年，跟朋友夫子盘算着不靠薪水吃饭的方法。他曾经有过开补习学校、函授学校、农场的打算，这次他又凭空冒出一个养鱼的打算。他的妻子雯琴在旁边不停地拆台。最后，最后当然依然无疾而终，徒留一阵冷风飒飒地吹在不想醒的王大年的脸上。理想是美好的，他们只能在幻想中寻得一丝满足，梦想照进现实却也是冷漠的，不停生孩子的妻子只能一次次泼冷水，她已经习惯了丈夫一次次在这个漠漠多风的世界，假装什么也不怕的样子。

《高老太太的周末》开篇就是高老太太要和那个不通人情的周老太太绝交，可是她除了这个不通人情的周老太太，年轻守寡的她还有谁能排遣寂寞呢？打算陪她过周末的儿女一个个地食言了，结尾高老太太第二天就去回拜周老太太，还带去了两只刚孵出的小鸡。《君子好逑》的董天恩，天天做着白日梦：回大陆的时候，要带一个三从四德、孝顺老母、温柔美丽、精明能干、身体健康、意志坚强的理想夫人回去，这个夫人要爱他也要为他所爱。可现实是，他身边的朋友一个个结婚了，就连一个曾经那么爱他的孙婉清也结婚了，他只能无奈地走进药店买生发药，准备去见那个早就被他排除的"朋友的女朋友的女朋友"。

"意识流"一词与聂华苓也有着宿命般的渊源，是聂华苓钟爱的作家亨利·詹姆斯的哥哥——美国心理学家威廉·詹姆斯提出的。亨利·詹姆斯在1884年的《小说艺术》中提到艺术家内心世界的现实的说法，并在小说中开创了一种"心理现实主义"。也就是在那一年，威廉·詹姆斯在《心灵》杂志发表《论内省心理学所忽略的几个问题》，后收于1980年出版的《心理学原理》一书中提到："意识的性质从一个时刻到另一个时刻所发生的变化都不是绝对突然的。""意识并没有向自身显现为被砍碎了的碎块。像'链条'或者'序列'这样的词语，并没有恰当地将它最初呈现给它自己时的样子描述出来。它不是连接起来的东西，它流动着。通过'河'或者'流'这样的比喻，它被最自然地描述了出来。在后面谈到它的地方，让我们称呼它为思想之流、意识之流或者主观的生活之流吧。"①聂华苓说曾读不懂亨利·詹姆斯的很多作品，为了搞清楚这些作品，她翻译了《德莫福夫人》。聂华苓向亨利·詹姆斯学到了很多关于人物刻画、小说结构和观点上的心得，其中她受益最大的就是意识流。

聂华苓通过意识流的书写方式，一方面是要造成一种今昔对比，另一方面是展现人物心理的混乱。代表性的两个作品是《珊珊，你在哪儿?》和《月光·枯井·三脚猫》。《珊珊，你在哪儿?》的故事是围绕李鑫的现实和心理世界展开的，通过意识的流动连接起两个世界。如其中一段描写，李鑫正回想与珊珊、妹妹偷橘子的情景时：

……他们讲起刚才的狼狈情景，笑成一团，珊珊差一点儿跌到水田里去了。

"哎哟！笑死人的，我笑不得了！"

李鑫吃了一惊，是谁也在笑？扭过头一看，车掌背后有两个女人在笑，其中一个正是一上车就看见了的那个酒糟鼻子，不知什么时候由对面移到这边座位上来了。另一个女人，大概是在他胡思乱想地当儿上来的吧，正好坐在车掌紧背后，只看得见挺在外面的一个大肚子和一双浮肿的脚……②

心里想的珊珊在记忆里笑，焕发着醉人的青春，像个发光的小太阳，李鑫沉醉地回忆着。可是被一阵厌恶的笑声打断，那语无伦次的话匣子，像鸭叫的笑声，像绿头苍蝇挥不掉的声音，正是他心心念念的珊

① ［美］威廉·詹姆斯：《心理学原理》，郭宾译，江西教育出版社2014年版，第213、215页。
② 聂华苓：《台湾轶事》，北京出版社1980年版，第37页。

珊珊的声音。在现实与回忆的极大反差中，李鑫的梦崩塌了。於梨华也曾在长篇小说《傅家的儿女们》中，使用这种叙事手法，整个小说的大部分回忆都在回台的包机上发生，电影镜头般的故事焦点，一个接一个对着傅家的儿女们，他们的思绪随着包机上的环境和回忆转动。随着意识的流动，情节逐步展开，人物的一生也随意识流动起来了。但是聂华苓与於梨华的不同在于，《珊珊，你在哪儿?》中的现实与回忆是两个反差极大的对比，现实是残酷的，回忆是美好的。《傅家的儿女们》的回忆交叉的酸甜苦辣，则与当下现实造成一种时过境迁的怅惘之感。

此外，聂华苓也特别善于运用象征手法，通过意象隐喻小说主旨。这点主要受纪德影响，她说："在纪德的作品里，小说占主要地位，而他大部分的小说正如他自己所说的，是'否定性、讽刺性、或批评性的作品'。他早年深受象征主义的影响，以后崇尚古典主义。他在文体上竭力避免浪漫主义字面上的华丽与夸张，他认为一个大艺术家应该尽力倾向平凡，平凡是更人性的。他以明净、谨严的文笔提出了人生诸问题，他的作品使人不安，使人思索，使人探究。"[1]象征手法的运用，使聂华苓小说中的很多意象，都有各自的深意。在"第三章"中，已一一详述，此处不再赘述。

聂华苓十分善于双线结构的组织和运用，她在《桑青与桃红》《千山外，水长流》《永不闭幕的舞台》等小说中都安排了双线结构。如《桑青与桃红》中以日记的方式述说她过去的经历，再以桃红写给移民局的信交代她的美国流浪生活，在过去现在、大陆台湾美国的时空交叉中，完成对桑青一生的完整叙述；《千山外，水长流》同样也组织了一个现实与回忆的双线，莲儿在美国寻亲的过程中，一点点连接起她对父母亲的历史真相的探寻，另一条线是她母亲柳风莲的信。在双线交叉进行中，现在与过去形成了互动与对话，现实与回忆组成一条完整的记忆链条；

---

① 聂华苓:《黑色，黑色，最美丽的颜色》，花城出版社1986年版，第260页。

《永不闭幕的舞台》中，江大嫂的小铺像个永不闭幕的舞台，每天上演不同的悲喜剧。故事讲述者"我"就在这个舞台上窥探到了侯家的隐秘故事。通过在小铺的见闻，"我"零星地知道了侯太太、侯先生、许乃琛几人的爱恨纠葛，之后侯太太的日记又对人物的心理世界进行了一个真实确切的完整展示，串联起一个完整的故事真相。聂华苓是一个十分具有探索精神的作家，她深谙组织时空跨度大的故事有一些难度，所以她在小说形式和结构上下功夫，跳跃式的叙事、双线结构、日记体等都是她常用的小说构思手段。从而她打断了中国传统小说故事叙述的连续性，通过丰富的艺术结构探索达到了形散神不散的效果。

此外对现代派文学的非功利性和反传统思想的吸收，都为她的小说创作提供新的艺术视野。根据卢卡契的定义，现代主义的特点就是现实性的削弱、个性的分化、病态心理，现代主义的审美标准是表现力，传统的审美标准是统一性。① 聂华苓的小说在这几点上都有所发挥，但归根结底，聂华苓的创作只能算是吸收借鉴了现代派的技巧，这不代表的她的创作是彻底的现代主义。特别是与台湾现代派小说的代表作家欧阳子与王文兴等相比，聂华苓的现代主义实践得并不彻底，毕竟王文兴的《家变》《背海的人》连语言也没有放过。即使这个安分的作家所做的最不安分的尝试《桑青与桃红》，也是带着历史与现实的脚镣所进行的一种现实反叛，不是由内而外的现代实践。

聂华苓这一代很多作家的现代主义实践，都是在吸收借鉴的基础上实现的，并不是全盘接受。如白先勇曾说："一开始我受的训练是中国古典唐诗宋词，但接触了西方现代主义之后，就像开了一扇门，念了一些现代文学的经典，受它的影响很大。但我在写作时，有意无意间会做融合。到今天为止我还是很不喜欢西方式的中文句子。我一向不喜欢西化句子，像巴金、鲁迅也有一些西化句子。所以我在文字上会非常地中

---

① 袁可嘉等编选：《现代主义文学研究（上）》，中国社会科学出版社1989年版，第189页。

国。但现代主义对个人的存在、内心的世界、对文字小说形式上的创新，对我的启发很大，所以说是融进去了。"①聂华苓与白先勇对现代主义和中国传统二者关系的处理有相似之处，都是在保持中国语言传统，借鉴西方小说在心理描写和小说形式上的创新之处。

就如许燕转分析的，首先聂华苓通过翻译和苦读接触现代主义，对现代主义有长久的消化和吸收时间，所以对现代主义主题和技巧的理解不会轻易流于表面。其次，聂华苓所接触的詹姆斯、福克纳等作家，都属于现代主义初创探索阶段的作家，他们的作品大多以表现人的内心世界见长，艺术手法上以意识流、心理分析为主，人物身上还没有垮掉、迷惘、虚无的现代主义精神特质，技巧上也没有五花八门的"主义"。并没有陈映真所说的类似于五六十年代台湾现代诗表现出的对现代主义幼稚、苍白的模仿。除了"颇为成熟的意识流技巧、双线叙述技巧"外，她的现代主义特质并不明显，"然而，这却正应视为真正意义的、本土的、创造性的现代主义创作"。②

所以，聂华苓与现代主义的接近并非毫无征兆地，高中毕业时，为了日后帮扶母亲养家，以便未来毕业能进入银行等高薪行业工作，聂华苓选择了经济系。但入学后她可能意识到自己的兴趣与志向并不在此，接着就转入外文系就读。外文系毕业的背景，为她去台湾后学习西方文学，从事翻译并在文学创作上实践现代派技巧，打下了比较牢固的语言基础。当70年代《桑青与桃红》这部被公认为现代主义之作的长篇小说问世时，她已经进行了二十多年的创作，有几本较有影响力的小说集问世，还翻译了詹姆斯的《德莫福夫人》，出版了《美国短篇小说选》，纪德的《遣悲怀》也在不久后问世。其间她努力研读过的作家包括亨利·詹姆斯、纪德、福克纳、维拉·凯瑟、艾德娜·菲伯、额斯金·科德维尔、休伍·安德森、史蒂芬·葛润等人。可见聂华苓向西方现代派学习

① 曾秀萍：《白先勇谈创作与生活》，《中外文学》2001年第2期，第198页。
② 许燕转：《论聂华苓之于台湾五六十年代文学场域》，《芒种》2012年第4期，第20页。

的路径，是比较扎实稳固的，特别是发表小说前，她在《自由中国》发表作品首先以译作与读者见面。

原型批评的开创者荣格花了三年时间才读通意识流代表作《尤利西斯》，他在给詹姆斯·乔伊斯的信中谈到读《尤利西斯》的感受："但我大概永远不会说我喜欢它，因为它太磨损神经，而且太晦暗了，我不知你写时心情是否畅快。我不得不向世界宣告，我对它感到腻烦。读的时候，我多么抱怨，多么诅咒，又多么敬佩你啊！全书最后那没有标点的四十页真是心理学的精华。我想只有魔鬼的祖母才会把一个女人的心理捉摸得那么透。"①与《尤利西斯》颠覆的彻底性相比，聂华苓的作品从根本上来看，还是接近现实主义的多，所以才给人强烈的现实感。她笔下的人物，都成为历史进程的一部分，他们失去了自我，成为环境的一部分。因为"他们的个人存在是不能和他们的社会的、历史的环境分开的。他们的生存意义和他们的特有个性是不能和产生他们的背景分开的"②。她也多次强调，正是在向西方走了很远的路之后，才意识到回归的重要性，特别是对传统与现代技巧的融合的重要性。所以《千山外，水长流》开始，她要向传统、向大陆再次显示她对于传统的热爱，这是带着现代意味的一次变装。

第二节　"我所追求的目标是写真实"

聂华苓曾在《纪德与〈遣悲怀〉》中谈到，《遣悲怀》保持着纪德一贯的特点——真。纪德宣言的"我认为如果受人憎恨的确是自己的真面目，倒也远胜于受人爱戴的却并非真是本人"③是如此让聂华苓寻得共鸣。

---

①　詹姆斯·乔伊斯：《尤利西斯》，萧乾译，译林出版社 1994 年版，第 12 页。

②　袁可嘉等编选：《现代主义文学研究（上）》，中国社会科学出版社 1989 年版，第 137 页。

③　纪德：《遣悲怀》，聂华苓译，北京时代华文书局 2013 年版，第 11 页。

纪德的"真"是吸引她的，为表达她的喜爱与欣赏，她翻译了《遣悲怀》。
聂华苓理解的"真实"是"准确"而不是"真相"，她说：

> 我所在追求的目标是写真实。《桑青与桃红》中的"真实"是外
> 在世界的"真实"和人物内心世界"真实"融合在一起的客观"真
> 实"……
>
> 我如何在小说中追求客观的"真实"呢？我所尝试的是融合传
> 统小说的叙述手法、戏剧手法、诗的手法和寓言的手法。
>
> 我依借传统小说的叙述手法来描摹外在世界的"真实"，也即
> 是细节的"真实"、事件的"真实"。①

根据聂华苓对"真实"的解释和归纳，可以将"真实"分为两种：其
一是以现实和寓言的结合，达到对人物内心世界"真实"的描摹，即表
现立体复杂的人的内心世界。其二是融入个人真实的经历，或者说是真
实的细节。她模仿诗的手法来捕捉人物内心世界的"真实"，通过意象
的经营，以具体之法呈现人物内心立体的世界，不是平面的泛泛的苍白
速写，或仅仅以形容词堆砌描写人物心理。她通过出色的意象经营和象
征笔法，营造了一个寓言的世界和现实的世界。现实世界是一种真实的
展示，寓言的世界是对现实"真实"的补充和反衬。

聂华苓的"真实"创作，是通过两个创作手段达到的，一方面她将
自己曾经某些经历的感受注入人物或事件上，以达到故事创作的真实
性；另一方面，她把经历的某些真实细节融入小说创作，以自己的切身
体验融入创作。两种创作手段的融合，使聂华苓的小说具有"自叙传"
特色和"真实"产生的感染力。

聂华苓在《苓子是我吗？》一文中说到，《失去的金铃子》的故事灵感

---

① 李恺玲、谌宗恕编：《聂华苓研究专集》，湖北教育出版社 1990 年版，第
268 页。

和一些人物雏形，就是十三岁那年与母亲因战乱避居三斗坪得来的。甚至《失去的金铃子》那个苓子和母亲，就像现实中的聂华苓与母亲的性格。她和母亲的性格被注入笔下的人物性格中，这是对生活真实的再造。

苓子倔强、独立，就像那个曾经一心一意要得到橱窗小洋伞的小聂华苓，也有一群"竹林七贤"的朋友，还有一个坚韧、慈爱的母亲。巧姨就是住在一起的方家三嫂的化身，母亲后来告诉她，方家三哥死后，三嫂差点和一位年轻的县长私奔，他们打算私奔的前几天，希望得到聂华苓母亲的帮助，才将实情告诉聂母：原来那位县长有妻子。最后没到他们走掉，县长就因为贩卖烟土的罪名而被枪毙了。"我听母亲讲完之后，立刻就照着这个故事写了个大纲……""小说写好之后，我再拿起最初的大纲来看，自己也觉得可笑，小说与大纲完全不同了。三斗坪成了我自己的小天地，那些人物也变样了。但是，无论如何，我始终是那么胆小地揪住现实，正如纪德所说的：'我的小说想躲避现实，但我自己，我将不断地使他正视现实。'"①虽然最后小说呈现出来的原貌与大纲相去甚远，但她从生活经历中抓取细节真实，选用了很多现实的细节融入其中，使小说在细节处理和人物心理描写上显得贴切生动。

聂华苓的自叙传书写不仅仅是一种经历的自传，也是情绪的自传。聂华苓生于 1925 年，她一生经历了诸多重大的历史事件和社会变迁，从北伐战争、抗日战争、解放战争、北平围城、台湾白色恐怖，最后被迫远赴美国。巨大的社会动荡为她的生命蒙上了层层阴影，女性的敏感和细腻加上内心长期的动荡不安，使她将宏大的家国变迁、战乱记忆、政治纷争糅合进个人的生命体验中。在三斗坪，聂华苓和母亲度过了他们这辈子最舒坦的一段日子，"家庭的恩怨、战争的灾难，都远在大江之外了。溪水，山野，人情，都那么单纯自然"。(《三生影像》，第 78 页)聂华苓对三斗坪的喜爱完全表现在《失去的金铃子》里，苓子在三星

---

① 聂华苓：《失去的金铃子》，人民文学出版社 1980 年版，第 208-209 页。

寨之初的那种快乐的体验是真实的，完全写出一位与母亲重逢、暂离战争硝烟、在外漂泊数年的女孩内心的喜乐与安稳。

在《桑青与桃红》中，桑青从大陆内乱时期、台湾白色恐怖、流亡美国的时空转换，桑青等人搁浅瞿塘峡的经历、沈家纲与桑青在北平围城中结婚、从北平围城逃往武汉等情节，北平沈家那个嫁给万老太爷说着"死欢"的傻丫头春喜等情节与人物，大多是聂华苓生命中真切存在的。沈家纲对桑青说："我妈挽一个元宝髻，戴一朵玉兰进程，额前一抹刘海儿，黑缎子旗袍，喇叭袖，宽下摆，白丝围巾，金丝眼镜，拿着一本精装洋书，站在小桥流水前面，踮起一只脚，要走又走不了的样子。"(《桑青与桃红》，第 103 页)这分明就是聂华苓照着自己母亲的样子描述的，她在《三生影像》开篇对母亲的描述就与之类似："母亲一身黑缎旗袍，长长的白丝围巾，围着脖子闲闲搭在肩后。玳瑁黑边眼镜，衬出白皙的脸蛋。手里拿着一本书。一脚在身后微微踮起，脚尖仍然点在地上，半转身微笑着，要走又走不了的样子。"(《三生影像》，第 27 页)

此外，《桑青与桃红》的故事发生背景和象征书写，大多融入了真实历史和聂华苓的真实情绪。第一部瞿塘峡的"困"，发生在抗战胜利前夕，搁浅的孤舟、困在船上的人，是那个时代中国人困境的象征。流亡学生与老先生的新旧对比，就是新生力量和旧社会的象征。桃花女那嗷嗷待哺的孩子和在船上谋生的船夫，即使在轰炸中也要面不改色地讨生活，他们以坦然的精神面貌活过了一次次的历史浩劫，充满了对中国人原始生命力的赞美；第二部分的"围城"，"围城"的开始就象征着旧制度的崩塌，在围城中依然如故的封建礼教和旧思想还在垂死挣扎，以桑青的逃离、沈老太太的垂死之态，宣告它的死亡；第三部，台北一阁楼的"困"和桑青一家三口的"困"，象征台湾孤岛的"困"；第四部，桑青一次次的逃亡，也是精神的无限放逐，桑青的精神分裂象征着家国的分裂。聂华苓在现实和寓言的互动中，营造了一个虚构的故事，但她以写实的细节，真实的历史背景和事件展现了处在历史中人的真实内心世界。

这类小说还有很多，如小说《卑微的人》中忠心朴实专心照顾范家少爷的张德三就是曾经照顾聂华苓大弟汉仲的张德三，只是聂华苓把聂家的故事套上了范家的外壳，小说的人物、情节、感情都真实真挚令人感动；《爷爷的宝贝》还原了聂华苓一家委托殷海光带着爷爷的宝贝"朱熹自书"去美国鉴定的一段小插曲；聂华苓一家在台湾清苦的生活中，也曾做过《爱国奖券》那群人一样的发财梦，那群人等着开奖结果的心情，就和聂华苓一家等着殷海光鉴宝信的心情一样。类似的经历和情感真实书写，还体现在《台湾轶事》的很多小说中。

并非要还原历史真相，或者原封不动地陈述一个历史事件，才能达到真实的效果。以虚构的故事配合真实的细节和情绪，达到了"真实"的效果，是聂华苓的"真实"哲学。对人在困境中的心理的透彻了解，建立在聂华苓一次次身处困境逃离困境的切身经历上。聂华苓是一个热爱生活、细心观察生活、仔细品味生活的作家，她用毕生的写作，完成了对自己的自叙传书写。聂华苓对生活真实的透彻感悟，成就了艺术真实。通过个人真实经历的融入，真实细节和真实事件的展示所达到的自叙传书写，在聂华苓看来是次要的，人物内心世界的真实感受和小说所传达出来的真实情感，才是她真正追求的。

第三节 "小说中最重要的还是人"

张爱玲与沈从文是世所公认的对人性描摹执着而彻底的作家，也代表着人性书写的两个方向：世俗与诗意。张爱玲眼中真实的人性是"好人不全好，坏人不全坏"，通过参差对照的手法写到现代人的"虚伪之中有真实，浮华之中有朴素"。不喜欢采取善与恶，灵与肉的斩钉截铁地冲突的方法，因此她"写的故事里没有一个完人"。用此方法所呈现出来的人性也是最真实，最普遍的。在她的故事里没有英雄儿女，没有轰动的爱恋，有的只是平凡人的世俗生活。人们的疯狂是有分寸的，他们虽不彻底，但却是认真的。《花凋》中郑先生固然是一个儿女情淡漠的父亲，但身为一个人，张爱玲不能就让他止于这样单一的一面，郑先生在某个刹那也是爱女儿的。《倾城之恋》里，香港之战影响范柳原，使他转向平实的生活，终于结婚了，但结婚并不使他成为圣人，完全放弃往日的生活习惯与作风。张爱玲对人性的执着是潜意识的显露，没有沈从文那么"明目张胆"。

沈从文所供奉的人性是最本真的欲望，所展现的是诗意生活中的人性欲望，在此，人与自然合而为一，人生于自然，长于自然，本质自然。沈从文将他信仰的人性放在了至高无上的位置，"我只希望造希腊小庙，选山地做基础，用坚硬石头堆砌它，精致、结实、匀称，形体而不纤巧，是我理想的。这神庙供奉的是人性"。① 于他而言，人性便是一切文学作品的评价标准，诗意人性的探索是沈从文在动荡不安的政治社会环境中，以宁静或超脱的态度坚持纯艺术道路的思想中轴。他写"实"，以展现边地带有质朴的氏族社会遗风的奇异生活方式和人际关系形态；他写"梦"，从这种生活方式和人际关系形态中幻化出自在状态的纯人性和牧歌情调的纯艺术。《阿黑小史》中阿黑与五明在婚前所表现出的青年男女对于情爱本真的欲望，从根本上来说，是沈从文坚持自然人性的表现，把这些人都当做大自然的一部分来写，人与自然融为一体。他用大自然的光和气息冲淡肉的气息，提升灵的气息。

米兰·昆德拉曾说小说如果放弃了对人的探索，那就是小说的死亡。聂华苓曾多次深情地表达她对"人"兴趣，她说：我太关心人了。我对人的兴趣太浓了。当然，诗也是关心人的，不过，诗到底是感性的。我所感兴趣的是人如何反应，人如何思想，人如何改变，人的心理状态，所有点点滴滴的细节。我对这些比较敏感。② 她对"人"的关注，

① 续小强、谢中一编：《沈从文自叙传 上》，北岳文艺出版社2016年版，第294页。

② 李恺玲、谌宗恕编：《聂华苓研究专集》，湖北教育出版社1990年版，第113页。

对"人"的兴趣，不是一句简单的口号，也不仅仅在创作中展现"人"与"人性"，还用实际行动展示了她的人文关怀。

聂华苓与张爱玲有着相似的人生流转经历，也是同时代的作家，沈从文是聂华苓钟爱的前辈作家。虽然聂华苓没有达到张爱玲与沈从文人性描写的高度，但如果要为聂华苓的"人性"书写确立一个方向，可以说聂华苓在两个方向上都有所展现，她对人的原始生命力的描写，对台湾小人物世俗面的辛辣描摹，足以证明她对"人"的关注。聂华苓自小生长在码头市井文化十分发达的武汉，是世家大族的大小姐，也是后来在战乱中流转多地的落难学生。漂泊经历把她推向更宽广的世界，见识了各色人群，经历了五味杂陈。她是在令人难以一己之力对付的历史困境中锤炼，可是她感兴趣的并非人生的大悲剧，也不是破坏性的结局，而是专注于表现人的变化、成长、分裂的过程，那是一种缓慢、安静的痛苦。她在小市民的描摹上下了很多功夫，虽然聂华苓笔下的人都有特定时代、特定背景的限制，不具有普遍人性的特征，但是她对人的理解对人性的展示，还是抓住了人的本性精髓的。

《失去的金铃子》里苓子是三星寨的"小太阳"，她乐观、单纯，初到三星寨她还不懂人生那些小烦恼，但随着对尹之舅舅感情的变化，激发了她的本真欲望，原来她也不过是会嫉妒会耍小心机的女人。《桑青与桃红》中聂华苓对人性的理解是通过性描写实现的，写出了人在绝境中原始欲望的爆发。在瞿塘峡搁浅困境中，桑青把处女身献给流亡学生；在北平围城中桑青也只能做个真切的饮食男女与沈家纲结婚；在台北蔡先生家阁楼上，与沈家纲只剩下性，还要寻点枯燥生活的小刺激——与蔡先生偷情；在移民局的追踪下，与江一波发生性关系，在绝路墓园中与小邓发生性关系。聂华苓把每一个身处绝境中的人，都透视得体无完肤，最后只剩下原始的本能欲望。他们在绝境中只能放肆无拘束地尽情释放最后的欲望，以安抚绝望的心灵，直到最后连性欲的爆发也无法实现与巨大精神压力的和解，人就走向绝境的绝境——分裂。

《中根舅妈》里，一个日本女人嫁给中国人，随丈夫孩子回中国。

丈夫去世后，中根舅妈尽力抚养孩子赡养婆婆。抗战爆发，日本身份招来儿子的谩骂，儿子不辞而别去了延安。那个善良贤惠的中根舅妈从此痛恨中国的一切，却在汉口执着等着儿子归来。从抗战到日本投降到内战，她从一个温柔的舅妈，变成一个刻薄的陌生人。人性的可爱她全失去了，现在只有自私、贪婪、无情。"她好似一棵虫蛀的老树，所有的精华已被蛀尽，只剩下一个空洞的、丑陋的树干了。"①聂华苓写等待改变了一个人，消磨一个人的品质的残忍过程，却不失她身为母亲的母性。

聂华苓创作上对人的关注，还在日后转化为组织文学活动的价值取向。聂华苓是一个追求独立自由、性格潇洒不羁、不卑不亢的女性，台湾十五年，在《自由中国》十一年的开放自由氛围里，她与一群开明的政治文人打交道，和自由主义知识分子共事，半个世纪以后，聂华苓在爱荷华寂静的鹿园，回忆起当时的情形，内心依然充满感激：

> 我是编辑委员会最年轻、也是唯一的女性，旁听编辑会议上保守派和开明派的辩论以及他们清明的思维方式，是我的乐趣，不知不觉影响了我的一生。我在《自由中国》十一年（1949—1960），如鱼得水，我的个性受到尊重，我的创作兴趣得以发挥，最重要的是，我在雷震、殷海光、夏道平、戴杜衡、宋文明那些人身上看到的，是为人的嶙峋风骨，和做人的尊严。
>
> ——《三生影像》第 162 页

虽然《自由中国》是一个参与时事批判、有很多政治论争、并有很多政治人士发文的意识形态极强的期刊，但聂华苓是幸运的，她的个性不仅得到尊重，还可以在《自由中国》文艺栏尽情发挥和实践"文学本位"的理想。"政治在我眼中，是一场又一场的戏。我关怀实际政治，

---

① 聂华苓：《翡翠猫》，台北明华书局 1959 年版，第 97 页。

而不喜参与，我感兴趣的是政治舞台上的人物。"(《三生影像》，第172页)聂华苓的人文关怀意识得到很好的保护，文学本位的价值取向得到尽情发挥，此后也一直在创作和工作上都坚守这样的价值取向。

当聂华苓在美国站稳脚跟，文学事业如火如荼后，依然不忘那群身处困境的旧友，更不吝帮助那些素未谋面天南海北的落难文人。雷震从《自由中国》事件后，入狱十年，疾病缠身，生活十分清苦。1971年，聂华苓嘱托《联合报》将自己四千台币的稿费送至雷震家。1974年与安格尔获得台湾入境许可后，即去看望雷震，也曾悄悄将装有钱的信封压在糖盒子下。聂华苓夫妇曾两次解救身陷囹圄的陈映真，她称赞陈映真是具有"人的体温、人的骨头、人的勇气的文艺家"。1983年，陈映真赴爱荷华"国际写作计划"，陈家人相聚爱荷华，陈映真父亲说："十几年以前，映真出事，亲戚朋友全不来了。那是我家最黑暗的时期。那时候，一个美国人，一个中国人，素不相识，却给我们很大的支持，这是我这一辈子也不能忘记的。"(《三生影像》，第408页)

聂华苓不仅关注政治落难的台湾文人，还时刻惦记那些在"文革"中被打倒的大陆作家。从1978年聂华苓第一次重返大陆开始，就一直保持着与大陆文坛的紧密联系。关注大陆文坛动态，扶持大陆年轻作家，是她倾尽后半生去实现的理想。她曾去探望过沈从文、冰心、艾青、夏衍、蔡其矫等一批在"文革"中遭受迫害的老作家，还在中美建交后，颇费周折地邀请萧乾和丁玲陈明夫妇、吴祖光、徐迟等作家前往爱荷华。聂华苓的人文关怀并不限于中国的落难作家，还有20世纪遭受流放的外国作家。罗马尼亚、伊朗、波兰、西德、匈牙利、巴基斯坦、以色列、南斯拉夫、捷克、博茨瓦纳，这些国家的流放作家，都曾收到过聂华苓夫妇的邀请函。

在历史中受过创伤，历经苦难的人更懂得如何珍惜，也更知道如何关怀。在工作中秉持人本理念，是聂华苓自创作到工作从一而终的文学理想。这个文学理想也为聂华苓的文学事业打开新的视野，使她以更加宽容、包容的胸怀接纳五湖四海的朋友参与到她主持的文学活动。

第四节 "我所奉行的是艺术的要求"

聂华苓在文学上显示的对人的关注，在工作上秉持的人本理念，归根结底都与她所奉行的"艺术的要求"相关。聂华苓一生追逐的不是主义理想，当然也不是故国乡关。她以文学的艺术的要求创作，并以毕生心血推动世界文学汇聚爱荷华，抛弃一切新仇旧怨，将隔绝多年的海峡两岸及香港作家齐聚一堂。她以创作开辟一生追逐的方向，以文学事业稳固实现她那个方向兀自生长的文学理想。

聂华苓所追求的"艺术的要求"，深层意旨就是对意识形态的疏离。她的艺术选择并非毫无缘由，自然离不开她的个人经历。聂华苓一生历经多次生离死别，大多由政治纷争和战乱造成。她一生的关键词离不开国、家、历史、漂泊，可以说政治影响了聂华苓一生，历史也迫使她不得不关心政治，但聂华苓一再声称她有"政治冷感症"，一再强调她对政治的疏离，甚至把创作局限在个人的视野里，不敢也不肯向可能带来麻烦的社会问题迈出一步。

但是聂华苓并非一开始就自觉选择"艺术的要求"，在台湾发表的第一篇小说《忆》和随后发表的小说《觉醒》，都是穿着友情、爱情的外衣，内里透着极大偏见和强烈意识形态色彩的小说。小说《忆》写在台湾的"我"对在北平围城撤退时一段往事的回忆：供职国民党的丈夫昌昭的友人赵鑫如是解放军，也是嫂嫂的胞弟，围城后回到北平与一家人见面。心事重重的鑫如面带沧桑，不见其妻，他们各自带着戒备聊着天，直到酒醒后大家敞开心扉。原来鑫如的妻子被某高官霸占自杀身亡，他也被一再打压。

《觉醒》同样也是一个由党派斗争造成的爱情悲剧。亚林是曼青的钢琴老师，在朝夕相处中，亚林深深爱上了曼青，天真纯洁的曼青浑然不知，只把亚林看成大哥哥。之后亚林回南洋探亲，曼青回到南京继续读大学，认识了系友张定中，他是共产党潜伏在大学的学生。曼青爱上了定中，并被张定中同化加入共产党，渐渐地曼青虽然在这激进的学生活动中找到了热情，却不堪忍受定中一味求进步不顾个人感情的态度。当她醒悟时，她的爱与理想也同时幻灭，曼青选择离开大陆。在香港去往台湾的船上她与已婚的亚林相遇，已经在生的疲乏中解脱的亚林，现在站在解脱者的角度劝解陷入生的疲乏的曼青。她才意识到藏在内心深处的对亚林的感情，可是已经晚了。

小说《忆》发表于 1951 年 6 月 1 日，也就在 6 月 16 日，《自由中国》的一篇《政府不可诱民入罪》的文章，使《自由中国》与国民党政府结下梁子，此后《自由中国》的社论、短评和读者投书几个栏目，常常发表敏感的政治见解，刺痛"台湾当局"的统治者。特别是《自由中国》的几位同仁的为人处世，对聂华苓作为一个作家作为一个人，都产生了很大的影响：

> 像殷海光和雷震先生，对我做一个"人"，做一个中国人，做一个作家都有很大的影响。我一向不是政治性的人，可是和他们天天在一起，他们的为人、作风、风骨，对我有一种潜移默化的影响。当时我参加《自由中国》24 岁，一直到 35 岁，这是一个人的思想或一个作家的创作成型的阶段。一直到现在，我也不是政治性的。但是，做一个知识分子的风骨和风格，像雷震和殷海光这些人对我的影响很大。我假如要讲话，并不是因为政治，而是做一个中国知识分子应该讲的话，应该有的风格。①

《自由中国》与政府的屡次冲突，政府与杂志社追求自由民主、批判一切不合理制度的精神相悖，使包括聂华苓在内的《自由中国》同仁，洞悉国民党政府那些扭曲个人、文学的悖理政策，他们很快对国民党政

---

① 王庆麟：《聂华苓访问记——介绍"国际写作计划"》，《幼狮文艺》，1968年第 169 期。

府失望了。加上聂华苓在大陆所遭受的诸多政治历史纷扰，使她逐渐选择远离政治，走上单纯的艺术道路。她的艺术信仰，首先在1953年接任《自由中国》文艺栏后得到实践。1953年3月16日，聂华苓在《自由中国》上发布征稿启事，并标明征稿标准：情意需隽永，文字需轻松。八股、口号恕不欢迎。① 聂华苓在政治氛围如此浓厚的工作环境，和政治环境如此紧张的社会环境，坚持走"为艺术"的道路，是一个不小的挑战，也是一个可贵的决定。

陈芳明认为这一时期《自由中国》一直都把它宗旨里所追求的自由主义停留在争取发言权的政治层面，聂华苓则把这一努力与文学创作和编辑工作结合起来，从而在文化上开拓了艺术的版图。聂华苓为《自由中国》文艺栏的编辑，在审稿上坚持文学、艺术的立场，力求打破陈腐的反共八股，追求清新可喜拒绝八股味的纯文学作品。正因为此，《自由中国》这份综合性的刊物，在各种发表渠道都被政府把持，整个文坛笼罩在"台湾当局"政策下，文学沦为政治附庸，大胆冒尖的刊物都极受压抑的年代，不但是洞悉政策扭曲的明镜、理性的窗口，也是文艺的先导。而与雷震等几位前辈共事，他们的言行、思想，无形中为聂华苓建立了一个规范。正如张香华所说，知识分子的风骨，就是有原则，还要能坚持。②

后来聂华苓又加入以《文学杂志》为核心的文人圈，坐落在台北市中山北路、南京东路口一家叫"美而廉"的咖啡馆，就是这群文友雅聚、高谈阔论的场所。小集中的文友有琦君、柏杨、彭歌、王敬义、周弃子、司马桑敦、郭嗣汾……后来他们把这个雅聚名为"春台小集"。一群志同道合立志"为艺术"的朋友的影响，更坚定了她走"为艺术"道路的信心。

聂华苓是一个有高度艺术自觉的作家，不局限于个人的小天地寻求

---

① 《本刊征求中篇文艺小说》，《自由中国·第八卷》，1953年第6期，第31页。

② 张香华：《聂华苓的天空》，《（新加坡）联合早报》1989年10月1日。

创作的乐趣，还有极大的艺术抱负。她对中国文学的整体局势认识清晰精准，她说"中国作家仍秉着关心社会的良知在写作。当然，我也了解，中国的问题太多了，作家的努力要有个方向。作家们也很愿意这样做。但是，中国的作家，大陆的也好，台湾的也好，有个问题必须考虑一下：如何将作品的使命感、社会性和艺术性结合起来，创造更好的作品。艺术价值也不该忽略的，否则，会受到时间的淘汰，甚至会受到当今世界文学的淘汰。"①聂华苓主持的《自由中国》文艺栏彻底抛弃"反共八股"创作，走"为艺术"的创作道路，在文艺栏秉持"纯文学"理念的编辑工作，在"国际写作计划"邀请海峡两岸暨香港及世界各色人种参与其中。所以她的"为艺术的要求"才能在文学事业上得到发挥，也不负众望地创作出"使人思索，使人不安，使人探究"的作品。

---

① 李恺玲、谌宗恕编：《聂华苓研究专集》，湖北教育出版社 1990 年版，第104 页。

第五章　作为"文学活动家"的聂华苓

聂华苓是历经大陆到台湾再到爱荷华三地的流浪，并较早进行离散文学创作，展现离散群体浪子悲歌的代表性作家。但是我们通常都将视野聚焦于她的文学创作，忽略了她的另一个重要身份：文学活动家。聂华苓曾以纯文学理念主持《自由中国》文艺栏，为五六十年代"反共八股"笼罩下的台湾开辟了一处纯净的文艺发表园地。她还在推进爱荷华走向世界，助推改革开放初期的中国文学走出去与中国文学内外交流，促进世界文学文化交流与发展等诸多方面，作出了杰出的贡献。聂华苓在创作工作两忙的生活中取得的成就，对于身兼多职、在海外艰难扎根的离散群体都有借鉴意义。

第一节　《自由中国》文艺栏：台湾"文化沙漠"中的绿洲

当谈及《自由中国》，很多研究者把它当作台湾自由主义思想的先驱刊物，胡适、雷震、傅正、殷海光等人是进入研究者视野最多的人物。"大家虽重视《自由中国》的影响力，然而不是谈论民主宪政的议题，就是它经济与社会的思想，总是把焦点集中在它战后与民主政治发展的关系上；后来大家就只是把它当一份'反对党'阵营的先驱刊物，完全忽略它在文学文化方面所扮演的角色……"①聂华苓与《自由中国》

---

①　应凤凰：《〈自由中国〉〈文友通讯〉作家群与五十年代台湾文学史》，《文学台湾》1998 年第 26 期，第 239 页。

文艺栏的价值,在很长一段时间处于被文学史冷落的地位。对其价值的再确认,包括聂华苓的创作在海峡两岸暨香港重新进入大众研究视野,已经是"国际写作计划"在世界文学文化圈产生影响后的事了。

聂华苓去台湾后不久就在《自由中国》担任编辑,1953年开始主持《自由中国》文艺栏。在五六十年代的台湾,运营一个纯文艺期刊,相当不容易。1949年国民党退守台湾后,开始严格掌控文艺发声渠道,整个台湾文坛都被反共作家掌控,他们与大陆断绝民间往来的同时,也切断了"五四"之后的文学创作传统。1950年5月,国民党就以张道藩为首成立"中国文艺协会",成为50年代台湾最活跃的官方文艺团体,"'中央日报'副刊、《新生报副刊》《民族晚报副刊》《公论报副刊》《新生报南部版副刊》等当时最具影响力报纸和《文艺创作》等文艺杂志的主编,几乎掌握了所有文学发表的管道;换言之,五十年代任何一个作家一旦被文艺协会所摒弃的结果,正是被放逐在台湾文坛之外"。①

《自由中国》于1949年11月20日创刊,是半月刊,每月1号、16号出刊,是一份涵盖政治、经济、历史、文学等方面的综合性杂志,以政论文等意识形态和思想性的文章为主。开过社论、青年号角、时事述评、新书推荐、特载、专访、自由中国通讯、艺文、书刊评介、读者投书等栏目,从第三期开始增加"艺文"一栏,每期都推出1—3篇文艺作品。《自由中国》是由教育部出资,挂名的发行人是胡适,实际由雷震主持操办。从《自由中国》的发刊词与征稿简则②,就可以见出当时台湾的政治文化氛围。但是《自由中国》的宗旨已经显示出,这份追求自由民主的杂志在创办理念上的矛盾,及其所显示的与国民党政府的诸多不和谐,所以创办后不久,就成为台湾最早厌弃反共八股并公开批判政府黑暗行径的杂志之一。杂志一群自由主义知识分子,对1953年聂华苓

① 郑明娳:《当代台湾文艺政策的发展、影响与检讨》,《当代台湾政治文学论》时报文化出版公司1994年版,第29页。

② 自由中国杂志社:《征稿简则》,《自由中国·第三卷》1950年第8期,第35页。

接手文艺栏后的征稿理念自然产生影响。她在接受文艺栏后就发布了一则征稿启事，显示了对 1950 年刊载的那份“征稿简则”的彻底背离，内容如下：

一、本刊征求中篇文艺小说，文长六万字至八万字为限。

二、情意须隽永，文字须轻松，故事须生动。八股、口号恕不欢迎。

三、入选稿件，将分为五期或六期在本刊连载，登载后并由本刊发单行本，版权为本刊所有。……①

从 1953 年以前聂华苓发表作品的质量和数量，可以发现《自由中国》早期践行的宗旨对聂华苓创作欲望的某种束缚和压抑。从 1949 年进入《自由中国》到 1953 年接管文艺栏，聂华苓除了发表译作外，还创作了《忆》《觉醒》《黄昏的故事》几篇小说艺术水准极低的小说。这表明背离个人创作价值观的创作，很难走得长久，聂华苓也无法与这样的创作理念和解。最突出的表现是她很快转向婚恋和小人物题材的创作，并在文艺栏以纯文学理念指导编辑工作，使很多有文艺价值的作品，和后来在文坛产生过很大影响的作家被发掘，作品如梁实秋的《雅舍小品》、林海音的《城南旧事》、陈之藩的《旅美小简》、朱西宁的《铁浆》；作家如后来以《丑陋的中国人》出名的柏杨。一批女作家在以男性知识分子为中心的《自由中国》纷纷登台，如林海音、於梨华、琦君、张秀雅、孟瑶、钟梅音。聂华苓以个人的理性判断，洞悉那些扭曲人性的政策与文学的悖理之处，重拾偏离的《自由中国》创立之初秉持的“自由民主”精神，在《自由中国》杂志社和台湾沙漠化的文艺氛围里，率先举起“为文学”的大旗，以“反共八股全不要”的决然态度，与政府当局的文艺政

---

① 自由中国杂志社：《本刊征求中篇文艺小说》，《自由中国·第八卷》1953 年第 6 期，第 31 页。

策抗衡，为当时的文坛尤其是与她志同道合的作家开辟一处纯净的发表园地。

第二节　IWP：作家运行文学组织的成功范例

1960 年《自由中国》杂志被查封，雷震、傅正等人被捕，聂华苓失去工作，被当局密切监视，虽然后来在邰静农的帮助下，寻得台大教职得以维持生计，但她始终在政府的政治阴影下压得喘不过气，她不知道自己哪一天会像雷震一样被一群突然闯入的人逮走。1963 年，安格尔赴台改变聂华苓一生。她于 1964 年在安格尔帮助下拿到美国签证后，决然赴美。

六十年代，余光中、叶维廉、白先勇、王文兴、洪智惠、杨牧(叶珊)，曾被安格尔以"作家工作坊"的名义邀请来到爱荷华大学。但是，"作家工作坊"还是以美国本土作家为主。生活的清苦、工作环境的孤独，即使有政治上的身心自由，一时间也无法填满聂华苓的孤独感，一种随之而生的孤儿心态，使她生出创办一个国际性的写作计划的想法。安格尔有着自 1942 年来就经营"作家工作坊"的丰富经验，尽管意识到这个写作计划在资金筹备、作家邀请等各方面的困难，他们还是把这个设想实行了。1967 年"国际写作计划"诞生，迄今为止已经邀请 200 个国家和地区超过 1500 名的作家，到访美国中部这个面积不大、也不显眼到处都是玉米地的小城——爱荷华；直到今天，安格尔逝世三十二年聂华苓荣休三十六年的今天，"国际写作计划"还在向世界各地的作家发出邀请，成为一个享誉世界的文学交流范本。

"国际写作计划"的运营模式是依托爱荷华大学为管理机构，以爱荷华为作家聚集阵地，于每年的 9 月到 12 月，邀请美国本土与世界其他国家和地区的作家来到爱荷华，进行为期三个月的文学与文化交流。这些人中有小说家、诗人、编剧、导演，大多是在相关领域取得较大成就的文艺工作者。

在爱荷华，他们"主要的也是唯一的工作当然是写作。再就是演讲、讨论、访问、旅行、聚谈。主要的目的是使作家们的文学观念、表现技巧得到一种冲击和对流。再就是帮助他们翻译他们自己的作品，和他们国家著名的古典作品或现代作品，然后拿到堂上讨论、修改，好的作品'国际写作计划'尽量协助出版或发表，就是不能发表，也可以增加国与国之间的文化交流和互相了解①"。1987 年，参加过 IWP 的台湾作家组织聚会欢迎王晓蓝一行。会中，向阳提到，两年前在爱荷华时，聂华苓曾向他及杨青矗、张贤亮、冯骥才以及新加坡的王润华表达心愿，希望华人作家在各地成立 IWP 分会，并且希望能出版一本访问过 IWP 的华人作家的作品选集，在中国大陆台湾香港、美国，新加坡等地出版。大家对这个提议表示赞成，预计成立后的行动包括：欢迎聂华苓明年的访华之旅，以及促使选辑的出版。② 1988 年 5 月 8 日，"国际写作计划"在台作家联谊会，于聂华苓安格尔夫妇访台之际成立，高信疆任会长，柏杨任监事长，陈映真、高信疆、姚一苇、痖弦、王拓任理事，柏杨、向阳、杨青矗任监事。③ 这是"国际写作计划"的后续故事，它产生的影响力，所起的纽带作用，产生的一系列连锁反应还在持续发酵。"国际写作计划"运行近 60 年，无论在美国本土还是中国抑或是全世界范围内，在文学、文化、国际关系等领域，都产生了世界范围的影响，取得了举世瞩目的成就。

"国际写作计划"使"爱荷华"之名从美国走向世界。爱荷华州在美国的 50 个州中，算不上显眼，面积也不大。爱荷华城的人口还不到六万，其中绝大部分都是爱荷华大学的师生，所以爱荷华城就是个大学城。放眼望去，整个爱荷华城很难体会到极具现代意味的高楼大厦、车水马龙，只有坐落在市中心也是爱荷华大学中心的金顶，闪耀着旧世纪

　　①　工庆麟：《聂华苓访问记——介绍"国际写作计划"》，《幼狮文艺》1968 年第 169 期，第 124 页。

　　②　《爱荷华国际写作计划第一个分会将在我国》，《联合报》1987 年 9 月 7 日。

　　③　《爱荷华国际写作班明成立在台联谊会》，《中国时报》1988 年 5 月 7 日。

的文化意味和辉煌。这个精致的小城最出名的除了玉米就是文学，爱荷华之名也是通过文学圈传至大洋彼岸的。聂华苓将此前的"艾奥瓦""衣阿华"等十分拗口的翻译更改为"爱荷华"，这个更浪漫别致的译名，显得与之在美国和世界所取得的文学声誉更匹配。"正如'幽默'的英文汉译出自林语堂、'翡冷翠'意语汉译出自徐志摩、'爱荷华'的英语汉译正是出自聂华苓。用聂华苓老师自己的话说，Iowa，'爱荷华，热爱荷花的芳华'。这是神来之笔，洋溢着东方美学的神韵。"①

　　"国际写作计划"创办之前，爱荷华已经因"作家工作坊"和创意写作，成为美国的文学重镇，"国际写作计划"将爱荷华之名推向世界，成为世界文学重镇。联合国教科文组织赐予爱荷华"文学之城"的称号，成为继英国爱丁堡、澳大利亚墨尔本之后第三个世界"文学之城"。联合国教科文组织对爱荷华的授予评价是："作为一个小型的大学城，爱荷华城有着惊人的渊源。它的独一无二之处在于，经过漫长的积累，它已经成为一个原创性写作和文学阅读的中心。爱荷华城为促成文学气氛、激励文学写作与交流等而启动的一些战略性机制，譬如爱荷华国际写作计划与作家工作坊、爱荷华之夏写作节等，非常值得全球其他小城市借鉴，它可以被看作规划社区文化生态结构的一个绝佳范例，在通过文化创意产业推动小城市经济与文化社会发展方面具有高度的代表性。"②

　　"国际写作计划"在"作家工作坊"产生的文学影响基础上，将小城之名推至全世界，随之诞生的各项文学机构和创意文学计划，再通过文学影响激发出一系列创意文化产业，带动爱荷华的经济发展。正如联合国教科文组织所说，爱荷华成功，值得全球其他小城市借鉴。不仅如此，"国际写作计划"的国际性，在以文学促进国与国交往上也做出了极大贡献。诚如聂华苓所说：

---

　　①　毕飞宇：《初雪爱荷华》，《明报月刊》2017 年 11 月号，第 18 页。
　　②　百度百科：《联合国教科文组织"创意城市网络"》，2021 年 5 月 7 日，https：//baike. baidu. com/item/＝aladdin。

我们提供的是非政治性的文学交流，所以没有特别讨论政治，就是大家一起愉快地相聚、聊天。写作肯定与政治有关联，每个作家都来自各自的国度，本身就代表了各自的背景，当然，政治也在其中……

"国际写作计划"在刚开始的那些年特别可贵，因为当时东西方还在冷战，沟通受到限制。通过参加"国际写作计划"，一些优秀作家有机会跳出自己的圈子，接触不同背景、不同理念、不同个性，但同样才华横溢的同行，在相对中立的环境中，表达自己，了解对方，这是非常难得的。确实，"国际写作计划"以人际传播模式和跨文化交流的方式，为世界提供了一个多元、多向的文化对话平台，很有意义。①

一个具有国际性质的文学组织，无论它如何强调非政治性，但这些作家都是带着不同信仰、国族、民族、政党的身份背景来到爱荷华，有交流必然会引起交锋。国际写作计划的复杂性和主持的难度主要在于：其一，IWP 本身的国际性质带来的复杂性，邀请的作家来自世界各地，而且关注"第三世界"是 IWP 历来的传统，把这些问题国家的作家聚集在一起，本身就有难度。

其二，人员政治背景的复杂性。"国际写作计划"为了达到沟通的有效性，很注重邀请作家的互补性，这就为活动的展开增加了难度甚至是危险系数。有些作家的母国之间曾经有旧怨，如 1969 年就同时邀请了西德作家柏昂和以色列作家森乃德、波兰作家司崔考斯基、乌干达作家尤娜，三位犹太裔作家拒绝与德国作家交流，甚至拒绝与柏昂握手、同堂活动。有些作家的国家之间当时还存在冲突，如蒋勋回忆"我记得

---

① 莫詹坤、陈曦、钱林森：《我的跨文化写作与人生旅程——聂华苓访谈录》，《当代作家评论》2020 第年 5 期，第 200-202 页。

以色列作家和巴勒斯坦作家告别时热泪盈眶地拥抱，或许，回到另一个时空，他们又将是互相厮杀的敌人吧。"①甚至突然因政治原因带来变故，如作家在爱荷华期间，某些国家之间突然发生冲突，也是开展活动的障碍。丁玲回忆，1981年，"埃及总统萨达特被刺杀事件发生后，写作中心便不得不把报告中东文学的一次座谈会取消，因为怕在会场上引起群众性的冲突"。② 1983年，一位西德的女作家想要参加东欧组的座谈会，"东欧的作家们不欢迎她参加他们的报告会，他们认为她是西德的。办公室无法满足她的要求，她很不高兴，那天晚上，她脱了衣服跳下了爱荷华河。"③

其三，经费筹备的难度，运营的资金大多是募集而来，资助过 IWP 的有美国国务院、国际新闻交流总署、洛克菲勒基金会、约翰迪尔农具公司等这样大型的政府、组织机构和企业，也有美国驻苏联大使哈里曼、爱荷华燕京饭店的裴竹章先生、加州某位不知名的中学老师等个人。但是"国际写作计划"运营这么多年，经费的筹备必定是关乎命脉的一项工作，我们只看到了它如今的成就与繁华，它背后运营的难度和个中艰辛，只有参与其中的聂华苓夫妇和 IWP 工作者知道。如"中国周末"举行的第三年，就因为经费问题没有邀请外地华裔作家参加，第四年就因为经费取消了"中国周末"。

其四，协调各方利益的难度。IWP 是以爱荷华大学为依托开展活动的，但若这个机构不能给学校带来实际利益，甚至存在运营困难，或者声誉盖过了学校，那么必定会引起学校官方的反感。1988年聂华苓退休后，IWP 的两位元老就彻底退居幕后，IWP 最辉煌的时代随之东流。甚至在1993—2001年，中断邀请中国大陆作家。其间，IWP 也都处于低谷，不仅在国际上的影响力逐渐减弱，在世界舞台露面的机会和积极性也大不如前。这些并非毫无征兆，据汪曾祺回忆："我感到 Program

---

① 蒋勋：《永远的聂华苓》，《明报月刊》2015年第12期，第15页。
② 丁玲：《访美散记》，湖南人民出版社1984年版，第222页。
③ 茹志鹃、王安忆：《母女同游美利坚》，中信出版社2018年版，第137页。

可能会中断的。因为听说大学和 Program 矛盾很深，因为 Program 的名声搞得比爱荷华大学还要大。这类事，美国、中国、都一样。"①其中曲折也得到了聂华苓的确认：

> 2001 年我才当回 IWP 的顾问。Christopher Merrill 是从 2001 年到现在出任 IWP 的主持人。2001 年文理学院的院长根本不懂文学，他们想把 IWP 取消，当时我正在北京。当时的副校长（后来当了校长）David Skorton 也正好在北京。后来我跟王蒙讲，我说我们的副校长（他是管科学的副校长，其实跟文学无关的）来了北京。我问，中国作家协会可不可以邀请所有到过爱荷华的作家来办一个欢迎会？因为王蒙当时是作协的副主席，他说的话有分量。他答应了，欢迎会是他主持的，吃了一顿很好的晚宴，曾经到过爱荷华的作家都来了，像张贤亮、冯骥才等等，他们都是从外地赶来的。这个聚会办得很好。副校长 David Skorton 回爱荷华之后，虽然他是管科学的，但是他表示我们决不能取消 IWP。在 2001 年就成立了一个竞选委员会，他把我也安排进委员会里，我当时已退休了，但是我身为委员就可以讲话了。他们都很尊重我的意见，因为当时 IWP 没有主持计划的人（Director 已经走了，所以 IWP 差点要取消了），所以要聘人。我们是全国聘请的，是公开的，不是随便点人的，申请的人都是很有声望的、有成就的人，而且一定是作家。经过很多轮淘汰，直到剩下三名候选人，最后委员会就选了 Christopher Merrill，他就是 IWP 新任的 Director，我跟他一直相处得很好。②

西方大学不同于中国大学，中国大学里的每个机构都附属于学校，并会根据需要拨款维持机构运营，学校与机构间的亲缘关系因此更加深厚。

---

① 汪曾祺：《美国家书》，《人民文学》1998 年第 5 期，第 62 页。
② 潘耀明：《华文文学走向世界的桥梁——专访聂华苓》，《明报月刊》2015年 12 月号，第 6 页。

IWP 与爱荷华大学之间虽然是从属关系,但爱荷华大学并不负责提供资金维持 IWP 的运营,造成二者日渐疏远,也给 IWP 的运营直接造成困难。

从资金筹备、邀请作家、组织协调活动、维持运营等自内而外的复杂性和难度,也使得聂华苓夫妇所做的工作的价值得到极大凸显。其中,最突出就是在文学与文化交流上取得的成就。如上所提到的犹太裔的作家与西德作家,在爱荷华的八个月,化解了他们因上一辈种族冲突遗留的仇恨。1979 年,中国大陆作家第一次参加写作计划,使大陆与台湾隔绝三十年后,首次同台亮相。这就是"国际写作计划"创造的文化交流魅力,它打破政治隔阂,化解种族冲突,用以文会友的方式消除偏见、障碍,提供多种文化交流的平台。为了感念安格尔夫妇以"国际写作计划"促进国际交流,以文化交流推进世界和平方面所做的贡献。1976 年,24 个国家的 26 位作家,联名推荐安格尔夫妇提名诺贝尔和平奖,得到世界上 300 多位作家的响应,联名信内容如下:

来自:国际写作计划 1975 年至 1976 年的参加者

寄往:挪威,奥斯陆,大卫·弗拉门斯夫 19 号,诺贝尔学会

关于作家、国际写作计划的主持人聂华苓教授和保罗·安格尔博士提名诺贝尔和平奖

世界和平的实现,取决于对人类各种形式创造力的相互理解和尊重,但这种理解和尊重是无法估量的。

有些政府和机构试图促进世界和平,也鼓励创造性。但有两个人在资源有限的情况下,凭着无比奉献的精神和自己的努力,同时实现了世界和平和创造性,在这个时代是一个奇迹。

安格尔夫妇是实现国际合作梦想的一个独特的文学组织的建筑师。他们将来自世界各地的作家聚集在一个培养个人创造力的环境中,并使其成果在所有民族中的传播成为可能。

　　聂华苓是中国小说家，保罗·安格尔是美国诗人，两人都是杰出的作家。十年来，他们为构想的国际写作计划付出了时间和精力。他们以个人名义筹集资金，使来自世界各地的两百多名作家参与到对全世界理想的活生生的揭示中来。

　　华苓和保罗写作的同时还奉献自己，让别人也能写作。以致其他人必须写作，以便让全人类都能诉说和倾听。在漫长的艺术史中，从来没有一对夫妇像他们这样如此无私地献身于一个伟大理想的先例。

　　我们这群在下面签名并且在各自国家有所成就的作家，非常幸运地参加了这个独特的活动。我们来自不同文化和民族，却能在一个如此令人愉悦的氛围中和谐共处，还不受匮乏和焦虑的困扰自由创作。我们每个人都尊重自己的国家和文化，但这个项目使我们能够拥抱更广阔的人类视野。我们希望，这种充实能反映在今后的作品中，并且以各个经纬度的语言，传达给数以百万计的读者。

　　因此，为了感谢在创造一个国际性的、令人宽慰的、供全人类收获果实的和平组织上所做的无私而又富有远见的工作，我们竭诚希望诺贝尔奖委员会可以认真考虑国际写作计划的联合创始人——聂华苓和保罗·安格尔夫妇。

国际写作计划 1975—1976 年参加者敬上

1. Ahmed Muhamed Imamovic(南斯拉夫)

2. Ikuko Atsumi(日本)

3. Geraldo Cesar Hurtado(哥斯达黎加)

4. James Holmes(荷兰)

5. Vilmos Csaplar(匈牙利)

6. Peter Clarke(南非)

7. Alf Poss(德国)

8. Roberto Reis(巴西)

9. Bozhidar Bozhilov(保加利亚)

10. Daniel Weissbort(英格兰)

11. Peter Jay(英格兰)

12. John Hsu 徐楚生(中国)

13. Stewart Yuen 袁则难(中国香港)

14. Michael Henderson(新西兰)

15. Jorge Edgardo Rivera(秘鲁)

16. Peter Nazareth(乌干达)

17. Zygmunt Kubiak(波兰)

18. Ewa Lipska(波兰)

19. Jorge Arturo Ojeda(墨西哥)

20. Dilip Chitre(印度)

21. Paol Keineg(布列塔尼)

22. Akhudiat(印度尼西亚)

23. David Domenic Mwangi(肯尼亚)

24. Hijin Park(韩国)

25. Anastasios Denegris(希腊)

26. Leonardo Iramain(阿根廷)

爱荷华大学校长：维拉德·博伊德①

正如作家们在联名信中所说，安格尔夫妇在个人资源有限的情况下做出这样的努力，实现国际社会的精神梦想，显示出他们的奉献精神，在这个时代是一个奇迹，在漫长的历史艺术中，这是没有先例的。特里·伊格尔顿认为"文化促进和谐。"能够克服等级、阶级、权力、性别、种族、社会不平等方面的琐屑的物质羁绊，将这些争论提升到一个更高的层面，如果没有解决这些对抗的现成方案，那文化就会创造出一种精神的解决方式来满足。文化发挥着和宗教相似的作用，诚如马克思

---

① 笔者据王晓蓝女士提供资料翻译，其中人名后附有作家签名。

所信仰的文化是失去真心社会中的真心，是没有灵魂世界中的灵魂。①

　　在一个充满竞争和占有欲的产业秩序所造就的自我中心主义世界中，聂华苓夫妇打破了人与人之间以利益连接的契约关系，以文化的力量重新建构起人与人之间的有机联系，使得不同种族、国族、文化认同的作家，从各自封闭的空间中走出，重新连接起被切断的人与人之间的传统联系。他们无私地将个人的生命奉献在文学中，基于个人所经历的艰难岁月，企望以个人的努力帮助那些在难中的陌生同行，不走自己在历史中挣扎的老路。数十年如一日不计较个人得失的付出，他们创办并命名的"国际写作计划"被冠以"国际"之名，也获得了与它响亮的称号相匹配的国际声誉。

　　再者，IWP 在作家的选择上是极具眼光和预见性的，曾经参加过这个计划的很多作家都已经成为各自国家文坛的中流砥柱，甚至有很多作家获得了诺贝尔文学奖。如土耳其作家帕慕克，波兰裔美籍作家米沃什，苏联美籍诗人布罗茨基，中国作家莫言，韩国作家韩江。IWP 中国作家名单上集齐了中国老中青三代作家，占据了中国文坛的大半个江山，足见 IWP 邀请作家的水准。

　　此外，作家们也因走出国门，在创作上发生了某些转变。蒋勋去爱荷华前，也曾经历与聂华苓相似的命运，因政治压力辞去教职、杂志主编工作，处在人生低谷，但爱荷华之旅使蒋勋"仿佛打开了自己的视野，从台湾闭塞的苦闷中走出来，有了新的看待世界的角度，也有了新的调整自己创作的机会"。② 蒋韵曾说："当我回到黄土高原上自己的家乡自己的城市后，我悄然变化的小说在告诉我，那些夜晚的话题，那些似乎无解的讨论、争论，那些思考，那些困惑和追问，对我，意味着什么，

---

① ［英］特里·伊格尔顿：《论文化》，张舒语译，中信出版社 2018 年版，第139-140 页。

② 蒋勋：《永远的聂华苓》，《明报月刊》2015 年第 12 月号，第 5 页。

他们是多么珍贵。"①影响最大的要数王安忆,她去爱荷华时,才二十多岁,回国后她经历了一段迷茫、自我否定、重新出发的心路历程,在给聂华苓的信中她说:"到美国之后,我得到了一个机会,我是拉开距离来看中国的生活,当我刚来得及看到的时候,只看到一片陌生的情景。距离使往日熟悉的生活变陌生了,而我又不能适应这个眼光,于是便困惑起来。后来,慢慢地,适应了。再度看清了。在距离之外将陌生的又重新熟悉起来了。于是,又能写了……"(《三生影像》,第416页)区别于东方的西方世界,全新又迥异的文化氛围,广阔的国际视野,再加上IWP把世界搬来爱荷华所带来的如此浓缩的文化聚合、交汇、碰撞产生的火花,都可能自文学、文化、语言、政治、经济等全方位,对作家产生冲击和影响。

吉登斯认为在现代,时—空延伸的水平要比任何一个前现代时期高得多,发生在此地和异地之间的社会形式和事件之间的关系都相应地"延伸开来"。因此,全球化可以定义为"世界范围内的社会关系的强化,这种以这样一种方式将彼此相距遥远的地域连接起来,即此地所发生的事情可能是由许多英里以外的异地事件而引起,反之亦然"。② 在全球化趋势下,伊格尔顿所定义的人们赖以生存的价值观、习俗、信仰以及象征实践必定会产生巨大变革,文化、经济等的全球化也会紧随其后,尽管我们都过着本土性的生活,但是我们生活的世界已经是全球性的世界了。全球化的发展,就像吉登斯所说,极可能削弱与民族国家相关的民族情感等方面,如当今一个留学生去往美国可能并不会感到那么陌生,因为在中国已经可以非常便捷地畅通地了解美国的大部分衣食住行相关信息。但也可能增强更为地方化的民族主义情绪,身份国族认同的问题也更加

---

① 蒋韵:《爱荷华的奇迹》,《明报月刊》2017年第11月号,第17页。
② [英]吉登斯:《现代性的后果》,田禾译,译林出版社2011年版,第56-57页。

凸显。"国际写作计划"的运营模式和它维持运营的经验，都值得那些在"全球化"趋势下艰难生存的文学组织，寻得借鉴。它为打破种族界限，作家之融入文化群体，文学之融入全球，都做出了极大的贡献。

基于此，IWP 在 20 世纪 60 年代，就已经为世界创造了一个研究文学全球化的绝佳范例，也为文学在全球化趋势下寻找新的交流模式提供了成功的借鉴，更为强调人类命运共同体的当下，提供参考。文学本身就是以"人"为研究对象，突破一切界限实现人类普遍价值和认同的一种艺术门类，在文学的世界中，分裂的世界因那些直面人性与洞察人类灵魂的作品，重新成为一个整体。莎士比亚、托尔斯泰那些闻名于世堪称经典的大师，他们的经典性也都源于世界眼光，和作品抵达的人类普遍境遇，绝不是所谓的地方性。所以加强世界文学之间的交流与互动，对推进命运共同体，是一条不容忽视的路径。IWP 打破国家、种族、语言的界限，突破政治与文化的隔阂，以文化的中性价值，建立了一种内部平等的、去中心的文化共同体模式，为实现人类命运共同体提供了以文学求取世界大同的可能性。它从创办理念、运营模式到取得的成果，都向世界展示了它自二十世纪六十年代就具有的关于命运共同体的超前视野和成功实践。

第三节 "中国周末"：新时期中国作家域外出访的破冰创举

1979 年聂华苓夫妇首创"中国周末"文会，使海峡两岸暨香港、海外华裔作家面对面、心对心地交流。中国作家在"文革"后，如此大规模、庄重正式地走出国门，如此深入、近距离地于另一个国度与多种文化全面接触，也让世界通过文学的方式，对中国新时期文学有了近距离接触。"中国周末"作为 IWP 秋季驻校项目的一个延伸项目，虽然因为经费问题只维持了三年，但它之于中国文学对内"增进海峡两岸交流"、对外"走出去"的目的已经达到，效果也有目共睹。

虽然IWP1967年就成立了，但直到1979年中美正式建交，才开始邀请大陆作家，借此契机，聂华苓生出把海内外华语作家请到爱荷华聚一聚的想法，于是"中国周末"就这样开始了。1979年9月15日第一届"中国周末"文会在美国爱荷华大学艺术馆举行议题为"中国文学创作的前途"的讨论会。讨论会共邀请了二十余位海内外华人作家和数十位外国作家，王拓、痖弦、夏志清、白先勇、杨牧、水晶等人，本也在被邀之列，最终未能成行。① 文会之后还连续举办两届，关于三届文会的具体情况可见下表：

时　　间	名　　单	议　题
1979 年 9 月 15—17 日	萧乾、毕朔望、高准、戴天、李怡、黄孟文、周策纵、叶维廉、陈若曦、於梨华、欧阳子、许达然、郑愁予、李欧梵、秦松、翱翱、范思绮、刘绍铭、蓝菱、陈幼石	中国文学创作的前途
1980 年 9 月 12—15 日	艾青、蓝菱、蔡玲、张系国、许芥昱、陈若曦、许达然、陈幼石、李黎、华君武、郑愁予、黄永玉、李欧梵、翱翱、秦松、李怡、周策纵、李培德、张明晖、刘国松、白先勇、王蒙、吴晟、姚庆章、於梨华、袁可嘉、陈鼓应、卓以玉、木令耆、余志恒	海峡两岸的文学
1981 年 10 月 31 日—11 月 1 日	丁玲、陈明、黄秋耘、许淑英、蒋勋、宋泽莱、白先勇、许达然、海地	无主题演讲

① 陶然：《名作家·IWP主持人·聂华苓》，《芒种》1980年第4期，第32页。

改革开放初期，在海外组织一场中国文会并不容易。两岸作家聚首爱荷华和中国大陆作家走出去遭遇的重重阻碍，都是我们今日探讨"中国周末"开创性不可忽视的背景。当时大陆正处于改革开放初期，整个文艺界都因"文革"与外界隔绝十余年，一切都在试水阶段，港台和海外对大陆文坛、政府的态度都不明确，警惕多于欢迎。大家真正关切的其实并不是关于文学的问题，或是作家创作的问题，反而是政治问题。如 1980 年和 1981 年，艾青、王蒙、丁玲在很多场合的讲座，都遇到过类似"中国有没有创作自由""今后搞不搞运动""有没有民主"等与讲座报告内容完全不搭边的提问①。据 1980 年去 IWP 的王蒙说："萧乾他们去时据说起初有些美国人认为作协外联部的负责人、胖胖的美食家翻译家诗人老毕是当局派出来监视萧乾的。"②从后来作家们的回忆来看，大陆有关部门的本意完全与政治无关，他们积极配合聂华苓的安排。一方面希望尽量尽快促成此行，另一方面又想尽量淡化对作家出访的政治性。正如萧乾回忆说"我忖度作协派我去，也包含了尽量冲淡此行政治色彩之意"。③

关于 1979 年第一届文会的作家邀请，聂华苓在文会举办之前，就在痖弦的电话访问中澄清了："我们都是跟作家协会接头，他（萧乾）是作家协会提名的；另一位是毕朔望，他是我希望他来的。因为我上次在北京见到他，他是诗人，我见到他时，他是'北京外文出版社'英文方面的负责人。"④根据萧乾、聂华苓等人说法，可以看出当时大陆文坛渴望推动"中国文学走出去"的愿望和积极性很高。无论是 1979 年，还是此后，以中国作家协会为代表的大陆文学机构，都尽力促成此事，IWP 每年邀请的作家也大多是通过作协联系。1979 年，作协给聂华苓的回

---

① 丁玲：《访美散记》，湖南人民出版社 1984 年版，第 91 页。

② 王蒙：《不仅仅是回忆》，《明报月刊》2017 年 11 月号，第 4 页。

③ 萧乾：《当人民的吹鼓手——文学回忆录之六》，《新文学史料》1992 年第 2 期，第 67 页。

④ 痖弦访问 张冷整理：《访聂华苓——谈爱荷华中国文学前途讨论会》，《联合报》1979 年 8 月 22 日。

信可做进一步佐证：

> 华苓女士：
>
> 您好！七月上旬来电收悉。现我们很高兴地通知您，九月间将由毕朔望和肖乾两位中国作家去美参加您所主持的依阿华大学写作计划活动。
>
> 毕朔望(Pi So Wan)诗人，翻译家，现任中国作家协会对外联络委员会负责人，1918年生，懂英语；翻译过一些作品。
>
> 肖乾(Hsiao Chien)作家，翻译家，现为人民文学出版社顾问，1911年生。写过和翻译过大量文学作品，是国内著名的翻译家。
>
> 他们拟经香港赴美，计划于八月卅日或卅一日抵港。我们考虑这可能根据您安排的港—美航班的时间而定，能及时衔接上港—美航班为宜。另请您便中告知他们在港需同哪家航空公司联系，机票如何取得以及香港—Iowa是直达航班，抑需中途转机？旅程所需时间？
>
> 毕、肖二位作家准备九、十月在美停留两个月，不知对您安排是否方便？您对于上述各点以及他们二人此行有何建议，请及时函(或电)复为感。
>
> 此祝
>
> 夏安
>
> 中国作家协会对外联络委员会
>
> 一九七九年七月十六日①

信中，作协对聂华苓意见的尊重、对 IWP 安排的配合，都可佐证官方组织对这次作家出访的重视。但是台湾方面却表现出完全不同的态度。如保罗·安格尔曾回忆说王拓、杨青矗二人的 IWP 之行被"台湾当

---

① 笔者据在美国爱荷华大学搜集资料整理。

局"以"私人理由"回绝①，当年来 IWP 的唯一一位台湾作家高准，出版的诗与散文合集《葵心集》惨遭被禁。② 其间，台湾《中央日报》发表的《慎防共匪统战阴谋》，《联合报》专刊发表《萧乾是谁?》《中共为什么斗争萧乾? ——从他的文学观可以得到说明》等文章，通过造谣、翻旧账的方式，企图离间出访作家与大陆的关系，动摇出访者的访美信心。不仅如此，九月十五日"中国周末"讨论会结束后，当晚十点还在聂华苓家举行一个"午夜座谈会"，台湾《中国时报》记者金恒炜参加当晚座谈会，会后将白天与当晚的资料提供给林清玄集结发表题为《爱荷华中国文学讨论会》的文章，在文章中说道：

> 萧乾和毕朔望是此次爱荷华中国文学谈论会中特殊的一对，因为其他作家都是个人邀请的，仅有萧、毕两人是透过大陆"作协"指派的，据聂华苓表示，他们本来想邀请的是刚从新疆流放十几年才回到北平的诗人艾青，可是大陆的文艺管制甚严，却派出了萧乾和毕朔望，萧乾后期写的《土地回老家》曾盲目颂赞大陆土地改革的成功，毕朔望则是参加了毛泽东诗翻译的诗人，他们的话因此很难有客观的立场。③

后来聂华苓在报纸上对该文公开表示抗议，指责撰稿者和报纸"竟将你们自己捏造的歪曲看法硬套在我的头上! 这实在不是有社会良心的报人应有的态度! 也不是一个大报应有的作风!"④并要求台湾《中国时报》更正言论。无论台湾方面前期离间大陆与海外混淆视听的文章，还

---

① 美国爱荷华大学"国际写作计划"编印：《中国周末——爱荷华一次海内外华人作家的盛会》，天地图书有限公司 1980 年版，第 6 页。

② 《国际作家函蒋经国解禁高准〈葵心集〉》，《北美日报》1979 年 11 月 17 日。

③ 资料提供：金恒炜，林清玄整理：《爱荷华中国文学讨论会》，《时报周刊》1979 年 9 月 23 日。

④ 《台湾旅美文学家爱大教授聂华苓抗议台湾报纸捏造谈话》，《北美日报》1979 年 10 月 18 日。

是其间查禁参加 IWP 台湾作家的书，还是会后撰写的歪曲捏造事实的文章，都显示"中国周末"举办前后所遇的重重阻力，也显示出聂华苓夫妇在推进文会举办、实现两岸文化交流上所做的坚实而又艰难的努力。好在努力也得到回报，文会首日"会场上不但座无虚席，连过道也挤满了人。"①文会产生如此重要影响的原因都基于许芥昱所说的："首先，我们相遇。我们都是人，且有共同坚定的文化契合；而后，因为作家，又都有共同坚定的职业关切。"②

在"中国文学创作的前途"讨论会后，大家意犹未尽，晚上十点又在聂华苓家进行午夜座谈。在午夜座谈中，作家共同关心的依然是"中国文学走出去"的问题。他们从"翻译的重要性"开始谈起，各抒己见，讨论以翻译"引进世界文学"和"推进中国文学走向世界"的方法。作为作家代表的萧乾向大家介绍了大陆文坛的创作、出版、翻译状况，毕朔望则代表大陆文坛官方，向大家介绍了大陆在促进文艺复苏上实施的政策和向海外介绍作家作品上所做的努力。

20 世纪 80 年代，中国文坛急需向世界打开窗口的关键时期，聂华苓通过 IWP 搭建这个桥梁，引荐作家们出访美国，参加 IWP 的活动，赴美国各地演讲参观。这是中国在改革开放初期，向世界发出"中国声音"的先声。以丁玲为例，她曾在 1981 年 10 月 31 日，在"中国周末"发言，题为《我的生平与创作》；11 月 6 日，赴纽约哥伦比亚大学演讲，题为《我怎样跟文学结下"缘分"》；11 月 23 日，在加拿大麦锡尔大学作了两次谈话，后整理题为《五代同堂　振兴中华》，她在这两次谈话中，非常详细地向读者们介绍了当时国内文坛还在创作的"五代"作家的组成情况和文坛现状。③

此外，很多作家还在美国期间开展创作计划，汪曾祺的《聊斋新

---

①　萧乾：《一本褪色的相册》，百花文艺出版社 1982 年版，第 216 页。

②　聂华苓：《黑色，黑色，最美丽的颜色》，花城出版社 1986 年版，第 72-73页。

③　丁玲：《访美散记》，湖南人民出版社 1984 年版，第 156 页。

义》就是在爱荷华写出的，他回忆说："我不能像古华那样干，他来Iowa 已经写了 16 万字，许多活动都不参加。"①阿来就是在爱荷华期间开始了一部有关藏区题材的长篇小说写作计划，用一个月时间完成了这部作品的三分之一，他说："这个学校很开放，也给我们提供了很多帮助。这些虽然不都与这次写作有关，但是创作本来就是一个日积月累的过程，对我的写作的某些方面有着潜移默化的影响。"②柏杨《丑陋的中国人》的部分内容，王蒙的中篇小说《杂色》，茹志鹃的长篇《她从那条路上来》第二部等，都是在美国期间的成果。

"中国周末"的开创性在于，其一在中国文学内部交流上，使隔绝了近三十年的海峡两岸作家和海外华文作家，集合在一个保罗·安格尔所说的"中间地带"，"叩开了海峡两岸三十年凝结的坚冰，让两岸不同的文学声音在这里邂逅"③。他们共同探讨"中国文学"相关议题，相互了解、借鉴，使得空间被切断、历史被模糊、实体被气化的现代中国④，在文化统一上迈出了具有实质意义的一步，在海内外华文文坛上堪称创举。因为"中国周末"连续举办三年，大陆作家与台湾、海外华人作家都结下了深厚的友谊，如萧乾回国后就写了《衣阿华的启示》《美国点滴》等文章，纪念在爱荷华的日子。

其二在"中国文学走出去"上，它为改革开放初期的中国文坛打开一扇通往世界的大门，成为中国文学融入世界文学潮流中的一股有力力量，不仅为世界文坛提供了解中国作家作品的渠道，也为中国作家走出国门，面向世界搭建桥梁。早期参加 IWP 的大陆作家，都是在文坛产生过极大影响或在文化机构担任要职的作家，他们回国之后大多举办过各种关于"美国之行"的讲座。经过他们的介绍，大陆文坛也对世界文

---

① 汪曾祺：《美国家书》，《人民文学》1998 年第 5 期，第 62 页。

② 阿来：《〈瞻对〉·国际写作计划及其他——阿来访谈》，《阿来研究》2014年第 1 期，第 30 页。

③ 潘耀明：《我与爱荷华》，《明报月刊》2017 年 11 月号，卷首语。

④ 叶维廉：《母亲，你是中国最根深的力量》，《散文选刊》1985 年第 8 期，第 46 页。

坛有所了解，包括世界各国文学想要与中国文学产生进一步交流的愿望在大陆也得到很好的宣传。

"中国周末"的设想是聂华苓提出来的，或许与她当初提出 IWP 的设想一样，在实践她的"为文学"大理想下也有一份"私心"。正如她 1981 年与非洲作家对谈时所说："我离开祖国愈久也就愈关心她的处境，可以说到了魂牵梦萦的程度。我这一生，是现在这个阶段最为祖国劳心费神了。"①"中国周末"虽然只举办三届，就因经费问题中断，但它在海内外华文文坛仍不失其深远影响。它之于当下中国文学的内外交流，仍不失为一个值得借鉴的典型案例。

聂华苓是少数在创作与工作上都取得较大成就的作家，她在创作与工作中互相成就的经验，是值得很多跨界作家借鉴的。虽然聂华苓在 1988 年就荣休了，80 年代发表《千山外，水长流》后，也鲜有作品问世，逐渐淡出文坛。现年 100 岁的聂华苓，虽然在创作和工作上退隐，但她的文学贡献之于文学史的意义不会随着退隐淡化，也不会随着时间推移被抹杀。她以"大陆—台湾—爱荷华"模式，较早表现离散群体的精神面貌，丰富了离散文学的中心议题；她于五六十年代在台湾供职《自由中国》，以纯文学理念主持的文艺栏，在当时"反共文学"充斥的文坛，成为一片文学净土，净化了台湾五六十年代的文艺氛围；她于 60 年代创办的 IWP 及其运行模式，在全球化的今天和全球呼吁"共同体"的时代，具有非常重要的借鉴和推广意义；她于 1979 年首创的"中国周末"文会，之于当下"中国文学走出去"和"中国声音"的传播，是一个需要一再研习并不断借鉴的典范。

---

①　聂华苓：《聂华苓和非洲作家的对话（一）——谈小说创作》，载李恺玲、谌宗恕编，《聂华苓研究专集》湖北教育出版社 1990 年版，第 99 页。

第六章 聂华苓的"文化客厅"理念及其实践

研究者通常都将视野聚焦于聂华苓的文学创作，忽略了她的另一个重要身份：文学活动家。有"世界文学组织之母"之美誉的聂华苓，基于个人坎坷的历史经历，在小说创作中生动表现同时代人漂泊流离的人生际遇，进而生成了打造"文化客厅"的理念，创办"以作家为中心"的文学组织 IWP，加强了世界文学之间的交流与互动，将"文化客厅"的理念付诸实践。通过持续数十年的用心经营，爱荷华成为享誉世界的文学交流圣地，被誉为"文学联合国"，成为名副其实的"文化客厅"实体。聂华苓秉持中性立场，凝聚作家共识，打造聚集阵地的方式，坚定实践并实现了"文化客厅"理念，堪称推动文学交流的典范。半个世纪以来，世界文学的流动盛宴在爱荷华的红楼安寓持续登场，对每一位到访爱荷华的作家而言，这里不仅是聂华苓的家，更是有美好回忆的文学交流圣地。

第一节 理念的生成：从"我的历史"到"我们的历史"

聂华苓"文化客厅"理念的生成并非一朝一夕，《桑青与桃红》涉及的人物迁徙位置的变换，《千山外，水长流》中不同国族、种族、政治信仰的人物之间从疏离到认同的关系变化，"国际写作计划"作家身份的混杂性，都显示了聂华苓移居美国前后的经历，共同促成了她以国际视野观照创作与工作的文化选择，创作与工作与她所有的历史背景都有互动和对话关系。

　　聂华苓在历史的回响声中汲取了丰富的创作灵感与动力，其中就包括她立足个人的历史创作了《台湾轶事》《失去的金铃子》《桑青与桃红》《千山外，水长流》等作品，讲出了一代离散群体的历史沧桑。个人历史经历造就了聂华苓小说中的"历史在场感"，同时使她能与很多作家尤其是第三世界作家产生情感的共鸣。因此去美国后，她便生出要创办一个国际性写作计划的设想，试图跳出早期"作家工作坊"（Writers'Workshop）以美国作家为主的运行模式。如果说聂华苓的创作是一种具有"历史在场感"的"自传性"写作，那么她组织的文学活动可谓是海纳百川的"文化客厅"。IWP与"中国周末"的运行与举办正是在充满争议、对峙与不确定性的时代语境中，更显出这些文学活动举办与维持的艰难、意义与价值。"文化客厅"理念的深层内核是聂华苓文学创作与文学活动的互动，"世界眼光"与"人文关怀"的结合。在探讨"文化客厅"理念时回溯聂华苓的个人历史，意味着这一理念的生成与作家所处的时代、历史有着复杂的关联。

　　首先表现在小说中的"历史感"。聂华苓的创作完整性显示出离散美学的特质，这种美学特质主要表现在一种历史的连续性和文化的混杂性上。伊格尔顿认为"是历史将政治转变成了被我们称为文化的东西"①，聂华苓小说中的人物身上就带有政治、战乱、性别、种族等文化属性构成的混杂性。多种文化的混杂又造成一种内在的分裂性，聂华苓所处的历史与地理位置不同，文化立场与态度也有所不同，历史过程、特定的文化政治环境对作家的文化心态都起导向作用。"就本质和视野而言，小说是现实的艺术。只要小说放弃了对现实世界的责任，它也就背叛了自己。"②无论是她在作品里塑造的在台小人物身上无法抹去

———————

　　① ［英］特里·伊格尔顿：《论文化》，张舒语译，中信出版社2018年版，第77页。

　　② 乔治·斯坦纳：《语言与沉默——论语言、文学与非人道》，李小均译，上海人民出版社2013年版，第440页。

的大陆历史背景，还是桑青、莲儿的"中国人"身份，都有一段隐蔽的历史，要了解这些人物"何以如此"的深层原因，必得回溯他们曾经的原生社会、漂流史、迁移经历，所有的过去，都和人物当下的所思、所想、所行，有千丝万缕的联系，这就是聂华苓整个创作的深层历史因素。

聂华苓援引自己的历史经历作为创作资源，在海内外取得了非凡的成就，特别是《桑青与桃红》成为海外华文文学史上的经典之作，奠定了她在海外华文作家群经典作家的地位，成为描述海外离散群体"大陆—台湾—爱荷华"漂流模式的代表性作品，也是实验性极强，极具现代主义特色的高艺术水准作品。她不仅在创作中讲述历史，还通过在讲述方式上的技巧探索，为创作注入了新的活力，也为后来者提供讲述历史的借鉴。她从一个渺小单薄的"我"的历史出发，却讲出了一个时代的历史，和这段历史中处于时代夹缝、政治夹缝、文化夹缝群体的困惑、焦灼与迷茫，以及由历史中的战乱、漂泊、流亡所引起的种种矛盾和悲剧。正如她在《三生影像》中以一个个破碎小故事的记录，把一个世纪的沧桑沉浮凝练而又全面地集中在一个从战乱、政治、流亡中走出的女性身上，达到的展示整个二十世纪知识分子精神图景的结果。

其次表现在文学活动的人文关怀。一位被主流话语抛弃过的作家更明白交流的宝贵，大陆的流亡经历、台湾的监禁岁月、爱荷华的孤儿心态，使聂华苓以饱含"人文关怀"的国际视野组织文学活动，帮助作家们尤其是第三世界的作家在更加开放、多元的环境进行文化交流。她深知文学活动乃至文学创作不是活在孤立中的行为，相反将它们置于许多语言和民族的交流碰撞之中才能显出光彩。移居美国后，爱荷华的"作家工作坊"的运行模式与保罗·安格尔的行事风格，都与聂华苓的文学理想高度契合，她借此提出创办一个更具国际视野和文化包容度的文学组织——"国际写作计划"的设想。

聂华苓是一个创作、编辑、翻译、评论的多面手，她的创作相当广泛，除了小说外，其中还涉及英译中、中译英的小说和小说选集等，她还有主持期刊文艺栏和运营国际文学组织的丰富经历。聂华苓说"我是一棵树"，她的文学之树已经在文学创作和文学活动两个向度上结出丰硕的果实。"聂华苓，这三个字的分量，在天平秤的那一端，不仅是她个人的作品，不仅是已出版的十八本书……那一端还应该是在她和保罗·安格尔的创意及推动下，展开的国际写作计划及由此而来的国际文化交流，及使国际作家活跃起来的创作生活，这些努力和成就，才是她的全部。"①聂华苓以"我的历史"的讲述传达出"我们的历史"的共性，认真揣摩个人的历史性和历史的个人性之间的辩证关系，完成了对一个时代一个群体的历史记忆的共同体想象。聂华苓之于华文文学史的意义，不仅仅是提供了一种"大陆—台湾—美国"书写模式的借鉴，还有在三个异质空间中"人"的精神面貌的揭示，和经历一个时代历史沉浮的一个群体的心态变化。

不论是《自由中国》文艺栏的"纯文艺"立场，还是"国际写作计划"的诞生与"中国周末"文会等文学活动的举办，一方面出于聂华苓作为文学创作者的身份共鸣，另一方面也是她从历史中走来一路辛酸不易的共鸣。两种共鸣同时激发出她对"特殊作家"群体的观照，也使她看到"改革开放初期"中国大陆文坛急需对外交流的迫切愿望。聂华苓用持续数年的努力，试图在爱荷华这个"中间地带"创造"一个国际性的、令人宽慰的、供全人类收获果实"的文学乌托邦，成为作家自由高效交流的"文化客厅"的女主人，而她和保罗·安格尔当之无愧地被称为"实现国际合作梦想的、独特文学组织的建筑师"②。

---

① 顾月华:《又一朵沉毅的花——聂华苓新作〈千山外，水长流〉》,《华侨日报》1985 年 5 月 6 日。

② 聂华苓夫妇诺贝尔和平奖提名信，转引自笔者 2022 年第 3 期发表在《南方文坛》上的文章:《作家运营文学组织的成功范例——论作为"文学活动家"的聂华苓》。

第二节　理念的实践：作为文学交流范本的 IWP

IWP 以国际作家驻校制、专业作家主持、自筹经费独立运行、作品质量主导作家推荐，形成了独立开放的运行管理模式。同时 IWP 秉持中性客观的文化立场消除作家隔阂，通过建立全球关系网解决经费筹备的难度，以鲜明的文化品牌意识打造创意文化，通过文学组织与地方城市的联动，延续创意写作传统，带动创意经济发展，持续运行五十多年，赢得了"文学联合国"的美誉。但丁玲认为"国际写作中心特别使人愉悦的是这里远比联合国轻松和谐，确实是一个国际活动的中心。各个国家的文学情况在这里交流。作家们可以在这里接触，理解各个国家的文学现状，可以在这里接受新鲜文学的血液。对作家自己有一些启发，对自己的祖国也是一种宣传、介绍，促进了解，增加友谊。"①

因为创始人之一是华裔作家聂华苓，IWP 长期与中国文坛保持密切联系，邀请的中国作家包括老中青数代。自 1967 年以来，中国作家参加 IWP 可分为三个阶段：即 1967 年到 1978 年冷战背景下坚守文化阵地的港台作家，1978 年至 1988 年于改革开放初期集体出访的"归来"作家，和 1988 年后更具有世界眼光和文化自信的中青年作家。其中影响最大的是新时期的"归来"作家群体，他们以文本旅行的形式，创作了大量访美游记，这些访美游记既是一种现代性体验的物化书写，也是美国形象纠偏与新时期话语建构的互动式书写，也带有由西方审视中国的文化反思印记，较真实地记录了改革开放初期域外出访给作家带来的全新体验。域外出访与生活的体验，也对作家创作产生了一定影响：聂华苓从分裂到融合的世界眼光，王安忆从经验的单纯讲述到写作技巧的多元探索②，蒋

---

① 丁玲：《访美散记》，湖南人民出版社 1984 年版，第 15 页。

② 杨晓帆：《经验的有限性与重塑"自我"的文学性——80 年代王安忆文学观的变奏》，《当代文坛》2023 年第 4 期。

韵从"副本文学"到"自己声音"的书写①，都是域外体验影响创作的有力证明。

1979 年，聂华苓夫妇在爱荷华创办"中国周末"文会，这是改革开放初期，首次在海外如此大规模地举办中国文学交流盛会。改革开放、中美建交打开的文化交流契机和大陆官方积极推进作家出访事宜，是促成"中国周末"文会这场华语文学交汇盛况的历史语境。"中国周末"共持续三届，三届文会以"中国文学创作的前途""海峡两岸的文学""无主题讨论"等议题，通过"诵读互评"式的深入交流，探讨了中国文学的现代化问题，真切地反映了世界华文作家对祖国文学海外传播事业的关心，同时也记录了改革开放初期海外各国"误读中国"的缩影。"中国周末"文会不仅证明中国作家是改革开放初期积极推动中国文学"走出去"的先进群体，也对作家疗愈精神创伤、弥补中国在海外的形象裂痕和海峡两岸的文化割裂有重要意义。

为了纪念中国作家在"国际写作计划"的这段历史与特殊友谊，1991 年爱荷华大学图书馆推出"中文作家在爱荷华"馆藏捐赠计划，旨在保存作家在爱荷华期间的珍贵资料。为此，聂华苓与爱荷华大学图书馆联合向参加过爱荷华"国际写作计划"的中国作家发出倡议，呼吁 1967 至 1991 年来参加过 IWP 的 78 位中文作家向爱荷华大学捐赠个人作品和在爱荷华期间创作的手稿，倡议信中说道：

> 在过去的二十多年里，诸位作家都曾受著名的爱荷华大学国际写作计划和作家工作坊的邀请，来到美国的爱荷华城工作和写作。如此之多的著名中文作家，来自不同的社会背景，相聚在一个北美小城，为繁荣文学的创作而工作，是二十世纪亚洲文学史上的盛事，也是爱荷华国际写作计划和作家工作坊的创始人保罗·安格尔和聂华苓两位教授多年辛勤工作的结果。为了纪念这一段有意义的

---

① 蒋韵：《我们正在失去什么》，《当代作家评论》2005 年第 4 期。

历史，并将一些珍贵的史料永久保存下来，爱荷华大学图书馆拟收集参加过国际写作计划和作家工作坊的中文作家（至今共七十四人）的全部作品和部分手稿。这批作品和手稿将作为研究当代亚洲文学的重要资料，永久地珍藏于爱荷华大学图书馆特藏部（Special Collection），命名"中文作家在爱荷华"。①

这充分证明聂华苓的远见，持续数年的经验，爱荷华早已成为"美国的中国作家之家"②，使爱荷华市成为北美城市中独一无二的存在，因为它接待了大量 20 世纪末最杰出的中国作家。"每一个中国作家都留下了自己在爱荷华州的足迹。或者更确切地说，他们的足迹、记忆和对爱荷华州的美好愿望都在这个中国作家特藏馆的作品中汇合，见证了令人难忘的历史，并为 20 世纪中国文学的研究提供了宝贵的资源。"③从 20 世纪 60 年代初开始，截至 1991 年的发起倡议，在 IWP 或爱荷华"作家工作坊"的赞助下，有 78 位中国大陆、台港澳和亚洲地区的中文作家来到爱荷华市。在这段特殊的历史时期，还有如此大规模的中文作家到访爱荷华，足以证明其影响之远、格局之大、包容之广。

"这些华语作家来自不同的社会阶层，有着不同的文化背景。对他们中的许多人来说，爱荷华城是一个新文学思想闪耀的地方。这个美国小城不但给了他们文学创作的灵感和写作的热情，也给了他们与世界其他国家作家交流的机会。除此之外，爱荷华城还是当代中国文学中一些重要作品的诞生地。"④因此，爱荷华大学图书馆与聂华苓发起的联合倡议，得到数十位作家的联合响应。如徐迟捐赠了包括《哥德巴赫猜想》

---

①　1991 年 11 月 18 日爱荷华大学图书馆致中文作家的信，据笔者于爱荷华图书馆特藏馆搜集资料。

②　李怡：《美国的中国作家之家——访退休前的聂华苓》，《中国时报》1988 年 5 月 2 日。

③　Peter Xinping Zhou. *Chinese Writers in Iowa*, *Books at Iowa*（April 1993），Pages 5-16.

④　周欣平：《文明的交汇》，商务印书馆 2022 年版，第 448 页。

《徐迟诗选》《徐迟散文选》和手稿《〈红楼梦〉艺术论》《结晶》等在内的 17 部著作；陈明捐赠了 1983 年湖南人民出版社出版的《丁玲文集》和手稿复印件《在严寒的日子里》等在内的 19 件著作①。这批图书与手稿捐赠对于 90 年代的海外大学图书馆馆藏建设可谓十分珍贵，对推动中国文学海外传播也起到十分积极的作用。

　　如果说"文化客厅"理念的有效实践通过 IWP 得到实现，那么 1991 年的"中文作家在爱荷华"馆藏捐赠计划可说是这一理念实践的成果大展，它证明作家们在爱荷华不仅留下了足迹、获得了友谊，还促进了中美文化交流碰撞、中外文学交汇融合。同时，它也为中国文学对外传播提供了示范，即通过在海外打造固定"文化客厅"，传播中国文学与文化的有效性和必要性。

　　潘耀明先生认为："'国际写作计划'打破地域、人种的界限，突破国家与政治的局限，体现了文化的中性价值。"②聂华苓借助 IWP 的文学影响力与传播力，实践了"文化客厅"的理念，爱荷华大学图书馆又抓住"聚集效应"，发起"中文作家在爱荷华"馆藏捐赠计划，丰富了该校中文图书馆藏，一系列连带效应充分说明了打造"文化客厅"的有效性。同时以 IWP 为聚集阵地，中文作家们集体发力，在文学交流中树立平等意识，以团结奋进的民族共同体意识传播中国文学，以人类命运共同体意识为交流共识，以文学的中性价值实现全人类共同价值的理念，在国际上树立了显著的精神标识。同时中国作家与 IWP 的交往，其传播策略如重视作家域外出访对中国形象的文学代言作用，创意策略如以创意文化带动创意经济发展，公益策略如文学组织与地方联动服务地方文化建设，通过各方面价值的彰显，对加快推进中国文学世界化的进程也有借鉴意义。

---

　　①　笔者据爱荷华大学图书馆特藏馆资料整理。

　　②　潘耀明：《华文文学走向世界的桥梁——专访聂华苓》，《明报月刊》2015 年 12 月号，第 5 页。

第三节 理念的实体："红楼安寓"的流动文学盛宴

其实早在台湾时期，聂华苓与《自由中国》文艺栏聚集的作家们，就曾产生过"文化客厅"的理念并将之付诸实践。1953 年，聂华苓接任《自由中国》文艺栏，选择抛弃前期的征稿理念，走一条"为文学"的道路，在审稿上坚持文学、艺术的立场，力求打破陈腐的反共八股，追求清新可喜拒绝八股味的纯文学作品。她后来回忆说：

> 那时台湾文坛几乎是清一色的反共八股，很难读到反共框框以外的纯文学作品。有些以反共作品出名的人把持台湾文坛。《自由中国》决不要反共八股……有心人评 50 年代的台湾为文化沙漠，写作的人一下子和三四十年代的中国文学传统切断了，新的一代还在摸索。有时收到清新可喜的作品，我和作者一再通信讨论，一同将稿子修改润饰登出。后来几位台湾出名的作家就是那样子当初在《自由中国》发表作品……《自由中国》文艺版自成一格。我在台湾文坛上是很孤立的。①

当时台湾的文艺界堪称"文化沙漠"，一部分文人为了单纯的文艺写作，有时会在咖啡馆聚会交流文学创作、文学发表的心得。后来诗人周弃子发起，每月聚会一次，称为"春台小集"。据郭嗣汾回忆说："当时就决定了下次召集人选，后来由周弃子先生定名为'春台小集'。参加小集的朋友除上述的几位之外，后来先后有琦君、唐基夫妇、海音、何凡夫妇、孟瑶、南郭、公孙嬿、潘垒、聂华苓、郭衣洞、王敬羲、刘守宜、张明、夏济安、夏道平、归人等人，每月举行一次。"②在夏济

---

① 聂华苓：《三生影像》，生活·读书·新知三联书店 2008 年版，第 161 页。
② 郭嗣汾：《浪花吟》，群众出版社 1996 年版，第 172 页。

安、刘守宜、吴鲁芹创办《文学杂志》后，"春台小集"就由刘守宜主持，每个月到他家聚会一次。1960 年，《自由中国》被封，"春台小集"随之解散。

"春台小集"的参加者主要是在《自由中国》文艺栏与《文学杂志》上发表作品的作家、编辑，如此严峻的环境依然没有阻止他们对文学的热情与理想，大家都有共同的创作旨趣：为文学。"春台小集"的经历使聂华苓了解走出书斋、走出国门，对一个作家乃至一个国家文学文化发展的重要性。《自由中国》文艺栏编辑发掘作家的经验，"春台小集"的"文化客厅"交流模式，在聂华苓心中埋下了"打造文化客厅"的种子。

从台湾的"春台小集"到爱荷华的"红楼安寓"，聂华苓都只有一个简单的文学理想：将真正热爱文学的人聚集在一起。当然，这个文学理想的蓝图里必有祖国文学的一席之地。所以，从 1978 年重返大陆开始，聂华苓就一直保持着与大陆文坛的紧密联系。关注大陆文坛动态，扶持大陆年轻作家，是她倾尽后半生去实现的理想。她每年花费巨大心力和财力，为大陆作家筹集出国的资金，至今 IWP 每年邀请中国作家的经费都来自"华苓—安格尔基金"①。

自 1967 年以来，中国作家在各个不同历史时期参加 IWP，遭遇世界文化冲击的同时，又将世界经验带入中国，形成了双向互涉的文化流通格局。特别是改革开放初期，中国作家集体出访 IWP 一度掀起了中国作家访美潮，他们作为被审视的"政治他者"，因为"非西方特性"的聚焦，遭遇了意识形态的尖锐交锋。切身的异域体验，"颠三倒四的纽约"印象也颠覆了作家们对西方文化的认知，他们向世界发声的同时也将世界带入中国：推动了台港澳、海外华文作家作品、世界经典名著在大陆的出版，引进创意写作模式，中国版"国际写作计划"也开始付诸实践。中国作家与 IWP 的交往还留下了丰富的新闻报道与图像史料，

----

① 据笔者对聂华苓的访谈，转引自笔者的《从武汉到爱荷华：聂华苓访谈》，《作家林》2023 年第 2 期。

重塑了可信、可爱、可敬的中国作家形象，丰富了中西文学交流的地理场域与文化经验，定格了中西作家面孔交汇的珍贵文学画面。在聂华苓夫妇的努力下，"国际写作计划"的名单上，集齐了北岛、莫言、阿城、余华、迟子建、毕飞宇等一批活跃在当代文坛的知名作家，和张悦然、李笛安等一批年轻作家。"是她，最早为新时期中国文学中最为活跃的作家，打开了看世界的窗口。"①

实践"文化客厅"理念，是聂华苓的文学理想，这个文学理想也为聂华苓的文学事业打开新的视野，使她以更加宽容、包容的胸怀接纳五湖四海的朋友参与她主持的文学活动。当然，为这个文学理想绘制的蓝图里还有 20 世纪遭受流放的外国作家身影。蒋勋对此深有感触："华苓带我看到的世界一直是我今日还在写作的动力……我常常怀念华苓，因为她和安格尔的心胸，让世界在他们的客厅相聚认识，让书写者不只为民族书写，为战争的仇恨书写，为信仰书写，也回到人的原点，反思人性的普世价值，反思对立矛盾是否有缓和或最终和解的可能。"②在一个充满竞争和占有欲的产业秩序所造就的自我中心主义世界中，聂华苓夫妇打破了人与人之间以利益连接的契约关系，以文化的力量重新建构起人与人之间的有机联系，使不同种族、国族、文化认同的作家，从各自封闭的空间中走出，"让世界在他们的客厅相聚认识"，重新连接起被切断的人与人之间的传统联系。

爱荷华之名是通过作家圈传至大洋彼岸的，在中国作家心中他们不关心爱荷华的玉米地，唯有"红楼安寓"令他们对爱荷华的想象变得具体，中国作家尤其是新时期的中国作家，通过"红楼安寓"接触到了美国乃至世界："第一次出国，第一次拥有护照，第一次搭乘国际航线，第一次在超级市场购物，第一次走进麦当劳、肯德基、比萨——在我们的翻译小说里，叫做意大利脆饼，第一次使用支票，第一次实地接触现

---

① 迟子建：《一个人和三个时代》，《读书》2009 年第 1 期。
② 蒋勋：《永远的聂华苓》，《明报月刊》2015 年 12 月号，第 16 页。

代舞，第一次看电影007，第一次听猫王……现代性在爱荷华这世界一隅全面上演，扑面而来，真有些挡不住。"①国际性的流动文学盛宴定期在聂华苓的"红楼安寓"举办，"红楼安寓"不仅仅是聂华苓夫妇的家，也是中国作家乃至世界各地作家相聚交流的圣地。

　　"文化客厅"的理念不是一个空想，聂华苓通过 IWP 将这个理念付诸实践，使爱荷华的"红楼安寓"成为"文化客厅"想象的实体。她立志打造一个"以作家为中心"的文学组织，创造一个超越国家、民族、语言、政治性质的"文化客厅"，供作家们交流切磋。"有的人常常因为思想不同，就认为彼此缺乏共同的语言。他们却认为虽然思想不同，也还是会有共同语言的。文学艺术是超阶级的，艺术就是艺术，那里没有很多政治、思想等；即使有，也可以只谈其中的艺术性。他们夫妇大概就是基于这一点来举办国际写作中心，为世界各地的作家提供交流的机会和园地。"②聂华苓坚信并坚定地告诉到访爱荷华的作家们："没有比创作者更尊贵、更该挺起胸膛的。"③她一生追逐的不是主义理想，当然也不是故国乡关，她以文学的、艺术的要求创作，并以毕生心血推动世界文学汇聚爱荷华，抛弃一切新仇旧怨，将隔绝多年的海峡两岸及香港作家齐聚一堂。她以创作开辟一生追逐的方向，以文学事业稳固实现她那个方向兀自生长的文学理想。

---

① 王安忆：《美丽的爱荷华》，《明报月刊》2017 年 11 月号，第 8 页。
② 丁玲：《访美散记》，湖南人民出版社 1984 年版，第 20 页。
③ 骆以军：《有聂老师的爱荷华》，《明报月刊》2017 年 12 月号，第 19 页。

结　语

　　1949 年前后，大陆迁台的外省军民中，聂华苓是特殊的一位。她在大陆出生、求学、成家，在台湾政治的"白色恐怖"中度过一生最关键的中年时期。与崇美的留学风潮下远赴美国的台湾留学生不同，聂华苓迫于政治的压力永远离开中国之根。从 1964 年开始，聂华苓在爱荷华扎根，但却成为精神上流亡的"中国人"。在"出走"与"回归"之间摇摆，在"无根"与"放逐"之间创作一首首浪子的悲歌。聂华苓从大陆至美国这段路程，走的每一步都试图远离政治，无奈战争、政治纷争等一次次打乱她的生活，使聂华苓在幼年失去父亲，在青年时期失去弟弟，在中年失去工作与同事，甚至失去自由。历史的创伤一方面将聂华苓一次次推入人生谷底，使她辗转大陆、台湾、美国爱荷华，流浪三地，漂流三生。另一方面也为她的创作打上深深的烙印，所以她说"社会历史的演变影响个人历史的演变——我写小说总摆脱不了这种历史感"①。她深入发掘人与广阔时空和社会关系之间的沟壑，从个人经验出发，以对人的过去与现在的关注，创作出了有影响力的作品。基于这样复杂的个人经历，和在人生中遭受的诸多困境，自称有政治冷感症的聂华苓坚持以纯文学的理念和以人为本的价值取向组织文学活动，并取得举世瞩目的成就。

　　近百岁的聂华苓有多段颠沛流离的记忆，从 1925 年出生后，童年

---

　　①　聂华苓：《最美丽的颜色：聂华苓自传》，梦花编，江苏文艺出版社 2000 年版，第 7 页。

时期的聂华苓就多次随父亲调职辗转，为她流浪的三生埋下伏笔。之后因抗日战争、内战、白色恐怖，她经历了从大陆到台湾到美国爱荷华的空间流转，同时也经历了与母国从失根到无根到寻根的心态转变。在这一段流亡生活中，聂华苓积极汲取创作的精神资源，逐步凸显和发掘她的创作才能。她在战乱、政治纷争不断的历史洪流中，始终如一地从创作到工作上都追求文学的纯洁性，是极其困难的。但她秉持"写真实"、对人的关注和"为艺术"的创作旨归，还以此指导工作，获得了创作和工作上的双丰收。

如果要简要地总结聂华苓文学创作的特色，可以从她的小说主题和艺术特色两个方面入手。一方面她通过在小说中融入个人经验，表现离散群体和小人物尤其是女性在历史的滔滔洪流中的精神面貌，包括对漂泊者的速写，对女性命运的透视，在婚恋书写中投射个人经验，书写历史洪流中的小人物命运。这些是聂华苓文学创作"主题"层面的内容，而审美内涵的完成，主要归功于她从创作早期就注重的意象经营和语言推敲，和基于个人经验巧妙运用的时空叙事策略。通过丰富的主题呈现和苦心经营的审美表达，表明聂华苓对"个人的历史性"和"历史的个人性"的通透理解，特别是对小说中历史与个人之间的辩证关系的处理，都有自己的理解。

聂华苓的创作，与同时代的作家特别是海外华文作家或者是台湾旅外作家①有同质性，也有区别于他们的个人特质。异质性首先表现在创作心态的转变上，特别是明显地区别于"留学生作家群"。以於梨华为例，她在《归·自序》中曾概括自己的心路历程是："从一个把梦顶在头上的大学生，到一个把梦捧在心上的留学生，到一个把梦踩在脚下的女

---

① 注：刘登翰在《台湾文学史（下卷）》（海峡文艺出版社，1993年版，第247页）一书中，将聂华苓归为"台湾旅外作家"以扩大包括同时代"留学生作家"群体在内的作家群，笔者以为这一命名更符合也更精确。

人。"①这是一个十分清晰的"梦碎"的经历，但是聂华苓从台湾到美国经历的是一个"梦圆"的过程。去美国后，在事业和婚姻上的双丰收，不仅使她与前半生所受的历史之痛和解，也使她面对国家民族的心态上发生了重大转变。与"留学生群体"的"梦碎"相比，在"大陆—台湾—美国爱荷华"这段流转记忆中，"美国"是聂华苓的人生拐点发生的地方，她的"和解"式治愈，以美国为起点。聂华苓摆脱困扰了多年的政治羁绊和恐惧，在政治的枷锁中松绑了，她的人生开始走上坡路。

其二是对历史与个人关系的处理方式不同。同时代的女作家张爱玲有类似的去国离乡经历，聂华苓的小说却迥异于张爱玲的小说。历史在张爱玲小说里出现得漫不经心，她更注重呈现人与人的关系，时移世易远远比不上斤斤计较重要，战乱、纷扰无关人生，人们照常生活在自己的世界里，好面子、贪便宜、势利眼，也有片刻的觉醒。聂华苓小说里的人却因历史浮沉妻离子散，永久地失去"家"，却也永远沉湎于对"家"的想象，她人生中的历史底色扎实地印在小说里。明确的时间节点与空间坐标组成的历史背景，确切地存在于聂华苓小说的底色中，但历史事件与历史真实并不是聂华苓想要呈现的主要元素，挣扎于历史中的个人或者说是历史冲击下的人生才是她想要关注的对象。严歌苓、陈谦、陈河、苏炜等作家，都曾尝试过宏大的历史、政治背景下，人的精神变迁的史诗性书写。历史感是通过历史的显性书写达成的，所谓显性，就是历史无处不在，是推动情节发展的关键一环。这一点是聂华苓小说区别于这一类书写的显著标志，她主要通过历史的隐性书写建构创作的历史感。

同质性表现在，在小说主题上经历一个"价值尺度上由个人本位到民族本位的变化。思想内涵上由表层反映到深层观照的深入。感情流向

---

①　徐国伦、王春荣主编：《二十世纪中国两岸文学史 续编》，辽宁大学出版社 1993 年版，第 200 页。

上由无根失落到认同回归的发展"。① 但聂华苓创作中理解人性的格局，由经历决定，她没有张爱玲对历史和政治隔绝得彻底，对世俗生活体验的透彻，所以她笔下的人物也带有明显的时代特点。这是海外华文文学创作的共性，特别是早期移民文学，都专注写移民群体，对特定人群和心理的描写一方面丰富了海外华文文学创作，写出了这一特殊群体的特殊生活困境。但是这种生活体验也限制了他们的视野，使他们在漂泊、流浪的主题里打转。特别是早期留学生群体在"回不去"与"留不下"的困境中挣扎，一方面他们急切地想要融入西方文化，另一方面又带着空虚的怀乡病，激发了一系列关于身份、民族、国家的认同与思考，对历史的回忆与反思。这样的经历和视野也限制了他们对普遍人性的认识，如於梨华从《梦回清河》《又见棕榈，又见棕榈》《傅家的儿女们》到《三人行》的创作变化，显示了一个作家在异国生活中文化心态的成长，却没有表现出一个作家对人的认识的成长。

随着中国世界地位的提高，华人遍布世界，用保罗·安格尔的话说就是"被中国占领了""完全被囚在中国人的影响中"②的文化影响力传遍世界。海外离散群体的书写方式开始发生了转变，他们开始往更深处探寻人的奥秘，特别是以哈金、张翎、张慧雯等为代表的一群新移民作家，他们的创作视野变得更加宽广，对普遍人性的展现也更有深度。哈金在《等待》里对中国传统女性和新女性，男人与女人的把握是精准有分寸感的；张慧雯在《群盲》里描写的"动物的示众"现象，把"五四"时期批判的国民性问题，再次提出，并提升到当下社会的新的国民性问题上：人在物质的巨大满足后面临的精神的丧失，一群在生活中挣扎的冷漠的人，其实和那条遭遇车祸后被群体无视的狗没有什么区别，我们不应该追求未来的满足而连现在也失去。

---

① 卢菁光：《从"告别"谈起——谈70年代前后台湾留［美］学生文学的一个发展过程》，载《台湾香港与海外华文文学论文选》，海峡文艺出版社1988年版，第332页。

② 聂华苓：《鹿园情事》，上海文艺出版社1997年版，第46页。

　　聂华苓作为海外华文文学中比较有代表性的作家，她的代表性主要体现在以下几个方面：其一，她是历经从大陆到台湾再到美国爱荷华三地的流浪，并较早进行离散文学创作，展现离散群体浪子悲歌的代表性作家，她塑造的桑青、莲儿、林乃光等人物，是离散文学中较早表现离散群体精神面貌的代表性人物；她的《桑青与桃红》是较早书写"大陆—台湾—美国爱荷华"空间流转模式的代表性作品。所以，她以"我的历史"写"我们的历史"的叙事逻辑和叙事策略是有代表性的；聂华苓在台湾时期，因主持《自由中国》文艺栏，丰富"白色恐怖"时期台湾文艺的内涵，和在美国与保罗·安格尔共同创办并主持"国际写作计划"，因此在动乱的二十世纪，推动中国文学走出去与世界文学产生深度交流所作出的贡献。不止于此，聂华苓也是海外华文作家中身兼作家、编辑、文学组织主持人三重身份，并在创作与工作上取得极大成就的代表性甚至是样本性的作家。

　　创作和工作两忙的聂华苓，能同时做好创作和工作，并在两个方向上都开辟出广阔的路径，对一个在历史中摸爬过来的弱女子而言，何其不易。她所取得的成就背后，又有多少无奈，多少辛酸，多少感喟！

　　所以，关于聂华苓创作与工作之间的关系，还有很多可供探讨的话题。如聂华苓从一个个人化的创作到因文学活动的影响力引起全世界的关注，再推动她的创作走向世界的复杂文学现象，或者说到底是她的创作"影响力"大于文学活动的"影响力"，还是文学活动的"影响力"超过创作的"影响力"，是值得作进一步确认的。聂华苓作家兼文学活动家的身份对于文学史来说，也是一个非常有趣的典型个案。

　　上述问题，可以从聂华苓创作工作上的"纯文学"理念和个人经历上的"杂"切入。聂华苓的创作完整性显示出离散美学的特质，这种美学特质主要表现在一种历史的连续性和文化的混杂性上。无论是她在作品里塑造的在台小人物身上无法抹去的大陆历史背景，还是桑青、莲儿的"中国人"身份，他们都有一段隐蔽的历史，要了解这些人物"何以如此"的深层原因，必得回溯他们曾经的原生社会、漂流史、迁移经历，所有的过去，都和人物当下的所思、所想、所行，有千丝万缕的联系，这就是聂华苓整个创作的深层历史因素。她塑造的人物的文化身份是有历史的，无论是《台湾轶事》里的王大年、李鑫、李环、董天恩，还是几部长篇小说的女主角，过去的个人历史一再与他们形成对话，这种对话通过记忆、幻想、书信呈现。

拉什迪认为："传统上，一位充分意义上的移民要遭受三重分裂：他丧失他的地方，他进入一种陌生的语言，他发现自己处身于社会行为和准则与他自身不同甚至构成伤害的人群之中。而移民之所以重要，也见诸此：因为根、语言和社会规范一直都是界定何谓人类的三个重要元素。移民否决所有三种元素，也就必须寻找描述他自身的新途径，寻找成为人类的新途径。"①这里所说的新途径，就是离散群体保留母国语言、记忆和适应移居国的社会规范形成的两种文化的结合体，这种文化结合体往往具有混杂特质，聂华苓小说中的人物身上就带有政治、战乱、性别、种族等文化属性构成的混杂性。

多种文化的混杂又造成一种内在的分裂性，一方面"这种分裂，其实是多元文化的纠葛与碰撞，折射了不同文化权力的制约与对抗，反映了多种文化混杂后的精神面貌。从本质上，这种混杂性其实也显示了文化全球化的历史特征。"②聂华苓所处的历史与地理位置不同，文化立场与态度也有所不同，历史过程、特定的文化政治环境对作家的文化心态都起导向作用。在美国的生活经历使她以国际性的眼光，展开全新的工作与创作。"国际写作计划"作家身份的混杂性，《桑青与桃红》涉及的人物迁徙位置的变换，《千山外，水长流》中不同国族、种族、政治信仰的人物之间从疏离到认同的关系变化，都显示了移居美国后，聂华苓以国际视野观照创作与工作的文化选择。但是这种文化选择并非全部是

---

① 布罗茨基等：《见证与愉悦》，黄灿然译，百花文艺出版社 1999 年版，第340-341 页。

② 洪治纲：《中国当代文学视域中的新移民文学》，《中国社会科学》2012 年第 11 期，第 141 页。

由移居美国后的环境决定的，她的创作与工作始终都与她所有的历史背景有互动和对话关系。她在文学创作和文学活动中追求的文学的"纯"，与她的历史经历生活环境的"杂"，形成了一种非常鲜明的呼应。

就目前的聂华苓研究来看，聂华苓研究的深广度与聂华苓所取得的世界声誉是极不相称的，聂华苓研究还有很多研究空间待拓展，首先是史料发掘空间。因为大陆与台湾的政治因素，导致两岸的史料共享存在障碍。聂华苓在台湾时期发表的大部分短篇小说，目前在大陆只集结为《台湾轶事》出版，《一朵小白花》《翡翠猫》等集子，还有聂华苓早期在《自由中国》上发表的小说，在大陆都无法获取，造成大陆的聂华苓研究困难重重。此外，聂华苓是一个身份复杂，人际关系复杂的杰出作家与文学活动家。中国大陆、港台目前进入文学史的大部分现代尤其是当代作家与聂华苓都有密切往来，尤其是80年代中国大陆作家出访爱荷华，其间在海外留下了非常多珍贵的史料，包括与聂华苓往来的书信，在美国的创作成果和讲稿等，这些史料的发掘对于丰富中国现当代文学研究和推进聂华苓研究，都意义非凡。

其次是综合研究空间。基于上述史料发掘上的政治因素障碍，导致目前的聂华苓研究，在综合研究上存在很多问题。所以，结合聂华苓早期在《自由中国》等台湾期刊发表的短篇小说，还有后期创作的长篇小说，对聂华苓的整个创作历程做一个完整论述，光是综合论述就是一个亟待补充极有意义的研究方向。再者，是文学活动的研究空间。这一点，随着目前研究界的"史料热"，已经有邓如冰等学者开始关注了。

上述问题都是因为篇幅、时间限制，本书未及深入探讨的问题，而且囿于笔者见闻，加上聂华苓在大陆台湾美国辗转三地的复杂经历，必定还有很多与本书相关的珍贵史料没有被发掘，特别是中国台湾地区的资料。资料不够详尽，是本文存在的第一个不足。再者聂华苓在海外华文作家群中，不算作品多的作家，为了避免论述的重复和枯燥，必定要在纵横比较上多下功夫，但因为时间关系，本书在纵横比较上还做得不够深入。

　　2024 年，聂华苓已经是横跨两个世纪，流转大陆、台湾、美国爱荷华三地，驻扎过亚美两个大陆的百岁老人了。出一本聂华苓研究专著，和完整的聂华苓作品集，聂华苓年谱，聂华苓传，完成其中任何一项工作，对聂华苓来说都是非常紧迫也是意义重大的研究工作。本书虽然存在很多问题，如在研究方法上不够出新，在文本解读上不够深入，在纵横比较上存在不足。但毕竟在论述上还是做到了不落聂华苓大部分作品，同时兼顾了对聂华苓创作特色与文学活动的论述。

　　《自由中国》杂志社在 60 年代就被查封了，"中国周末"举办三届也香消玉殒了，保罗·安格尔在 1991 年也与世长辞了，聂华苓一生经历了太多重大的失去，好在"国际写作计划"还在继续向世界各地作家发出邀请。如果以一个人的生命做计算，自 1967 年诞生开始，54 岁的"国际写作计划"已经步入"知天命"的年纪。可聂华苓依然在鹿园红楼里，看着她的孩子走出爱荷华，走向世界。

参 考 文 献

一、作品类

[1]聂华苓.风落小楼冷[M].南京：江苏文艺出版社，2008年.

[2]聂华苓.翡翠猫[M].台北：明华书局，1959年.

[3]聂华苓.黑色，黑色，最美丽的颜色[M].广州：花城出版社，
   1986年.

[4]聂华苓.梦谷集[M].香港：正文出版社，1965年.

[5]聂华苓.人景与风景[M].西安：陕西人民出版社，1996年.

[6]聂华苓.人，在廿世纪[M].台北：八方文化企业公司，1990年.

[7]聂华苓.三生影像[M].北京：生活·读书·新知三联书店，2008年.

[8]聂华苓.三十年后——归人札记[M].武汉：湖北人民出版社，
   1980年.

[9]聂华苓.千山外，水长流[M].成都：四川人民出版社，1984年.

[10]聂华苓.鹿园情事[M].上海：上海文艺出版社，1997年.

[11]聂华苓.桑青与桃红[M].沈阳：春风文艺出版社，1990年.

[12]聂华苓.失去的金铃子[M].台北：大林出版社，1985年.

[13]聂华苓.失去的金铃子[M].北京：人民文学出版社，1980年.

[14]聂华苓.沈从文评传[M].刘玉杰译.北京：北京联合出版公司，
   2022年.

[15]聂华苓.台湾轶事[M].北京：北京出版社，1980年.

[16]聂华苓.珊珊，你在哪儿[M].曾庆瑞、邹韶军编.北京：中国人

民大学出版社，1994年.

[17]聂华苓. 王大年的几件喜事[M]. 香港：海洋文艺出版社，1980年.

[18]聂华苓. 一朵小白花[M]. 台北：文星书店，1963年.

[19]亨利·詹姆士. 德莫福夫人[M]. 聂华苓译. 上海：上海译文出版社，1980年.

[20]纪德. 遣悲怀[M]. 聂华苓译. 北京：北京时代华文书局，2013年.

[21]聂华苓. 最美丽的颜色：聂华苓自传[M]. 聂华苓、梦花编. 南京：江苏文艺出版社，2000年.

[22]聂华苓. 卑微的人[J]. 自由中国，十七卷第二期，1957年7月16日.

[23]聂华苓. 窗[J]. 自由中国，第二十卷第十期，1959年5月16日.

[24]聂华苓. 葛藤[J]. 自由中国，十四卷十一期—十五卷第五期，1956年6月1日—9月1日.

[25]聂华苓. 黄昏的故事[J]. 自由中国，第六卷第二期，1952年1月16日.

[26]聂华苓. 灰衣人[J]. 自由中国，十一卷第六期，1954年9月16日.

[27]聂华苓. 绿藤[J]. 自由中国，第八卷第十期，1953年5月16日.

[28]聂华苓. 麦麦茶的哨子[J]. 自由中国，十九卷第八期，1958年10月16日.

[29]聂华苓. 母与女[J]. 自由中国，第十二卷第一期，1955年1月1日.

[30]聂华苓. 谢谢你们：云、海、山[J]. 自由中国，第七卷第十期，1952年11月16日.

[31]聂华苓. 山居[J]. 自由中国，第十卷第十二期，1954年6月16日.

[32]聂华苓. 死亡的幽会[J]. 台湾文学选刊，1988年第4期.

[33]聂华苓. 晚餐[J]. 自由中国，第十六卷第六期，1957年3月16日.

[34]聂华苓. 爷爷的宝贝[J]. 自由中国，第二十三卷第四期，1960年8月16日.

[35]苓. 忆[J]. 自由中国，第四卷第十二期，1951年6月16日.

[36]聂华苓. 一颗孤星[J]. 自由中国，第九卷第三期，1953年8月1日.

[37]白先勇．台北人[M]．桂林：广西师范大学出版社，2015 年．

[38]白先勇．纽约客[M]．桂林：广西师范大学出版社，2010 年．

[39]白先勇．寂寞的十七岁[M]．桂林：广西师范大学出版社，2010 年．

[40]白先勇．孽子[M]．哈尔滨：北方文艺出版社，1987 年．

[41]白先勇．树犹如此[M]．桂林：广西师范大学出版社，2011 年．

[42]白先勇．文学不死[M]．南京：译林出版社，2019 年．

[43]白先勇．我的寻根记[M]．桂林：广西师范大学出版社，2019 年．

[44]白先勇．一个人的文艺复兴[M]．桂林：广西师范大学出版社，
  2019 年．

[45]陈九．纽约第三只眼[M]．北京：生活·读书·新知三联书店，
  2020 年．

[46]陈九．挫指柔[M]．北京：作家出版社，2016 年．

[47]保罗·安格尔．安格尔童年回忆录[M]．上海：东方出版中心，
  1999 年．

[48]保罗·安格尔．美国孩子[M]．台北：汉艺色研，1990 年．

[49]保罗·安格尔．中国印象[M]．荒芜译．台北：林白出版社有限公
  司，1986 年．

[50]丁玲．访美散记[M]．长沙：湖南人民出版社，1984 年．

[51]林海音．城南旧事[M]．长春：吉林美术出版社，2014 年．

[52]刘大任．当下四重奏[M]．深圳：深圳报业集团出版社，2016 年．

[53]哈金．等待[M]．金亮译．长沙：湖南文艺出版社，2002 年．

[54]欧阳子．魔女[M]．北京：中国人民大学出版社，1994 年．

[55]齐邦媛．巨流河[M]．北京：生活·读书·新知三联书店，2011 年．

[56]茹志鹃、王安忆．母女同游美利坚[M]．北京：中信出版社，2018 年．

[57]苏青．结婚十年[M]．南京：江苏文艺出版社，2009 年．

[58]萧红．萧红精选集[M]．北京：中国文联出版社，2016 年．

[59]萧乾．一本褪色的相册[M]．天津：百花文艺出版社，1982 年．

[60]薛忆沩．空巢[M]．福州：海峡文艺出版社，2019 年．

［61］薛忆沩．遗弃［M］．上海：上海文艺出版社，2012 年．

［62］薛忆沩．通往天堂的那最后一段路程［M］．广州：花城出版社，
　　　2009 年．

［63］薛忆沩．深圳人［M］．上海：华东师范大学出版社，2017 年．

［64］严歌苓．第九个寡妇［M］．北京：作家出版社，2006 年．

［65］严歌苓．扶桑［M］．上海：上海文艺出版社，2002 年．

［66］严歌苓．天浴［M］．西安：陕西师范大学出版社，2008 年．

［67］严歌苓．小姨多鹤［M］．北京：作家出版社，2008 年．

［68］严歌苓．无出路咖啡馆［M］．天津：天津人民出版社，2018 年．

［69］严歌苓．妈阁是座城［M］．北京：人民文学出版社，2018 年．

［70］严歌苓．金陵十三钗［M］．南京：江苏文艺出版社，2010 年．

［71］严歌苓．寄居者［M］．天津：天津人民出版社，2016 年．

［72］严歌苓．一个女人的史诗［M］．北京：作家出版社，2016 年．

［73］严歌苓．芳华［M］．北京：人民文学出版社，2017 年．

［74］余光中．焚鹤人［M］．台北：纯文学出版社，1972 年．

［75］於梨华．傅家的儿女们［M］．郑州：黄河文艺出版社，1986 年．

［76］於梨华．人在旅途．於梨华自传［M］．哈迎飞、吕若涵编．南京：
　　　江苏文艺出版社，2000 年．

［77］於梨华．考验［M］．北京：人民文学出版社，1982 年．

［78］於梨华．三人行［M］．北京：友谊出版公司，1983 年．

［79］於梨华．梦回清河［M］．长沙：湖南文艺出版社，1987 年．

［80］於梨华．又见棕榈，又见棕榈［M］．福州：福建师范大学出版社，
　　　1980 年．

［81］於梨华．在离去与道别之间［M］．南昌：二十一世纪出版社，2003 年．

［82］张爱玲．半生缘［M］．北京：十月文艺出版社，2012 年．

［83］张爱玲．红玫瑰与白玫瑰［M］．北京：十月文艺出版社，2012 年．

［84］张爱玲．流言［M］．北京：十月文艺出版社，2012 年．

［85］张爱玲．倾城之恋［M］．北京：十月文艺出版社，2012 年．

[86]张爱玲．小团圆[M]．北京：十月文艺出版社，2012年．

[87]张爱玲．怨女[M]．北京：十月文艺出版社，2012年．

[88]张惠雯．群盲[J]．江南，2011年第6期。

[89]张惠雯．场景[J]．上海文学，2016年第1期。

[90]张翎．劳燕[M]．北京：人民文学出版社，2017年．

[91]张翎．望月[M]．杭州：浙江文艺出版社，2015年．

[92]张翎．盲约[M]．广州：花城出版社，2005年．

[93]张翎．余震[M]．上海：华东师范大学出版社，2009年．

[94]张翎．交错的彼岸[M]．杭州：浙江文艺出版社，2015年．

[95]张系国．不朽者[M]．台北：洪范书店有限公司，1983年．

[96]张系国．他们在美国[M]．北京：中国文联出版公司，1986年．

[97]张系国．香蕉船[M]．台北：洪范书店有限公司，1979年．

[98]张系国．张系国短篇小说选[M]．南昌：江西人民出版社，1983年．

[99]查建英．到美国去，到美国去[M]．北京：作家出版社，1991年．

[100]查建英．留美故事[M]．石家庄：花山文艺出版社，2003年．

[101]查建英．丛林下的冰河[M]．长春：时代文艺出版社，1995年．

[102]钟理和．原乡人[M]．北京：人民文学出版社，1983年．

二、专著类

[1][奥]弗洛伊德．精神分析引论[M]．高觉敷译．北京：商务印书馆，
     1986年．

[2][俄]维谢洛夫斯基．历史诗学[M]．刘宁译．北京：人民大学出版
     社，2018年．

[3][德]弗里德里希·尼采．历史的用途与滥用[M]．陈涛 周辉荣译．
     上海：上海人民出版社，2020年．

[4][德]黑格尔．历史哲学[M]．王造时译．上海：上海书店出版社，
     1999年．

[5][法]埃莱娜·西苏．美杜莎的笑声[A]．张京媛主编．当代女性主

义文学批评[C].北京：北京大学出版社，1992年．

[6][法]伯格森．时间与自由意志[M].吴士栋译．北京：商务印书馆，
2014年．

[7][法]加缪．西西弗的神话[M].杜小真译．北京：三联书店，1987年．

[8][法]罗兰·巴尔特．写作的零度[M].李幼燕译．北京：中国人民
大学出版社，2008年．

[9][法]雷蒙·阿隆．历史演讲录[M].张琳敏译．上海：上海译文出
版社，2011年．

[10][法]米歇尔·福柯．疯癫与文明[M].刘北成、杨远婴译．北京：
生活·读书·新知三联书店，2012年．

[11][法]西蒙娜·德·波伏娃．第二性[M].陶铁柱译．北京：中国书
籍出版社，1998年．

[12][美]大卫·格罗斯．逝去的时间：论晚期现代主义文化中的记忆
与遗忘[A].陶东风、周宪编．文化研究第11辑[C].北京：社会
科学文献出版社，2011年．

[13][美]海登·怀特．形式的内容：叙事话语与历史再现[M].董立河
译．北京：文津出版社，2005年．

[14][美]华莱士·马丁．当代叙事学[M].伍晓明译．北京：北京大学
出版社，1990年．

[15][美]雷·韦勒克、奥·沃伦．文学理论[M].刘象愚等译．北京：
生活·读书·新知三联书店，1984年．

[16][美]露丝·本尼迪克．文化模式[M].王炜等译．北京：生活·读
书·新知三联书店，1988年．

[17][美]乔治·斯坦纳(Steiner, G.)．语言与沉默——论语言、文学
与非人道[M].李小均译．上海：上海人民出版社，2013年．

[18][美]苏珊·朗格．情感与形式[M].刘大基等译．北京：中国社会
科学出版社，1986年．

[19][美]威廉·詹姆斯．心理学原理[M].郭宾译．南昌：江西教育出

版社，2014 年．

[20][美]约瑟夫·弗兰克等．现代小说中的空间形式[C]．秦林芳编译．
　　北京：北京大学出版社，1991 年．

[21][意]贝尔戴托·克罗齐．历史学的理论和实际[M]．[英]道格拉
　　斯·安斯利英译，傅任敢译．北京：商务印书馆，1986 年．

[22][英]爱·摩·福斯特．小说面面观[M]．苏炳文译．广州：花城出
　　版社，1984 年．

[23][英]安东尼·吉登斯．现代性的后果[M]．田禾译．南京：译林出
　　版社，2011 年．

[24][英]安东尼·吉登斯．现代性与自我认同[M]．夏璐译．北京：中
　　国人民大学出版社，2016 年．

[25][英]科林伍德．艺术原理[M]．王至元、陈华中译．北京：中国社
　　会科学出版社，1985 年．

[26][英]特里·伊格尔顿．理论之后[M]．北京：商务印书馆，2016 年．

[27][英]特里·伊格尔顿．论文化[M]．张舒语译．北京：中信出版
　　社，2018 年．

[28][英]T. S. 艾略特．艾略特文学论文集[M]．李赋宁译注．南昌：
　　百花洲文艺出版社，1994 年．

[28]爱荷华"国际写作计划"台湾联谊会编．现在，他是一颗星——怀
　　念诗人保罗·安格尔[C]．台北：时报文化，1992 年．

[30]美国爱荷华大学"国际写作计划"编印．中国周末——爱荷华一次
　　海内外华人作家的盛会[C]．香港：天地图书有限公司，1980 年．

[31]陈芳明．台湾新文学史[M]．台北：联经出版社，2011 年．

[32]陈启能、倪为国主编．书写历史[C]．上海．上海三联书店，2002 年．

[33]陈慧．西方现代派文学简论[M]．石家庄：花山文艺出版社，
　　1985：213.

[34]方忠主编．多元文化与台湾当代文学[M]．北京：文化艺术出版
　　社，2011 年．

［35］蒋大椿、陈启能主编．史学理论大辞典［M］．合肥：安徽教育出版
社，200：75-76.

［36］江少川等．海外湖北作家小说研究［M］．武汉：武汉大学出版社，
2019 年．

［37］卢菁光．从"告别"谈起——谈 70 年代前后台湾留(美)学生文学的
一个发展过程［A］．台湾香港与海外华文文学论文选［C］．福州：
海峡文艺出版社，1988 年．

［38］李黎、饶芃子．比较诗学［M］．西安：陕西师范大学出版社，2000 年．

［39］李恺玲、谌宗恕编．聂华苓研究专集［C］．武汉：湖北教育出版
社，1990 年．

［40］李小江．女性？主义——文化冲突与身份认同［M］．南京：江苏人
民出版社，2000 年．

［41］刘川鄂主编．湖北文学通史·第四卷(当代卷)［M］．武汉：长江文
艺出版社，2014 年．

［42］刘川鄂．张爱玲传［M］．武汉：长江文艺出版社，2020 年．

［43］刘登翰主编．双重经验的跨域书写：20 世纪美华文学史论［M］．
上海：上海三联书店，2007 年．

［44］刘登翰等编．台湾文学史(上卷)［M］．福州：海峡文艺出版社，
1991 年．

［45］刘登翰等编．台湾文学史(下卷)［M］．福州：海峡文艺出版社，
1993 年．

［46］路德庆．作家谈创作(下)［M］．广州：花城出版社，1982 年．

［47］罗刚．叙事学导论［M］．昆明：云南人民出版社，1994 年．

［48］彭瑞金．台湾新文学运动 40 年［M］．台北：自立晚报，1991 年．

［49］邵明．文学棱镜中的历史景观——世纪之交历史叙事的文化研究
［M］．合肥：安徽大学出版社，2009 年．

［50］苏共中央社会科学院《科学与教学文献》编辑部．历史科学·方法
论问题［M］．刘心语译．北京：中国社会科学出版社，1990 年．

[51]田汝康、金重远选编.现代西方史学流派文选[C].上海：上海人民出版社,1982年.

[52]王德威.想象中国的方法：历史·小说·叙事[M].天津：百花文艺出版社,2016年.

[53]王玲玲、徐浮明.最后的贵族——白先勇传[M].北京：团结出版社,2001年.

[54]尉天聪.回首我们的时代[M].北京：中国文史出版社,2016年.

[55]袁可嘉等编选.现代主义文学研究(上下册)[C].北京：中国社会科学出版社,1989年.

[56]吴秀明.文学中的历史世界——历史文学论[M].长春：吉林教育出版社,1994年.

[57]徐国伦、王春荣主编.二十世纪中国两岸文学史 续编[M].沈阳：辽宁大学出版社,1993年.

[58]叶石涛.台湾文学史纲[M].台北：文学界,1993年.

[59]应凤凰编.台湾现当代作家研究资料汇编23 聂华苓[C].台南市：台湾文学馆,2012年.

[60]尹晓煌.美国华裔文学史[M].徐颖果译.天津：南开大学出版社,2006年.

[61]张进.历史诗学通论[M].广州：暨南大学出版社,2013年.

[62]赵毅衡编选."新批评"文集[C].天津：百花文艺出版社,2001年.

[63]朱立元主编.当代西方文艺理论[M].上海：华东师范大学出版社,2014年.

[64]郑明俐.当代台湾文艺政策的发展、影响与检讨[A].当代台湾政治文学论[C].台北：时报文化出版公司,1994年.

三、学位论文类

[1]陈丽军.聂华苓创作的文化心态研究(硕士论文)[D].苏州大学,2009年.

［2］黄志杰.对生命本质的执着追求——论聂华苓的小说创作（硕士论文）［D］.南京师范大学，2006年.

［3］季永洲.万水千山总是情（硕士论文）［D］.南昌大学，2008年.

［4］骆丽.张爱玲与聂华苓后期小说比较研究（硕士论文）［D］.福建师范大学，2008年.

［5］孙芳.探索和归属——聂华苓价值观的转变（硕士论文）［D］.汕头大学，2011年.

［6］许文畅.台湾《自由中国》杂志文艺栏研究（博士论文）［D］.吉林大学，2015年.

［7］许燕转.跨文化视野下的聂华苓离散写作研究（博士论文）［D］.暨南大学，2011年.

［8］仲昭阳.流散语境中的母国记忆——美国华文女作家聂华苓的"回望文学"研究（硕士论文）［D］.江南大学，2011年.

［9］古茗芳.五、六〇年代女性小说的自传式书写——以林海音《城南旧事》、聂华苓《失去的金铃子》、徐钟珮《余音》为研究对象（硕士论文）［D］.台北：国立台北教育大学（台湾文化研究所），2015.

［10］李如凰.认同与性别意识——聂华苓长篇小说研究（硕士论文）［D］.中正大学（台湾文学所），2010年.

［11］林翠真.台湾文学中的离散主题——以聂华苓及於梨华为考察对象（硕士论文）［D］.台中：私立静宜大学中国文学研究所，2002年.

［12］吴孟琳.流放者的认同研究——以聂华苓、於梨华、白先勇、刘大任、张系国为研究对象（硕士论文）［D］.新竹：台湾清华大学，2008年.

［13］周秀纹.聂华苓自传性小说研究——从《失去的金铃子》《桑青与桃红》《千山外水长流》出发（硕士论文）［D］.国立政治大学（国立教学硕士在职专班）2010年.

四、期刊论文类

［1］白先勇.流浪的中国人——台湾小说的放逐主题［N］.明报月刊，

1976 年 1 月号.

[2]陈芳明. 横的移植与现代主义之滥觞——聂华苓与《自由中国》文艺栏[J]. 联合文学，2001 年第 202 期.

[3]陈剑虹. 冷却不了的记忆——聂华苓在三斗坪[J]. 昆仑，1989 年第 1 期.

[4]陈捷. 聂华苓小说创作之社会文化心态[J]. 北京科技大学学报(人文社会科学版)，1997 年第 7 期.

[5]陈天庆、张超. "说老实话"的三种艺术境界——聂华苓长篇小说漫论[J]. 福建论坛(文史哲版)，1992 年第 1 期.

[6]陈学芬. 论聂华苓小说中的离散者形象[J]. 中央民族大学学报(哲学社会科学版)，2014 年第 1 期.

[7]储小平. 中国"家"文化泛化的机制与文化资本[J]. 学术研究，2003 年第 11 期.

[8]戴天. 谈聂华苓新作[N]. 信报，1985 年 7 月 22 日.

[9]邓如冰. 当代汉语写作"国际化"研究的可能性——以爱荷华"国际写作计划"为例[J]. 海南师范大学(社会科学版)，2014 年第 5 期.

[10]丁玲. 我看到的美国[J]. 文汇月报，1982 年第 11 期.

[11]龚见明. 论文学历史感[J]. 艺术广角，1988 年第 1 期.

[12]顾月华. 又一朵沉毅的花——聂华苓新作《千山外，水长流》[N]. 华侨日报，1985 年 5 月 6 日.

[13]郭淑雅"丧"青与"逃"红？——试论聂华苓《桑青与桃红》/国族认同[J]. 文学台湾，1999 年第 32 期.

[14]何慧. 被记忆缠绕的世界——聂华苓的中国情意结[J]. 广东社会科学，1986 年第 4 期.

[15]黄仪冠. 乡关何处——论《桑青与桃红》的阴性书写与离散文化[J]. 政大中文学报，2004 年第 1 期.

[16]黄文湘. 聂华苓的文学创作历程[N]. 文汇报，1987 年 12 月 6 日.

[17]黄文湘. 聂华苓的创作心路历程[N]. 文汇报，1987 年 12 月 13 日.

[18]胡德才.楚文化与聂华苓的文学创作[J].江汉论坛.2020年第10期.

[19]雷戈.再谈我的历史观与历史感概念[J].史学月刊,1999年第6期.

[20]李恺玲."帝女雀"的歌——评聂华苓新作《千山外,水长流》[J].啄木鸟,1985年第2期.

[21]李恺玲."真空"中的探索——浅论聂华苓的创作道路[J].武汉师范学院学报(哲学社会科学版),1984年第6期.

[22]李怡.访退休前的聂华苓[J].九十年代月刊,1988年第5期.

[23]刘川鄂.多姿的结构 繁复的语象——张爱玲前期小说艺术片论[J].中国现代文学研究丛刊,1989年第4期.

[24]刘川鄂.启蒙文学的旗帜与唯美文学的标高——鲁迅、张爱玲比较论[J].南方文坛,2020年第5期.

[25]刘川鄂.消费主义文化语境中的张爱玲现象[J].湖北大学学报(哲学社会科学版),2007年第3期.

[26]刘登翰、刘小新.论五六十年代的台湾文学及其对海外华文文学的影响[J].台湾研究集刊,2003年第3期.

[27]刘谋.追寻文学的历史感[J].盐城师专学报(哲学社会科学版),1995年第3期.

[28]刘洁.试论聂华苓的小说创作[J].西北师院学报,1987年第4期.

[29]刘文祥.论"70后"作家的历史叙事及历史感[J].北京社会科学,2017年第12期.

[30]陆士清、王锦园.试论聂华苓创作思想的发展[J].复旦学报,1982年第2期.

[31]莫詹坤、陈曦、钱林森.我的跨文化写作与人生旅程——聂华苓访谈录[J].当代作家评论,2020年第5期.

[32]邵建.试论文学的历史感[J].文艺研究,1988年第6期.

[33]宋剑华.聂华苓:放逐者的心灵悲歌[J].海南师院学报,1994年第1期.

[34]苏必扬．传统与现代的融合——评聂华苓小说技巧[J]．台港与海外华文文学评论和研究，1992年第2期．

[35]萧乾．当人民的吹鼓手——文学回忆录之六[J]．新文学史料，1992年第2期．

[36]王庆麟．聂华苓访问记——介绍"国际作家工作室"[J]．幼狮文艺，1968年第169期．

[37]王晋民．论聂华苓的创作[J]．文学评论，1981年第5期．

[38]汪曾祺．美国家书[J]．人民文学，1998年第5期(5)．

[39]许文畅．历史记忆与流浪地图——聂华苓自传体小说中的空间叙事研究[J]．文艺争鸣，2019年第8期．

[40]许燕转．论聂华苓之于台湾五六十年代文学场域[J]．芒种，2012年第4期．

[41]姚嘉为．放眼世界文学心——专访聂华苓[J]．文讯，2009年第283期．

[42]叶维廉．《失去的金铃子》之讨论[J]．现代文学，1963年第17期．

[43]应凤凰．《自由中国》《文友通讯》作家群与五十年代台湾文学史[J]．文学台湾，1998年第26期．

[44]袁园．自我的叙述与叙述的自我——试析聂华苓小说的逃亡主题[J]．世界华文文学论坛，2003年第2期．

[45]张香华．聂华苓的天空[N]．(新加坡)联合早报，1989年10月1日．

[46]张云峰、胡玉伟．对"漂泊者"文学书写的文化解读[J]．文艺争鸣，2007年第7期．

[47]章子仲．思乡的情怀 离奇的世相——初读聂华苓的几本小说[J]．武汉师范学院学报，1982年第4期．

[48]朱邦蔚．从根地失落到根的回归——从《桑青与桃红》与《千山外，水长流》看聂华苓小说寻根意识的发展[J]．世界华文文学论坛，1999年第2期．

［49］《自由中国》一至二十三卷，1949 年 11 月 20 日—1960 年 9 月 1 日．

［50］IWP50 周年纪念专刊 1［J］．明报月刊，2017 年 11 月号．

［51］IWP50 周年纪念专刊 2［J］．明报月刊，2017 年 12 月号．

［52］专题：“世界文学组织之母”聂华苓［J］．明报月刊，2015 年 12 月号．

附　　录

1923 年(民国十三年)

聂华苓母亲孙国瑛嫁到聂家。聂家为湖北省应山县一个世宦之家,祖父聂辑五是晚清秀才、孝廉方正、遗老,父亲聂洸毕业于保定陆军军官学校第一期,陆军大学第五期毕业,桂系军人,先后任吴佩孚北洋军阀湖北第一师参谋长,革命军唐生智的第八军参谋处处长,后桂系胡宗铎部控制武汉,又成为武汉卫戍司令部参谋长,因派系斗争,经常受国民党特务监视。

1925 年(民国十四年) 生年

2 月 3 日(乙丑年正月十一),聂华苓于湖北省宜昌市出生①,因此取小名宜生②,祖籍湖北应山,出生后不久,全家迁居武昌③。聂华苓出生在一个保守的封建家庭,据聂华苓回忆:"我家三代同堂:爷爷、奶奶、父亲、母亲——我的母亲、大哥母亲,而我们这一代又一分为二。牵牵绊绊——那就是我的童年生活,也是家里每个人的生活,是旧

---

① 林晓辉:《聂华苓到〈台声〉编辑部做客》,《台声》1984 年第 4 期,第 36-37 页。笔者注:现有的资料大多显示聂华苓出生于武汉,但据笔者向聂华苓求证,聂华苓出生于宜昌,故小名叫宜生,大弟生于武汉,小名汉仲。

② 姜祚正:陪聂华苓引出的打油诗,《夷陵评论》公众号总第 1085 期。

③ 聂华苓:《三生三世》,百花文艺出版社 2004 年版,第 11-15 页。

有的社会和家庭必然产生的那种生活。家里每个人都不快活。"①

1926 年(民国十五年)　1 岁

北伐军进逼武汉时，聂洸把家属移居汉口，只身随部留守武昌，在最后关头，参与开城迎接北伐军。随即被任命为国民革命军第八军(军长唐生智)参谋处处长。"七·一五"政变后，桂系控制湖北，胡宗铎任武汉卫戍司令，聂洸受委就任武汉卫戍司令部参谋长。

1927 年(民国十六年)　2 岁

11 月 25 日，武汉国民政府任命胡宗铎兼任武汉卫戍司令，陶钧后被任命为副司令，聂洸为参谋长。司令部在汉口铭新街(今武汉市劳动局)②。

1928 年(民国十七年)　3 岁

聂洸放弃军职，任湖北禁烟局局长，兼任宜昌禁烟稽查处处长。此间兼任国民党湖北省党部候补执行委员。

1929 年(民国十八年)　4 岁

3 月，蒋桂战争爆发。

4 月 4 日，桂系军队从武汉溃退鄂西，武汉治安由聂洸负责维持。

4 月 5 日，蒋军到达武汉，蒋介石令鲁涤平为武汉卫戍总司令(鲁未到任前由刘峙代理)。③

1931 年(民国二十年)　6 岁

4 月，父亲聂洸任军事委员会南昌行营参谋部〈参谋长贺国光〉高级参谋。

同年夏，任南昌行营第一警备旅旅长，率部参加对湘鄂赣边区红军

---

① 聂华苓:《三十年后——归人札记》，湖北人民出版社 1980 年版，第 29 页。

② 武汉地方志编纂委员会主编:《武汉市志·军事志》，武汉大学出版社 1992 年版，第 10-11 页。

③ 武汉地方志编纂委员会主编:《武汉市志·军事志》，武汉大学出版社 1992 年版，第 10-11 页。

及根据地的"围剿"作战。聂洸为逃避国民党特务，全家搬往北平。①

1932 年(民国二十一年)　7 岁

本年，聂华苓于汉口市立第六小学读三年级，弟弟华懋(汉仲)也在此小学读书。弟弟聂华梓出生，小名季阳。

1933 年(民国二十二年)　8 岁

本年，妹妹聂华蓉出生。

1935 年(民国二十四年)　10 岁

6 月，聂洸任贵阳绥靖主任(薛岳)公署第七绥靖区司令，后任贵州省第七区行政督察专员，兼任该区保安司令及平越县(现为福泉市)县长等职。

冬，弟弟聂华桐出生，曾因误认父亲书信取名为华相。②

1936 年(民国二十五年)　11 岁

1 月 25 日(正月初三)，父亲聂洸于贵州平越任官期间，在红二方面军攻打平越县城时身亡。

1937 年(民国二十六年)　12 岁

本年，聂华苓就读于武昌湖北省立第一女子中学。

1938 年(民国二十七年)　13 岁

本年，抗日战争爆发，武汉危急。8 月，为避日军侵略，母亲孙国瑛带着四个儿女、后母、张德三、胡妈、胡妈女儿小秀等九人随勉公舅舅从武汉坐轮船到宜昌，再从宜昌坐木船逆水而上到宜昌县三斗坪舅父老家避难，于当年秋天抵达三斗坪的外婆陈家。

本年，祖父聂辛炼(辑五)去世，葬于应山老家聂店莲花山。

---

① 陈予欢编：《保定军校将帅录》，广州出版社 2006 年版，第 670 页。
② 笔者注：据笔者 2018 年 11 月 1 日晚与聂华苓的姨侄儿子郑聂建先生的交谈记录，大舅华桓告诉笔者：小舅出生时，外公已在贵州，华桐的名字是外公取的名，家里从外公贵州的来信上将'桐'当成了'相'，后来又接到外公来信才知道误解了，所以小舅有两个名字。

1939 年(民国二十八年)　14 岁

本年,聂华苓离开三斗坪,只身随远房亲戚陈怀广赴恩施屯堡湖北省立联合女子中学就读。母亲送她上船,走过高高低低的山,聂华苓一路踢着路上的石子,不敢看母亲。

1940 年(民国二十九年)　15 岁

6 月,日军占领宜昌,母亲带着小弟弟华桐与小妹妹华蓉逃至万县。大弟弟华懋(汉仲)在重庆黄角桠读完初中,1942 年进国立十二中。

夏天,15 岁的聂华苓和两位同学从恩施屯堡去四川,考入长寿国立第十二中学就读。

1943 年(民国三十二年)　18 岁

6 月,高中毕业于四川长寿国立第十二中学。

本年,高中毕业后未能进入理想的大学,在四川白沙县乡间一所"国立大学先修班"继续备考①。

1944 年(民国三十三年)　19 岁

本年,聂华苓千辛万苦流亡到四川。取得西南联合大学保送资格,为了与母亲弟妹有所照应,放弃保送升学的名额,转投原址南京抗战时暂迁至重庆的中央大学(现南京大学)经济系。

1945 年(民国三十四年)　20 岁

本年,因为热爱文学,由经济系转入外文系就读,就读期间认识靳以的堂妹章葆娟。

1946 年(民国三十五年)　21 岁

暑假,中央大学在南京复校。聂华苓随王正路、许石清等同学随货船至万县接弟弟聂华桐,再到宜昌乘坐轮船回到武汉,一路颠簸流转回到南京校本部。《桑青与桃红》小说第一部的背景瞿塘峡,就取自这段经历。

---

① 李恺玲、谌忠恕编:《聂华苓研究专集》,湖北教育出版社 1990 年版,第 5 页。

本年，与长春人王正路恋爱。其间阅读大量文学作品，尤爱老舍的小说和曹禺的戏剧。

1948 年(民国三十五年)　23 岁

6 月，自南京中央大学外文系毕业，留在南京市私立青年会中学教书①，王正路回北平。

12 月 14 日，中国人民解放军完成对北平的包围。12 月聂华苓与王正路在北平成婚，大学同学邓林欣是女方唯一的见证人。

本年，以笔名"远思"发表《"变形虫"的世界》于《天下一家》第 1 卷第 3 期，是目前所见最早以"远思"为笔名的文章，可视为聂华苓的处女作，是一篇针对战争时期囤积居奇、投机钻营者所写的讽刺散文。

1949 年(中华人民共和国)　24 岁

4 月，聂华苓夫妇从天津、济南、潍坊等地辗转，由北平回到汉口。

5 月，在粤汉铁路工作的好友李一心和刘光远夫妇决定不走，将他们粤汉铁路眷属的火车票送给聂华苓。聂华苓带着母亲、弟弟及妹妹，赶上从武汉到广州的最后一班火车，一家五口经广州渡海赴台。

6 月，抵达中国台湾。初到台湾，聂华苓在台北商职夜校教英文。大弟汉仲随空军调到台湾嘉义，与徐文郁结婚。

本年，经李中直介绍担任《自由中国》编辑部稿件管理工作；后担任编辑委员及"文艺栏"主编，与雷震、殷海光、戴杜衡等人共事，并于"文艺栏"开启纯文学创作风气，刊行梁实秋、林海音、吴鲁芹、陈之藩、余光中等多位作家的作品。

1950 年　25 岁

本年，于《自由中国》以"远思"为笔名发表译作多篇。大女儿王晓薇出生。

---

① 李兆梅：聂华苓的两份小档案，《档案春秋》2014 年第 6 期。

1951 年　26 岁

3 月，在空军服役的大弟弟聂华懋（汉仲）飞行失事，意外丧生，年仅 25 岁。16 日，于《自由中国》第 4 卷第 6 期以笔名"远思"发表译作《史达林帝国的致命伤》。

4 月 1 日，于《自由中国》第 4 卷第 7 期以"聂华苓"为名发表译作《格兰斯顿与列宁》（罗素原作）。

5 月 16 日，于《自由中国》第 4 卷第 10 期以"华苓"为名发表译作《不愿做奴隶的人们》。

6 月 16 日，于《自由中国》第 4 卷第 12 期以"苓"为笔名发表小说《忆》。

8 月 1 日，于《自由中国》第 5 卷第 3 期以"苓"为笔名发表小说《觉醒》。

9 月 16 日，于《自由中国》第 5 卷第 6 期发表译作《辩证法和黑格尔的历史神学》。

12 月 16 日，发表译作《霍夫曼论自由》于《自由中国》第 5 卷第 12 期。

本年，小女儿王晓蓝出生。

本年，《自由中国》刊出社论《不可诱民入罪》与台湾统治当局发生冲突，胡适辞去发行人职务。

1952 年　27 岁

1 月 16 日，于《自由中国》第 6 卷第 2 期发表小说《黄昏的故事》。

4 月 1 日，于《自由中国》第 6 卷第 7 期以"远思"为笔名发表译作《自由是不可分的》（原作 B. W. Knight）。

5 月 1 日，于《自由中国》第 6 卷第 9 期发表译作《历史的治乱》（原作陶英贝）。

6 月 1 日，于《自由中国》第 6 卷第 11 期发表译作《生·死·爱·乐》。

7 月 16 日，于《自由中国》第 7 卷第 2 期发表译作《太平洋学会如何帮助史达林赤化中国(上)》(原作 James Burnhan)。

8月1日,于《自由中国》第7卷第3期发表译作《太平洋学会如何帮助史达林赤化中国(下)》(原作 James Burnhan)。

9月16日,于《自由中国》第7卷第6期发表译作《青春恋》。

11月16日,于《自由中国》第7卷第10期发表散文评论《谢谢你们:云、海、山!》。

11月,胡适抵达中国台湾,雷震派聂华苓去献花,聂华苓回复:

儆寰先生:

您要我去向胡适先生献花。这是件美丽的差事,也是个热闹场面。我既不美丽,也不爱凑热闹,请您饶了我吧!

聂华苓上

1953年　28岁

5月,第一本中篇小说《葛藤》由台北自由中国杂志社出版。

6月16日,于《自由中国》第8卷第10期发表散文《绿藤》。

8月1日,于《自由中国》第9卷第3期发表散文《一颗孤星》。

10月25日,聂华苓与母亲、弟妹等家人参加殷海光、夏君璐婚礼。

11月1日,于《自由中国》第9卷第9期发表小说《绿窗漫笔》。小说由《祖母与孙子》《人,又少了一个!》《霓虹灯下》三个故事组成,写的都是底层小人物的寂寞与辛酸生活。

12月16日,于《自由中国》第9卷第12期以“远思”为笔名发表译作《没有史达林的第一个十一月》(原作 C. D. Wolfe)。

本年,到台湾华商学院任教。聂华苓加入《自由中国》编辑委员,其间与雷震、殷海光、戴杜衡等人共事。不久,升任《自由中国》文艺栏主编,成为唯一的一个女编委,并于“文艺栏”开启纯文学创作风气,刊行梁实秋、林海音、吴鲁芹、陈之藩、余光中等多位作家的作品。

1954 年　29 岁

6 月 16 日，于《自由中国》第 10 卷第 12 期发表散文《山居》。散文记录聂华苓一家在山中避暑过程中的点滴，同时表达对远行丈夫的思念之情。

9 月 16 日，于《自由中国》第 11 卷第 6 期发表小说《灰衣人》。

本年，发表《自由中国》与"台湾当局"冲突激化，雷震因《自由中国》上一篇社论《抢救教育危机》，被国民党开除党籍。

1955 年　30 岁

1 月 1 日，于《自由中国》第 12 卷第 1 期发表小说《母与女》。

1 月 16 日，于《自由中国》第 12 卷第 2 期以"远思"为笔名发表译作《民主的巴西总统费尔约》。

4 月 16 日，于《自由中国》第 12 卷第 8 期发表译作《美国和波多黎哥》。

1956 年　31 岁

6 月 1 日—9 月 1 日，于《自由中国》第 14 卷第 11 期—第 15 卷第 5 期连载小说《葛藤》。

10 月 20 日，于《文学杂志》第 1 卷第 2 期发表《高老太太的周末》。

本年，《自由中国》刊出为蒋介石七十岁大寿祝寿的专号，批评蒋介石人格上的缺陷、违宪的国防组织和特务机构，轰动一时，雷震因此被撤职。

1957 年

3 月 16 日，于《自由中国》第 16 卷第 6 期发表《晚餐》。小说《晚餐》即是后来改名的《王大年的几件喜事》，只是聂华苓将小说主人公的名字"汪大年"改成了王大年。

4 月 15 日，于《联合报》第 2 版发表散文《母亲的菜》。

7 月 16 日，于《自由中国》第 17 卷第 2 期发表《卑微的人》。

11 月 5 日，《文星》创刊，萧孟能在寓所宴请包括聂华苓、林海音在内的特约作者。18 日，发表《海滨小简》于《联合报》第 6 版。

本年,《珊珊,你在哪儿?》于《文学杂志》。丈夫王正路赴美,两人就此分道扬镳,并于1965年离婚。

<h3 style="text-align:center">1958年　33岁</h3>

1月16日,发表小说《绿窗漫笔》于《自由中国》第18卷第2期。

4月,胡适由美回台,就任"中央研究院"院长,聂华苓参加《自由中国》同仁为胡适举办的欢迎会。《自由中国》因与国民党政府冲突,被定为离经叛道的刊物,编辑委员会亦不如当年盛况。

6—9月,在《文学杂志》第四卷第四期至第五卷第一期连载译作《德莫福夫人》。

9月10日,发表《双龙抱柱》于《联合报》第7版。

10月5日,发表小说《乐园之音》于《联合报》第7版。

10月16日,发表小说《卖麦茶的哨子》于《自由中国》第19卷第8期。

<h3 style="text-align:center">1959年　34岁</h3>

1月16日,发表小说《爱国奖券》于《自由中国》第20卷第2期。

5月16日,发表小说《窗》于《自由中国》第20卷第10期。

7月10日,发表散文《山中小简——溪边》于《联合报》第7版。

7月,短篇小说集《翡翠猫》由台北明华书局出版。小说集收录《翡翠猫》《高老太太的周末》《乐园之音》《晚餐》《卑微的人》《中根舅妈》《爱国奖券》《再叫我一声》《永不闭幕的舞台》《窗》十篇小说。

本年,中译小说《德莫福夫人》(亨利·詹姆士著),由台北文学出版社出版;短篇小说集 The Purse(《李环的皮包》)由香港 Heritage Press 英译出版;1965年葡萄牙文版由智利 Editora Globe 出版。发表《寂寞》于《文学杂志》,发表《中根舅妈》于《文星》。《自由中国》创刊十周年,只剩下寥寥几个编委与工作人员。聂华苓与《自由中国》同仁雷震、夏道平、戴杜衡、傅正、雷震夫人宋英等人参加《自由中国》创刊十周年庆祝会。

1960 年　35 岁

8 月 16 日，发表小说《爷爷的宝贝》于《自由中国》第 23 卷第 4 期。

9 月 4 日，《自由中国》遭查封，雷震、傅正、马之骕、刘子英四人被捕，聂华苓亦遭监视。9 日，发表译作《深夜》(曼斯菲尔著)于《联合报》第 7 版。

10 月 16 日—11 月 9 日，译作《遣悲怀》(纪德著)于《联合报》连载。

本年，译著《美国短篇小说选》由台北明华书局出版。长篇小说《失去的金铃子》由台北学生书局出版。由于《自由中国》事件，聂华苓受到牵连，她的婚姻、工作及生活都陷入困境，华商学院的教职也被免去。这期间，聂华苓虽在逆境中，但译著方面，反而颇为丰厚。除了《美国短篇小说选》外，聂华苓还把包括张爱玲、陈若曦等八个中国女作家的小说翻译成英文，并译有她自己一个短篇小说集《THE PURSE》(收入她三个短篇，一九六三年，香港 HERITAGE PRESS)。而她的成名作，长篇小说《失去的金铃子》(一九六〇年，台北学生出版社)，也是此期间写的。

1961 年　36 岁

3 月 1 日，发表短篇小说《绣花拖鞋》于香港出版的中文月刊《今日世界》第二一六期。①

7 月 2 日—12 月 20 日，长篇小说《失去的金铃子》于《联合报》第 6 版连载。

12 月 20 日，发表创作谈《苓子是我吗?》于《联合报》第 6 版。

1962 年　37 岁

春，台静农登门邀请聂华苓到台大教授小说创作课，接着徐复观请她去东海大学教与余光中合教一门创作课。

夏，担任《现代文学》主编。

---

① 黄文湘:《聂华苓夫妇和爱荷华"国际写作计划"组织》,《文汇报》1987 年 11 月 15 日。

7月，译著 Eight Stories by Chinese Woman（《中国女作家小说选》），由香港 Heritage Press 出版。

11月15日，聂华苓母亲因肺癌逝世。①

12月1日，发表《寄母亲第一封信》于《联合报》第8版。14日，发表《寄母亲第二封信》于《联合报》第8版。23日，发表《寄母亲第三封信》于《联合报》第8版。

1963年　38岁

6月6日，发表散文《松林坡与美国文学》于《联合报》第8版。24日，发表小说《月光·枯井·三脚猫》于《联合报》第8版。

夏，美国爱荷华大学"作家工作坊"（The University of Iowa Writers' Workshop）主持人、诗人保罗·安格尔（Paul Engle）获得洛克菲勒基金的一笔资金，走访亚洲六个月，并到访台，邀请欧阳子、王文兴、白先勇到爱荷华"作家工作坊"。在美国驻台领事馆新闻处举行的酒会上与聂华苓邂逅。

9月25日，短篇小说集《一朵小白花》由台北文星书店出版。小说集收录11篇小说，分别是：《一捺红》《寂寞》《爷爷的宝贝》《珊珊，你在哪儿?》《绣花拖鞋》《君子好逑》《桥》《一朵小白花》《蜜月》《李环的皮包》《月光·枯井·三脚猫》。

本年，译作（中译英）《The Purse》由香港 Heritage Press 出版，其中收有聂华苓的小说三篇。译作（中译英）《Eight Stories》香港 Heritage Press 出版，其中收有聂华苓、张爱玲、陈若曦等女作家的小说。

1964年　39岁

6月，聂华苓与平鑫涛等皇冠作家赴宜兰出游。

秋，应保罗·安格尔之邀，冲破重重阻碍，与诗人杨牧同赴爱荷华大学，参加工作坊的工作，并以"作家工作坊"顾问名义在爱荷华居留，

---

① 聂华苓：《三生三世》，天津百花文艺出版社2004年版，第208页。另有孙国英墓碑铭文：生于光绪二十九年六月初七，殁于民国五十一年十月十九日子时。此碑文中殁于"十月十九"也即是公历"11月15日"。

从事写作和翻译工作。

本年,《在美国的风铃》在台湾《联合报》发表。

1965 年　40 岁

本年,将女儿王晓薇、王晓蓝从台湾接来爱荷华;《失去的金铃子》由台北文星书店出第三版。散文集《梦谷集》由香港正文出版社出版。收录 11 篇文章,分别是:《寄母亲》《蜻蜓与停尸间》《梦谷》《绿窗漫笔》《溪边》《山居》《海边小简》《书与人》《女作家》《松林坡与美国文学》《苓子是我吗?》。聂华苓向安格尔提出创办"国际写作计划"的构想。

本年,聂华苓与王正路正式办理离婚手续。

1966 年　41 岁

本年,《王大年的几件喜事》在《大西洋月刊》(*The Atlanic Monthly*)发表,受到各方面好评。获爱荷华大学"作家工作坊"文学艺术硕士。聂华苓与安格尔关于创办"国际写作计划"的构想得到爱荷华大学的批准和支持。

1967 年　42 岁

8 月,与安格尔共同创办爱荷华大学"国际写作计划"(International Writing Program),每年 9 月至 12 月邀请世界各国作家赴美访问数月,进行写作、朗读、座谈、旅行等活动。第一届"国际写作计划"在爱荷华举行,共有十个国家和地区的十八位作家应邀参加,其中包括香港诗人戴天和台湾诗人痖弦。第一届作家驻校的时间是一个学年共九个月,后来先后改为八个月、六个月、四个月、三个月,1983 年起改为三个月,时间是每年的九月到十一月。聂华苓这时的全部心思都放在"国际写作计划"上,她既是主持人,又是秘书,又是助教,接人、送人、租房子等,无所不包,这段时间几乎没有进行创作的时间。

1968 年　43 岁

9 月,聂华苓在爱荷华接受王庆麟(痖弦)访问,访谈内容 1968 年 1 月成文《聂华苓访问记——介绍"国际写作计划"》发表于《幼狮文艺》第 169 期。

本年，水晶、郑愁予、温建骝受邀参加爱荷华"国际写作计划"。

<h3 style="text-align:center">1969 年　44 岁</h3>

1 月 14 日，周策纵致信聂华苓，谈及正受澳洲一大学的聘请评阅沈从文相关的博士论文。

3 月 14 日，周策纵致信聂华苓，谈及对沈从文现状、创作的情况，并向聂华苓介绍澳洲 Anthony Prince 的博士论文《沈从文的一生及作品》，建议聂华苓偏重于分析批判，并专注于自己作品的创作。

本年，商禽、郑愁予受邀参加爱荷华"国际写作计划"

<h3 style="text-align:center">1970 年　45 岁</h3>

5 月 20 日，聂华苓与叶维廉、郑愁予、商禽、温健骝、水晶、余光中、叶珊、白先勇、王文兴、林怀民共同发起"五四文学奖"，拟奖励三年内在海内外已经出版或未出版的优秀长篇小说、诗集和短篇小说集，并为此募集奖金。就该奖项的创设缘起、创设旨趣作过非常详细的说明，甚至该奖项的设立、颁发进入到了筹备阶段，但因种种原因，最后"五四文学奖"被搁浅，不了了之。

6 月 14 日，周策纵致信聂华苓，商讨"五四文学奖"事宜，并答应乐于对这一奖项进行赞助，并对"五四文学奖"捐助事宜提出疑问与建议，"威大方面，王润华和淡莹夫妇及钟玲对新诗及小说都很有兴趣和造诣。这儿捐款恐不如你们那里有办法。戏剧和散文为什么除外了?"

6 月 5 日，白先勇致信聂华苓，解释因《现代文学》与"仙人掌"起了纠纷，现已无余力顾虑他事，无法为"五四文学奖"捐赠奖金，"因为'现文'一直赔钱，每期都得赔差不多两百美金，全是我一个人支持，有点吃力。最近仙人掌与现文又发生财务纠纷，'现文'大概要完全脱离'仙人掌'了。"因此无法参加"五四文学奖"评审委员，也因生活拮据无法捐款赞助。

12 月 1 日，于《联合报》第 9 版连载长篇小说《桑青与桃红》，因部分内容遭警备总部质疑夹带不利政府的思想，刊至隔年 2 月 6 日遭中国台湾当局禁止刊行，后于香港《明报月刊》继续连载。

本年，译著《牵着哈叭狗的女人》(契诃夫等著)由台北大林出版社出版。商禽、林怀民、古兆申受邀参加爱荷华"国际写作计划"。

1971 年　46 岁

2 月 6 日，在《联合报》连载的《桑青与桃红》连载至第三部时被腰斩。

3 月 15 日，雷震致信聂华苓(回复聂华苓 3 月 4 日去信)，知悉聂华苓近况，深感快慰，"《桑青与桃红》，大概因为你又在香港《明报》发表，所以停登，我只看到报上说：《桑青与桃红》续稿未到，故停登，不悉这是口实。《明报》是不准来台的。由于《明报》有一篇《雷震与自由中国半月刊》的文章，所以我获悉你的小说也在那里发表"。

3 月 30 日，雷震致信聂华苓，为祝聂华苓与安格尔即将结婚的事宜，并与妻子宋英寄送鼎一个作为新婚贺礼。"鼎者重也、盛也。祝您们白头偕老也。"

5 月 5 日，余纪忠致信聂华苓，解释适逢台湾诸大学因"新五四"运动，台湾对"五四"甚是敏感，因此无法在《中国时报》发布举办"五四文学奖"消息，并因此事受牵连。

5 月 14 日，与安格尔在爱荷华结婚，捷克作家鲁斯狄克是安格尔的见证人，郑愁予是聂华苓的见证人。

5 月 20 日，尉天聪致信聂华苓，向聂华苓寄送结婚贺礼，同时解释说明当时"五四文学奖"之"五四"与台湾省局势不相适宜的事实。

5 月 24 日，余纪忠致信聂华苓，向聂华苓解释"五四文学奖"台湾省评审委员关于奖项设定的意见和建议，其一，奖金由每年一千元美元提高到两千元，由《中国时报》承担。其二，因台湾现实环境的敏感，还是坚持将"五四文学奖"改名为"中国现代文学奖"。

6 月 8 日，余纪忠致信聂华苓，再次向聂华苓解释"五四文学奖"的设立与台湾省局势相悖的事实。关于当年与余纪忠先生一起探讨"五四文学奖"相关事宜，后聂华苓曾回忆，并对"五四文学奖"筹备、夭折的始末做了大致说明。

6月11日，余光中致信聂华苓，回复同意并乐意参加担任"五四文学奖"评审，认为该奖项"用意甚佳"，并提醒聂华苓要考虑"国内某些人对'留美派'的敌意必然加深，而'留美派'中，未获邀之作家必感alienated"的情况。

本年，译著《遣悲怀》（纪德著）由台北晨钟出版社出版。商禽、郑愁予受邀参加爱荷华"国际写作计划"。

1972年　47岁

9月，与安格尔合译的 Poems of Mao Tse-Tung（《毛泽东诗词》）由美国 Simon and Schuster 出版。

本年，担任爱荷华大学东亚系系主任。A Critical Biograph of Shen Tsung-wen（《沈从文评传》）由纽约 Twayne Publishers 出版。王祯和受邀参加爱荷华"国际写作计划"。

1973年　48岁

6月27日，雷震致信聂华苓，回复收到聂华苓新作英译本的《沈从文评传》。

12月25日，雷震致信聂华苓，去信告知正打算着手编写《自由中国》的始末，希望聂华苓也帮忙回忆《自由中国》的工作。

本年，尉天聪、张错（翱翱）受邀参加爱荷华"国际写作计划"。

1974年　49岁

春，与安格尔返台停留五天，与痖弦、姚一苇、林怀民、王祯和、殷允芃、张兰熙、孟瑶、王文兴、季季等朋友会面。申请回大陆探亲未获批准，拜访出狱四年的雷震，遭中国台湾当局监视，后受政治因素影响，遭禁止抵台达14年。

8月11日，雷震致信聂华苓，感谢聂华苓1974年回台湾后来探望，并在走前将一万台币悄悄留下。并告知聂华苓相关消息在台已被封锁："据友人两次告诉我说：'余光中说香港对聂华苓有不少报道，我们这里对她新闻封锁了。'"

本年，胡梅子、袁则难受邀参加爱荷华"国际写作计划"。

本年，《Poems of Mao Tse-tung》(《毛泽东诗词》) 由英国伦敦的 Wildwood House 出版社再版。

1976 年　51 岁

元月，长篇小说《桑青与桃红》修正定稿。

3—4 月，南斯拉夫作家阿哈米德·伊马莫里克为首的来自 24 个国家的 26 位作家代表倡议推举聂华苓、安格尔夫妇为诺贝尔和平奖候选人，得到 270 位作家签名响应。

11 月 27 日，晚上，聂华苓在家举办当年"国际写作计划"作家"告别晚会"。

12 月，长篇小说《桑青与桃红》由香港友联出版社出版。小说出版后受到文艺界普遍重视，被认为是"台湾有史以来野心最大的小说"，白先勇、叶维廉、陈世骧等纷纷给予高度评价。

本年，何达受邀参加爱荷华"国际写作计划"。

1977 年　52 岁

本年，安格尔自"国际写作计划"退休，由聂华苓接手主持。荣获柯伊学院 (Coe College) 荣誉博士学位。王深泉受邀参加爱荷华"国际写作计划"。

1978 年　53 岁

5 月 13 日—6 月 19 日，与安格尔及女儿返回中国探亲。期间，拜访夏衍、曹禺、冰心、黄永玉、吴作人、蔡其矫、艾青等人，并于武汉、北京、南京等地进行专题演讲。

6 月 9 日下午，在北京华侨大厦客厅访问姚雪垠，参与访问的还有安格尔、张葆莘、王晓薇。

6 月 16 日，蔡其矫带聂华苓和安格尔与蜗居陋室的艾青会面。于北京期间，在华侨大厦访问曹禺与杨沫。

12 月，台美断交，中国台湾作家因而丧失赴美参与"国际写作计划"资格，后因聂华苓、安格尔积极向各大企业募款，台湾作家方能持续赴美进行文学交流。

12 月 24 日，宋英致信聂华苓，告知雷震病危事宜。

本年，东年、秦松、夏义（陈绚文）受邀参加爱荷华"国际写作计划"。

1979 年　54 岁

6 月，参加哈佛大学为期八天的现代中国文学讨论会。①

7 月 16 日，中国作家协会致信聂华苓，商讨萧乾、毕朔望参加爱荷华"国际写作计划"相关事宜。

7 月 17 日，周策纵致信聂华苓，此前聂华苓曾致信就"中国周末"文会的议题，征询周策纵意见。

8 月 15 日，在爱荷华家中与乌干达小说家比德·乃才瑞士（Peter Nagareth）对话，对话内容整理后题为《和非洲作家对话（一）》，8 月 24 日对话整理题为《和非洲作家对话（二）——谈〈桑青与桃红〉》收录于《最美丽的颜色——聂华苓自传》。

8 月 20 日，接受痖弦访问，回答痖弦提问作家们是通过大陆那边的团体推荐的，还是个人邀请？聂华苓答："我们都是跟作家协会接头，他（萧乾）是作家协会提名的；另一位是毕朔望，他是我希望他来的。因为我上次在北京见到他，他是诗人，我见到他时，他是'北京外文出版社'英文方面的负责人。"

8 月 24 日，聂华苓与乌干达小说家比德·乃才瑞士对话，内容整理题为《和非洲作家对话（二）——谈〈桑青与桃红〉》收录于《最美丽的颜色——聂华苓自传》。

9 月 15—17 日，在聂华苓夫妇组织下，于美国爱荷华大学艺术馆举办第一届"中国周末"文会。文会邀请了 22 位海内外华人作家，"国际写作计划"的数十位外国作家也参加了这次文坛盛会，共同探讨华语文学创作问题，议题为"中国文学创作的前途"。应邀参加的，包括大

① 聂华苓：《黑色，黑色，最美丽的颜色》，广州：花城出版社，1986 年，第 67 页。

陆的萧乾、毕朔望，台湾的高准，香港的戴天、李怡，新加坡的黄孟文，以及在美国、加拿大的华人作家周策纵、叶维廉、陈若曦、於梨华、欧阳子、许达然、郑愁予、李欧梵、秦松、翱翱、范思绮、刘绍铭、蓝菱、陈幼石。台湾的王拓与痖弦，以及夏志清、白先勇、杨牧、水晶等人，本也在被邀之列，最终未能成行。① 聂华苓致开场白说到"我们从不同的地区，有的千山万水，从北京，从台北，从香港，从新加坡，从美国多地，到爱荷华来。仅仅这一点，就说明了：我们还是有相同的地方——那就是我们对整个中华民族的感情，我们对中国文学前途的关切。"

9 月 27 日，周策纵致信聂华苓，感谢聂华苓在"中国周末"文会期间的辛劳筹划与周到照顾，并指出部分新闻报道中记录的作家讲稿存在错误的情况。

9 月 29 日，第一届"中国周末"举办后，聂华苓在写给茅盾的信中感谢先生赐墨宝与录音，并转达"中国周末"的盛况。"在'中国周末'那三天之中，我们二十几个写作的人，可以说是畅谈尽欢。每一个人所感到的那一份深厚的民族感情，是十分动人的！"回信附上"中国周末"相关剪报与照片。

10 月，香港《地平线》杂志第 7 期刊载陶然与署名"笙"的文章《名作家·IWP 主持人·聂华苓》和《爱荷华大学举办"中国周末"》，系统介绍了聂华苓的生平经历、文学创作、"国际写作计划"的创办运行、第一届"中国周末"的召开盛况。

10 月 17 日，聂华苓再次致信茅盾，转达萧乾、毕朔望在爱荷华参加"国际写作计划"和"中国周末"相关活动的热烈反响，并告知 1980 年 4 月聂华苓夫妇即将再度回国的计划，希望得到茅盾先生指导。

11 月 2 日，茅盾回信聂华苓，欢迎聂华苓夫妇回国，并且表明"我

---

① 陶然：《名作家·IWP 主持人·聂华苓》，《芒种》1980 年第 4 期，第 32 页。

们将安排你们要会见的作家和提供一些可供你们翻译的新一代作家的作品。也有老作家的新作品。"①

12月8日，艾青致信聂华苓，表明收到聂华苓寄信，自己十分繁忙，"我家的门是被你给推开的，现在再也关不住了。我已陷入难于应付的局面。全国有无数的刊物，都一齐向我伸手。"并且也已从史家胡同搬到居住条件更好的旅馆。

本年，短篇小说《爱国奖券》在《上海文学》第三期上发表。这是聂华苓在国内发表的第一篇小说，也是国内发表的第一篇海外华人作家的作品。萧乾、毕朔望、高准、陈韵文受邀参加爱荷华"国际写作计划"。

1980年　55岁

2月10日，艾青致信聂华苓，表明自己被朋友戏称为"国家重点保护的出土文物"，日子"就像一辆坞住的车子，要有许多人推着走"，"全国许多文艺刊物都向我伸出手，都可以提出索稿的理由：你哪年到过我们这儿；这儿还留下你的脚印；你是从这儿到那儿去的；你曾经在这儿搞过土地改革；你在这儿度过了最艰难的岁月；你是这儿的人，故乡的人怀念你；你应该想到全国有多少儿童；你应该想到青年；你应该想到'半边天'；你应该想到有一条财贸战线……"

2月11日，常任侠在《华侨日报》发表诗歌《赠聂华苓》，诗文如下：文章风格异群流/喜读《台北一阁楼》/故国河山萦笔底/春风绛帐沙坪坝/华厦聚英北美洲/驾起长桥通宝岛/天涯携手共遨游。

3月，短篇小说集《台湾轶事》由北京出版社出版。收录10篇小说，分别为：《爱国奖券》《一朵小白花》《珊珊，你在哪儿?》《王大年的几件喜事》《一捻红》《君子好逑》《李环的皮包》《高老太太的周末》《寂寞》

---

① 上海图书馆中国文化名人手稿馆编：《尘封的记忆——茅盾友朋手札》，文汇出版社2004年版，第295-296页。

《绿窗漫笔》。

4月13日，聂华苓夫妇上午由桂林抵达北京，下午会见夏衍，晚上参加中国作家协会举办的欢迎宴，晚宴有沈从文、陈荒煤、艾青、冯牧、姚雪垠、孔罗荪、刘宾雁、萧乾、王蒙、柯岩等人参加。14日，聂华苓夫妇上午参观周恩来总理生平事迹展览会和中共党史展览，下午会见艾青，晚上看舞剧。15日，参加人民文学出版社邀请座谈，下午会见文化部副部长周而复，晚上参加人民文学出版社宴请。16日作协陈荒煤、冯牧、黎辛、毕朔望在北京饭店与聂华苓夫妇共进午餐；下午到医院看望丁玲，随后到毕朔望家中访问；晚上在毕朔望家中参加家宴。17日上午会见阎纯德，中午参加姚雪垠家宴，下午在北京饭店会见卞之琳，随后会见《中国建设》杂志主编刘珙；晚上参加北京出版社宴请。

4月18日，邓颖超在北京会见聂华苓与安格尔，下午聂华苓在中国作家协会举办讲座介绍台湾和海外文学界情况，在会上，聂华苓向与会嘉宾介绍了台湾文坛的基本情况，包括《文学杂志》《现代文学》《文学季刊》《台湾文艺》几个刊物，通过介绍陈映真、杨青矗、王拓、白先勇等作家向与会嘉宾详细介绍了台湾三十年来文学发展的大概情况（讲座原文见聂华苓1984年主编的《台湾中短篇小说选》代序）。晚上看话剧《骆驼祥子》。19日，上午会见刘宾雁与王蒙。

4月19日，萧乾在《人民日报》发表《湖北人聂华苓》一文，在文中萧乾说："文学事业——他们所共同献身的事业，是两人之间的坚实纽带。这既包括他们各自的创作下——他们两人都是勤奋而有成就的作家，也包括他们为国内外其他同行创造写作条件而做出的崇高努力。"并盛赞IWP"已成为中美文化交流在文学方面的一道重要桥梁，而华苓和她的保罗是这座桥梁的建筑师。"

4月21日—5月4日，行程轨迹为北京—西安—延安—成都—重

庆。在成都，与马识途、高缨等人一起去了纪念唐代女诗人薛涛的古井
边，参观了武侯祠，看陈书舫、周企何、竞华演的川剧。①

5 月，5—7 日，乘船去武汉，8—14 日，在武汉逗留。14 日，聂华苓
回湖北广水省亲，并应邀在武汉作学术报告。15 日，飞郑州，16—
19 日，在郑州、开封逗留；18 日，在河南师范大学中文系作题为《美国
文学与台湾文学现状》②的报告。20 日，由郑州飞上海，21—23 日在上
海逗留；5 月 22 日，巴金邀请聂华苓与安格尔到上海寓所做客。24—
31 日，行程轨迹为上海—杭州—苏州—南京。

6 月，1—14 日，在北京逗留。10 日，与安格尔去文学讲习所与学
员见面、座谈，聂华苓夫妇与讲习所的学员一一认识，聂华苓向学员介
绍了保罗·安格尔、"作家工作坊"与"国际写作计划"的基本情况。座
谈会后，聂华苓夫妇将"作家工作坊"的两本教科书《诗的分析》《小说的
分析》赠给文学所，并赠送参与过"国际写作计划"的作家作品选集。

6 月 15 日，接受宝书采访，采访内容名为《根生土长——访美籍华
人作家聂华苓》在 1980 年第 7 期的《中国妇女》杂志发表。

6 月上旬，聂华苓、诗人保罗·安格尔夫妇同来沈从文在北京前门
东大街三号社会科学院大楼新居拜访。③ 15 日，由北京飞往广州。16
日，由广州乘船去香港。

7 月 31 日，茅盾致信聂华苓回复收到来信，知悉艾青与刘宾雁将
于今年九月参与爱荷华聚会，表示祝贺。

8 月，短篇小说集《王大年的几件喜事》由香港海洋文艺出版社出
版。收录 12 篇小说，分别为：《高老太太的周末》《爱国奖券》《珊珊，
你在哪儿?》《袁老头》《一朵小白花》《李环的皮包》《君子好逑》《永不闭

---

① 高缨：《和聂华苓、安格尔相处的日子》，《新观察》1980 年第 2 期，第
166-167 页。

② 中通：《美籍华裔女作家聂华苓来校讲学》，河南师范大学学报（社会科学
版）1980 年第 3 期，第 77 页。

③ 张兆和主编：《沈从文全集：附集》，太原：北岳文艺出版社，2003 年，
第 83 页。

幕的舞台》《桥》《极短篇》《一捻红》《一则故事，两种写法：〈晚餐〉〈王大年的几件喜事〉》。13日，卞之琳致信聂华苓，说明9月将与冯亦代赴美访问事宜，并说明乐意参加第二届"中国周末"文会，但因卞之琳与冯亦代二人于9月21日才从北京出发，并未赶上9月13—15日的"中国周末"文会。

9月，《青春》杂志刊发特约专栏："聂华苓与安格尔在中国"专页，收录聂华苓《三十年后——归人札记》中的一篇文章，由荒芜翻译的保罗·安格尔的诗歌《中国印象》《赠荒芜》两首，以及黎明的文章《保罗·安格尔和聂华苓夫妇在文学讲习所》。

9月13日，第二届"中国周末"文会举办，由许芥昱主持，李培德任翻译。聂华苓致开幕词说到此次相聚说明"人在大陆也好，人在台湾也好，人在海外也好，我们血管里流着同样中国人的血——这一丝血缘关系是不可分割的"。参与本次中国周末的华语作家有：艾青、蓝菱、蔡玲、张系国、许芥昱、陈若曦、许达然、陈幼石、李黎、华君武、郑愁予、黄永玉、李欧梵、翱翱、秦松、李怡、周策纵、李培德、张明晖、刘国松、白先勇、王蒙、吴晟、姚庆章、於梨华、袁可嘉、陈鼓应、卓以玉、木令耆、余志恒。9月13日，"中国周末"朗诵节目安排表：

　　艾青：《透明的夜》《雪落在中国的土地上》《礁石》，先由郑愁予、秦松朗诵汉文，由安格尔朗诵《雪落在中国的土地上》的英译；

　　袁可嘉：《旅客》《母亲》《上海》，英译由他本人朗诵；

　　周策纵：《五·四》《长城》，英译由他本人朗诵；

　　翱翱：《天使岛》《茶的情诗》《我和Eugene Iovesco握了手》，英译由他本人朗诵；

　　兰菱：《访古三首：萧声、荷塘、墓林》，英译由她本人朗诵；

　　秦松：《艾青还是艾青》《你剪下一块天空》《纽约之夜》《密西西比河之夜》，英译由他本人朗诵；

李黎：《给一位故乡的诗人》，英译由她本人朗诵；

吴晟：《雨季》《狗》《晨读》，英译由安格尔朗诵；

卓以玉：《瀑布》《雨》《长睡不醒又何妨》《石头》，英译由许芥昱朗诵；

安格尔：《题黄永玉画猫头鹰》《文化大革命》，中译由许芥昱朗诵。①

9 月 15 日，上午在爱荷华大学艺术馆，举行关于中国艺术问题的讨论，一些来自中国大陆与台湾的著名画家会展示他们的绘画作品。下午在爱荷华大学外语与哲学楼 304，举行关于中国大陆与台湾小说的讨论。

10 月，爱荷华"国际写作计划"编印的《中国周末——爱荷华一次海内外华人作家的盛会》一书由天地图书有限公司出版。书中收录保罗·安格尔《中国周末——中国的永恒》、痖弦访谈文章《访聂华苓——谈爱荷华中国文学前途讨论会》、出席作家名单、活动日程表、作家简介、"中国文学创作的前途"讨论会内容、午夜的座谈、许芥昱《窗外的涟漪》等内容。

11 月 5—7 日，受哥大翻译中心邀请赴美访问的卞之琳、冯亦代受聂华苓邀请来爱荷华参加"国际写作计划"主办的文学讨论会、诗歌朗诵会、作家座谈会等活动。

12 月，散文集《三十年后——归人札记》由湖北人民出版社出版，散文集记录 1978 年 5 月 13 日至 6 月 19 日在广州、武汉、北京等地的见闻。

12 月 12 日，沈从文致信聂华苓，对赴美期间聂华苓的盛情招邀表示感谢。

本年，发表《三十年后》于《青春》第 6 期；发表《北京速写》于《人民

———————————

① 艾青：《在爱荷华的"中国周末"》，《诗刊》1980 第 11 期，第 47 页。

画报》第 10 期；发表《看〈蔡文姬〉》于《中国妇女》第 12 期；中国青年出版社出版《桑青与桃红》，并删除其中第四部。艾青、王蒙、吴晟、李怡受邀参加爱荷华"国际写作计划"。

1981 年　56 岁

元旦，北京语言大学人文学院副教授阎纯德撰文《聂华苓及其作品》一文，文收录于知识出版社 1983 年版《作家的足迹》一书。

4 月，发表《关于改编〈桑青与桃红〉》于《文汇月刊》1981 年第 4 期。应邀参加马萨诸塞州的卫斯理大学举行的国际女作家诗会。

4 月 9 日，艾青致信聂华苓，告知王晓薇和克劳斯常来看望的事。

6 月，散文集《爱荷华札记——三十年后》由香港三联书店出版。编译《百花齐放文集》，由 Columbia University Press 出版。该书由论争集、诗歌小说集两部分组成，翻译"百花文艺"时期的文艺论争与文学作品。

8 月 26 日，艾青致信聂华苓，告知对友人的思念之情。

10 月 31—11 月 1 日，第三次"中国周末"在美国爱荷华大学举行，来自中国大陆、中国台湾、美国各地的华人作家、艺术家、学者、教授、留学生等三十多人参加。大陆代表有丁玲、陈明，在美国加州访问的评论家黄秋耘，中国的民族舞蹈家、舞蹈学院副院长许淑英；台湾的有诗人蒋勋，乡土派作家宋泽莱，乡土作家黄春明因故未能出席；海外的有白先勇，台湾散文家许达然和海地。此次"中国周末"与前两次不同，没有中心议题，演讲内容由与会者自由决定，会议组织了一场演讲会，还观看了中国电影《伤逝》、京剧《香罗帕》、越剧《小刀会》和中国歌舞。31 日下午 14：00，在爱荷华大学小礼堂举行第三次"中国周末"演讲会，聂华苓主持。

本年，担任美国纽斯塔国际文学奖评审委员。译著美国短篇小说集《沒有点亮的灯》由北京出版社出版。小说《桑青与桃红》英文版由美国纽约 Sino Publishing Company 与北京新世界出版社联合出版；其后此书亦被翻译为南斯拉夫、匈牙利、荷兰、韩国等语言出版。丁玲、陈明、蒋勋、宋泽莱受邀参加爱荷华"国际写作计划"。丁玲将当年在美国爱荷华等地的见闻成书《访美散记》，书中收录《爱荷华》《国际写作中心》《保罗·安格尔和聂华苓》《五月花公寓》《中国周末》等文章。

1982 年　57 岁

6 月，与安格尔同获美国五十州州长所颁发之"文学艺术杰出贡献奖"。

8 月 29 日，潘耀明（彦火）受邀参加爱荷华大学"国际写作计划"，并借此机会采访聂华苓，访谈内容成文《聂华苓的故事》发表在《特区文学》1983 年第 3 期。

10 月，黄秋耘与王蒙同返爱荷华，与聂华苓安格尔夫妇、吕嘉行谭嘉夫妇相聚。

本年，获杜布克大学和科罗拉大学文学荣誉博士学位，担任美国纽斯塔国际文学奖评审委员。《桑青与桃红》英文版出版，翻译出版美国短篇小说集《没有点亮的灯》。丁玲在《文汇月刊》第 9、10 期上发表《我看到的美国》。刘宾雁、陈白尘、管管、袁琼琼受邀参加爱荷华"国际写作计划"。

1983 年　58 岁

9 月，散文集《爱荷华札记》《黑色，黑色，最美丽的颜色》由香港三联书店出版。《黑色，黑色，最美丽的颜色》收录 26 篇文章，分别为：《黑色，黑色，最美丽的颜色》《七十年代的故事》《忆雷震（附雷震夫妇来信十封）》《殷海光——一些旧事》《春风岁岁还来否——怀念许芥昱》《法治与爱情》《"国"格与"人"格——答青年朋友们》《林中，炉边，黄昏后——和丁玲一起的时光》《中国大陆小说在技巧上的突破——〈剪辑错了的故事〉》《安格尔〈中国印象〉序》《浪子的悲歌——〈桑青与桃红〉前言》《漫谈台湾和海外文学》《〈没有点亮的灯〉——美国短篇小说选序》《浅谈沈从文的小说——人物、主题、意象和风格》《梦谷》《溪边》《山居》《海滨小简》《绿窗漫笔》《书与人》《女作家》《松林坡与美国文学》《苓子是我吗？》《纪德与〈遣悲怀〉》《寄母亲——第一信，第二信，第三信，第四信》《蜻蜓及停尸间》。吴祖光、茹志鹃、王安忆、潘耀明、陈映真受邀参加爱荷华"国际写作计划"。

12月19日，聂华苓答《聂华苓研究专集》一书编者问。

本年，参加新加坡第一届"国际华文文艺营"，出席应届文艺营的华语作家有彦火、郑愁予、於梨华、刘大任、洛夫、蓉子、吴宏一、艾青、萧乾、萧军。

1984年　59岁

5月，聂华苓应中国作家协会的邀请，再次到中国大陆访问。访问期间，中国文联主席周扬、对外友协副会长夏衍、中国作家协会主席巴金，先后会见了她。这一次访问期间，当时人大常委会副委员长黄华进行了亲切交谈，赞扬她和她的丈夫保罗·安格尔所主持的"国际写作计划"，为中国作家和海外作家的交往和文学交流所做的贡献。①

5月21日，聂华苓致信徐訏女儿葛原，告知联系方式，并约见面。

5月24日，在聂华苓下榻的上海锦江饭店会见徐訏女儿葛原，二人谈起聂华苓与徐訏之间的交往与友谊。②

6月12日，聂华苓访问北京外国语学院。聂华苓在北外举行演讲，介绍了自己的人生经历、创作情况、"国际写作计划"，并现场用中英文为学生题字"做中国人值得自豪"。

初夏，全国台联热情欢迎聂华苓回国，接受《台声》杂志编辑部邀请聂华苓做客，表示："我是一个中国人，一个中国作家。湖北是我的家乡，台湾是我的第二故乡，那里葬有我的母亲和弟弟。我希望中国统一。"③

10月，聂华苓编选的《台湾中短篇小说选》上下两册由花城出版社出版。

12月，长篇小说《千山外，水长流》由四川人民出版社出版。

---

① 黄文湘：《聂华苓的人生历程》，《文汇报》1987年11月29日。
② 葛原：《幸会聂华苓》，转引自《残月孤星 我和我的父亲徐訏》，上海文化出版社2003年版，第211页。
③ 林晓辉：聂华苓到《台声》编辑部做客，《台声》1984年第4期。

本年，徐迟、谌容、高信疆、柏杨受邀参加爱荷华"国际写作计划"。

1985 年　60 岁

2月，周良沛在香港《读者良友》刊文《〈千山外，水长流〉读后随想》。

2月8日，美国《亚细亚周报》发表《"一个小联合国"》《寻找中国根》，在《"一个小联合国"》中聂华苓谈到对于 IWP 的定位，"外国作家是借与美国内地普通老百姓的接触来了解美国生活的。我们的客人最喜欢的是得到置身于这种根本上不同的环境中的机会。我们就是一个小联合国"。

6月19日，古蒙仁在台湾《自立晚报》上发表《爱荷华——台湾少壮作家的梦土》，古蒙仁说："爱荷华的土地上，几乎印满了台湾作家的足踪：它广阔明亮的风景，在作家们一再抒写下，也成了台湾读者耳熟能详的场景。爱荷华埋的文学种子，在台湾文坛几乎已蔚然而为一座美林了。"

7月初，聂华苓应香港市政局的邀请，从美国到达香港，主持香港市政局公共图书馆主办的第七届中文文学周。第七届香港中文文学周，有五位主讲人，第一位是聂华苓女士。她在7月3日下午主讲《漫谈创作与三位青年作家——王安忆、吴念真、西西》。6日，出席了第七届香港中文文学周在香港大会堂剧院举行的《青年与文学创作》研讨会。①

本年，南斯拉夫的 Globust 出版社出版克罗西亚文版的《桑青与桃红》。张贤亮、冯骥才、向阳、杨青矗受邀参加爱荷华"国际写作计划"，受邀参加的还包括 2006 年诺贝尔文学奖获得者土耳其作家帕慕克。

1986 年　61 岁

3月18日，聂华苓致信陈明，对丁玲逝世表示慰问。

---

①　黄文湘：《聂华苓在香港》，《文汇报》1987 年 11 月 22 日。

夏天，聂华苓第四次回国，在北京接受了广播学院名誉教授后，与弟弟聂华桐展开返乡之旅，自重庆乘船而下，寻找抗战期间流离各地的记忆。6月3日抵达宜昌。① 4日，与聂华桐回三斗坪 5日，参观葛洲坝，观看纪录片《长江截流》，在二江泄洪闸前合影，为报社题字"故乡的水是甜的，故乡的人是暖的"。回国期间，还在武汉师范学院（现湖北大学）访问与讲学，湖北大学校长徐章煌、原武汉师范学院院长李成文参加此次座谈会。

6月3日，抵达宜昌。② 4日，与聂华桐在重庆市文联主席黄济人陪同下，自重庆来到宜昌。

6月5日，时任宜昌市烟草局任副局长的姜祚正与宜昌县副县长张克让等人陪同聂华苓一行赴三斗坪"寻根"。一行人参观了葛洲坝，观看纪录片《长江截流》，在二江泄洪闸前合影，为报社题字"故乡的水是甜的，故乡的人是暖的"。

6月7日，聂华苓夫妇接受杨青矗采访，采访内容成文《不是故乡的故乡——访保罗·安格尔和聂华苓》发表在《自立晚报》上。

6月20日，前往新加坡参加"国际作家周"活动。③

8月5日，致信宜昌姜祚正，感谢姜先生对聂华苓姐弟回宜昌时的诚挚接见。

9月10日，在美国访问的韩少功拜访聂华苓夫妇，并与参加爱荷华"国际写作计划"的中国作家在聂华苓家聚会。④

本年，回国期间，还在武汉师范学院（现湖北大学）访问与讲学，

---

① 陈剑虹：《冷却不了的记忆——聂华苓在三斗坪》，《昆仑》1989 年第 1 期，第 210 页。

② 陈剑虹：《冷却不了的记忆——聂华苓在三斗坪》，《昆仑》1989 年第 1 期，第 210 页。

③ 本报记者肖高沛、曹轩宁：《梦拾宜昌——美籍女作家聂华苓回乡记》，《宜昌报》1986 年 6 月 7 日。

④ 韩少功：《不谈文学 访美手记〈彼岸〉之六》，《钟山》1988 年第 2 期。

湖北大学校长徐章煌、原武汉师范学院院长李成文参加此次座谈会①。聂华苓幼时好友陈锦云的弟弟陈剑虹受峨眉电影制片厂邀请将聂华苓的长篇小说《千山外，水长流》改编成电影。

本年，香港华汉文化事业公司出版第三版《桑青与桃红》；伦敦的Women's Press 出版《桑青与桃红》；匈牙利的 Artsjus 出版社出版《桑青与桃红》。《黑色，黑色，最美丽的颜色》由花城出版社再版，生活·读书·新知三联书店香港分店三版。乌热尔图、钟阿城、邵燕祥、王拓受邀参加爱荷华"国际写作计划"。

1987 年　62 岁

7 月，由于政治因素，聂华苓被禁止抵台，女儿王晓蓝代替其返台探望亲友，李欧梵也一并前往。并发表《二十二年，重回台湾》于《九十年代》10 月及 11 月号。参加过 IWP 的中国台湾作家组织聚会欢迎王晓蓝一行，会中，向阳提到，两年前在爱荷华时，聂华苓曾向他及杨青矗、张贤亮、冯骥才以及新加坡的王润华表达希望华人作家在各地成立 IWP 分会的心愿，并且希望能出版一本访问过 IWP 华人作家的作品选集，在中国台湾香港大陆、美国，新加坡等地出版。大家对这个提议表示赞成，预计成立后的行动包括：欢迎聂华苓来年的访华之旅，以及促使选辑的出版。②

9 月，5 日，在家中举行作家欢迎会，中国台湾作家黄凡与李昂参加，本年台湾作家旅费由《中国时报》和《联合报》资助。

9 月 7 日，《联合报》发文《爱荷华国际写作计划第一个分会将在我国》。

9 月 18 日，"国际写作计划"第一次小型座谈会在英语哲学楼举行，安格尔主持了题为"我的创作生涯"的会议。25 日，小型座谈会继续举行。20 日，台湾学生会在爱荷华市娱乐中心二楼大厅里举行了"台湾作

---

① 据湖北大学档案馆查阅。

② 本报记者：《爱荷华国际写作计划第一个分会将在我国》，《联合报》1987年 9 月 7 日。

家座谈会"，聂华苓参加。下午，爱荷华大学的亚太研究中心和亚洲语言文学系在学生会大楼举行招待会，招待参加写作计划的亚洲作家，聂华苓着一件玫红色汉装参加。

10 月，12 日，香港《文汇报》首版刊登新闻："剧作家吴祖光及宁夏文联作家张贤亮将于明日前往美国，出席爱荷华'国际写作计划'的活动。"①16—18 日，爱荷华大学举办"国际写作计划"二十周年庆祝会。除了 1987 年受邀的三十四位作家外，还有四十多位曾经参加这个计划的作家，从世界各地回到爱荷华与会。这些作家中，自中国大陆前往与会的，还有古华、张辛欣、阿城、刘心武。② 18 日下午，"中国作家座谈会"在学生会大楼的特里斯厅举行。聂华苓主持了这次海峡两岸作家的聚会。与会者有：古华、李昂、汪曾祺、吴祖光、钟阿城、陈映真、黄凡、张贤亮、张辛欣、刘心武、蒋勋。评论员是美籍华人作家、学者郑愁予、李欧梵、董鼎山、曹又方、蓝菱。

11 月，15 日，黄文湘在香港《文汇报》发表《聂华苓夫妇和爱荷华"国际写作计划"组织》一文，并在 11 月 22 日、11 月 29 日、12 月 6 日、11 月 13 日连续发表系列文章《聂华苓在香港》《聂华苓的人生历程》《聂华苓的文学创作历程》《聂华苓的创作心路历程》，在系列文章中介绍聂华苓及其与丈夫安格尔创办的"国际写作计划"。

本年，汪曾祺、古华、蒋勋、黄梵、李昂、钟晓阳受邀参加爱荷华"国际写作计划"。期间，汪曾祺写有家书寄送妻子，后成书《美国家书》出版。

本年至 1988 年，担任美国纽斯塔国际文学奖顾问。汪曾祺、古华、蒋勋、黄梵、李昂、钟晓阳受邀参加爱荷华"国际写作计划"。

---

① 黄文湘：《聂华苓夫妇和爱荷华"国际写作计划"组织》，《文汇报》1987 年11 月 15 日。

② 黄文湘：《聂华苓夫妇和爱荷华"国际写作计划"组织》，《文汇报》1987 年11 月 15 日。

1988 年　63 岁

3 月 12—15 日，发表小说《死亡的幽会》(一)—(三)于《中国时报》第 18 版。

4 月，22 日，发表《六○年代/梁实秋》于《中国时报》第 18 版。23—24 日，发表《梁实秋给聂华苓的 23 封信》于《中国时报》第 18 版。

5 月，1 日，发表译作《又回台湾》(安格尔原作)于《中国时报》第 18 版。3 日，经余纪忠邀请，与安格尔重访中国台湾，走出"政治黑名单"的阴影，《中国时报》同时以大篇幅报道聂华苓返台消息。4 日，与潘人木、陈幼石、张晓风、简娟、廖玉蕙等十余位女作家举行"茶话会"，探讨大陆文坛情况。8 日，"国际写作计划"在台作家联谊会于聂华苓安格尔夫妇访台之际成立，高信疆任会长，柏杨任监事长，陈映真、高信疆、姚一苇、痖弦、王拓任理事，柏杨、向阳、杨青矗任监事。① 9 日，《中国时报》发文《"国际写作计划"在台作家感念聂华苓昨成立联谊会》。12 日，发表《与自然融合的人回归自然了——台北旅次惊闻沈从文辞世》于《中国时报》第 18 版。23 日，发表《临别依依——台北印象》于《中国时报》第 18 版。

8 月，自"国际写作计划"退休，并继续担任顾问。长篇小说《桑青与桃红》自 1970 年在台湾被禁止刊行，事隔十余年后，由台北汉艺色研文化公司首度在台出版。22 日，发表《桑青与桃红流放小记》于《中国时报》第 18 版。

11 月 25—26 日，发表《布拉格的冬天》于《中国时报》第 18 版。

12 月，散文集《三十年后——梦游故园》由台北汉艺色研文化公司出版。17 日，发表《亲爱的爸爸妈妈——三百孩子最后的呼唤》于《中国时报》第 23 版。29 日，发表《听来的笑话》于《中国时报》第 23 版。

本年，担任上海复旦大学顾问教授。北岛、柏桦、萧飒、季季受邀

---

① 本报记者：《爱荷华国际写作班明成立在台联谊会》，《中国时报》1988 年 5 月 7 日。

参加爱荷华"国际写作计划"。

1989 年　64 岁

2 月，1 日，发表《俄罗斯民族的悲怆——我所见到的诺贝尔文学奖得主布洛斯基》于《中国时报》第 23 版。19 日，发表《怎一个情字了得》于《中国时报》第 23 版。

3 月，3—4 日，发表《和一位放逐的苏联作家谈放逐》于《中国时报》第 23 版。7 日，发表《旧时路——怀念雷震先生》于《中国时报》第 23 版。

5 月 26 日，发表《全世界都睁亮了眼睛在看》于《中国时报》第 23 版。

7 月 15 日，上海《文汇月刊》7 月号上发表聂华苓小说《死亡的幽会》，同期发表的还有聂华苓同窗好友李恺玲的文章《她活过三辈子——记聂华苓》。李恺玲在文中详细介绍了聂华苓在大陆、台湾、美国三地的生活轨迹。

12 月，白先勇在《九十年代》发文《世纪性的漂泊者——重读〈桑青与桃红〉》，认为《桑青与桃红》"可说是道道地地属于中国流亡文学传统"。

本年，荣获匈牙利政府颁发的"文化贡献奖"。

1990 年　65 岁

1 月，由 Beacon Press 所出版的美国版《桑青与桃红》荣获 1990 年"美国书卷奖"。8 日，发表《哈维尔的启示》于《中国时报》第 27 版。

2 月 5—11 日，连载《俄罗斯散记》于《中国时报》第 27 版。

2 月 21 日，发表《俄罗斯散记——再见，莫斯科(十月七日—八日)》于《中国时报》第 27 版

9 月，与安格尔应邀赴汉城(现首尔)参加世界诗人大会。

11 月 24 日，发表《悼念台静农先生》于《中国时报》第 31 版。

11 月，李恺玲、谌宗恕主编的《聂华苓研究专集》于湖北教育出版社出版，这是目前所见最早的一本聂华苓研究资料。《专集》由分为"聂

华苓生平""聂华苓谈创作""评论文章选集""聂华苓作品系年""评论文章目录索引"几部分组成。《专集》收录茹志鹃、高缨、萧乾、丁玲、彦火等作家与聂华苓的回忆文章，以及李恺玲、王晋民、章子仲、叶维廉、刘绍铭、白先勇等学者、作家所写的聂华苓作品评论，都是现存较有代表性的聂华苓研究文章。

12月，散文集《人，在廿世纪》由新加坡八方文化公司出版。收录文章24篇，分别是：《漪澜堂畔晤艾青》《发光的脸上仿佛有歌声——抒情诗人蔡其矫》《一段漫长、漫长的岁月——曹禺和杨沫》《景山下——关于社会主义现实主义的小插曲》《往事随想——松林坡和牛津》《"黑"画家——黄永玉吴作人》《中国知识分子的形象——夏衍》《这个国家使我年青！——冰心》《受惊的小鸟——戴爱莲》《和尚舅舅的栀子花》《忆雷震(附雷震夫妇来信十封)》《〈漪澜堂畔晤艾青〉补记》《林中，炉边，黄昏后——和丁玲一起的时光》《黑色，黑色，最美丽的颜色》《春风岁岁还来否——怀念许芥昱》《殷海光——一些旧事》《寒夜·炉火·风铃》《想起徐讦》《刘宾雁，我的朋友》《怀念梁实秋先生——附梁先生信二十四封》《我所见到的布洛斯基》《旧时路——怀念雷震先生》《怎一个情字了得》《哈维尔的启示》。

本年，张一弓受邀参加爱荷华"国际写作计划"。

1991年　66岁

3月，22日，丈夫保罗·安格尔于芝加哥奥海尔机场候机飞往欧洲时，因心脏病发猝逝。27日，发表《永远活在安格尔家园》于《联合报》第25版。

5月16日，回信茹志鹃，感谢茹志鹃对安格尔逝世的唁信。

8月11日，荣获波兰政府颁发的"国际文化贡献奖"。

10月，散文集《聂华苓札记集》由高雄读者文化公司出版。爱荷华大学图书馆授权创建中国作家特别馆藏计划，名为"中文作家在爱荷华"馆藏捐赠计划，计划收藏包括参加过"国际写作计划"或爱荷华作家研讨会的中国作家的全集和精选手稿。目的是记录爱荷华大学与中国作家之间的文化联系，永久保存 20 世纪末中国文学在爱荷华的重要历史记录，并加强爱荷华大学对中国研究的图书馆资源。该馆藏计划在所有北美中国收藏中是独一无二的，因为它是在藏书作者的努力下建立起来的，许多中国作家对该馆藏捐赠计划反响热烈。到 1992 年底，来自中国大陆、台湾和香港的 20 多位作家寄给大学图书馆的作品和手稿共 600 多卷，这些作品和手稿上都有作者的亲笔签名。

11 月，聂华苓专门致信参加过爱荷华"国际写作计划"的中文作家，号召广大作家支持爱荷华大学图书馆的此项藏书计划。18 日，大学图书管理员希拉·克雷斯写信给所有 78 位中国作家，呼吁他们向爱荷华大学图书馆捐赠全集和精选手稿。

1992 年　67 岁

1 月 8 日，发表《江水啊流啊流》于《中国时报》第 27 版。

3 月 21 日，发表译作《有一枝笔——评论安格尔的语录》于《联合报》第 47 版。

7 月 3 日，发表《雾夜牛津》于《联合报》第 24 版。

初秋，茹志鹃致信聂华苓，对安格尔的逝世再次表示难过。

本年，刘索拉、残雪、蓉子、罗门受邀参加爱荷华"国际写作计划"。

1993 年　68 岁

本年，董继平受邀参加爱荷华"国际写作计划"。

1994 年　69 岁

2 月 24 日，发表《丘吉尔在牛津》于《中国时报》第 39 版。

3 月，1 日，发表《鹿园情事》于《联合报》第 37 版。29 日，发表《鹿园情事——纽约在黑暗中》于《联合报》第 37 版。30 日，发表《安格尔轶事决斗》于《中国时报》第 39 版。

4 月 21 日，发表《音乐与我》于《中国时报》第 34 版。

7 月 13 日，发表译作《鹿园情事——夕阳无限好》（安格尔原作）于《联合报》第 37 版。

8月26日，发表《两位作家竞写一位通灵的传奇女子之二——奇女子伊莉沙贝》于《联合报》第37版。

8月27日，发表《奇女子伊莉沙贝》于《联合报》第37版。

9月文集《珊珊，你在哪儿?》由中国人民大学出版社出版。文集收录小说与散文12篇，分别是：《爱国奖券》《珊珊，你在哪儿?》《高老太太的周末》《一捻红》《失去的金铃子》《桑青与桃红（节选）——第四部》《忆雷震》《春风岁岁还来否——怀念许芥昱》《寄母亲》《梦谷》《溪边》《女作家》。2—3日，发表译作《魂归古城》（安格尔原作）于《联合报》第37版。7日、8日，发表《该死的犹太人》于《中国时报》第39版。

1995年　70岁

1月1日，发表《安格尔轶事（上）》于《中国时报》第39版。2日，发表《安格尔轶事（下）》于《中国时报》第35版。22日，发表《高伯母，你莫走!》于《中国时报》第35版。

2月，1—3日，发表《我是卖报童》于《中国时报》第3版、第7版。28日，发表《情事二题》于《联合报》第37版。

3月，1日，发表《情事》于《联合报》第37版。

6月19—23日，发表《浮游威尼斯　一九八七》于《联合报》第37版。

1996年　71岁

3月，散文集《人景与风景》由西安陕西人民出版社出版。收录文章32篇，分别是：《漪澜堂畔晤艾青》《忆雷震（附雷震夫妇来信十封）》《中国知识分子的形象——夏衍》《这个国家使我年青——冰心》《发光的脸上仿佛有歌声——抒情诗人蔡其矫》《"黑"画家——黄永玉和吴作人》《受惊的小鸟——戴爱莲》《〈漪澜堂畔晤艾青〉补记》《林中，炉边，黄昏后——和丁玲一起的时光》《殷海光——一些旧事》《黑色，黑色，最美丽的颜色》《怀念梁实秋先生（附梁先生信廿四封）》《怎一个情字了得》《旧时路——怀念雷震先生》《哈维尔的启示》《亲爱的爸爸妈妈——三百个孩子的呼唤》《七十年代的故事》《我们跟着"跳舞的"走上了中国的泥土》《军号》《关于鲁迅的杂想》《火车笛子》《东湖水哟》《大江东流》

《几贴速写》《走不尽的长廊》《九龙壁》《和尚舅舅的栀子花》《松林坡和牛津》《雾夜牛津》《浮游威尼斯》《箜—箜—黑海边》《事事欢欢行行——蜜月散记》。2日，发表《夏道平的微笑》于《中国时报》第35版。

6月，散文集《鹿园情事》由台北时报文化公司出版。收录散文23篇，分别是：《风雪话相逢》《马夫的儿子和坏女孩》《爱，是个美丽的苦恼》《安哥儿》《纽约在黑暗中，一九六五》《我的中国岛》《共饮长江水，一九七八》《魂归古城，一九七九》《岁末夜谭，一九八九》《夕阳无限好》《事事欢欢行行》《雾夜牛津》《浮游威尼斯》《箜—箜—黑海边，一九八九》《我是卖报童》《失去的圣诞》《该死的犹太人》《又一个倒霉的德国姓》《也是英国人》《丘吉尔在牛津》《音乐与我》《决斗，一九五九》《相逢—回想起》。

7月1—2日，发表《雷震说：我有何罪》于《中国时报》第19版。

本年，由聂华苓作词、腾格尔作曲并演唱的《江水啊流啊流》，获上海第二届"华声曲"全球华人音乐节特别奖。

1997年　72岁

4月1日，李欧梵撰文《重划〈桑青与桃红〉的地图》，在该文中划分《桑青与桃红》研究史，认为1970年代初出版的时候，它的意义是政治性的，如上文对人的精神分裂象征国家政治分裂的解读即例证；1980年代，女权和女性主义抬头，这本小说又被视作探讨女性心理的开山之作；到了1990年代，《桑青与桃红》又从"女性主义"走入所谓"Diaspora"研究的领域，即离散主题研究。李欧梵认为《桑青与桃红》在不同时代的不同解读，证明它是经得起时代考验的经典之作。

本年，时报文化出版企业股份有限公司出版《桑青与桃红》。张大春受邀参加爱荷华"国际写作计划"。

1998年　73岁

1月，发表《失去金铃子的年代》于《联合文学》第159期。

5月，发表《再走上另一段旅程》于《九十年代》第340期。

1999 年　74 岁

1 月 2 日，发表《一个作家诞生了》于《中央日报》第 22 版。

夏，返回南京，与张昌华会面，并担任南京大学客座教授。

2000 年　75 岁

1 月，《最美丽的颜色：聂华苓自传》由南京江苏文艺出版社出版。
8 日，发表《痴情叹息读〈应答的乡岸〉随感》于《联合报》第 37 版。

2001 年　76 岁

6 月 18—22 日，聂华苓在甘肃省作协主席王家达陪同下访问敦煌，
与当地音乐家一起创作了歌曲《春风普度玉门关》，由关牧村演唱。

7 月，发表《小说的实与虚——以〈桑青与桃红〉为例》于《明报月
刊》第 427 期。

8 月，陈芳明在《联合文学》第 202 期发表《横的移植与现代主义之
滥觞——聂华苓与〈自由中国〉文艺栏》，认为聂华苓"可能是早期女性
作家中对性别议题最具敏感性的，她的小说，洞察了政治权力所挟带而
来的男性至上、道德伦理与婚姻规范，毋宁是在束缚女性的身体与精
神，她的早期小说如《黄昏的故事》《母与女》《窗》，都彰显了既有的价
值观念与男性中心论具有紧密的关系"。

本年，Christopher Merrill 任国际写作计划主持人，邀请聂华苓重回
"国际写作计划"担任顾问。① 苏童受邀参加爱荷华"国际写作计划"。

2002 年　77 岁

3 月 14 日，发表《母亲的告白》于《联合报》第 37 版。

4 月 9 日，聂华苓中央大学校友、《中国时报》创办人、好友余纪忠
去世，15 日，创作《放在案头的一封信》怀念与余纪忠先生的往来。28
日，发表《他为台湾打开了一扇窗（四）：放在案头的一封信》（纪念余纪
忠先生专辑）于《中国时报》第 39 版。

---

① 潘耀明：《华文文学走向世界的桥梁——专访聂华苓》，《明报月刊》2015
年第 12 期，第 5 页。

4月28日，发表《他为台湾打开了一扇窗（四）：放在案头的一封信》（纪念余纪忠先生专辑）于《中国时报》第39版。

5月，聂华苓作为杰出校友代表，回国参加南京大学百年校庆活动。17—23日，聂华苓与林启祥等人到甘肃参观，甘肃省文联张炳玉、王家达等人接待，并在作协主席王家达陪同下再赴敦煌。聂华苓的两次西部之行，促成了中美关于敦煌文化交流的计划。由美国国务院、爱荷华"国际写作计划"和中国作协合作，2009年邀请美国作家一行6人访问我国西部，随后，中国作家代表团一行8人访问美国15天，两国作家的作品以中英文对照形式汇编在当年的《黄河文学》月刊专集。

5月17日，接受江苏电视台采访，在南京金陵饭店与苏童、张昌华会面。

5月17—23日，聂华苓与林启祥等人到甘肃参观，甘肃省文联张炳玉、王家达等人接待，并在作协主席王家达陪同下再赴敦煌。聂华苓的两次西部之行，促成了中美关于敦煌文化交流的计划。由美国国务院、爱荷华"国际写作计划"和中国作协合作，2009年邀请美国作家一行6人访问我国西部，随后，中国作家代表团一行8人访问美国15天，两国作家的作品以中英文对照形式汇编在当年的《黄河文学》月刊刊出。

11月4日，发表小说《真君》于《联合报》。

本年，孟京辉、蒋韵、李锐、西川受邀参加爱荷华"国际写作计划"。

2003年　78岁

1月，发表《放在案头的一封信》于《香港文学》第217期；3日，发表《彩虹小雨伞》于《联合报》第39版。

5月13日，发表《我的戏园子》于《联合报》第E7版。

12月16日，发表《雷震与胡适》于《联合报》第E7版。

本年，余华、严力受邀参加爱荷华"国际写作计划"。

2004年　79岁

1月，自传《三生三世》由天津百花文艺出版社出版。

本年，发表《人，又少了一个》于《今日中学生》第 Z2 期；发表《雷震与胡适》于《读书》第 1 期；发表《再见雷震》于《读书》第 2 期；发表《踽踽独行——陈映真》于《读书》第 3 期；发表《小说家是个骗子》于《读书》第 11 期；发表《母与子》于《中学生阅读（高中版）》第 1 期；发表《爷爷和偷诗的小丫头》于《中学生阅读（初中版）》第 3 期。莫言、唐颖、陈丹燕、张献受邀参加爱荷华"国际写作计划"。

2005 年　80 岁

本年，参加加州大学举办的"白先勇与台湾现代主义文学"国际学术研讨会；发表《游子吟——二十世纪》于《读书》第 5 期；发表《母女同在爱荷华》于《读书》第 10 期。刘恒、迟子建受邀参加爱荷华"国际写作计划"。

2006 年　81 岁

2 月 2 日，发表《我家的彩虹》于《联合报》第 C7 版。

5 月 16 日，发表《〈有"序"为证〉蓦然回首》于《中国时报》第 E7 版。30 日，发表《墙里墙外》于《联合报》第 E7 版。

7 月 21 日，与李锐、蒋韵、西川、孟京辉、廖一梅在北京聚会。①

8 月 20 日，发表《三生三世》于《人间福报》第 14 版。

9 月，发表《〈桑青与桃红〉与〈三生三世〉》于《上海文学》第 9 期。9 日，发表《拈花人》于《联合报》第 E7 版。20 日，发表《戈艾姬和卡梨菲——我的犹太和巴勒斯坦朋友》于《中国时报》第 E7 版。

11 月 5 日，发表《泰皓瑞——一则爱情与政治的故事》于《联合报》第 E7 版。

本年，发表《我家的彩虹》于《上海文学》第 9 期；发表《"文学旅行与世界想象"工作坊纪要》于《上海文学》第 9 期；发表《墙里墙外——二十世纪的故事》于《读书》第 6 期；发表《乡下人沈从文》于《读书》第 6 期。毕飞宇、娄烨受邀参加爱荷华"国际写作计划"。

---

① 蒋韵：《爱荷华的奇迹》，《明报月刊》2017 年第 11 期，第 17 页。

2007 年　82 岁

2 月 5 日，发表《废址——战争岁月》于《联合报》第 E7 版。

6 月 4 日，发表《郭衣洞和柏杨》于《联合报》第 E7 版。

7 月 7—8 日，发表《回不了家的人——刘宾雁二三事》于《中国时报》第 E7 版。

9 月，影像回忆录《三生影像》由香港明报出版社出版。

本年，发表《爱情与政治》于《读书》第 1 期；发表《郭衣洞和柏杨》于《上海文学》2007 年第 7 期。骆以军、潘国灵受邀参加爱荷华"国际写作计划"。西川、痖弦、李锐、郑愁予受邀参加"国际写作计划"四十周年纪念活动。

2008 年　83 岁

1 月，散文集《枫落小楼冷》由南京江苏文艺出版社出版。收录散文 28 篇，分别是：《我的家在安格尔家园》《风雪话相逢》《马夫的儿子和坏女孩》《美丽的苦恼》《安哥儿》《漪澜堂畔晤艾青》《春风岁岁还来否——怀念许芥昱》《这个国家使我年轻——冰心》《中国知识分子的形象——夏衍》《林中，炉边，黄昏后——和丁玲在一起的时光》《怀念梁实秋先生》《一束玫瑰花》《寄母亲》《受惊的小鸟——戴爱莲》《哈维尔的启示》《雾夜牛津》《浮游威尼斯》《筌—筌—黑海边》《事事欢欢行行——蜜月散记》《一个流浪孩子讲的故事》《和尚舅舅的栀子花》《东湖水哟》《往事随想——松林坡和牛津》《山居》《书与人》《关于鲁迅的杂想》《中国古钱》《亲爱的爸爸妈妈——三百个孩子的呼唤》。

3 月 28 日，发表《东西一才子》于《中国时报》第 E7 版。

5 月，聂华苓赴加州圣巴巴拉庆祝白先勇七十大寿的学术会议。在爱荷华接受姚嘉为访问，访问内容于 2009 年 5 月在《文讯》第 283 期刊发，名为《放眼世界文学心——专访聂华苓》。

6 月，影像回忆录《三生影像》由北京三联书店出版。26 日、27 日，发表《柏杨，我的朋友兼记余纪忠先生》于《中国时报》第 E7 版。

10 月，日文版《三生三世》由东京藤原书店出版。

11月，联合国教科文组织授予爱荷华"文学之城"称号，成为继英国爱丁堡、澳大利亚墨尔本之后第三个世界"文学之城"。IWP在"作家工作坊"产生的文学影响基础上，将小城之名推至全世界，随之诞生的各项文学机构和创意文学计划，通过文学影响激发出的一系列创意文化产业，带动爱荷华的经济发展。正如联合国教科文组织所说，爱荷华的成功，值得全球其他小城市借鉴①。

本年，在北京举办《三生影像》新书发布会，迟子建、莫言、娄烨、刘恒、孟京辉、邵燕祥、毕飞宇、苏童、李锐、蒋韵、西川、胡续冬、廖一梅等曾参加爱荷华"国际写作计划"的中国作家特来参加；后经北京去台湾；获选入爱荷华州妇女名人堂（Iowa Women's Hall of Fame）。胡续冬、林舜玲受邀参加爱荷华"国际写作计划"。

2009年　84岁

8月，15—16日，返台参加纪念殷海光逝世四十周年及雷震逝世三十周年的两天讨论会"追求自由的公共空间：以'自由中国'为中心"。17日，于总统府颁授二等景星勋章，并发表演说《今天，我回来了》。

8月22日，荣获马来西亚花踪世界华文文学奖。

10月1日，发表《浪子归宗——花踪世界华文文学奖致词》于《联合报》D3版。

11月，1日，发表《今天，我回来了》于《印刻文学生活志》第6卷第3期。5日，至香港访问。10日，荣获香港浸会大学荣誉文学博士。

本年，小说《桑青与桃红》由香港明报月刊、新加坡青年书局联合出版。格非、张佳丽、韩博、姜玢、董启章受邀参加爱荷华"国际写作计划"。

2010年　85岁

1月1日，发表《个人创作与世界文学》于《联合报》D3版。徐则臣、

---

① 百度百科：联合国教科文组织"创意城市网络"，2021年5月7日［DB］. https：//baike.baidu.com/item/＝aladdin。

金仁顺、应凤凰、韩丽珠受邀参加爱荷华"国际写作计划"。

<h3 style="text-align:center">2011 年　86 岁</h3>

5 月 12 日，应"台湾百年文学新趋势"之邀，与小女儿王晓蓝、IWP 编辑 Natasa Durovicova 抵达台湾。欢迎酒会场面盛大，封德屏、李渝、吴晟、应凤凰、痖弦、郑愁予、余梅芳、白先勇、季季、杨青矗、向阳、蒋勋、格非、Natasa（IWP 编辑）、管管、尉天聪、王拓、董启章、宋泽莱、方梓等人参加欢迎酒会。

5 月 16 日，台湾大学台湾文学研究所举办"聂华苓学术研讨会"。

5 月 19 日，于台北中山堂登场的文学茶会，邀请各界与聂华苓齐聚，展出作家纪录片、图书展品。21 日，自本日于台北、台南举办三天"百年小说研讨会"，将有王德威、王文兴、陈芳明、陈若曦与大陆作家李锐、阿来等 70 多位作家及学者与会，讨论中国台湾小说百年来的发展，以及参与爱荷华写作计划的回忆。

本年，获中国台湾第一届全球华文文学星云奖"特别奖"。张悦然、谢晓虹、苏伟贞受邀参加爱荷华"国际写作计划"。

<h3 style="text-align:center">2012 年　87 岁</h3>

10 月 11 日，莫言获得诺贝尔文学奖，成为首位获得诺贝尔文学奖的中国籍作家。聂华苓致莫言邮件"你获诺贝尔文学奖！我非常非常高兴！IWP 的人互相'电'告。都很高兴"，莫言回复："亲爱的华苓老师：感谢您多年来对我的爱护，我感到您就像我的母亲一样。"

11 月，获爱荷华大学颁授的"国际影响力大奖"（International Impact Award）。11 月 2 日，颁奖仪式在爱荷华大学 Old Capital Museum 举行。①《明报月刊》主编潘耀明前往恭贺，5 日，潘耀明在爱荷华聂华苓住所"安寓"对谈，成文《华文文学走向世界的桥梁——专访聂华苓》。

本年，林俊颖、陈智德受邀参加爱荷华"国际写作计划"。

---

①　潘耀明：《华文文学走向世界的桥梁——专访聂华苓》，《明报月刊》2015年第 12 期，第 4 页。

2013 年　88 岁

9 月 16 日，中国台湾中央大学在爱荷华大学授予聂华苓荣誉博士学位。阿来、王家新、戴凡（访问学者）、董伟格、李智良受邀参加爱荷华"国际写作计划"。

本年，陈安琪导演聂华苓纪录片《三生三世聂华苓》。

2014 年　89 岁

本年，阿来接受新华社童方采访，成文《〈瞻对〉·国际写作计划及其他——阿来访谈》发表在《阿来研究》2014 年第 1 期。

本年，池莉、陈黎、邓小桦受邀参加爱荷华"国际写作计划"。

2015 年　90 岁

4 月 11 日晚，文学纪录片《三生三世聂华苓》在武汉卓尔书店首映。聂华苓先生在美国寓所视频连线观影现场，接受导演陈安琪、作家董宏猷、诗人阿毛，以及江汉大学学生提问，聂华苓先生用武汉话逐一回答，现场笑声掌声不断。

12 月，《明报月刊》出版专题"世界文学组织之母：聂华苓"，集结文章如下：迟子建《爱荷华的月亮》、董启章《时光静物》、蒋勋《永远的聂华苓》、莫言《两封信》、潘耀明《专访聂华苓》、苏童《与聂华苓在一起》。

本年，钟文音、郑正恒、姚风受邀参加爱荷华"国际写作计划"。

2017 年　92 岁

11 月，《明报月刊》发表纪念 IWP 五十周年专刊上辑，由聂华苓小女儿王晓蓝策划，潘耀明撰写卷首语《我与爱荷华》，王蒙、王安忆、李锐、蒋韵、毕飞宇、唐颖撰文。撰文如下：王蒙《不仅仅是回忆》、王安忆《美丽的爱荷华》、李锐《温暖的灯光》、蒋韵《爱荷华的奇迹》、毕飞宇《初雪爱荷华》、唐颖《二〇〇四年的秋天》。

12 月，《明报月刊》发表纪念 IWP 五十周年专刊下辑，痖弦、毕飞宇、笛安、骆以军、潘国灵、董啟章、刘伟成撰文。如：潘耀明《一道文化的桥》、痖弦《初见爱荷华——五十年前的一段回忆》、毕飞宇《一种汉语，多种中国文学》、笛安《今年秋天，爱荷华的鹿》、骆以军《有聂老师的爱荷华》、董启章《在口与手之间——广东话华文文学》、刘伟成《浪花点化的涯岸——我于爱荷华完成的三首"日蚀诗"》。

本年，李笛安、刘伟成受邀参加爱荷华"国际写作计划"。毕飞宇、冯进、董启章、潘耀明、痖弦受邀参加"国际写作计划"五十周年纪念活动。

2018 年　93 岁

4月20日，下午三时许，聂华苓在寓所接受南京大学文学院教授钱林森、南京财经大学外国语学院英语系讲师莫詹坤、暨南大学新闻与传播学院博士生陈曦访问，访谈内容经整理结集成题为《我的跨文化写作与人生旅程——聂华苓访谈》一文，于2020年在《当代文坛》第5期发表。

6月3日，致函广水市，感谢家乡筹建"聂华苓文学馆"；邀请随州市、广水市领导访问爱荷华。

7月28日，武昌首义学院海外湖北作家研究项目访学小组师生，在爱荷华大学"国际写作计划"工作人员的陪同下，拜访聂华苓先生。

8月，在爱荷华寓所接受新华社、《人民日报》纽约分社记者和中国社科院文学研究所何吉贤教授联合采访。新华社发表通讯《跳动在美国腹地的"中国文心"》。

10月30—11月5日，聂华苓委托她的女儿王晓蓝教授回到湖北广水市祭祖、访问。广水市委、市政府主要领导和有关单位负责人与王晓蓝一行亲切会谈。广水市委书记黄继军请王晓蓝代为问候聂华苓先生，并向王晓蓝介绍了广水市的经济社会发展情况，表示要推动聂华苓文学研究推广项目，建设聂华苓文学馆，把聂华苓文学请回故乡。王晓蓝对广水市委、市政府及家乡的领导表示感谢，转达了她母亲对家乡的关心和祝福，也介绍了世界上及中国对聂华苓研究的情况。她表示，自己就是受母亲热爱祖国的情怀的影响，40多年来坚持开展中美舞蹈界的交流，她希望协助广水市聂华苓文学研究推广项目实施，为母亲家乡的文化发展尽一份力量。她还转达了华蓉七姨，华桐小舅对家乡和宗亲的祝福。王晓蓝一行于10月31日到关庙镇莲花山祭祖，广水市和随州地区的近三十位聂氏宗亲陪同并参加祭拜。王晓蓝一行参观游览了广水市印台山文化生态公园和工业园区的高新技术企业。王晓蓝还前往湖北大学，武昌首义学院访问，与有关学者探讨聂华苓文学研究推广项目。

12月，茹志鹃、王安忆1983年受邀参加"国际写作计划"，在美期间撰写的日记集结名为《母女同游美利坚》于中信出版社出版。

12月9日，王蒙先生为"聂华苓文学馆"题写馆名。

本年，蔡天新、周汉辉、黄崇凯受邀参加爱荷华"国际写作计划"。

2019年　94岁

1月5日，湖北大学和广水市决定市校协作，开展聂华苓文学研究推广项目。南京档案馆为项目提供史料。

1月19日，广水市委常委会议听取宣传部汇报，决定实施聂华苓文学研究推广项目。

5月，中国社会科学院文学研究所、闽南师范学院加入聂华苓文学研究推广项目。

5月22日，荣登《当代作家评论》封面人物，发表访谈《我的跨文化写作与人生旅程》。

6—9月，湖北大学汪亚琴博士赴爱荷华大学作访问学者，其间近身采访聂华苓女士。

10月，接受广水市赠送的聂华苓青铜塑像，发表《看到故园的不同风景》。

12月14日，广水市与湖北大学举行市校合作协议签字仪式。

本年，喻荣军、陈丽娟、陈炳钊、瓦历斯·诺干受邀参加爱荷华"国际写作计划"。

2020年　95岁

9月，华中师范大学文学院、福建师范大学要求加入聂华苓文学研究推广项目。

2021年　96岁

本年，庄梅岩受邀参加爱荷华"国际写作计划"。

2022 年　97 岁

1 月，中译本《沈从文评传》(刘玉杰译)由北京联合出版公司出版。

3 月 24 日，广水市关庙镇"聂华苓聂华桐研究工作室"成立。

7 月 16 日，湖北省广水市建成"聂华苓文学馆"

8 月，春树、七堇年、朱和之受邀参加爱荷华"国际写作计划"。

8 月 28 日，春树、朱和之到安寓拜访聂华苓。

10 月 13 日，春树、七堇年、朱和之、娜塔莎·杜罗维科娃再次前往安寓拜访聂华苓和王晓蓝。

11 月 9 日，参加 IWP 的格鲁吉亚小说家 Nana ABULADZE、波兰诗人 Krystyna DABROWSKA、以色列小说家 Noa Suzanna MORAG，拜访聂华苓。

2023 年　98 岁

11 月 6 日，"聂华苓文学馆"在聂华苓先生的祖籍地广水盛大开馆，毕飞宇到场参与揭牌仪式，并发表讲话，王蒙、迟子建等人发来祝贺视频。

二、聂华苓族谱

聂店(永兴五房)支系　　辑五公世系表

		辑　五	教师	聂店下湾	生于 1869 年，卒于 1938 年，清末孝廉方正，习称辑五老太爷，葬于聂店莲花山。
		朱　氏		聂店下湾	生年不详，卒于 1935 年，一子：聂洸。
		聂　洸	军人	聂店下湾	生于 1891 年，卒于 1936 年正月初三，原陆军大学第五期毕业，国民党员，派名：渭忠，别名：怒夫。

		张　氏		关庙张家大湾	生卒不详，二子：华桓、华棣，一女：华蕙。
	续弦	孙国英		湖北宜昌	生于 1903 年 7 月 30 日，卒于 1962 年 11 月 15 日。三子：华懋、季阳、华桐，三女：华苓、月珍、华蓉。
1	张氏所生	聂华桓	工程师	开封化肥厂	生于 1918 年 4 月 2 日，又名燕伯，大学，二子：刚、斌，二女：小兰、小燕。
	妻	聂惠英	医师	开封一医院	生于 1924 年，上海医大毕业，主任医师，心脑血管专家。
1.1	长子	刚	工程师	美国加州	生于 1954 年，大学，电脑工程师。
	长媳	董　玲	医师	美国加州	生于 1957 年，大学，一子：子钧。
	孙子	子　钧		美国加州	生于 1995 年 1 月，初中。
1.2	次子	斌	工程师	郑州铁路分局	生于 1962 年 9 月，大学。
	次媳	孙　虹	工程师	开封化建公司	生于 1969 年 1 月，大学。
1.3	长女	小　兰	医师	河南医学院	生于 1953 年 7 月，大学，副教授，婿：温坤，开封一医院口腔科主任医师。
1.4	次女	小　燕	统计师	美国芝加哥	生于 1957 年，大学，财金统计师，婿：王强。
2		华　棣	畜牧师	武汉	生于 1922 年，卒于 1958 年，原中央大学畜牧系毕业。
3		华　懋	飞行员	台湾	生于 1926 年，卒于 1951 年，大学，又名：汉仲，在台湾飞机失事遇难。

4		华　桐	物理教授	美国哈佛大学	生于 1935 年，清华、北大客座教授，美国纽约石溪分校终身教授，清华大学高等研究院首任院长，中科院外籍院士。
	妻	苏端仪	医师	美国定居	生于 1936 年，大学，二子：耀中、耀平，云南河西人，心理医师。
4.1	长子	耀　中		美国定居	生年不详，大学。
4.2	次子	耀　平		美国定居	生年不详，大学。
5	长女	华　苓	作家教授	美国爱荷华大学	生于 1925 年 1 月 11 日，原中央大学外语系毕业，"国际写作计划"中心主任。与前夫王正路育二女：晓薇、晓蓝，后夫：保罗·安格尔，美国诗人，尼克松文学顾问。
6	次女	华　蕙	教师	武汉长航局	生于 1926 年，卒于 2016 年 4 月 19 日，原武汉海关专科毕业，教师，丈夫：郑国富，长航大副。二子：郑聂建、郑聂华。
7	三女	月　珍		美国加州	生于 1930 年，大学，后赴美国求学定居，过继邹家。
8	四女	华　蓉	教师	美国爱荷华大学	生于 1934 年，台湾大学外文系毕业。
		殷　忠	务农	大檀黎坡湾	生年不详，卒于 1992 年 8 月。
		饶　氏	务农	大檀黎坡湾	生年不详，卒于 1978 年 3 月，一子：华元。

续表

1		华　元	退休干部	关庙镇政府	生于 1940 年 7 月，初中，原市政协委员。
	妻	胡启秀	务农	大檀黎坡湾	生于 1951 年 8 月，一子：耀文。
	子	耀　文	学生	大檀黎坡湾	生于 1992 年 5 月。

三、聂华苓作品目录

(一) 小说

聂华苓，《葛藤》(中篇)，台北：自由中国出版社，1953 年。

聂华苓，《葛藤》(中篇)，台北：精华印书馆，1956 年。

聂华苓等，《大泽乡》(短篇集)，香港：友联出版社，1955 年。

聂华苓，《翡翠猫》(短篇集)，台北：明华书局，1959 年。

聂华苓，《失去的金铃子》(长篇)，台北：学生书局，1960 年。

聂华苓，《失去的金铃子》(长篇)，台北：文星书店，1964 年。

聂华苓，《失去的金鈴子》(长篇)，台北：大林出版社，1969 年。

聂华苓，《失去的金鈴子》(长篇)，北京：人民文学出版，1980 年。

聂华苓，《失去的金鈴子》(长篇)，台北：林白出版社，1987 年。

聂华苓，《一朵小白花》(短篇集)，台北：文星书局，1963 年。

聂华苓，《一朵小白花》(短篇集)，台北：大林出版社，1972 年。

聂华苓，《一朵小白花》(短篇集)，台北：大林出版社，1980 年。

聂华苓，《一朵小白花》(短篇集)，台北：水牛出版社，1983 年。

聂华苓，《一朵小白花》(短篇集)，台北：水牛出版社，1993 年。

聂华苓，《桑青与桃红》(长篇)，香港：友联出版社，1976 年。

聂华苓，《桑青与桃红》(长篇)，北京：中国青年出版社，1980 年。

聂华苓，《桑青与桃红》(长篇)，香港：友联出版社，1982 年。

聂华苓，《桑青与桃红》(长篇)，香港：华汉文化事业公司，

1986 年。

聂华苓，《桑青与桃红》(长篇)，台北：汉艺色研，1988 年。

聂华苓，《桑青与桃红》(长篇)，沈阳：春风文艺出版社，1990 年。

聂华苓，《桑青与桃红》(长篇)，北京：华夏出版社，1996 年。

聂华苓，《桑青与桃红》(长篇)，台北：时报文化，1997 年。

聂华苓，《桑青与桃红》(长篇)，太原：北岳文艺出版社，2004 年。

聂华苓，《桑青与桃红》(长篇)，新加坡：青年书局，2009 年。

聂华苓，《王大年的几件喜事》(短篇集)，香港：海洋文艺社，1980 年。

聂华苓，《王大年的几件喜事》(短篇集)，香港：三联书店，1980 年。

聂华苓，《台湾轶事》(短篇集)，北京：北京出版社，1980 年。

聂华苓，《千山外，水长流》(长篇)，四川人民出版社，1984 年。

聂华苓，《千山外水长流》(长篇)，香港：三联出版社，1985 年。

聂华苓，《千山外水长流》(长篇)，河北：河北教育出版社，1996 年。

聂华苓，《珊珊，你在哪儿》(短篇集)，北京：中国人民大学出版社，1994 年。

聂华苓，《李环的皮包》(短篇集，英文) The purse and three other stories of Chinese life，香港，Heritage Press，1959 年。

聂华苓，《李环的皮包(The purse and three other stories of Chinese life)》(短篇集，英文)，香港，Heritage Press，1962 年。

聂华苓，李环的皮包(短篇集，葡萄牙文)，智利：Editora Glodo，1965 年。

聂华苓，《桑青与桃红(Two Women of China—Mulberry and Peach)》(长篇，英文)，纽约 Sino Publishing Company 和北京新世界出版社联合出版，1981 年。

聂华苓，《桑青与桃红》(长篇，南斯拉夫文)，Globus Publishers，1985 年。

聂华苓，《桑青与桃红》（长篇，英文），伦敦：The Woman's Press，1986 年。

聂华苓，《桑青与桃红》（长篇，匈牙利文），匈牙利：Artisjus，1986 年。

聂华苓，《桑青与桃红》（长篇，克洛西亚文），南斯拉夫：Globust Press，1986 年。

聂华苓，《桑青与桃红》（长篇，荷兰文），荷兰：Uitgeverij An Dekker，1988

聂华苓，《桑青与桃红》（长篇，英文），美国：Beacon Press，1989 年。

聂华苓，《桑青与桃红》（长篇，英文）The Feminist Press of The City University of New York，1998 年。

（二）散文集

聂华苓，《梦谷集》，香港，正文出版社，1963 年。

聂华苓，《梦谷集》，台北：大林出版社，1973 年。

聂华苓，《三十年后——归人札记》，武汉：湖北人民出版社，1980 年。

聂华苓，《爱荷华札记——三十年后》，香港：三联书局，1983 年。

聂华苓，《黑色，黑色，最美丽的颜色》，香港：三联书局，1983 年。

聂华苓，《黑色，黑色，最美丽的颜色》，台北：林白出版社，1986 年。

聂华苓，《黑色，黑色，最美丽的颜色》，广州：花城出版社，1986 年

聂华苓，《三十年后——梦游故园》，台北：汉艺色研，1988 年。

聂华苓，《人，在廿世纪》，新加坡：八方文化企业公司，1990 年。

聂华苓，《聂华苓札记集》，台北：读者文化，1991 年。

聂华苓，《人景与风景》，西安，陕西人民出版社，1996 年。

聂华苓，《鹿园情事》，台北，时报出版公司，1997 年。

聂华苓，《鹿园情事》，上海：上海文艺出版社，1997 年。

聂华苓，《枫落小楼冷》，南京：江苏文艺出版社，2008 年。

聂华苓、余光中等，《抱一把胡琴》，哈尔滨：北方文艺出版社，2008 年。

（三）自传及其他

聂华苓，《最美丽的颜色：聂华苓自传》，南京：江苏文艺出版社，2000 年。

聂华苓，《三生三世》，天津：百花文艺出版社，2004 年。

聂华苓，《三生三世》，台北：皇冠文化出版公司，2005 年。

聂华苓，《三生影像》，香港：明报出版社，2007 年。

聂华苓，《三生影像》，北京：三联书店，2008 年。

聂华苓，《三生三世》（日文版），东京：藤原书店，2008 年。

（四）译著

聂华苓，《德莫福夫人》（Henry James），台北：文学杂志，1959 年。

聂华苓，《德莫福夫人》（Henry James），上海：上海译文出版社，1980 年。

聂华苓，《德莫福夫人》（Henry James），上海：上海文艺出版社，2004 年。

聂华苓，《美国短篇小说选》，台北：明华书局，1960 年。

聂华苓，《美国短篇小说选》，香港：今日世界社，1964 年。

聂华苓，《没有点亮的灯——美国短篇小说选》，北京：北京出版社，1981 年。

聂华苓，《牵著哈叭狗的女人》，台北：仙人掌出版社，1970 年。

聂华苓，《牵著哈叭狗的女人》，台北：大林出版社，1974 年。

聂华苓，《遣悲怀》（纪德），台北：晨钟出版社，1971 年。

聂华苓，《遣悲怀》（纪德），北京：北京时代华文书局，2013 年。

聂华苓，《海上扁舟》，台北：洪范书店，1998 年。

聂华苓,《中国女作家小说选 Eight Stories by Chinese Women》, 香港：Heritage Press, 1963 年。

聂华苓,《史达林政策下的中国 China in Stalin's Grand Strategy》, 台北：胡适纪念馆, 1967 年。

聂华苓,《毛泽东诗词（Poems of Mao Tse-tung）》（与 Paul Engle 合译, 附详细历史注解）美国：Simon and Schuster, 1972 年。

聂华苓,《毛泽东诗词（Poems of Mao Tse-tung）》（与 Paul Engle 合译, 附详细历史注解）英国：Wildwood House, London, 1974 年。

聂华苓, 毛泽东诗词（与 Paul Engle 合译, 附详细历史注解）Poems of Mao Tse-tung, 英国：Wildwood House, London, 1974 年。

聂华苓,《百花齐放文集（两卷）（Literature of the Hundred Flowers)》, 美国：哥伦比亚大学出版社, 1981 年。

聂华苓译著,《遣悲怀》（纪德著）, 北京：北京时代华文书局, 2013 年。

聂华苓,《现代南韩诗选》, 爱荷华大学出版社（University of Iowa Press）。

聂华苓,《现代中国诗选（叶维廉编译）》, 爱荷华大学出版社（University of Iowa Press）

聂华苓,《现代俄罗斯诗选》, 爱荷华大学出版社（University of Iowa Press）

聂华苓,《当代南斯拉夫诗选》, 爱荷华大学出版社（University of Iowa Press）

聂华苓,《现代保加利亚诗选》, 爱荷华大学出版社（University of Iowa Press）

聂华苓,《战后日本诗选》, 爱荷华大学出版社（University of Iowa Press）

聂华苓,《世界文选》, 爱荷华大学出版社（University of Iowa Press）

聂华苓、Paul Engle,《"The World Comes to Iowa"：The Iowa International Anthology》，edited by Paul Engle and Rowena Torrevillas，Hualing Nieh Engle，advisory editor.

（五）评论与创作谈

聂华苓，《苓子是我吗?》，《联合报》1961 年 12 月 20 日。

聂华苓，《浅谈小说的观点》，收于陈纪滢等著《文艺论丛文》，台北：幼狮文化，1968 年。

聂华苓，《沈从文评传(Shen Ts'ung-wen)》(评传，英文著作)，美国：Twyne Publishers，1972 年。

聂华苓，《沈从文评传》(刘玉杰译，中译本)，北京：北京联合出版公司，2022 年。

聂华苓，《写在前面》，《台湾轶事》，北京：北京出版社，1980 年。

聂华苓，《写在前面》，《失去的金铃子》，北京：人民文学出版社，1980 年。

聂华苓，《浪子的悲歌(前言)》，《桑青与桃红》，北京：中国青年出版社，1980 年。

聂华苓，《关于〈德莫福夫人〉》，《德莫福夫人》(亨利·詹姆士著)，聂华苓译，上海：上海译文出版社，1980 年。

聂华苓，《中国大陆小说在技巧上的突破——谈〈剪辑错了的故事〉》，《七十年代》(香港)，1980 年 11 月号。

聂华苓，《关于改编〈桑青与桃红〉》，《文汇月刊》，1981 年第 4 期。

聂华苓，《序〈没有点亮的灯——美国短篇小说选〉》，《没有点亮的灯——美国短篇小说选》(维拉·凯瑟等著)，聂华苓译，北京：北京出版社，1981 年。

聂华苓，《序〈中国印象〉》，《中国印象》(保罗·安格尔著)，荒芜译，台北：林白出版社，1986 年。

聂华苓，《海外文学与台湾文学现状》，《河南师大学报》，1980 年第 4 期。

聂华苓,《桑青与桃红流放小记》,《中国时报》,1988 年 8 月 22 日,18 版。

聂华苓,《〈桑青与桃红〉后记》,《桑青与桃红》,北京:华夏出版社,1996 年。

聂华苓,《桑青与桃红流放小记》,《桑青与桃红》附录,台北:时报文化,1997 年。

聂华苓,《失去金铃子的年代》,《联合文学》第 159 期(1998 年 1月)。

聂华苓,《小说的虚与实》,《明报月刊》,2001 年 7 月。

聂华苓,《纪德与〈遣悲怀〉》,《遣悲怀》(纪德著),聂华苓译,北京:北京时代华文书局,2013 年。

(六)聂华苓作品原发刊物

1.《自由中国》

1950 年

2 月 16 日,以笔名"远思"发表译作《我们如何争取世界》(原作 J,F,Morse),第 2 卷第 4 期。

4 月 16 日,以笔名"远思"发表译作《以俄制俄》(原作 Wallace Carroll),第 2 卷第 9 期。

5 月 16 日,以笔名"远思"发表译作《拉铁摩尔辈的真面目》(美国国会记录),第 2 卷第 10 期。

7 月 1 日,以笔名"远思"发表译作《美奸希斯叛国原委(一)》(R,D,Toledano &V,Lasky 原作),第 3 卷第 1 期。

7 月 16 日,以笔名"远思"发表译作《美奸希斯叛国原委(二)》(R,D,Toledano &V,Lasky 原作),第 3 卷第 2 期。

8 月 1 日,以笔名"远思"发表译作《美奸希斯叛国原委(三)》(R,D,Toledano &V,Lasky 原作),第 3 卷第 3 期。

8 月 16 日,以笔名"远思"发表译作《美奸希斯叛国原委(续完)》(R,D,Toledano &V,Lasky 原作),第 3 卷第 4 期。

10 月 1 日，以笔名"远思"发表译作《苏俄的话算数吗?》(原作 Jacob Epstein)，第 3 卷第 7 期。

1951 年

3 月 16 日，以笔名"远思"发表译作《史达林帝国的致命伤》，第 4 卷第 6 期。

4 月 1 日，发表译作《格兰斯顿与列宁》，第 4 卷第 7 期。

5 月 16 日，以"华苓"为名发表译作《不愿做奴隶的人们》，第 4 卷第 10 期。

6 月 16 日，以"苓"为笔名发表《忆》，第 4 卷第 12 期。

8 月 1 日，以"苓"为笔名发表《觉醒》，第 5 卷第 3 期。

9 月 16 日，发表译作《辩证法和黑格尔的历史神学》，第 5 卷第 6 期。

12 月 16 日，发表译作《霍夫曼论自由》，第 5 卷第 12 期。

1952 年

1 月 16 日，《黄昏的故事》，第 6 卷第 2 期。

4 月 1 日，以"远思"为笔名发表译作《自由是不可分的》(原作 B，W，Knight)，第 6 卷第 7 期。

5 月 1 日，译作《历史的治乱》(原作陶英贝)，第 6 卷第 9 期。

6 月 1 日，译作《生·死·爱·乐》，第 6 卷第 11 期。

7 月 16 日，译作《太平洋学会如何帮助史达林赤化中国(上)》(原作 James Burnhan)，第 7 卷第 2 期。

8 月 1 日，译作《太平洋学会如何帮助史达林赤化中国(下)》(原作 James Burnhan)于《自由中国》第 7 卷第 3 期。

9 月 16 日，译作《青春恋》于《自由中国》第 7 卷第 6 期。

11 月 16 日，《谢谢你们：云、海、山!》，第 7 卷第 10 期。

1953 年

6 月 16 日，《绿藤》，第 8 卷第 10 期。

8 月 1 日，《一颗孤星》，第 9 卷第 3 期。

11月1日，《绿窗漫笔》，第9卷第9期。

12月16日，以"远思"为笔名发表译作《没有史达林的第一个十一月》(原作 C，D，Wolfe)，第9卷第12期。

1954年

6月16日，《山居》，第10卷第12期。

9月16日，《灰衣人》，第11卷第6期。

1955年

1月1日，《母与女》，第12卷第1期。

1月16日，以"远思"为笔名发表译作《民主的巴西总统费尔约》，第12卷第2期。

4月16日，发表译作《美国和波多黎哥》，第12卷第8期。

1956年

6月1日，《葛藤(一)》，第14卷第11期。

7月1日，《葛藤(二续)》，第15卷第1期。

7月16日，《葛藤(三续)》，第15卷第2期。

8月1日，《葛藤(四续)》，第15卷第3期。

8月16日，《葛藤(五续)》，第15卷第4期。

9月1日，《葛藤(续完)》，第15卷第5期。

1957年

3月16日，《晚餐》，第16卷第6期。

7月16日，《卑微的人》，第17卷第2期。

1958年

1月16日，《绿窗漫笔》，第18卷第2期。

10月16日，《卖麦茶的哨子》，第19卷第8期。

1959年

1月16日，《爱国奖券》，第20卷第2期。

5月16日，《窗》，第20卷第10期。

1960 年

8 月 16 日,《爷爷的宝贝》,第 23 卷第 4 期。

2.《联合报》

1957 年

4 月 15 日,《母亲的菜》。

11 月 18 日,《海滨小简》。

1958 年

9 月 10 日,《双龙抱柱》。

10 月 5 日,《乐园之音》。

1959 年

7 月 10 日,《山中小简——溪边》。

1960 年

9 月 9 日,译作,《深夜》(蔓殊菲儿著)。

10 月 16—11 月 9 日连载,译作,《遣悲怀》(纪德著)。

1961 年

7 月 2—12 月 20 日连载,《失去的金铃子》。

12 月 20 日,《苓子是我吗?》。

1962 年

12 月 1 日,《寄母亲第一封信》。

12 月 14 日,《寄母亲第二封信》。

12 月 23 日,《寄母亲第三封信》。

1963 年

6 月 6 日,《松林坡与美国文学》。

6 月 24 日,《月光·枯井·三脚猫》。

1970—1971 年

1970 年 12 月 1 日—1971 年 2 月 6 日连载,《桑青与桃红》。

1991 年

3 月 27 日,《永远活在安格尔家园》。

1992 年

3 月 21 日，译作，《有一支笔——评论安格尔的语录》。

7 月 3 日，《雾夜牛津》。

1994 年

3 月 1 日，《鹿园情事》。

3 月 29 日，译作，《鹿园情事——纽约在黑暗中》(安格尔著)。

4 月 10、11 日，《鹿园情事——马夫的儿子和坏女孩》。

7 月 13 日，译作，《鹿园情事——夕阳无限好》(安格尔著)。

8 月 26 日，《两位作家竞选一位通灵的传奇女子之二——奇女子伊莉莎贝》。

8 月 27 日，《奇女子伊莉莎贝》。

9 月 2 日、9 月 3 日，译作，《魂归古城》(安格尔著)。

1995 年

2 月 28 日，《情事二题》。

3 月 1 日，《情事》。

6 月 19 日—6 月 23 日，《威尼斯一九八七》。

2000 年

1 月 8 日，《痴情叹息读〈应答的乡岸〉随感》。

2002 年

3 月 14 日，《母亲的告白》。

11 月 4 日，《真君》。

2003 年

1 月 4 日，《彩虹小雨伞》。

5 月 13 日，《我的戏园子》。

12 月 16 日，《雷震与胡适》。

2006 年

2 月 2 日，《我家的彩虹》。

5 月 30 日，《墙里墙外》。

9月9日，《拈花人》。

11月5日，《泰皓瑞———一则爱情与政治的故事》。

2007 年

2月5日，《废址战争岁月》。

6月4日，《郭衣洞和柏杨》。

2009 年

10月1日，《浪子归宗——花踪世界华文文学奖致辞》。

3.《中国时报》

1988 年

2月1日，《俄罗斯民族的悲怆——我所见到的诺贝尔文学奖得主布落斯基》。

3月12—15日，《死亡的幽会(一)—(四)》。

4月22日，《六〇年代——梁实秋》。

4月23、24日，聂华苓辑注，《梁实秋给聂华苓的23封信(一)(二)》。

5月1日，译作，《又回台湾》(保罗·安格尔著)。

5月12日，《与自然融合的人回归自然了——台北旅次惊闻沈从文辞世》。

5月23日，《临别依依——台北印象》。

8月22日，《桑青与桃红流放小记》。

11月25—26日，《布拉格的冬天》。

12月17日，《亲爱的爸爸妈妈——三百个孩子最后的呼唤》。

12月29日，《听来的笑话》。

1989 年

2月19日，《怎一个情字了得》。

3月3日，《和一位放逐的苏联作家谈放逐(上)》。

3月4日，《和一位放逐的苏联作家谈放逐(下)》。

3月7日，《旧时路——怀念雷震先生》。

5月26日，《全世界都睁亮了眼睛在看》。

1990 年

1月8日，《哈维尔的启示》。

2月5—11日连载，《俄罗斯散记(一)—(七)》。

2月21日，《俄罗斯散记——再见，莫斯科(十月七日—八日)》。

11月24日，《悼念邰静农先生》。

1992 年

1月8日，《江水啊流啊流》。

1994 年

2月24日，《丘吉尔在牛津》。

3月30日，《安格尔轶事——决斗》。

4月21日，《音乐与我》。

7月13日，《安格尔轶事——也是英国人》。

9月7、8日，《该死的犹太人》。

1995 年

1月1—2日，《安格尔轶事——失去的圣诞(上)(下)》。

1月22日，《高伯母，你莫走!》。

2月1—3日，《我是卖报童(一)—(三)》。

1996 年

3月2日，《夏道平的微笑》。

7月1、2日，《雷震说：我有何罪？(上)(下)》，1996 年。

2002 年

4月28日，《他为台湾打开了一扇窗(四)：放在案头的一封信》(纪念余纪忠先生专辑)。

2006 年

5月16日，《有"序"为证：蓦然回首》。

9月20日，聂华苓，《戈艾姬和卡梨菲——我的犹太和巴勒斯坦朋友》。

2007 年

7 月 7、8 日,《回不了家的人——刘宾雁二三事(一)(二)》。

2008 年

3 月 28 日,《东西一才子》。

4. 其他作品原发刊物

1956 年

10 月 20 日,《高老太太的周末》,《文学杂志》。

1957 年

12 月 20 日,《珊珊,你在哪儿?》,《文学杂志》。

1958 年

6 月 20 日至 9 月 20 日连载,译作,《德莫福夫人》(亨利·詹姆斯著),《文学杂志》。

1959 年

8 月 20 日,《寂寞》,《文学杂志》。

1960 年

6 月 20 日,翻译《老农罗世基》(William Van O'Connor 著),《文学杂志》。

1963 年

10 月 3 日,《绣花拖鞋》,《新生晚报新趣》。

10 月 7 日,《蜜月》,《新生晚报新趣》。

1976—1978 年

1976 年 5 月—1978 年 2 月 10 日,《爱荷华寄简》(1—6),《海洋文艺》第 3 卷。

1978 年

5 月 13 日—6 月 19 日,《三十年后—日记抄》,《海洋文艺》第 5 卷。

1979 年

3 月,《王大年的几件喜事》,《十月》。

《爱国奖券—台湾轶事》,《上海文学》第 3 期。

《珊珊，你在哪儿?》,《当代》第 3 期。

《台北一阁楼》,《收获》第 5 期。

《一朵小白花》,《安徽文学》第 11 期。

1980 年

7 月 10 日,《三十年后(二十)—归人札记》,《海洋文艺》第七卷。

《访曹禺和杨沫》,《文丛》第 3 期。

《珊珊，你在哪儿?》,《小说月报》第 3 期。

《海外文学与台湾文学现状》,《河南师大学报(社会科学版)》第 4 期。

《袁老头》,《芒种》第 4 期。

《亨利詹姆士及其现实主义》,《上海文学》第 8 期。

8 月,《浪子的悲歌》,《花城》。

9 月号,《法治与爱情》,《七十年代》。

1981 年

《中国大陆小说在技巧上的突破——剪辑错了的故事》,《花城》第 2 期。

1981 年

聂华苓、李黎,《海外飞鸽》(通信录),《海峡》第 1 期。

1982 年

《春风岁岁还来否》,《海峡》第 2 期。

1984 年

聂华苓、茹志鹃,《爱荷华小简》,《文学月报》第 3 期。

《关于台湾小说创作》,《花城》第 6 期。

7 月号,《千山外，水长流》,《九十年代》。

《千山外，水长流》,《啄木鸟》第 4-6 期连载。

7—12 月,《千山外，水长流》,《明报月刊》第 223-228 期连载。

1985 年

《桥》,《台湾文学选刊》第 2 期。

4 月 16 日，《爱荷华小简》，《中报》。

5 月号，《寻儒司，补破网——悼念杨逵先生》，《九十年代》。

5 月号，《想起徐訏》，《明报副刊》。

6 月 12 日，《想起徐訏》，《华侨日报》。

6 月 24 日，《结缘》，《自立晚报》。

《寒夜·炉火·风铃——柏杨和他的作品》，《新书月刊》第 22 期。

1986 年

《寒夜炉火风铃——柏杨和他的作品》，《四海：港台海外华文文学》第 5 期。

9 月 13 日，《七十年代的故事》，《自立晚报·副刊》。

9 月 20 日，《黑色，黑色，最美丽的颜色》，《自立晚报》。

1987 年

5 月号，《刘宾雁，我的朋友》，《九十年代月刊》。

1988 年

6 月 15 日，《会》，《博益月刊》第 10 期。

7 月号，《我不能笑》，《明报》。

7 月，《死亡的幽会》，《台港文学选刊》第 4 期。

7 月 13 日，《我不能笑》，《文汇报》。

7 月 16 日，《临别依依——台北印象》，《文学世界》第 3 期。

10 月号，《死亡的幽会》，《小说选刊》。

12 月号，《威尼斯八景》，《八方文艺丛刊》第九辑。

《布拉格的冬天》，《明报》。

1989 年

1 月 8 日，《亲爱的爸爸妈妈——三百个孩子最后的呼唤》，《人民日报》。

2 月号，《我所见到的布洛斯基——诺贝尔文学奖得主》，《九十年代》。

2 月 16—21 日，《怎一个情字了得》，《明报》。

3 月 4 日，《怀念雷震先生》，《信报》。

3 月号,《和一位放逐的苏联作家谈放逐》,《九十年代》。

5 月号,《怎一个情字了得》,《人民文学》。

《桑青与桃红——第四部》,《中外文学》第 4 期。

《寒夜炉火风铃——柏杨和他的作品》,《世界华文文学》第 5 辑。

《死亡的幽会》,《文汇月刊》第 7 期。

1990 年

2 月 7—8 日,《俄罗斯散记》,《明报》。

《威尼斯八景》,《世界华文文学》第 9 辑。

1991 年

7 月 5 日,聂华苓,苏伟真访问整理《永远活着安格尔家园——为安格尔去世而作》,《四海港台海外华文文学》第 4 期。

1994 年

1 月 6 日,《女作家》,《台港文学选刊》第 1 期。

4 月 15 日,《作家手迹》,《香港作家》第 43 期(总第 66 期)。

聂华苓、安格尔,《鹿园情事》,《小说界》第 5、6 期。

1995 年

聂华苓、安格尔,《鹿园情事》,《小说界》第 1、3、4 期。

2001 年

8 月 1 日,《一尊特出的雕像——雷震太太宋英》,《香港文学》第 200 期。

11 月 1 日,《春风吹度玉门关》,《香港文学》第 203 期。

2002 年

1 月 1 日,《再生缘——择自〈三生三世〉》,《香港文学》第 205 期。

7 月 1 日,《母亲的自白——摘自〈三生三世〉》,《香港文学》第 211 期。

《我,爷爷和真君》,《人民文学》第 8 期。

2003 年

1 月 1 日,《放在案头的一封信》,《香港文学》第 217 期。

2004 年

1 月 1 日,《流浪,流浪——摘自〈三生三世〉》,《香港文学》第
229 期。

2005 年

11 月 1 日,《游子吟》,《香港文学》第 251 期。

2006 年

9 月 1 日,《我俩和女儿们》,《香港文学》第 261 期。

2007 年

4 月 1 日,《发光的脸上仿佛又歌声———诗人蔡其矫》,《香港文
学》第 268 期。

2008 年

4 月 1 日,《东西一才子》,《香港文学》第 280 期。

2009 年

《今天,我回来了》(聂华苓在马英九授勋典礼上的致辞),《印刻文
学生活杂志》第 6 卷第 3 期。

2010 年

6 月,《从玉米田来的人——安格尔》,《香港文学》第 306 期。

四、聂华苓研究资料索引

(一)聂华苓大陆研究资料索引

1. 期刊论文类

1979 年

4 月 1 日,张葆莘:《聂华苓二三事》,《上海文学》第 3 期。

10 月 16 日,翟暖晖:《东行杂记(一)》,《广角镜》第 85 期。

1980 年

4 月 19 日,萧乾:《湖北人聂华苓》,《人民日报》(海外版)。

6 月 11 日,蒋翠林:《〈台湾轶事〉的艺术特色》,《人民日报》。

7月15日，宝书：《根生土长(聂华苓)》，《中国妇女》第7期。

7月25日，高缨：《和聂华苓、安格尔相处的日子》，《新观察》第2期。

9月号，黎明：《保罗·安格尔和聂华苓夫妇在文学讲习所》，《青春》第22期。

陶然：《名作家·IWP主持人·聂华苓》，《芒种》第4期。

1981年

7月31日，萧乾：《流亡者的悲歌》(原作为英文)，《China Daily》。

10月，陈子伶：《〈桑青与桃红〉》，《读书》第10期。

12月27日，王晋民：《论聂华苓的创作》《文学评论》第6期。

高缨：《浅谈聂华苓的三部小说》，《文汇月刊》第4期。

1982年

3月2日，陆士清、王锦园：《试论聂华苓创作思想的发展》，《复旦学报(社会科学版)》第2期。

10月28日，章子仲：《思乡的情怀　离奇的世相——初读聂华苓的几本小说》，《武汉师范学院学报(哲学社会科学版)》第5期。

10月28日，曾令甫：《聂华苓小传》，《武汉师范学院学报(哲学社会科学版)》第5期。

1983年

10月，阎纯德：《聂华苓及其作品》，《作家的足迹》，北京：知识出版社。

10月，陆士清、王锦园：《论桑青》，《台湾香港文学论文选》，福州：福建人民出版社。

1984年

7月1日，李洁容：《走自己的道路——试评聂华苓的两部长篇小说》，《暨南学报》第2期。

8月28日，丁往道：《"我的根在中国"——记聂华苓访问北外》，《外国文学》第8期。

10月27日，李恺玲：《"真空"中的探索——浅论聂华苓的创作道路》，《武汉师范学院学报(哲学社会科学版)》第5期。

12月26日，李恺玲：《"真空"中的探索(续)——浅论聂华苓的创作道路》《武汉师范学院学报(哲学社会科学版)》第6期。

金平：《千山外，水长流》，《当代文坛》第11期。

阎纯德：《小说家聂华苓》，《花城》第1期。

1985年

3月2日，唐金海：《浪子的悲歌回到老家来唱了——评聂华苓近年来在国内出版的几部小说》，《当代作家评论》第1期。

7月15日，萧乾：《聂华苓的历史感——〈千山外，水长流〉读后》，《人民日报(海外版)》。

1986年

8月29日，何慧：《被记忆缠绕的世界——聂华苓的中国情意结》，《广东社会科学》第4期。

郭冬：《被社会扭曲了的灵魂—评〈人，又少了一个!〉的隐蔽的心理描写手法》，《名作欣赏》第3期。

李恺玲：《"帝女雀"的歌——评聂华苓新作〈千山外，水长流〉》，《啄木鸟》第2期。

1987年

4月2日，张荔：《回头浪子的史诗——谈聂华苓三部小说艺术探索的开放过程》，《回头浪子的史诗——谈聂华苓三部小说艺术探索的开放过程》第1期。

6月10日，刘洁：《试论聂华苓的小说创作》，《西北师大学报(社会科学版)》第4期。

李献文、吴佳森：《略论〈失去的金铃子〉的审美价值》，《衡阳师专学报》第2期。

1988年

10月3日，《失根的兰花——小评〈桑青与桃红〉》，《民生报》

14 版。

3月1日，康万成：《谈聂华苓〈桑青与桃红〉的象征意蕴》，《语文学刊》第1期。

汪景寿：《略论聂华苓的小说创作》，见第三届《台湾香港与海外华文文学论文选》，福州：海峡文艺出版社。

常征：《进入内心世界的审美层次——浅论〈一捻红〉中人物自身灵魂的格斗》，《新疆大学学报》第1期。

1989年

1月号，陈剑虹：《冷却不了的记忆——聂华苓在三斗坪》，《昆仑》。

8月29日，王晋民：《从现代主义走向现实主义——在美国与聂华苓谈她的小说》，《小说评论》第4期。

10月1日，丁子人：《融传统于现代——试论聂华苓的长篇小说〈桑青与桃红〉的艺术方法》，《中国文学研究》第3期。

1990年

5月，黄重添：《故园在他们梦里重现(〈失去的金铃子〉部分)》，《台湾长篇小说论》，福州：海峡文艺出版社。

11月，李恺玲：《三星寨的忧伤——评聂华苓的小说〈失去的金铃子〉》，李恺玲编《聂华苓研究专集》，武汉：湖北教育出版社。

11月，陈世骧：《关于〈失去的金铃子〉》，《聂华苓研究专集》，武汉：湖北教育出版社。

11月，刘绍铭：《自由的滋味——初读〈桑青与桃红〉》，《聂华苓研究专集》，武汉：湖北教育出版社(原文写于1977年8月7日)。

1991年

7月，古继堂：《在世界主义的陡坡上——台湾现代小说的表现艺术(〈桑青与桃红〉部分)》，《台湾地区文学透视》，西安：陕西人民教育出版社。

12月31日，陈天庆、张超：《"说老实话"的三种艺术境界(摘录)——聂华苓长篇小说漫论》,《台港与海外华文文学评论和研究》第2期。

翁光宇:《聂华苓的文体意识—〈千山外,水长流〉与〈桑青与桃红〉之比较》,见《世界华文文学研讨会论文集》

1992 年

3月1日,陈天庆、张超:《"说老实话"的三种艺术境界——聂华苓长篇小说漫论》,《福建论坛(文史哲版)》第1期。

12月30日,苏必扬:《传统与现代的融合——评聂华苓小说技巧》《台港与海外华文文学评论和研究》第2期。

1993 年

3月,冯秋红:《生命的挣扎与美丽——浅析〈失去的金铃子〉》,《台港与海外华文文学评论和研究》第1期。

12月,徐国纶、王春荣:《聂华苓的〈桑青与桃红〉》,《二十世纪中国两岸文学史(续编)》,沈阳:辽宁大学出版社。

1994 年

1月,李红雨:《〈桑青与桃红〉作品鉴赏》,《台湾小说鉴赏辞典》,北京:中央民族学院出版社。

2月15日,宋剑华:《聂华苓:放逐者的心灵悲歌》,《海南师院学报》第1期。

5月,聂华苓、余韶文:《聂华苓谈中国文学》,《北京青年报》。

9月15日,施修蓉:《知识女性—乞丐的变动轨迹呈现——聂华苓〈人,又少了一个!〉赏析》,《阅读与写作》第9期。

1995 年

1月15日,李子云:《聂华苓和安格尔》,《小说界》第1期。

2月15日,董之林:《漂泊者悸动的灵魂——〈桑青与桃红〉浅析》,《小说评论》第1期。

8月10日,澹台、惠敏:《杰出的旅美华人作家聂华苓》,《文史杂志》第4期。

1996 年

12 月 15 日，沈芸：《西西弗的逃亡——〈桑青与桃红〉之我见》，《中学自学指导》第 6 期。

1997 年

12 月 10 日，陈捷：《聂华苓小说创作之社会文化心态》，《北京科技大学学报(人文社会科学版)》第 6 期。

1998 年

5 月 15 日，彭志恒：《如果意义缺失——聂华苓的〈桑青与桃红〉》，《世界华文文学论坛》第 2 期。

7 月 25 日，高广方：《宿命与漂流：王安忆〈安尼〉与聂华苓〈桑青与桃红〉内涵比较》，《盐城师范学院学报》第 3 期。

1999 年

5 月 15 日，朱邦蔚：《从根的失落到根的回归——从〈桑青与桃红〉与〈千山外，水长流〉看聂华苓小说寻根意识的发展》，《世界华文文学论坛》第 2 期。

1 月，宋刚：《〈桑青与桃红〉作品解析》，《中国文学通典 1 小说通典》，北京：解放军文艺出版社。

11 月 15 日，杨晓黎：《情动于中而行于言——〈桑青与桃红〉用词艺术谈片》，《世界华文文学论坛》第 4 期。

2000 年

7 月 15 日，刘小波：《〈珊珊，你在哪儿？〉创作特色浅析》，《河南商业高等专科学校学报》第 4 期。

8 月，王宗法：《细节描写的魅力——读〈一朵小白花〉》，《台湾文学观察》，合肥：安徽教育出版社。

11 月 15 日，张中玉：《一曲"浪子的悲歌"——聂华苓〈桑青与桃红〉的浅析》，《湖北函授大学学报》第 Z1 期。

2001 年

王韬：《一个漂泊的灵魂——评析〈千山外，水长流〉的主人公形象》,《世界华文文学论坛》第 4 期。

2002 年

4 月 15 日,李蓉:《漫漫寻亲路 悠悠寻根情——评析〈千山外,水长流〉主人公的美国之旅特殊内涵》,《安徽工业大学学报(社会科学版)》第 2 期。

2003 年

3 月 25 日,胡德才:《三斗坪的故事——论聂华苓的长篇小说〈失去的金铃子〉》,《三峡大学学报(人文社会科学版)》第 2 期。

6 月 25 日,袁园、江合友:《自我的叙述与叙述的自我——试析聂华苓小说的逃亡主题》,《世界华文文学论坛》第 2 期。

8 月 15 日,袁园:《试论聂华苓小说的逃亡主题》,《岳阳职工高等专科学校学报》第 3 期。

12 月 30 日,江合友:《试论聂华苓小说的自传性》,《株洲师范高等专科学校学报》第 6 期。

9 月,王宗法:《聂华苓的〈桑青与桃红〉》,《20 世纪中国文学通史》,上海:东方出版中心。

2004 年

3 月 26 日,刘俊:《承载历史·享受爱情·耕耘文学—聂华苓的三生三世》,《中国图书商报·书评周刊》。

4 月 14 日,苏童:《聂华苓的〈三生三世〉:回忆成为她最苍凉的姿势》,《中华读书报》。

6 月 10 日,李欧梵:《三生事,费思量》,《读书》第 6 期。

8 月 26 日,李丽:《一曲"浪子的悲歌"——读聂华苓的〈桑青与桃红〉》,《华文文学》第 4 期。

肖薇:《寻求心灵的家园——华裔作家聂华苓的文本策略》,《外国语言文化》第 2 期。

2005 年

1 月 30 日,侯芮文:《成长、流浪与归宿——试析聂华苓三部长篇小说的发展轨迹》，《美与时代》第 1 期。

3 月 1 日，韩三洲：《聂华苓眼中的殷海光》，《北京纪事》第 3 期。

3 月 15 日，寿清凉：《聂华苓："逃与困"语境中的原乡寓言》，《语文学刊》第 5 期。

3 月 30 日，宗培玉：《关于〈桑青与桃红〉的诗学分析》，《湖州职业技术学院学报》第 1 期。

5 月，樊洛平：《台湾怀乡文学的女性书写——从〈城南旧事〉、〈失去的金铃子〉、〈梦回青河〉谈起》，《海南师范学院学报》第 3 期。

9 月 24 日，宛茂普：《真切的再现　沉痛的反思——解读聂华苓〈亲爱的爸爸妈妈〉》，《语文教学通讯》第 26 期。

11 月 20 日，张文龙：《从漂泊到归根——浅谈聂华苓的小说》，《中共郑州市委党校学报》第 6 期。

2006 年

1 月 20 日，黄志杰、钱如玉：《聂华苓小说的比喻艺术》，《社会科学论坛》第 1 期。

3 月 25 日，张国玲：《"和而不同"的双音合奏——〈千山外，水长流〉的文化构想》，《世界华文文学论坛》第 1 期。

4 月 5 日，王勋鸿：《"千山外，水长流"——聂华苓作品中的原乡书写》，《现代语文》第 4 期。

6 月 25 日，黄志杰、钱如玉：《聂华苓小说的意象运用》，《世界华文文学论坛》第 2 期。

6 月 30 日，王志谋：《寂寞·怀旧·超越——〈失去的金铃子〉的情感表达与聂华苓的创作姿态论》，《三峡文化研究》第 6 期。

6 月 30 日，高艳芳：《融会中西文化，致力传统更新——论聂华苓〈三生三世〉中的文化心理》，《三峡文化研究》第 6 期。

9 月 30 日，朱立立：《女性话语·国族寓言·华人文化英雄——从文化研究视角重读当代华语经典〈桑青与桃红〉》，《台湾研究集刊》第 3 期。

12 月 30 日，刘俊：《第一代美国华人文学的多重面向——以白先勇、聂华苓、严歌苓、哈金为例》，《常州工学院学报（社科版）》第6 期。

2007 年

1 月 1 日，刘勤：《在时空中穿行的树——论聂华苓〈三生三世〉本色书写中凸显的"真"》，《职业圈》第 21 期。

1 月 15 日，高艳芳：《融会中西文化，致力传统更新——论聂华苓〈三生三世〉中的文化心理》，《湖北经济学院学报（人文社会科学版）》第 1 期。

2 月 28 日，李景端：《推动中美文学交流的热心人——想起董鼎山和聂华苓》，《中华读书报》。

6 月 11 日，笑蜀：《聂华苓 把毛泽东诗词译介给全世界》，《南方人物周刊》。

12 月 10 日，李洁：《流浪儿的心曲——读聂华苓的〈桑青与桃红〉》，《丽水学院学报》第 6 期。

2008 年

1 月 25 日，王健：《〈桑青与桃红〉：认同切入下的真实性》，《今日南国》第 1 期。

5 月，景春：《无根的苦闷——留学生文学的创作主题——以〈又见棕榈，又见棕榈〉、〈桑青与桃红〉为例》，《时代人物》第 5 期。

6 月 15 日，闫书锋：《聂华苓小说的生命意识——从〈失去的金铃子〉和〈千山外，水长流〉谈起》，《河南工程学院学报（社会科学版）》第 2 期。

8 月，何平：《〈桑青与桃红〉中象征手法的运用》，《河南农业》第 16 期。

8 月 5 日，李向东：《她让丁玲触摸美国——聂华苓与丁玲的交往》，《书城》第 8 期。

8 月 23 日，何平：《〈桑青与桃红〉中象征手法的运用》，《河南农业》第 16 期。

8 月 31 日，金凤：《寂寞者的心灵回音——对〈失去的金铃子〉的意象分析》，《三峡文化研究》第 00 期。

9 月 20 日，陶德宗：《评聂华苓小说中书写的三峡文化》，《重庆三峡学院学报》第 5 期。

11 月 1 日，王宏印：《毛诗翻译的异域想象空间——以海外华人聂华苓等人翻译的毛泽东诗词为例》，《中国英汉语比较研究会第八次全国学术研讨会论文摘要汇编》。

12 月 15 日，孙丽凤：《"围城"内人与事的悲怆书写——聂华苓小说中的鲁迅因子》，《职大学报》第 4 期。

2009 年

1 月 15 日，迟子建：《一个人和三个时代》《读书》第 1 期。

2 月 15 日，周聚群：《在历史的追忆中追寻未来——论白先勇、於梨华和聂华苓的文革题材小说》，《江淮论坛》第 1 期。

2 月 28 日，童翠萍：《聂华苓的"三生影像"》，《山东图书馆学刊》第 1 期。

5 月 25 日，林佳、肖向东：《边缘生存的言说——聂华苓与严歌苓移民小说中的文化认同》，《大众文艺(理论)》第 10 期。

7 月 20 日，陶兰：《从安娜与桑青看东西方"自由女性"的嬗变——莱辛〈金色笔记〉与聂华苓〈桑青与桃红〉之比较分析》，《重庆三峡学院学报》第 4 期。

9 月 1 日，姚雪琴：《聂华苓：三生三世》，《语文世界(教师之窗)》第 9 期。

10 月 25 日，伍晋巧：《浅论聂华苓小说创作中的常与变》，《当代小说(下半月)》第 10 期。

2010 年

8 月 15 日，刘迎：《多重的意蕴与有意味的形式——论聂华苓〈桑青与桃红〉的主题与艺术手法》，《语文知识》第 3 期。

10月31日，梁晓凤：《谈聂华苓〈枫落小楼冷〉的女性视角》，《三峡文化研究》第00期。

11月15日，陶德宗：《走向世界的三峡文化使者与重庆形象代言人》，《重庆与世界》第11期。

11月15日，曹亚茹：《从"困境"到"逃亡"——解读聂华苓长篇小说中女性的生存境遇》，《语文知识》第4期。

2011年

2月20日，陈忠源：《聂华苓〈桑青与桃红〉的神话寓意》，《华文文学》第1期。

2月25日，仲昭阳：《异质文化语境下的历史回望——论美华女作家聂华苓"回望文学"的中国历史书写》，《大众文艺》第4期。

3月23日，许燕转：《同"台"不演同"台"事——聂华苓与白先勇"台北人"主题小说的比较》，《电影评介》第6期。

3月25日，师彦灵：《对抗的迁徙——聂华苓〈桑青与桃红〉中的女性身体迁徙》，《甘肃社会科学》第2期。

4月8日，许燕转：《跨时空的多重对话——〈失去的金铃子〉的诗学分析》，《电影评介》第7期。

8月25日，李江：《聂华苓短篇小说艺术特色探析》，《才智》第24期。

9月1日，陶德宗、谢应光：《从三峡走向世界，向世界书写三峡——评聂华苓和虹影三峡题材的小说创作》，《当代文坛》第5期。

12月1日，关碧柳：《聂华苓：三生三世》，《语文世界（中学生之窗）》第12期。

2012年

1月15日，许燕转：《"自由主义"与《自由中国》文艺栏——论聂华苓之于台湾五六十年代文学场域》，《芒种》第2期。

2月15日，许燕转：《论聂华苓之于台湾五六十年代文学场域》，《芒种》第4期。

2013 年

5 月 15 日，邹黎：《浅论〈千山外，水长流〉中的逃亡主题与寻根主题》，《读与写(教育教学刊)》第 5 期。

6 月 3 日，潘耀明：《华人的骄傲聂华苓》，《散文百家》第 6 期。

8 月 15 日，冯静静：《论两岸女作家对水意象的书写——以〈失去的金铃子〉和〈三生爱〉为例》，《语文知识》第 3 期。

8 月 15 日，彦火：《聂华苓与〈三生三世〉》，《泉州文学》第 8 期。

9 月 15 日，王勋鸿：《国族寓言与女性主体建构：聂华苓〈桑青与桃红〉的离散与流亡主题》，《河北科技学院学报(社会科学版)》第 3 期。

9 月 20 日，郭煜焓：《论台湾文学中的中国情结——以小说〈珊珊，你在哪儿?〉、〈将军族〉为例》，《青年文学家》第 26 期。

10 月 15 日，冯静静：《论〈失去的金铃子〉中聂华苓对女性解放主题的追问与反思》，《华北水利水电学院学报(社科版)》第 5 期。

11 月 5 日，应凤凰：《小苓子成长之歌——聂华苓小说〈失去的金铃子〉》，《书城》第 11 期。

12 月 15 日，郭冬梅：《浪子的共同悲歌——浅析〈桑青与桃红〉的对话立场》，《金田》第 12 期。

2014 年

1 月 15 日，陈学芬：《论聂华苓小说中的离散者形象》，《中央民族大学学报(哲学社会科学版)》第 1 期。

1 月 21 日，李亚萍：《论聂华苓长篇小说中的文化意蕴——从〈桑青与桃红〉到〈千山外，水长流〉》，《暨南学报(哲学社会科学版)》第 1 期。

6 月 30 日，朱旭晨：《〈三生影像〉的叙事艺术分析》，《现代传记研究》第 1 期。

9 月 25 日，许燕转：《跨文化视野下的聂华苓后期离散写作研究》，《当代作家评论》第 5 期。

2015 年

3 月 25 日，陈晨、欧阳蒙：《论聂华苓作品中"水意象"的寓意》，

《河南理工大学学报(社会科学版)》第 1 期。

3 月 28 日，沈维维、顾力行：《"真实与想象"的家园：〈桑青与桃红〉和〈茉莉〉的第三空间》，《求索》第 3 期。

4 月 15 日，许彩兰：《小说世界中的"诗"与"寻"——读聂华苓的小说》，《学园》第 11 期。

4 月 30 日，董福升：《浅析聂华苓小说的语言风格》，《世界文学评论(高教版)》第 4 期。

5 月 20 日，欧阳蒙：《女性视域下的乡土经验书写——萧红〈呼兰河传〉与聂华苓〈失去的金铃子〉的比较研究》，《安阳工学院学报》第 3 期。

6 月 15 日，苏洁：《聂华苓的"三生三世"》，《人生与伴侣(月末版)》第 6 期。

6 月 30 日，刘红华、黄勤：《译者聂华苓研究综述》，《翻译论坛》第 2 期。

8 月 31 日，许文畅：《媒介与权力——文化传播视域下的〈自由中国〉杂志及其文艺栏研究考辨》，《华夏文化论坛》第 1 期。

11 月 10 日，弥沙、陈赛：《从漂泊到归根——解读聂华苓的小说创作》，《短篇小说(原创版)》第 33 期。

12 月 31 日，董福升：《原乡的印记与多重的对话——论〈失去的金铃子〉的时空建构》，《世界文学评论(高教版)》第 2 期。

2016 年

1 月 1 日，张冬梅：《由人到鬼的蜕变——聂华苓〈人，又少了一个〉人物外貌赏析》，《语文月刊》第 1 期。

1 月 20 日，张欣悦：《漂泊浮萍是我身——解读聂华苓〈桑青与桃红〉中的女性逃亡者形象》，《安阳工学院学报》第 1 期。

2 月 23 日，邓如冰：《聂华苓与"爱荷华国际写作计划"》，《中国德育》第 4 期。

2 月 28 日，李永芬：《论〈失去的金铃子〉的叙事视角》，《青年文学家》第 6 期。

4 月 30 日，王婧苏：《有限而又无限的成长——结构主义视野下〈失去的金铃子〉新读》，《世界文学评论（高教版）》第 1 期。

5 月 20 日，雷雯：《聂华苓小说中的原乡书写》，《青年文学家》第 14 期。

9 月 25 日，许燕转．《离散美学研究——重论聂华苓〈桑青与桃红〉》，《广西社会科学》第 9 期。

12 月 1 日，郑瑞娟：《聂华苓小说中的"流浪中国人"形象——以〈珊珊你在哪儿〉〈桑青与桃红〉〈三生三世〉为例》，《名作欣赏》第 35 期。

12 月 25 日，钟声：《女性视野中的成长书写——重读聂华苓〈失去的金铃子〉》，《开封大学学报》第 4 期。

2017 年

2 月 20 日，许燕转：《离散主体的精神诗学——重论聂华苓〈桑青与桃红〉》，《华文文学》第 1 期。

6 月 30 日，郑尊仁：《聂华苓的生命表述——从自传书写到影像记录》，《现代传记研究》第 1 期。

7 月 28 日，曾丽华、马财财：《比较文学形象学视角下的美国形象——以〈桑青与桃红〉和〈千山外，水长流〉为例》，《集美大学学报（哲社版）》第 3 期。

9 月 13 日，李浴洋《阅读聂华苓》，《文艺报》。

10 月 1 日，苟蓝方：《失散流离与回溯故土——论电影〈三生三世聂华苓〉与〈原乡人〉中的华语作家形象》，《当代电影》第 10 期。

12 月 15 日，李卷：《跨时空的接力——以聂华苓与严歌苓的小说为例》，《北方文学》第 35 期。

2018 年

4 月 28 日，徐璐：《巴渝地域视角下聂华苓的小说创作》，《长江师范学院学报》第 2 期。

7月1日，彭俸练：《〈桑青与桃红〉色彩运用浅析》，《山海经》第13期。

7月15日，邓如冰：《聂华苓的政治意识与文化选择——兼谈新时期初期中国作家"走向世界"的历史境遇》，《汕头大学学报（人文社会科学版）》第7期。

9月28日，聂新星、王向阳：《家国背景下女性的生存困境——〈千山外，水长流〉中莲儿形象简析》，《湖南人文科技学院学报》第5期。

12月31日，傅守祥、李好：《文化之根的漂移与嫁接——从聂华苓小说〈桑青与桃红〉看流散华裔的边缘生存与文化认同》，《杭州学刊》第4期。

2019年

8月25日，许文畅：《历史记忆与流浪地图：聂华苓自传体小说中的空间叙事研究》，《文艺争鸣》第8期。

12月1日，王鹤：《聂华苓：三生三世在水边》，《同舟共进》第12期。

2020年

4月25日，房小铃：《论聂华苓长篇小说的叙事艺术——以〈桑青与桃红〉为研究中心》，《青年文学家》第12期。

9月15日，王奕然：《论聂华苓小说中生命的漂泊》，《大众文艺》第17期。

9月25日，莫詹坤、陈曦、钱林森：《我的跨文化写作与人生旅程——聂华苓访谈录》，《当代作家评论》第5期。

10月15日，胡德才：《楚文化与聂华苓的文学创作》，《江汉论坛》第10期。

2021年

2月28日，邱毓贤：《自由·破碎·和解——论聂华苓长篇小说的主体精神嬗变》，《常州工学院学报（社科版）》第1期。

2月28日，袁芳芳：《何处是归程——从聂华苓小说〈桑青与桃红〉看女性漂泊之路》，《中国民族博览》第4期。

5月20日，田莉、李诠林：《聂华苓研究的历时性考察》，《重庆三峡学院学报》第3期。

5月22日，汪亚琴：《聂华苓的今生今世》，《新文学史料》第2期。

6月20日，江少川、聂华苓：《三生时空的生命体验——聂华苓访谈录》，《华文文学》第3期。

6月20日，洪张雨婷：《浅析聂华苓〈桑青与桃红〉中的文化离散》，《鸭绿江》第18期。

6月25日，张依珊：《聂华苓早期短篇小说中的"边缘人"形象及其成因》，《闽台文化研究》第2期。

9月15日，周之涵：《当代台湾文学中的巴蜀印象——以聂华苓、余光中、陈义芝为中心》，《聊城大学学报（社会科学版）》第5期。

12月20日，刘玉杰：《地理女性主义与聂华苓的华文文学书写》，《华文文学》第6期。

2022年

3月25日，谢攀：《"百花精神"之冀望和百态人性之绽放——评聂华苓编译的"百花文艺集"》，《当代作家评论》第2期。

4月20日，田莉：《突围·反叛·融合——聂华苓长篇小说主题嬗变研究》，《华文文学》第2期。

5月5日，汪亚琴：《作家运营文学组织的成功范例——论作为"文学活动家"的聂华苓》，《南方文坛》第3期。

6月1日，田莉、李诠林：《聂华苓的家庭叙事策略与缘起》，《西安石油大学学报（社会科学版）》第3期。

6月9日，王晶晶：《女性视角下的乡土记忆——萧红〈呼兰河传〉与聂华苓〈失去的金铃子〉比较研究》，《今古文创》第25期。

尹新秋：《走近聂华苓》，《武汉文史资料》第9期。

9月25日，高洁、李迎新：《基于布迪厄社会学理论的聂华苓版毛泽东诗词英译研究》，《海外英语》第 18 期。

9 月 15 日，卢敏：《贝西·黑德与聂华苓的文学艺术思想交流》，《英美文学研究论丛》第 2 期。

8 月 20 日，俞巧珍：《聂华苓文学年表》，《华文文学》第 4 期。

8 月 20 日，李峥嵘：《聂华苓为偶像沈从文写传——〈沈从文评传〉有感》，《工会博览》第 24 期。

2023 年

2 月 15 日，李梦琴：《多重身份视野下的凝视、谛视与审视——评聂华苓的〈沈从文评传〉》，《学术评论》第 1 期。

2 月 15 日，刘玉杰：《缺席者的归来——聂华苓〈沈从文评传〉的译介意义》，《学术评论》第 1 期。

3 月 5 日，汪亚琴：《诉说眷恋——聂华苓的文学旅程》，《传记文学》第 3 期。

1 月 28 日，王宇：《论〈千山外，水长流〉的叙事特色》，《名作欣赏》第 3 期。

12 月 28 日，吴正平：《沈从文与聂华苓的乡土文化比较》，《广播电视大学学报（哲学社会科学版）》第 4 期。

8 月 20 日，谢攀、樊星：《聂华苓的翻译共同体研究：合/和译、创译与世界主义》，《华文文学》第 4 期。

汪亚琴：《聂华苓年表》，收入《中国当代文学史料．第三卷》，吉林人民出版社 2023 年版。

2024 年

1 月 5 日，赵帝凯、莫冉：《鬼话离散：聂华苓〈桑青与桃红〉的志怪互文》，《南方文坛》第 1 期。

5 月 14 日，何海峰：《离散视域之下移民女作家逃与寻的困境——以聂华苓〈桑青与桃红〉为例》，《河南理工大学学报（社会科学版）》第 3 期。

2. 学位论文类

2006 年

黄志杰：《对生命本质的执着追求——论聂华苓的小说创作》，南京师范大学硕士学位论文。

2007 年

刘玫：《聂华苓小说论》，安徽大学硕士学位论文。

2008 年

骆丽：《张爱玲与聂华苓后期小说比较研究》，福建师范大学硕士学位论文。

季永洲：《万水千山总是情》，南昌大学硕士学位论文。

2009 年

陈丽军：《聂华苓创作的文化心态研究》，苏州大学硕士学位论文。

吴都保：《和而不同的浪子悲歌——聂华苓小说乡愁主题新论》，湖北大学硕士学位论文。

2011 年

张海艳：《论 20 世纪中后期台湾留美作家群创作中的美国形象》，西南大学硕士学位论文。

仲昭阳：《流散语境中的母国记忆——美国华文女作家聂华苓的"回望文学"研究》，江南大学硕士学位论文。

孙芳：《探索和归属——聂华苓价值观的转变》，汕头大学硕士学位论文。

许燕转：《跨文化视野下的聂华苓离散写作研究》，暨南大学博士学位论文。

2012 年

许彩兰：《在逃离与追忆中寻找——论聂华苓小说中的"寻找主题"》，暨南大学硕士学位论文。

2013 年

宗妤：《移民文学译介中的杂合现象——对小说〈桑青与桃红〉英译

本的个案分析》，上海外国语大学硕士学位论文。

2015 年

孙辰：《国族流离的边缘发声——论聂华苓小说的边缘书写》，广西师范大学硕士学位论文。

于子月：《聂华苓小说的自传性特征》，吉林大学硕士学位论文。

王薇：《离散·回望·关怀——聂华苓小说主题研究》，延边大学硕士学位论文。

许文畅：《台湾〈自由中国〉杂志文艺栏研究》，吉林大学博士学位论文。

2016 年

林博学：《"身份认同"理论视域下的海外华人流散文学研究——以白先勇、於梨华、聂华苓为例》，辽宁大学硕士学位论文。

李永芬：《论聂华苓长篇小说的叙事艺术》，山东师范大学硕士学位论文。

2017 年

林曼曼：《互文性视域下聂华苓小说的文本生成与主体建构——以〈桑青与桃红〉为考察中心》，暨南大学硕士学位论文.

胡华洋：《聂华苓小说的主题研究》，湖北大学硕士学位论文。

2018 年

杨瑶：《论聂华苓小说中的"边缘人"叙事》，四川师范大学硕士学位论文。

杨美愿：《悼亡与悲悯——论白先勇、聂华苓文学世界中的"家世书写"》，湖南师范大学硕士学位论文。

2021 年

杨思萱：《流散者的"三生三世"——聂华苓研究》，黑龙江大学硕士学位论文。

王阳：《王鼎钧、齐邦媛与聂华苓回忆录的历史书写研究》，山东大学硕士学位论文。

（二）港台与海外研究资料索引

1959 年

4 月 20 日，彭歌：《短篇小说的深度与广度——聂华苓女士短篇小说集〈翡翠猫〉书后》，《文学杂志》第 6 卷第 2 期。

12 月，王敬义：《评介聂华苓〈翡翠猫〉》，《大学生活》第 5 卷第 15 期

1960 年

6 月 20 日，李经：《〈翡翠猫〉的世界》，《文学杂志》第八卷第 4 期。

1963 年

3 月，叶维廉：《聂华苓〈失去的金铃子〉之讨论》，《现代文学》第 17 期。

9 月，徐讦：《〈一朵小白花〉序》，《一朵小白花》，台北：文星书店。

1966 年

3 月 4 日，林海音：《中国作家在美国(3)》，《中华日报》。

12 月，幼狮文艺：《聂华苓女士访问记》，《幼狮文艺》第 156 期。

1967 年

4 月，殷允芃：雪中旅人——聂华苓，《皇冠杂志》。

1967 年

除夕，陈世骧：《关于〈失去的金铃子〉》，陈世骧致聂华苓信，李恺玲、谌宗恕编《聂华苓研究专集》，武汉：湖北教育出版社，1990 年版。

1968 年

1 月，王庆麟：聂华苓访问记——介绍"国际作家工作室"，《幼狮文艺》第 169 期。

1970 年

7 月，陈世骧：《谈〈王大年的几件喜事〉》，《作品》第 19 期。

1971 年

6 月，司马桑敦：《聂华苓在爱荷华》，《明报月刊》第 66 期。

10月，陈天式：《记聂华苓》，《创作》第111期。

1972年

1月，叶维廉：《侧论聂华苓》，见《从流动出发》，台中：普天出版社。

1974年

5月19日，阿豆：《国际作家工作室——访问小说家聂华苓》，《明报周刊》。

1976年

1月，白先勇：《流浪的中国人——台湾小说的放逐主题(〈桑青与桃红〉部分)》，《明报月刊》第121期。

8月7日，刘绍铭：《自由的滋味——初读〈桑青与桃红〉》，见李恺玲、谌宗恕编《聂华苓研究专集》。

9月，叶维廉：《评〈失去的金铃子〉》，《中国现代小说的风貌》，台北：四季出版公司。

叶维廉：《突入一瞬的蜕变里：侧论聂华苓》，《中国现代作家论》，台北：联经出版公司。

1979年

陶然：《名作家·IWP主持人·聂华苓》，《地平线》第7期。

笙：《爱荷华大学举办"中国周末"》，《地平线》第7期。

1980年

彦火：《聂华苓与〈三十年后〉》，《当代作家风貌》，香港昭明出版社。

1981年

1月22日，子春：《您一定喜欢它〈失去的金铃子〉》，新加坡《星洲日报》。

1983年

2月号，彦火：《海外华裔作家掠影——聂华苓的故事》，《中报月刊》。

2月号，彦火：《聂华苓的故事》，香港《中国》月刊。

9月，《对谈：聂华苓和非洲作家谈小说创作》，《明报月刊》，第18卷9期。

1984年

1月，比德·乃才瑞、聂华苓(林克记录)：《聂华苓与非洲作家谈〈桑青与桃红〉》，《明报》第216-217期。

1985年

2月8日，李恺玲译：《寻找中国根》，美国《亚细亚周报》。

2月，周良沛：《〈千山外，水长流〉读后随想》，香港《读者良友》。

3月，彦火：《聂华苓谈〈千山外，水长流〉的创作》，香港《读者良友》第2卷第3期。

5月6日，顾月华：《又一朵沉毅的花——聂华苓新作〈千山外，水长流〉》，《华侨日报》。

6月7日，王庆麟：《聂华苓访问记——介绍"国际写作计划"》，《自立晚报》。

6月7日，杨青矗：《不是故乡的故乡——访保罗·安格尔和聂华苓》，《自立晚报》。

7月12日，戴天：《读聂华苓新作》，香港《信报》。

7月16日，张孝映：《聂华苓的创作原则：变》，《明报》。

11月13日，美龄：《聂华苓水绕千山》，《自立晚报·自立副刊》。

12月，戴天、康馥：《聂华苓印象》，《良友》。

1987年

4月24—26日，向阳：《汹涌着的喷泉——读聂华苓小说〈失去的金铃子〉》，《自立晚报》第10版。

5月1日，焦桐：《活过三辈子——回台前夕越洋访聂华苓》，《中国时报·人间副刊》第18版。

5月2日，李怡：《美国的中国作家之家——访退休前的聂华苓》，《中国时报》。

5 月号，李怡：《访退休前的聂华苓》，《九十年代月刊》。

6 月 15 日，戴天：《人性和现实的芬芳——〈死亡的幽会〉问答》，《博益月刊》。

11 月 15 日，黄文湘：《聂华苓夫妇和爱荷华"国际写作计划"组织》，《文汇报（香港）》。

11 月 22 日，黄文湘：《聂华苓在香港》，《文汇报（香港）》。

11 月 29 日，黄文湘：《聂华苓的人生历程》，《文汇报（香港）》。

12 月 6 日，黄文湘：《聂华苓的文学创作历程》，《文汇报（香港）》。

12 月 13 日，黄文湘：《聂华苓的创作心路历程》，《文汇报（香港）》。

1988 年

5 月 1 日，《一个最接近世界的中国灵魂——欢迎聂华苓及安格尔来台》，《中国时报·人间副刊》。

5 月 3 日，阿栓：《文学的联合国——聂华苓和爱荷华的"国际写作计划"》，《中时晚报·时代副刊》。

5 月 4 日，莫昭平：《笔耕数十载、结缘海内外》，《中国时报》。

5 月 5 日，《聂华苓畅谈大陆文坛事》，《中国时报》。

5 月 8 日，蔡振富：《聂华苓祭扫母坟》，《中国时报·人间副刊》。

5 月 8 日，姜玉凤：《聂华苓重温乡情感受多》，《民生报》。

5 月 9 日，《"国际写作计划"在台作家感念聂华苓昨成立联谊会》，《中国时报》。

5 月 12 日，林慧峰整理记录：《人啊人！台静农、聂华苓、胡金铨琐忆三十年代人物》，《中国时报》。

5 月 14 日，张错：《保罗安格尔与火狐狸之声——并贺他与聂华苓结婚十八周年纪念》，《中国时报·人间副刊》。

5 月 16 日，何圣芬：《聂华苓有颗敏锐的心》，《自立晚报》。

5 月 19 日，《聂华苓忠烈祠吊祭父灵》，《中国时报》。

6 月 21 日，《海峡两岸须多沟通——聂华苓伉俪畅谈访问台湾大陆观感》，《文汇报》。

10月30日，陈浩泉：《聂华苓的家》，《文汇报》。

12月26日，柏杨：《隔离——初尝到难题》，《中国时报·人间副刊》。

1989年

3月13日，劳浩荣：《一生厌恶政治　致力文学创作——聂华苓谈雷震和"国际写作计划"》，《信报》。

4月9日，梁家永：《十位美国知名华人》，《明报》。

4月，古剑：《聂华苓的中国情意结——关于大陆、台湾、香港文学的对话》，《良友读者》第4卷第4期。

6月，高鲁冀：《美国华裔学者作家谈中国学运》，《九十年代月刊》。

10月1日，张香华：《聂华苓的天空》，新加坡《联合早报》。

10月号，张香华：《一个有大悲大爱的女子——访海外知名女作家聂华苓》，《第一家庭》。

10月8日，张香华：《聂华苓的天空——从火中取木》，《文汇报》。

12月号，白先勇：《世纪的漂泊者——重读〈桑青与桃红〉》，《九十年代》。

李恺玲：《她活过三辈子——记聂华苓》，《文汇月刊》第7期。

1990年

1月9日，白先勇：《20世纪世界流亡潮的另一章》《中国时报·人间副刊》。

1月10日，艾火：《聂华苓：东欧》，《明报》。

1月30日，艾火：《白先勇为聂华苓平反》，《明报》。

1月31日，艾火：《白先勇为聂华苓平反》，《明报》。

2月1日，艾火：《聂华苓：东欧》，《明报》。

2月6日，艾火：《流亡文学与性意识》，《明报》。

3月1日，艾火：《聂华苓：东欧》，《明报》。

3月，叶石涛，《谈聂华苓的小说和散文》，《走向台湾文学》，台北：自立晚报。

6月9日，叶振富：《聂华苓》，《中国时报》。

1995 年

3 月，周素凤：《苦涩的成长：细读〈失去的金铃子〉》，《台北技术学院学报》第 28 卷第 1 期。

6 月，李欧梵：《四十年来的海外文学》（《桑青与桃红》部分），《四十年来中国文学》，台北：联合文学出版社。

澹台：《杰出的旅美华人作家聂华苓》，《文史杂志》第 4 期。

1996 年

11 月 18 日，林安莲：《谈不完的情爱——关于聂华苓的〈鹿园情事〉》，《自由时报》。

1997 年

5 月，李欧梵：《重划〈桑青与桃红〉的地图》，《桑青与桃红》，台北：时报文化出版公司。

8 月 20 日，陈克华：《〈桑青与桃红〉一点灵明与八方非议》，《中央日报》。

9 月，周素凤：《分裂与转变——〈桑青与桃红〉中的双面夏娃》，《台北技术学院学报》。

12 月，杨明：《聂华苓〈桑青与桃红〉——七十年代被副刊腰斩的小说》，《文讯杂志》第 146 期。

1998 年

10 月，梁一萍：《撕破地图、游走帝国——聂华苓〈桑青与桃红〉》，《中外文学》第 27 卷第 5 期。

江宝钗：《现代主义的兴盛、影响与去化—当代台湾小说现象研究》，《台湾现代小说史综论》（陈义芝编），台北：联经出版社。

应凤凰：《〈自由中国〉〈文友通讯〉作家群与五十年代台湾文学史》，《文学台湾》第 26 期。

1999 年

10 月，郭淑雅：《"丧"青与"逃"红——试论聂华苓〈桑青与桃红〉/

国族认同》，《文学台湾》第 32 期。

朱双一：《〈自由中国〉与台湾自由人文主义文学脉流》，"战后五十年台湾文学国际学术研讨会"，台湾"行政院"文建会策划。

2000 年

5 月 18—19 日，林菁菁：《女性/乡土书写——重读五 0 年代聂华苓〈失去的金铃子〉》，第四届文学与文化学术研讨会，台北：淡江大学中国文学研究所。

6 月，陈佳姣：《论〈桑青与桃红〉中的女性意识与历史书写》，《中文研究学报》第 3 期。

邱贵芬：《从战后初期女作家的创作谈台湾文学史的叙述》，《中外文学》第 29 卷第 2 期。

2001 年

7 月，曾珍珍：《〈桑青与桃红〉——七十年代前卫女性身体书写》，《文学台湾》第 37 期。

7 月，曾珍珍：《〈桑青与桃红〉导读》，《日据以来台湾女作家小说选读(上)》，台北：女书文化公司。

8 月，陈芳明，《横的移植与现代主义之滥觞——聂华苓与〈自由中国〉文艺栏》，《联合文学》第 202 期。

蔡雅薰：《台湾旅美作家小说之主题论——双元文化的碰撞与交融(〈桑青与桃红〉部分)》。12 月，《从留学生到移民：台湾旅美作家之小说论析》，台北：万卷楼图书公司。

周立民：《白先勇聂华苓互评小说》，《明报月刊》第 427 期。

2003 年

5 月，林翠真：《女性主义的离散美学阅读——以〈桑青与桃红〉为例》，《霜后的灿烂——林海音及其同辈女作家学术研讨会论文集》，台南：国立文化资产保存研究中心筹备处。

张雪媖：《流——聂华苓笔下的中国历史长河》，《世界文学——跨文化与比较文学》。

2004 年

3 月，杨佳娴：《探讨人的存在困境——〈桑青与桃红〉》，《文讯杂志》第 221 期。

廖玉蕙：《聂华苓女士访谈录》，《打开作家的瓶中稿：再访扑蝶人》，台北：九歌出版社。

2005 年

5 月 14 日，李静玫：《越界、去界与流动——论〈桑青与桃红〉中女性主体的重建》，台北师范学院台湾文学研究所——第二届研究生学术研讨会，台北：台北师范学院台湾文学研究所。

王智明：《"美""华"之间：〈千山外，水长流〉里的文化跨越与间际想象》，《中外文学》第 34 卷第 4 期。

冯品佳：《乡关何处？〈桑青与桃红〉中的离散想象与跨国移徙》，《中外文学》第 34 卷第 4 期。

2006 年

2 月，黄素卿：《华裔离散族群意识及华裔移民认同：〈桑青与桃红〉和〈千金〉》，《中外文学》第 34 卷第 9 期。

7 月，曾萍萍，《一种相思两般情——论琦君与聂华苓的怀旧主题散文》，李瑞腾编《永恒的温柔：琦君及其同辈女作家学术研讨会论文集》，桃园：中央大学琦君研究中心。

12 月，周芬伶：《移民女作家的困与逃——张爱玲〈浮花浪蕊〉与聂华苓〈桑青与桃红〉的离散书写与空间隐喻》，《芳香的秘教：性别、爱欲、自传书写论述》，台北：城邦文化公司。

2007 年

3 月，应凤凰：《"反共+现代"：右翼自由主义思潮文学版——五十年代台湾小说——书写女性成长的三部长篇——聂华苓〈失去的金铃子〉》，《台湾小说史论》，台北：麦田出版公司。

2008 年

3 月，叶石涛：《聂华苓的复活》，彭瑞金主编《叶石涛全集·随笔卷二》，高雄：高雄市文化局，台南：台湾文学馆筹备处。

2009 年

2 月，朱嘉雯，《汉有游女——聂华苓》，《追寻，漂泊的灵魂——女作家离散文学》，台北：秀威资讯公司。

3 月，张昌华：《聂华苓印象》，《香港文学》。

5 月，姚嘉为：《放眼世界文学心——专访聂华苓》，《文讯》第 283 期。

9 月，应凤凰：《聂华苓与她〈失去的金铃子〉》，《文讯杂志》第 287 期。

蔡祝青：《当贱斥转换恐惧——论〈桑青与桃红〉中分裂主体的生成与内涵》，收录于聂华苓《桑青与桃红》，香港明报出版。

2010 年

6 月，冯品佳：《乡关何处？：〈桑青与桃红〉中的离散想象与跨国移徙》，《离散与家国想象——文学与文化研究集稿》，台北：允晨文化公司。

6 月，张重岗：《在流放中救赎：聂华苓对文学的诠释》，《香港文学》总第 306 期。

6 月，姚嘉为、聂华苓：《文学桥梁——专访名作家聂华苓女士》，《香港文学》总第 306 期。

6 月，刘俊：《中国历史、美国爱情、世界文学—聂华苓印象记》，《香港文学》总第 306 期。

2011 年

5 月，应凤凰：《剪影三生——书话聂华苓》，《文讯》第 307 期。

3 月，应凤凰、傅月庵：《聂华苓——〈失去的金铃子〉》，《册页流转——台湾文学书入门 108》，台北：印刻文学生活杂志出版公司。

5 月，应凤凰：《聂华苓小说〈桑青与桃红〉》，《印刻文学生活誌》第 93 期。

2012 年

3 月，（台）应凤凰：《聂华苓研究综述》，《台湾现当代作家研究资料汇编 23，聂华苓》，台南：台湾文学馆。

2015 年

12 月，《明报月刊》专题：世界文学组织之母：聂华苓

(1)董启章：《时光静物》，

(2)蒋勋：《永远的聂华苓》

(3)莫言，《两封信》

(4)苏童，《与聂华苓在一起》

(5)潘耀明，《华文文学走向世界的桥梁——专访聂华苓》

(6)迟子建，《爱荷华的月亮》

2. 学位论文类

2001 年

郭淑雅：《国族的魅影，自由的天梯——〈自由中国〉与聂华苓文学》，静宜大学(中国文学系)硕士学位论文，指导教师陈芳明。

2002 年

林翠真《台湾文学中的离散主题：以聂华苓及於梨华为考察对象》，私立静宜大学(中文研究所)硕士学位论文，指导教师邱贵芬。

冯睿玲：《聂华苓之〈桑青与桃红〉中的空间与认同》，台湾师范大学(英语研究所)硕士学位论文，指导教师庄坤良。

2003 年

蔡淑芬：《解严前后台湾女性作家的呐喊和救赎——以郭良蕙、聂华苓、李昂、平路作品为例》，台湾成功大学(历史学系硕博士班)硕士学位论文，指导教师林瑞明。

2004 年

林怡君：《重绘移民女性：聂华苓与严歌苓作品中的华裔美国移动论述》，国立交通大学(语言与文化研究所)硕士学位论文，指导教师冯品佳。

2005 年

颜安秀：《〈自由中国〉文学性研究：以〈文艺栏〉小说为探讨对象》，

国立台北师范学院(台湾文学研究所)硕士学位论文,指导教师许俊雅。

2008 年

吴孟琳:《流放者的认同研究:以聂华苓、於梨华、白先勇、刘大任、张系国为研究对象》,台湾清华大学(中国语言学类)硕士学位论文,指导教师吕正惠。

2009 年

倪若岚:《创伤记忆与叙事治疗——〈桑青与桃红〉和〈人寰〉的离散书写》,中央大学(中国文学系硕士在职专班)硕士学位论文,指导教师庄宜文。

陈涵婷:《诡奇现象:从心理分析观点论聂华苓〈桑青与桃红〉中的女性与国家》,国立中兴大学(外国语文系所)硕士学位论文,指导教师陈淑卿。

2010 年

周秀纹:《聂华苓自传性小说研究——从〈失去的金铃子〉〈桑青与桃红〉〈千山外水长流〉出发》,国立政治大学(国立教学硕士在职专班)硕士学位论文,指导教师陈芳明。

李如凰:《认同与性别意识——聂华苓长篇小说研究》,中正大学(台湾文学所)硕士学位论文,指导教师江宝钗。

2011 年

朱恺瑜:《聂华苓之〈桑青与桃红〉中的性展演》,台湾高雄师范大学(英语学系)硕士学位论文,指导教师朱雯娟。

黄湘玲:《国家暴力下的女性移动叙事:以聂华苓〈桑青与桃红〉、朱天心〈古都〉、施叔青〈风前尘埃〉为论述场域》,国立中兴大学(台湾文学研究所)硕士学位论文,指导教师杨翠。

2013 年

刘雅郡:《〈桑青与桃红〉与〈海神家族〉中的创伤与生命书写》,国立交通大学(外国语文系外国文学语言学硕士班)硕士学位论文,指导教师冯品佳。

林孟姿:《流亡与回望:以聂华苓〈三辈子〉的离散记忆与历史经验为中心》,国立政治大学(台湾文学研究所)硕士学位论文,指导教师曾士荣。

2014 年

吴艳秋:《聂华苓及其〈失去的金铃子〉研究》,铭传大学(应用中国文学系硕士在职专班)硕士毕业论文,指导教师徐亚萍。

2015 年

古茗芳:《五、六〇年代女性小说的自传式书写——以林海音〈城南旧事〉、聂华苓〈失去的金铃子〉、徐钟珮〈余音〉为研究对象》,国立台北教育大学(台湾文化研究所)硕士毕业论文,指导教师应凤凰。

谢孟琚:《女性生命的离散——齐邦媛、聂华苓、陈若曦的自传书写研究》,台中教育大学(语文教育系硕博士班)博士毕业论文,指导教师彭雅玲。

五、IWP 中国作家名单(1967—2023)

爱荷华大学"国际写作计划"中国作家名录(1967—2023)

时间	中国大陆	中国香港、澳门	中国台湾
1967		戴天	王庆龄(痖弦)
1968		温建骝	水晶 郑愁予
1969			商禽 郑愁予
1970		古兆申	商禽 林怀民
1971			商禽 郑愁予
1972			王祯和
1973		张错(翱翱)	尉天聪
1974		袁则难	胡梅子
1976		何达	

时间	中国大陆	中国香港、澳门	中国台湾
1977		王深泉	
1978		夏易(陈绚文)	东年秦松
1979	萧乾　毕朔望	陈韵文	高准
1980	艾青　王蒙	李怡	吴晟
1981	丁玲　陈明		蒋勋　宋泽莱
1982	刘宾雁　陈白尘		管管　袁琼琼
1983	吴祖光　茹志鹃　王安忆	潘耀明	陈映真
1984	徐迟　谌容		高信疆　柏杨
1985	张贤亮　冯骥才		向阳　杨青矗
1986	乌热尔图　钟阿城　邵燕祥		王拓
1987	古华　汪曾祺	钟晓阳	蒋勋　黄梵　李昂
1988	白桦　北岛		萧飒　季季
1990	张一弓		
1992	刘索拉　邓小华(残雪)		蓉子　罗门
1993	董继平		
1997			张大春
2001	苏童		
2002	孟京辉　蒋韵　李锐　西川		
2003	严力　余华		
2004	莫言　唐颖　陈丹燕　张献		
2005	刘恒　迟子建		
2006	毕飞宇　娄烨		
2007	IWP40周年纪念嘉宾： 西川　李锐	潘国灵 IWP40周年纪念嘉宾： 郑愁予	骆以军 IWP40周年纪念 嘉宾：痖弦
2008	胡续冬	林舜玲	
2009	张丽佳　格非　韩博　姜玢	董启章	

时间	中国大陆	中国香港、澳门	中国台湾
2010	金仁顺　徐则臣	韩丽珠	应凤凰
2011	张悦然	谢晓虹	苏伟贞
2012		陈智德	林俊颖
2013	阿来　王家新 戴凡(访问学者)	李智良	童伟格
2014	池莉	邓小桦	陈黎
2015		郑政恒　姚风(澳门)	钟文音
2016	周嘉宁	伍淑贤	陈克华
2017	李笛安 IWP50周年嘉宾：毕飞宇	刘伟成 IWP50周年嘉宾： 董启章　潘耀明	冯进　颜忠贤 IWP50周年嘉宾： 痖弦
2018	蔡天新	周汉辉	黄崇凯
2019	喻荣军	陈丽娟　陈炳钊	瓦历斯·诺干
2021		庄梅岩	
2022	春树、七堇年	何丽明	朱和之
2023	石一枫　王占黑　索耳	何丽明　黄怡	陈思宏　李琴峰
2024	余幼幼、张楚	黄裕邦	张亦绚
人次统计	67人	34人	52人

六、IWP 研究资料索引

1970 年

6 月 19 日，Virginia Hall：Creative Arts Flourish in Iowa Soil，the Kamsas City Times。

Nancy W. McGuire：Where East and West Meet：Iowa International Writing Program，Iowa Alumni Review。

1972 年

8 月 28 日, Denise O'Brien Van: Author Hua-ling Nieh Brings Chinese Culture to Iowa, The Des Moines Register。

1976 年

2 月, 袁志惠:《埃奥华州的国际作家写作室侧写》,《今日世界》。

1977 年

6 月 19 日, Astonishing Paul Engle, Des Moines Sunday Register。

7 月 11 日, Paul Engleworld figure retires, Congressional Record。

10 月 2 日, An Exciting Place for World's Writers, Parade Magazine。

1979 年

8 月 12 日, Mary Zlellnski: Another First for Writing Program, Metro Iowa'Cedar Rapids Gazette.

8 月 17 日, Herbert Mitgang: Publishing: Chinese Weekend in Iowa, The New York Times。

8 月 20 日, 何达:《"中国周末"遥听记——越洋访问聂华苓、萧乾、毕朔望、秦松, 听谈爱荷华之会》,《新晚报》。

8 月 30 日, 彦火:《爱荷华"中国周末"》,《澳门日报》。

8 月号, 也斯:《爱荷华的"中国周末"》,《明报月刊》。

9 月 10 日, Mary Zielinski: Buying time to get words into print, Iowa Scene。

9 月 23 日, 金恒炜, 林清玄整理:《爱荷华中国文学讨论会》,《时报周刊》。

10 月 16 日, 余志恒:《一次欢乐的聚会——记中国作家参加美国衣阿华大学"中国周末"聚会》,《人民日报》。

1980 年

9 月 12 日, T. Johnson: Chinese writers gather at UI, The Daily Iowan。

9 月 13 日, Starla Smith: A Chinese Weekend, Iowa City Press Citizen。

10 月, 美国爱荷华大学"国际写作计划"编印:《中国周末——爱荷华一次海内外华人作家的盛会》，香港：天地图书有限公司。

1985 年

6 月 19 日，蒙仁：《爱荷华：台湾少壮作家的梦土》，《自立时报》。

9 月 7 日，《爱荷华国际写作计划第一个分会将在我国》，《联合报》。

1986 年

5 月 15 日，杨青矗，《与国际作家对谈——爱荷华跟巨蟹座纵横谈》，台北：敦理。

1988 年

5 月 7 日，《爱荷华国际写作班明成立在台联谊会》，《中国时报》。

2002 年

7 月 31 日，张冷：《爱荷华：国际写作新状态》，《新闻周刊》第 31 期。

2008 年

4 月 1 日，赵丽杰：《爱荷华“国际写作计划”》，《世界文化》第 4 期。

2011 年

邓如冰：《世界格局下的汉语写作——以爱荷华“国际写作计划”中的“中国声音”为例》，《当代作家评论》第 3 期。

2012 年

邓如冰、格非，对话格非：《走向世界的当代汉语写作——关于“国际写作计划”和当代汉语写作“国际化”》，《江汉大学学报（人文科学版）》第 6 期。

2013 年

毕飞宇、邓如冰：《毕飞宇：中国文学依然是弱势的——关于爱荷华“国际写作计划”与“当代汉语写作国际化”的对话》，《西湖》第 8 期。

2014 年

邓如冰：《当代汉语写作“国际化”研究的可能性——以爱荷华“国

际写作计划"为例》，《海南师范大学(社会科学版)》第 5 期。

2016 年

5 月 25 日，崔庆蕾：《柏杨与爱荷华"国际写作计划"》，《文艺报》。

邓如冰，聂华苓与"爱荷华国际写作计划"，《中国德育》第 4 期。

2019 年

10 月 25 日，邓如冰：《爱荷华"国际写作计划"(IWP)——中国作家"走向世界"的历史语境》，《文艺争鸣》第 10 期。

11 月 1 日，李馨：《1980 年代的中国作家"走出去"现象——以爱荷华"国际写作计划"为中心的考察》，《当代文坛》第 6 期。

11 月 1 日，娜塔莎·杜罗维科娃、邓如冰：《爱荷华"国际写作计划"与中国作家》，《西湖》第 11 期。

11 月 22 日，邓如冰：《爱荷华"中国周末"始末》，《新文学史料》第 4 期。

七、IWP 中国作家回忆文章

1977 年

7 月 20 日，司马桑敦，《爱荷华深秋了》，台北：尔雅出版公司。

1980 年

夏易：《爱荷华掠影》，《花城》第 4 期。

艾青：《在爱荷华的"中国周末"》，《诗刊》第 11 期。

彦火：聂华苓与《三十年后》，《当代作家风貌》，香港：昭明出版社。

1981 年

4 月，袁可嘉：《爱荷华的诗会(加州通讯)》，《诗探索》。

4 月 16 日，萧乾：《怀念翱翱》，《文学报》。

1982 年

丁玲：《我看到的美国》，《文汇月报》第 9、10 期。

4 月，萧乾：《一本褪色的相册》，天津：百花文艺出版社。

1983 年

12 月 22 日，丁玲：《读〈蒋勋诗集〉》，《光明日报 》。

1984 年

1 月，丁玲：《访美散记》，长沙：湖南人民出版社。

1985 年

茹志鹃：《游美百日记》，《钟山》第 2 期。

王安忆：《美国一百二十天》，《钟山》第 2 期。

1988 年

韩少功：《不谈文学——访美手记〈彼岸〉之六》，《钟山》第 2 期。

1992 年

萧乾：《当人民的吹鼓手——文学回忆录之六》，《新文学史料》第 2 期。

蒋勋：《洋丁玲土丁玲》，《爱你》第 2 期。

爱荷华"国际写作计划"台湾联谊会编：《现在，他是一颗星：怀念诗人保罗·安格尔》，台北：时报文化出版社。

1996 年

萧乾：《感觉的记录——读保罗·安格尔的〈一个美国幸运儿的童年〉》，《读书》第 10 期。

1998 年

汪曾祺：《美国家书》，《汪曾祺全集·第 8 卷》，北京：北京师范大学出版社。

汪曾祺：《中国文学的语言问题——在耶鲁和哈佛的演讲》，载《汪曾祺全集·第 4 卷》，北京：北京师范大学出版社。

2005 年

萧乾：《萧乾全集·第七卷，书信卷》，武汉：湖北人民出版社。

2009 年

11 月 1 日，向阳：《秋光明亮，我的爱荷华记忆》，《印刻文学生活杂志》第六卷第三期。

11月1日，蒋勋：《华苓的笑声——一九八一爱荷华记事》，《印刻文学生活杂志》第六卷第三期。

2010 年

聂勒：《诗旅与感想——爱荷华国际写作计划小记》，《今日民族》第 7 期。

2014 年

阿来：《〈瞻对〉·国际写作计划及其他——阿来访谈》，《阿来研究》第 1 期。

2017 年

IWP 五十周年纪念专刊，《明报月刊》：

11月号，王晓蓝策划，王蒙、王安忆、李锐、蒋韵、毕飞宇、唐颖撰文：IWP 五十周年纪念(上)，《明报月刊》：

(1)潘耀明：《我与爱荷华》

(2)王蒙：《不仅仅是回忆》

(3)王安忆：《美丽的爱荷华》

(4)李锐：《温暖的灯光》

(5)蒋韵：《爱荷华的奇迹》

(6)毕飞宇：《初雪爱荷华》

(7)唐颖：《二 00 四年的秋天》

12月号，王晓蓝策划，痖弦、毕飞宇、笛安、骆以军、潘国灵、董啟章、刘伟成撰文：IWP 五十周年纪念(下)，《明报月刊》：

(1)痖弦：《初见爱荷华——五十年前的一段回忆》

(2)毕飞宇：《一种汉语，多种中国文学》

(3)笛安：《今年秋天，爱荷华的鹿》

(4)骆以军：《有聂老师的爱荷华》

(5)潘国灵：《十年，时间将东西变成隐喻》

(6)董启章：《在口与手之间——广东话华文文学》

(7)刘伟成:《浪花点化的涯岸——我于爱荷华完成的三首"日蚀诗"》

2018 年

12 月,茹志鹃、王安忆:《母女同游美利坚》,北京:中信出版社。

八、IWP 中国作家在美演讲题目概览

1979 年

9 月 15 日,第一次"中国周末"作家发言稿:

聂华苓:《中国文学创作的前途——开场白》,见《华侨日报》"中国周末"特辑,1979 年 9 月 25 日。

萧乾、毕朔望:《汉语写作的未来》(The Future of Chinese Writing,中英文),见《华侨日报》"中国周末"特辑,1979 年 9 月 25 日。

高准:《中国文学的前途》

周策纵:《中国文学创作前途八景》

叶维廉:《中国文学的前途》讨论会讲稿

黄孟文:《新加坡华文文学的前途》

李怡:《中国的文学创作将促进民主化和现代化》,见《华侨日报》"中国周末"特辑,1979 年 9 月 26 日。

秦松:《不在天上也不在地下——略谈中国文学的前途"诗"》。

许达然:《The Future of Chinese Writing》,见《华侨日报》1979 年 10 月 16 日。

1980 年

萧乾:《海峡两边的小说》(录音发言)

萧军:为美国民间"国际写作计划"组织祝愿发言(于北京)

王蒙:《中国小说的新热潮》(A New Fervor in Chinese Fiction)

艾青:《诗论》(On Poetry,1980)

1981 年

8 月 31 日,"我的作家(舞蹈家)生涯"座谈会

聂华苓记录：《关于中国文学艺术的座谈会》，出席者：丁玲、陈明、萧军、吴组缃、蒋勋、聂华苓、保罗·安格尔、各国作家、爱荷华大学部分中美学生。

丁玲讲演稿：无标题

1982 年

陈白尘：《中国传统戏剧与现代话剧》（The Traditional and Modern Drama of China）

1983 年

茹志鹃：无标题

王安忆：《这一代作家》

1987 年

10 月 2 日，中国作家座谈会："我为何写作"，出席者：古华、陈映真、李昂、黄凡、李子云、张贤亮、汪曾祺、张辛欣、吴祖光、刘心武、阿城、蒋勋、王俞、郑愁予、李欧梵、董鼎山、曾又才、蓝菱

10 月 16 日，"国际写作计划"20 周年纪念座谈会：我的作家生涯（My Life As a Writer）

古华：《走出大山——我的文学创作之路》（Coming out of the Mountains——My Approach to Writing，1987）

1988 年

北岛：《关于诗歌》（About Poetry）

2004 年

陈丹燕：《喝狼奶长大的人和她的创作》

2005 年

刘恒：《徘徊于小说与电影之间》

2006 年

毕飞宇：《想象与现实》

2008 年

格非：《文学的欲望》《现代文学的终结》

2017 年

10 月 11 日，"国际写作计划"五十周年纪念活动联合讲座："一种汉语，多种中国文学"（One Chinese Language Many Chinese Literature），痖弦、潘耀明、毕飞宇、董启章、李笛安、颜忠贤、刘伟成参加。

痖弦：《初见爱荷华——五十年前的一段回忆》

毕飞宇：《一种汉语，多种中国文学》

笛安：《今年秋天，爱荷华的鹿》

董启章：《在口与手之间——广东话华文文学》

"流浪的滋味都在作品里"
——聂华苓访谈

聂华苓　汪亚琴

时间：2019 年 7 月 18 日

地点：美国爱荷华，红楼安寓

一、关于过去

汪： 很多资料说您出生在武汉，我看见您在《三生影像》里写的是在一岁多时父母从宜昌搬到武汉，所以您的出生地应该是宜昌吧？

聂： 对，我出生在宜昌，所以小名叫宜生，宜昌生的，之后家里就搬去武汉了，在武汉长大。

汪： 在《三生影像》里，除了对祖父的描写较多外，您对父母亲家族的描写很少，您能谈谈对父母家族的一些记忆吗？

聂： 我写了很多关于母亲的，他们家族的事都不记得了，那时候太小了，只有六七岁。搬去武汉之后住的地方是日租界，好像叫大和街的地方，我也记不清了。后来几次回大陆去找过，旧居都已经不在了，都建了高楼。

汪： 您对父亲以及父亲去世后的生活还有哪些印象？

聂： 我对父亲的印象还很深，他不太爱说话，很深沉的一个人。他去世对我们整个家庭家族的影响都很大。

汪： 您第一本短篇小说集《翡翠猫》扉页上写着"献给我的母亲"，

母亲对您的性格、生活态度、创作产生了哪些影响？

聂：我的母亲是个很坚强的女性，很会关心人。她生了八个孩子，有的生下来就完了，那时候的医学没有现在这么好。季阳很小就过世了，有一个妹妹叫月珍过继给了一个邹姓的亲戚，当时我先到爱荷华来，两个女儿在台湾就交给月珍照顾了一段时间。还有一个弟弟汉仲是空军，很优秀，但很年轻的时候飞机失事去世了，这件事对我妈妈的打击非常大。母亲头脑非常好，我很多事都听她的意见。我妈妈是个旧式的女性，但她又生活在新时代。新旧两边的思想对她都有影响，新文化旧文化她都有。所以就算是在逃难的时候，她还一定要我去上学。

汪：你们一家在 1938 年 8 月离开武汉的，您能再谈谈离开武汉去三斗坪这段经历吗？

聂：那段经历很不容易，都在逃难，都往船上挤，没有票的人都可以挤上船，我们有票的反而挤不上去，很乱很乱。

汪：父亲去世后，您后来求学的费用都从哪来，您读书时的生活是什么样的？

聂：学校会供费。父亲去世后，因为家里还有些产业、房子，有好几栋房子收租，经济状况不算太差。但读书的时候，日子过得还是很苦的，抗战嘛，都苦，物质缺乏，有钱都买不到，我也没有钱。我们所谓的"流亡学生"，都苦。那是真不容易，我记得我跟我弟弟两个，他读国立十二中的初中部，我刚好进高中还是初中部，他初二我初三，或者我高一他初三，都是一个学校。那时候学生都很苦哦，我们那个学校有三部分，一个男子部，一个高中部，一个初中部。那吃的是什么，简直是，里面是稗子、石子，什么都有的那种饭，一面吃一面把那些东西挑出来。菜是什么呢，泡菜，泡菜最便宜了。就买一小罐子泡菜，一罐可以吃很多顿，比较省钱。都是这样，不是我一个人，都是流亡学生，家都在后方，在日本手里。这就是我读书时候的住校生活，那时候回一趟家不容易，穷学生，回去一趟就要很多路费，大概一两年才回去一次。那时候，我妈妈带着弟弟妹妹住万县，我在长寿十二中，暑假才回去。

汪：你们一家人是怎么从武汉经广州到台湾的？

聂：那是太长的一段故事了，long long story，今天讲不清楚，逃难嘛。

汪：您在《自由中国》时具体负责哪些工作？

聂：那时候到台湾，进入《自由中国》，成为编辑委员之一，不是编辑。《自由中国》在当时影响很大，主张自由，各种自由，个人的自由，写作的自由，而且反对独裁。《自由中国》刊小说，只看文学作品，而且我决定文学稿。虽然前几期都是"反共八股"，但后来慢慢就注重文学的发展了。当时都是开会决定稿子，要出刊就要一起开会审稿，大概五六个人一起提出哪篇稿子应该留，哪篇稿子不用。审稿标准就是好的就留，坏的就退，这就是标准。

汪：《自由中国》被查封后，您又是如何到台大教书的？

聂：《自由中国》出事，抓了人。我那时候因为《自由中国》还是问题人物，拿到出境证不容易，当时没有人敢请我。《自由中国》被查封，是很大的事件，台湾、大陆、香港三地都知道。有一位台大很有名的教授，他是鲁迅的朋友，叫台静农，姓台，安静地静，农业的农，他当时是文学系主任，他就出来讲话，我真的很感激他。他很喜欢我的作品，就邀请我去台大，那可不简单啊，是很大的突破，对我来说那真是天都开了啊。他是文学史上很受尊重的文学人物，可我当时并不认识他，他为我打破那个难关。

汪：您在台大教过哪些课？

聂：我教创作课和当代中国文学两门课，创作和现实也有关系啦，不是说这个问题不自由，不和平就能否定的，创作不是这些能否定的。我首先教他们短篇小说，因为长篇那么多复杂的东西，可能一下接受不了，短篇比较好处理些。我就选当时很有名的小说，台静农先生的小说我也选了。学生不多，不超过十个人，我要花好长时间和他们一个一个谈他们的创作。如你这个问题在什么地方，你什么地方非常好。我自己是写作的，看的时候花的功夫不多，我一看，一目了然，如果前面刚开始不好我就不看了。文字尤其重要，文字都不通我当然不看了，我在台大教的学生还来看过我的，叫李渝，她曾经作为 visitor 来过 IWP。

汪：听说您当时来美国的旅费是梁实秋先生借给您的？

聂：对，当时的旅费是梁实秋先生借给我的，后来这笔钱我还给了他的女儿。

汪：您刚到爱荷华时有没有特别想家？

聂：不，我觉得这里的空气很新鲜，又很自由，我很高兴我来了。真的，哪里有家，我没有家，那时候，台湾不是我的家，台湾只是我临时去逃难的地方，跟台湾人还是不能够很接近。台湾当时只赞成本土的作家，我不是本土的作家，所以我很孤单。而且我的性格也比较偏向于孤独，不过这种孤独是政治的孤独，不好受的。我经历的真是不少，现在的生活是补偿，没想到会过现在这样的生活。

汪：您觉得来爱荷华后的生活是宁静的生活还是？

聂：不是宁静，我可以没有恐惧，这个是主要的，不是宁静不宁静的问题。我没有恐惧，我可以做任何事，可以写任何东西。所以到爱荷华来就像一个人被捆了被绑了多年，突然绑松了，自由了的感觉。不过我来了以后两个女儿还在台湾，我还要想办法把她们弄出来了。

汪：能简单说说您现在的日常生活吗？

聂：我已经吃了二十几年的麦片了，煮得稀稀的，放点菠菜和蛋清。晚上吃面包 toast 烤一烤加上 Peanut butter 一起吃，还有葡萄。必须维持健康，不要有大毛病。现在当然不写作了，94 岁了。但我还在邀请作家，作家的作品要看要选，海峡两岸的作家都要关注。

汪：我们湖北大学的李恺玲老师和您是同学，能谈谈和她之间的事情吗？

聂：李恺玲很有才气的，她也很潇洒，走路的时候好像那种大而化之什么都不在乎的样子，其实她都很在乎。她很有才气，很怀念她，她还给我写过一篇很好的评论。

汪：您 1964 年去美国，1978 年第一次回国，之后每隔几年都要回一次中国，每次回国的体会有什么不一样，回国都有哪些日程安排？

聂：我是 IWP 的主持人，工作很忙，回中国的次数也少，去一次大概就要花上一个月，每次回去感觉中国的变化都很大。每次的日程就是见作家，还有我在大陆出版书，有些出版社会跟我联系。

二、关于创作

汪：您是如何走上创作道路的？

聂：我中学时候就开始写作，一直都喜欢文学，我在中央大学就是外文系，我也选中文系的创作课。

汪：是什么触动您开始写作呢？写东西的初衷是什么？

聂：没有初衷，想写就写，"衷"就是有目的，我没有目的。写作就是自然而然的，像流水一样，塞住就写不出来了。

汪：您的小说里有很多你自己和身边人的影子，甚至有研究者称您的小说是自叙传，您如何看待"自叙传"的说法？

聂：其实所有作家都是一样的，不是我一个人，任何作家作品都有这样一个人在里面，不是他经历的就是他感受的。没有如何把经历放进去，经历自自然然地就在那里。不是像钻石镶进戒指，它就流露在你的生活里，你的思想里，各个方面就有你过去的影子，是自然而然流露出来的。

汪：您在《三生影像》里多次用"流浪"这个词语，您如何看待"流浪"经历对创作的影响？

聂：流浪的经历当然对我影响很大，流浪的滋味也都在作品里。

汪：美国生活对您的创作观有没有产生影响？

聂：到美国后看世界的角度更宽大了，不止大陆，不止台湾，不止香港，而是世界性的。发现有些地方跟我们很像，没有创作的自由，有的比我们更好，我的世界观扩大了。

汪：您小说的主题很丰富，您写作时是怎么确定小说主题的？

聂：所谓的主题都是写作时慢慢流露出来的，自觉地不自觉地都有。

汪：您的小说以短篇居多，是不是更偏爱短篇小说的创作？

聂：短篇最难写了，就等于一颗钻石一样，那么一小颗钻石，你要把它磨好，小的地方都得注意。

汪：您这个比喻非常恰当，您在长篇、中篇、短篇的创作处理上有何不同？

聂：没有什么不同，就是体裁的问题，结构不同的问题，写好都不容易。我写小说都要做准备工作，看很多书，要丰富自己，不然干枯枯的，没意思。

汪：写长篇小说前，您会做哪些准备？

聂：长篇就是写觉得可以写的东西，比如这盆花可以写，为什么呢？因为和当今和历史很有关系，不是随便写写就拿出来了。

汪：您的《桑青与桃红》在海内外都有较大影响，但褒贬兼有，甚至有的出版社出版时删掉了第四部，如何定义这部作品在您创作生涯中的价值？

聂：删掉第四部分真是莫名其妙，不应该。就像一个人被砍掉脚一样，结构尤其是长篇的结构，都是完整的个体，把这个截掉那个截掉就是残废了。我所有的作品对我都有它独特的价值，我喜欢我所有的作品，他们都是我的孩子。

汪：《桑青与桃红》算不算是您创作风格的一次转变？

聂：要看你们搞批评的怎么看。

汪：您怎么看待文学批评？

聂：批评就像解剖一个人一样，这是头这是脚这是尾，很科学的。说老实话，不是胡乱地说这个很好啊，那个不好啊，那不是文学批评，但有人批评就是那么批评。我必须说一句，有的人写别人的书评，都是泛泛的几句话，也许内容很多，都是泛泛的，我是受过这方面的训练的，关于文学批评的书很多我都读过。文学批评就像一个很好的医生对一个病人解剖，来指出它的功用。不是随便说这个很好，那个不如这个，那样的批评我根本不看。

汪：那您觉得批评家和作家是什么样的关系？

聂：批评家和作家的关系当然很接近，因为批评家要批评一个作家，一定要看很多、谈很多，有的就成了朋友。

汪：您用英文写过一本《沈从文评传》，为何写这本书？

聂：因为我在爱荷华大学当时要评职称，就要拿英文作品出来。这里升级不容易，所以就写了英文的《沈从文评传》。

汪：那我可不可以理解为沈从文是您最喜欢的作家？

聂：我很佩服沈从文，我喜欢他的作品，我可以写他所以写了他，不是随便乱抓的。也不能说最喜欢，我不喜欢用"最"什么来限定。

汪：您对中文和英文创作分别有什么不一样的体会？

聂：中英文创作当然会有很大的不同，中文就像我身上的一部分一样，怎样运用都可以，而且我是一直在写作的人。英文就像一个新的路子，要英文很好才行。

汪：您在《自由中国》时期就翻译了很多文章，之后还翻译了很多小说，为什么会从事一些翻译工作？

聂：因为当时很佩服那些文章，就翻译出来了。

汪：您觉得翻译对您的创作有影响吗？

聂：翻译当然对我的创作有影响，看的都是英文的东西，翻译比较困难的就是用一种文字，翻译成另一种文字，两种文字完全不同，两种文字就代表两个国家的文化，这就很困难。

三、关于 IWP

汪：您创办 IWP 的初衷是什么？

聂：我刚来的时候在 Writers' Workshop，很高兴来到 Iowa City，那毕竟是一个创作中心。那一年 Paul Engle 请了七个外国作家，因为 workshop 都是美国学生，我们年纪比较大，Writers' Workshop 的学生年纪轻很多，所以跟他们完全是两回事。我们就像七个孤儿一样，吊在旁边。后来我就说应该有一个特别的 special program for foreign writers，他说 that's an interesting idea，他就开始考虑，结果就有了 International Writing Program。

汪：您为什么会有孤儿感？

聂：那当然有这种感觉，因为都是美国的年轻作家，三十几人，我们就是添上去的外国人，都像孤儿。

汪：余光中是不是在您之前来的爱荷华？

聂：是的，还有白先勇、王文兴、叶珊、杨牧都是 Paul Engle 请来的，他们都在我之前来的。以 Writers' Workshop 的名义邀请来的，我来也是 Writers' Workshop 邀请来的。

汪：您后来在爱荷华大学教了哪些课程？

聂：我教的是 Chinese Literature，中国文学，中国现代文学，就是讲苏童、毕飞宇、莫言这些人。莫言当时在海外，我是唯一一个介绍他的，他来过 IWP。这个话你回国不要说，不然别人说我吹牛。

汪：课是针对哪些学生上的？

聂：不是针对谁，就是一个系的课程。看学生选不选？是 Program for Asia Studies。

汪：在草创阶段和后来 IWP 渐渐成熟，邀请作家的标准是什么？这些标准发生过什么改变吗？

聂：标准一直都是好作家好作品。

汪：邀请来的作家在 IWP 会做哪些事情？

聂：IWP 有很多 talk 和 discussion，比如一个作家过来，那就要把作品交过来，大家一起批评。

汪：IWP 有中国周末，中国周末也是您提出来的吗？

聂："中国周末"也是我提出来由我主持的，中国周末的议题是大家讨论决定的，然后所有人写好稿子收集起来讨论。

汪：您和中国很多名作家都有往来，比较欣赏的当代作家有哪些？

聂：我们作家也没有跟谁的关系特别好，作家都是独立的个体，我邀请的作家都是我欣赏的作家。像苏童啊，毕飞宇啊，莫言当然也喜欢，莫言很好。

汪：大陆有些批评家批评莫言作品里有太多血腥暴力的东西。

聂：那他能够揭露这个暴力就不错了，并不是说这就是莫言的风格，而是看他作品本身好不好。莫言的语言就是好，他写出来的血腥暴力就是事实嘛！中国人就是不愿意揭露反面教材，莫言来 IWP 的时候还没有得诺贝尔文学奖。

汪：这些作家来之前，是有人跟您推荐，还是怎样您自己选的？

聂：都是我自己看他们的东西，哪几个作家，然后比较一下。我不相信别人推荐的，中国太复杂了，注重这种"关系"，比如我去过了把我朋友推荐去，这种情况在中国很普遍。

汪：这叫裙带关系。

聂：很对。我不要这种关系，我先看过这三个人，看过他们的作品之后，决定哪一个人。有的是当地人推荐的，不，我也要看是不是真的是好作家。

汪：在历年邀请的 IWP 作家名单里，为什么中国作家队伍里大多是写小说的，诗人寥寥无几？

聂：大陆的小说比诗好，因为大陆的作家经历了很多，积累了很多生活的经验，苦的乐的，经验确实比有些国家的作家丰富，诗呢可不是那么简单。中国好的诗人少，好小说多，中国经历的患难不是写诗的时代，小说丰富。以前的人，没有时间做到慢慢磨，一首诗出来不容易的。但一篇短篇小说出来了，又轰动又有稿费。写一首诗，二十块钱十块钱。靠诗出名不容易，除非得了奖。我看了很多稿子，一首诗一读一看就能辨别是好是坏，我不写诗，但是我懂诗。

汪：文学都是相通的。

聂：Ye!

汪：您如何评价中国当下文坛的创作？

聂：我都快 100 岁了，大陆的文学创作也在慢慢演进，不是我能决定的，就如一个人的前途，是慢慢演进的。不是说你一定要成个大官，就能成个大官，文学发展不会这样。

汪：您退休后和 IWP 还保持着哪些工作上的联系？

聂：我现在都不管了，不过有一个人匿名捐了 25 万美金，指明要我支配。这里面的利钱每年可以用来邀请一位中文作家一位外国作家，每年来的比较好的中文作家都是我邀请的。就相当于一个"聂华苓基金"，不过我要求加上 PaulEngle 的名字，由学校来管理。

汪：IWP2020 年会邀请哪些中国作家？

聂：我最近在看石一枫的作品，他的小说不错的，明年可能会邀请他。

后　记

　　2018 年 8 月从美国明尼苏达大学游学回国后，我就着手毕业开题，关于选题——曹禺戏剧的研究方向初定，研究资料也已经在前期参与湖北大学"曹禺研究资料长编"课题组基础上，从 2017 年夏开始就着手搜集整理，基本定型。但 2018 年底，聂华苓小女儿王晓蓝女士一行到访湖北大学，与我的导师刘川鄂教授见面商谈推进聂华苓研究相关事宜。我有幸参加那次小型会议，并改变了我的研究方向。王晓蓝女士提议，可与爱荷华大学和"国际写作计划"联系，选派湖大研究生赴美对聂华苓和"国际写作计划"在美重要资料做抢救性搜集整理，带回祖国，配合聂华苓女士祖籍广水筹建中的聂华苓文学馆展览所用，并以湖北大学为依托，成立聂华苓研究中心，资料可作进一步研究用。能去世界文学研究圣地爱荷华并见到聂华苓女士，这是个不小的诱惑。加上我虽然已初定曹禺为研究方向，但一直苦于没有创新性的选题，论文选题一直迟迟没有定下。于是，我决定一切从头开始，能够接触一个全新的领域，于我的求学生涯而言也是一个新的挑战。

　　最困难的，还是书读得太少，总有种没说完没说透怕说错的感觉。从本书显露的一些雕琢痕迹，就可感受到书写过程的艰难，这也与搁笔过久笔头生硬有关。吃饭，睡觉，走路，带孩子，心里想的念的，令我辗转反侧的都是它。前后五次推翻论文框架，都源于没有找到一个可以囊括聂华苓工作创作复杂性的切入点。选题切入点，是我所遇第一个困难。史料性、混杂性的参考文献多，文学性、综合性、代表性的参考文献少，是资料收集上的难点。

2021年春临近博士毕业，当我整理完附录的所有资料，已经是深夜两点了，女儿均匀的呼吸声拍打在我的脸上，小城宣城的夜就像爱荷华的夜一样宁静。在爱荷华大学图书馆，聂华苓女士书房，湖北大学档案馆等地搜集资料的情景，都一页页地翻过倦怠的眼。

2018年年底，中美贸易战打响，中美关系的紧张局面已经不可逆转，我对赴美之路没有把握。好在有了一次去美国游学参加重重面试的经验，我顺利通过爱荷华大学、美国驻广州大使馆和底特律海关入境面试，抵达爱荷华。

爱荷华曾经是我真实待过的地方，和我的研究对象聂华苓一起相处的三个月，已经过去五年，五年间我经历了身份的转变，从一个女孩成长为母亲，从学生成为老师。每当沉入琐碎生活与繁忙工作倦怠无言时，有时候想起在爱荷华的日子，格外怀念。这三个月，历经时间，和生活的小插曲，常常把我从生活琐碎中唤醒飞入文学的巨大理想中，渐次成为人生的一剂良药，如果你问这副药的配方是什么，我会说：一段与生命中企望摆脱的记忆不太相符的突凸时刻，像一个"珍贵礼物"必须珍藏；一段由文学与生活相遇、晕染身上的"异国的光华"；一段如梦的日子但让我做出重大学术转向的转折点；以及，如今，当下，依然值得回味回忆，在琐碎的生活中不经意点醒我的那个温暖诗意的名字：爱荷华。

离我在爱荷华的日子已经过去5年了。我已经为这段短暂旅程付出辛劳的很多人，交出了一份算不上满意但也算比较完整的答卷，这里向他们表达深深的感谢，他们是：

广水市原党组成员杨建忠先生，他是湖北大学和聂华苓王晓蓝女士的"红娘"，他牵起了湖北与聂女士中断多年的亲缘。尽管已经退休，但一直热心家乡的文化建设，多年来一直自费推广聂华苓研究，积极推进广水的"聂华苓文学馆"建设相关事宜。他也一直关心我的研究进展，为我提供了很多聂华苓研究相关史料，称得上我的校外导师。好在他的辛苦没有白费，在我的专著付梓后，我和杨先生合编的《聂华苓年谱》

也已成型，广水市的"聂华苓文学馆"也于 2023 年 11 月顺利开馆。2018年我和建忠先生的初识，计划推进的聂华苓研究"心愿单"也一一实现。

爱荷华大学东亚研究中心的刘东旺先生与他的妻子朱永红女士。他们为我准备赴美相关资料，入校注册事宜，为我提供住宿和生活上的帮助。使我第一天晚上近十点，抵达茫茫黑夜、人生地不熟的爱荷华，有他们夫妇接机，安排住宿，关心生活，我能安心安全地在爱荷华度过三个月。

爱荷华大学"国际写作计划"的编辑，也是聂华苓女士的好朋友 Natasa 女士，她带我熟悉校园环境，介绍图书馆东亚馆藏部负责人 Tian Min 先生，带我熟悉图书馆借阅相关事宜，为我从芝加哥借来整个美国大陆唯一一本短篇小说集《翡翠猫》，并在离开前夕邀请我参加 2019 年"国际写作计划"开幕式。

如今在爱荷华幽静的林边小屋独居，给了我奶奶般的温暖慈爱的七姨。她是一位优雅谦逊的女士，虽然姐姐聂华苓和弟弟聂华桐都在各自的领域取得如此傲人的成就，我也能从她的言语里体味那些无形的包袱。可是如今 90 多岁高龄的她，默默陪伴着姐姐，陪她参加活动，每周末风雨无阻地从几公里外的家开车来，带姐姐出去看风景，散步，照顾她的生活起居。很多人只知道她是聂华苓的妹妹，不知道她也是台大外文系毕业，也曾为一个如今已经掩埋的文学翻译梦做过不少努力，她叫聂华蓉。

还要郑重感谢著名的舞蹈家，聂华苓的女儿王晓蓝女士。去爱荷华相关事宜，是她一路引领推进，不辞辛苦，提供帮助。她是一位非常优秀的舞蹈家，在中美现代舞交流和青年舞蹈家培养上，作出了卓著的贡献。晓蓝教授在自己的领域已经如此繁忙，多年来，她牺牲了很多宝贵的时间，包括照顾两位可爱的小孙子的时间，为母亲的文学研究推广工作四处奔走，还要在康州和爱荷华州之间不停奔波，照顾母亲。她对一个素未谋面的女孩，给予充分信任，帮助我顺利完成在爱荷华的资料整理工作。她做的一手地道的中国菜，缓解了我的乡愁。2019 年 9 月我回国后，晓蓝老师曾在冬天来北京舞蹈学院讲学，我与杨建忠先生从武汉去北京与她见面，晚餐后走回湖北大厦的路上，我征求她的建议：博士论文作聂华苓年谱还是聂华苓作品论。王老师希望我做作品论，她认为更接近学术研究，目前国内还没有母亲的作品论专著。如今论文完成即将出版，也算是没有辜负晓蓝老师的一片诚挚心意。

聂华苓女士，我在《聂华苓的今生今世》一文里已经写了很多与她相处的细节，和对她的谢意。去爱荷华时，她已经 94 岁高龄，因记忆力衰退，她对过去的很多事都记不清了，访谈的效果都不尽人意。但她依然保持着那份创办、主持"国际写作计划"的初心和与人为善的初衷，待我这个素未谋面的陌生女孩以信任。安格尔过世后，她也在红楼独自生活了近三十年。偌大的房子，四周被幽深的树林包围，房子里装满了书与回忆，但我能感到她的寂寞，这与作家需要的孤独感是不同的。每次客人离开，她都会目送很久，有时站在门口，有时站在窗边，时不时挥挥手告别，直到看不见离人身影，她才上楼。她这样目送过我很多次，有时回头看见落地窗边那个孤独的身影，站在那里送走过全世界各地的作家，如今她目送着我离开，一个从故乡来的陌生女孩，她同样无条件地给予信任帮助。

此外，还要郑重地感谢我的导师刘川鄂教授。川鄂教授的大学老师——湖北大学已故李恺玲教授曾是聂华苓的同窗好友，也因这层关系，我与聂华苓的缘分似乎早已结下。2024 年，是我与老师结下师生缘的第 10 年。对学生，他是师长也是朋友。他引领我深入文学研究腹地，这种引领，不仅是具体的文学研究方法上，更重要的是精神上的。学习上，他使我摆脱从前功利化的学习态度，真正激发了我的文学研究兴趣；生活上，他和师母陈玲珍老师，总能像朋友一样给予我真挚的关心，这也是他们夫妇深得学生喜爱的原因。走上工作岗位后，他一直鼓励我，引导我如何为人师、如何平衡工作与生活。

还要感谢湖北大学文学院刘继林教授对本书与相关课题研究的帮助与鼓励。此外，江少川教授、胡德才教授、已逝的古远清教授等学界前辈，他们都在我的成长道路上，对我这个海外华文文学研究路上的"青年小白"给予了很多提点和启示，还要感谢这一路对本书的写作、修改、出版等事宜提供支持与提出宝贵意见的朋友们。

汪亚琴

2024 年盛夏

行文至此，新书行将付梓出版之际，遽闻聂华苓女士在爱荷华去世，万分悲痛。与学界前辈、朋友们的一组文章，本打算年底在《世界华文文学论坛》见刊，庆祝老人家 100 岁生日；10 月底本打算去广水见回国的王晓蓝教授，一起参观开馆一周年的聂华苓文学馆。一切的一切，终成遗憾！聂华苓女士虽已永逝，但她的文学精神已通过各个经纬度的语言，传达给数以百万计的读者。聂老师，一路走好！